AF304080

Saskia Louis lernte durch ihre älteren Brüder bereits früh, dass es sich gegen körperlich Stärkere meistens nur lohnt, mit Worten zu kämpfen. Auch wenn eine gut gesetzte Faust hier und da nicht zu unterschätzen ist ... Seit der vierten Klasse nutzt sie jedoch ihre Bücher, um sich Freiräume zu schaffen, Tagträumen nachzuhängen und den Alltag einfach mal zu vergessen.

SASKIA
LOUIS

GEHEIMNIS DER GÖTTER

FLAMMEN

Überarbeitete Neuausgabe Juni 2021

© 2021 dp Verlag, ein Imprint der dp DIGITAL PUBLISHERS GmbH

Made in Stuttgart with ♥
Alle Rechte vorbehalten

FLAMMEN

ISBN 978-3-96817-804-2
E-Book-ISBN 978-3-96817-745-8

Covergestaltung: Vivien Summer
Umschlaggestaltung: ARTC.ore Design
Unter Verwendung von Abbildungen von
Shutterstock.com: © Artikom jumpamoon, © Aleshyn_Andrei,
© Michael Benjamin, © d1sk, © Phatthanit
Lektorat: Janina Klinck
Satz: dp DIGITAL PUBLISHERS GmbH
Druck und Bindung: Books on Demand GmbH, Norderstedt

Für Alina, weil ihre Begeisterung ansteckend ist.

*Danke, dass du seit dem Kindergarten dein Essen
mit mir teilst.*

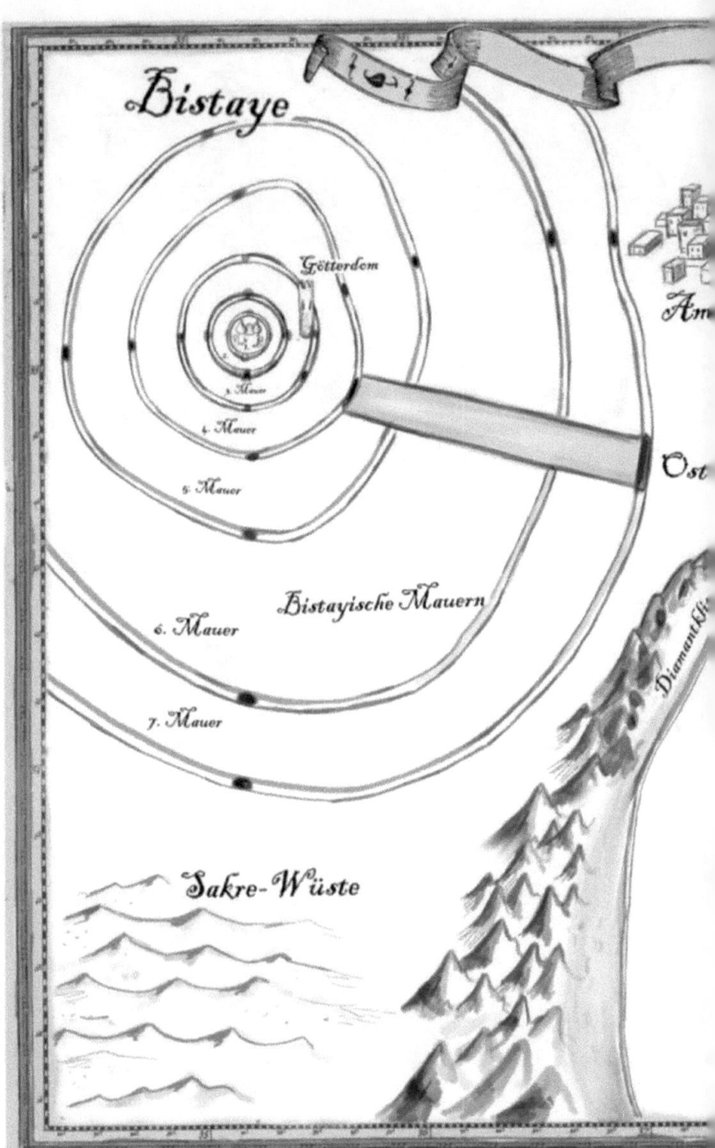
Bistaye
Götterdom
3. Mauer
4. Mauer
5. Mauer
6. Mauer
7. Mauer
Bistayische Mauern
Sakre-Wüste
Diamant
Ost
Am

Asavez
Berlund
Alter Altar
Asavezischer Laubwald
Kreisgebirge
Jeferabrücke
K.Javerki
Oy
Oyitis
Appo
Borka-Wald
K.Javerki
Mendan
Lyrisa
Savora

PROLOG

DIE APPOKALYPSE – DER KRIEG DER ZWEI

In den letzten Tagen ist deutlich geworden, dass sich zwei Lager gebildet haben. Eine Reihe von Menschen, die sich die Gottlosen nennen, möchte nicht mehr unter den Göttern und ihren Gesetzen leben. Es wird Krieg geben. In diesen Tagebüchern berichte ich über die Geschehnisse.

„Ich verstehe nicht."

„Was verstehst du nicht?"

„Nun ... der Auftrag lautete anders. Ihr sagtet –"

„Ich weiß, was ich sagte." Thakas Gesicht blieb unverändert. „Aber du vertraust mir doch, nicht wahr?"

„Natürlich." Sie nickte, schloss die Arme enger um ihren Oberkörper. „Es ist nur, dass ich mich dann vielleicht anders vorbereitet hätte, wenn Ihr mir ..."

Der Gott der Gerechtigkeit lächelte leicht. Die Mundwinkel seiner dünnen Lippen hoben sich kaum merklich an, doch sie wusste, dass diese Gesichtsregung einem Grinsen gleichkam. „Es gibt keinen Grund, dich vorzubereiten. Api wird sich um deine Vorbereitung kümmern. Alles, was ich dir geben möchte, ist eine Begründung ... weißt du, was ein Wahrheitsleser ist?“

KAPITEL 1

DIE APPOKALYPSE – DER KRIEG DER ZWEI (1)

Der Appo ist nicht länger blau. Er verfärbt sich rosa – dabei haben die Kämpfe noch nicht einmal begonnen. Eine Menge Schiffe laufen aus. Die Menschen fühlen sich hier nicht mehr sicher.

Da war Oyitis. Der Appo. Der Altar. Der Dolch. Levi. Liri. Jaan.

Ro. Filia. Leena.

Die Kutsche, die sie gestohlen hatten. Das hässliche graue Kleid, das sie gegen die Rüstung eingetauscht hatte.

Levi. Liri. Levi.

Sie lief übers Wasser. Sie versank im Wasser. Sie fürchtete sich vor dem Wasser. Überall war Wasser.

Blätter flogen um ihren Kopf, sie fühlte sich frei. Levis Lippen auf ihren, sein Herzschlag unter ihrer Hand.

Die Rebellen der Vierten Mauer.

Im Licht schauen sie nicht hin, im Schatten suchen sie dich.

Ihre Faust brannte. Sie zertrennte die Halsschlagader ihres Gegners. Das Genick brach unter ihrer Hand.

Lehm unter ihren Füßen. Etwas versperrte ihr die Sicht.

Das Osttor. Sie würden durch das Osttor in die Vierte Mauer gelangen. Oder durch das Tor Amries, der Hafenstadt. Sie wusste es nicht.

Ein Ring in Liris geschlossener Faust. Sie konnte ihn nicht sehen, aber wusste, dass er da war.

Feuer. Luft. Wasser. Erde.

Die Kreisberge. Niemand ging in die Kreisberge. Niemand – aber war Jaan nicht dort gewesen?

Provodes. Stechend graue Augen, deren Blick sich in ihren bohrte, versuchte, ihre Erinnerungen herauszufiltern.

Nyms Blick huschte hin und her. Er suchte nirgendwo und überall. Bilder strömten auf sie ein.

Dinge, die sie getan hatte. Dinge, die sie gehört hatte. Dinge, die sie gesehen hatte.

Sie spürte die Klinke unter ihrer rauen Handfläche. Sie glühte unter ihrer Berührung. Nym wusste, wo sie war, wusste, dass sie die Tür schließen sollte, die sie so unvorsichtig geöffnet hatte. Doch die Erinnerungen der letzten Tage strömten auf sie ein, schwirrten wie lästige Fliegen um ihren Kopf herum und ließen sich nicht vertreiben.

Sie hatte einen Fehler gemacht. Sie hätte die Tür nie öffnen dürfen.

Plötzlich veränderten sich die Bilder. Sie wurden grau, verschwommen. Eine kleine Hand lag in ihrer, während sie auf den Boden sah. Diese Hand war das Kostbarste, was sie noch hatte.

Erde fiel dumpf auf Holz und heiße, salzige Tränen liefen an ihren Wangen hinab. Sie verglühten auf ihrem Gesicht und brannten sich in ihre Poren. Das einzig Kühle, das sie davor bewahrte, zu verbrennen, war die kleine Hand. Sie durfte sie nie wieder loslassen. Ihr durfte nichts passieren.

Ihr Griff wurde fester, doch der Schmerz nicht besser. Sie wünschte sich, nicht fühlen zu können, während das dunkle Holz des menschengroßen Kastens sich mit dem Braun der Erde vermischte – und die Umrisse des Bildes verwischten.

„Nym!" Die Hand in ihrer war plötzlich gar nicht mehr so klein. „Nym! Verdammt noch mal, mach die Augen auf! Ro, hilf mir. Sie glüht förmlich!" Die Hand wurde ihr entrissen, und wieder fluchte jemand.

Etwas Kaltes legte sich auf ihre Stirn, ihre Wangen, ihren Hals. Es waren Hände, und unter der kühlen Berührung fing ihre Haut an zu zischen. So als wäre sie Feuer, das gelöscht wurde.

Auf einmal fuhr ein Ruck durch ihren Körper. Ihr Oberkörper wurde nach vorn geschleudert und sofort öffnete sie die Augen.

Das Erste, was ihr auffiel, war, dass ihre Wangen klebten. Das Zweite, dass es still war. Sie hörte weder Hufgetrappel noch das Knirschen von Rädern auf Sand. Die Kutsche bewegte sich nicht.

Sie ließ die Erinnerung an die Hand los – es war eine alte Erinnerung, eine von vor der Löschung ihres Gedächtnisses – und kämpfte damit, in die Realität zurückzukehren.

Da waren Fragen.

Wo, wer, was, wie, wann.

Sie war in einer Kutsche, auf dem Weg in die bistayischen Mauern. Sie wollten eine Gruppe Rebellen und

Flüchtige aus der Vierten Mauer retten. Eine Suizidmission. Doch noch waren sie nicht tot.

Ro war bei dem Ruck gegen die Kutschwand gepresst worden, seine Hände erhoben. Neben ihm saßen Leena und Filia, die sie beide anstarrten.

Nyms Oberschenkel wurde gegen Levis gepresst. Erst jetzt bemerkte sie, dass ihre Haut so heiß geworden war, dass die dünne, goldene Rüstung, die sie trug, angefangen hatte, orange zu glühen. Den Göttern sei Dank trug Levi selbst eine Rüstung, und seine Haut blieb somit unversehrt.

Langsam atmete sie ein und aus, versuchte sich zu beruhigen, ihr Blut zu kühlen. Ein Blick in Liris rundes, ängstliches Gesicht genügte.

„Du siehst ganz furchtbar aus", flüsterte sie. „Du hast laut geschrien."

Hatte sie? „Ich ..." Ihr Blick lief einmal durch die Runde. Alle starrten sie wortlos an. „Es tut mir leid. Ich ... Warum stehen wir?"

Erst jetzt schien auch den anderen aufzufallen, dass sie sich nicht mehr bewegten – und dennoch Hufgetrappel zu hören war.

Und dann rief Jaan etwas. Er saß vorne auf dem Kutschbock und trug die dritte der Uniformen, die sie den Soldaten der Göttlichen Garde abgenommen hatten.

„Was gibt's? Warum haltet ihr uns an?"

Das Hufgetrappel verstummte, und Nym lehnte sich leicht zurück, um aus dem Fenster der Kutsche blicken zu können. Die Sonne hatte sich noch nicht vollends über den Horizont gekämpft, spiegelte sich jedoch in einem Meer aus Lichtsplittern auf dem Appo wider, dem

Fluss, der Asavez und Bistaye trennte. Sie ritten also immer noch nicht querfeldein, was bedeuten musste, dass sie den Eingang von Amrie, der Hafenstadt Bistayes, benutzen würden, um in die Vierte Mauer zu gelangen.

„Wir sollen jede Kutsche durchsuchen, die uns entgegenkommt." Eine dumpfe Stimme wehte durch das Fenster. Sie kannte sie. Sie hatte die Stimme schon einmal gehört. Nym drückte sich gegen die Kutschwand, um einen Blick auf denjenigen zu erhaschen, der sprach. Alles, was sie erkennen konnte, war jedoch nur der große Hintern eines braunen Pferdes. „Wir sind auf dem Weg zu den Diamantklippen. Asavezische Krieger werden heute erwartet. Sie überqueren von Lyrisa aus den Appo."

Jaan lachte spöttisch auf. „Asavezische Krieger? Natürlich. Und der Appo besteht aus purem Gold und nicht aus Wasser." Er klang überzeugend ungläubig, dafür dass er selbst einer dieser asavezischen Krieger war.

Nur, wieso wurden sie gesucht? Woher wussten die Sprecher, dass sie den Appo überwunden hatten? Vor allem *wo* sie den Appo überwunden hatten. Es gab nur eine Brücke über den Fluss und die war nicht nur stark bewacht, sondern lag auch sehr viel weiter nördlich als die Diamantklippen, an denen sie tatsächlich angekommen waren. Sie hatten keinem davon erzählt. Woher hatte die Göttliche Garde ihre Informationen?

„Wir haben Anweisung von Jeki Tujan selbst erhalten, keine Ausnahmen zu machen. Ganz gleich, ob ein Göttlicher Soldat im Sattel sitzt oder nicht."

Jeki Tujan. Nyms Nackenhaare richteten sich auf. Sie kannte den Namen. Sie konnte nicht sagen, ob sie ihn schon oft benutzt oder nur gehört hatte, aber direkt schossen ihr Zahlen und Fakten in den Kopf. Er war sechsundzwanzig. Ikano der Erde. Erster Offizier der Göttlichen Garde. Es hieß, er habe mehr Menschenleben als Atemzüge genommen. Er war für die Ergreifung der Rebellen zuständig. Trug die Verantwortung, Flüchtige zu fangen. Apis Liebling. Er hatte einen kleinen Bruder. Janon.

„Wir schauen nur kurz in die Kutsche hinein und reiten dann weiter. Ach ja, wir sollten dir wahrscheinlich auch noch die Zeichnungen geben, die von den Asavez angefertigt wurden."

Neben ihr zog Levi zischend Luft ein und Ro schlug sich geräuschlos eine Hand auf die Augen.

Zeichnungen?

Woher hatte die Göttliche Garde Zeichnungen von ihnen?

„Was machen wir?", wisperte Leena, die bereits zwei Dolche von ihrem Gürtel gezogen hatte. „Wir können nicht immer alle umbringen, die uns über den Weg laufen. Das wäre, als würden wir der Göttlichen Garde Brotkrumen in Form von Leichen hinwerfen, die ihnen unseren Weg weisen!"

Filia, die in der Mitte zwischen ihr und Ro saß, war schneeweiß geworden. Sie war eine Flüchtige aus der Sechsten Mauer und hatte in ihrem Leben schon genug gewaltsame Begegnungen mit der Göttlichen Garde gehabt. Man sah ihr deutlich an, dass sie nicht scharf darauf war, noch eine hinzuzufügen.

Nym blickte zu Levi, der ruhig geblieben war. Seine grünen Augen fanden ihre, und sie konnte seine Gedanken mit den ihren um die Wette rasen sehen.

Schwere Stiefel trafen dumpf auf dem Lehmboden auf und Nym konnte Metall klirren hören. Das waren mindestens vier Soldaten da draußen. Ein Schlag auf Holz bedeutete ihnen, dass Jaan nun ebenfalls aufgesprungen war. „Das ist albern. Ich werde mit Tujan selbst ein Wörtchen wechseln, sobald ich wieder in der Dritten Mauer bin ...“

Schritte kamen näher und jetzt blitzte der Schatten einer breiten Statur durch den Rahmen des Kutschfensters. Neben ihr machte Liri einen Kiekslaut, die blonden Zöpfe klebten ihr am Hals. Sie wollte nicht zeigen, dass sie Angst hatte, versagte dabei aber kläglich.

Nym bekam eine trockene Kehle.

Liri.

Die Soldaten durften die Tür nicht öffnen. Wenn sie sahen, dass sie ein Kind dabei hatten ... sie würden sofort wissen, dass es sich bei ihnen nicht um Mitglieder der Göttlichen Garde handelte!

„Setz den Helm auf!“, zischte Nym Levi zu, bevor sie sich den eigenen, der zwischen ihre Füße geklemmt gewesen war, über ihre, jetzt schulterlangen, schwarzen Haare stülpte. Im nächsten Moment trat sie unwirsch die Holztür der Kutsche auf, sodass die Soldaten, die sich fast direkt dahinter befunden hatten, zurückschreckten.

„Was soll der Unsinn?“

Sie trat in die Morgensonne, der Helm presste ihr unangenehm auf die Schläfen. Die Arme hielt sie verschränkt und ihre Stimme war ruhig und gefasst. Doch aus jeder Silbe, die ihren Mund verließ, hörte sie ihre eigene unterdrückte Wut tropfen. Und die Wut war nicht einmal gespielt.

Sie war es so leid.

Nicht zu wissen, wer sie war, und doch eine ungefähre Ahnung zu haben. Zu ahnen, dass die Uniform der Göttlichen Garde einst zu ihr gehört hatte, und doch von dem Gefühl verfolgt zu werden, dass die Rüstung versuchte, sie in die Knie zu zwingen.

Die Unsicherheit. Die Probleme. Die Geheimnisse. Das Nicht-Wissen.

Levi war ihr auf dem Fuß gefolgt, den Helm, der mehr als die Hälfte seines Gesichts verbarg, trug er an seinem angedachten Platz. Er stieß die Kutschtür hinter sich zu und sie schlug fest in ihren Rahmen.

„Wir müssen die Kutsche durchsuchen", wiederholte der Soldat gelassen. „Es dauert nur ein paar Sekunden."

„Durchsuchen? Die Kutsche eines Göttlichen Soldaten?" Nyms Stimme war kalt und ihr Blick wanderte über die einzelnen Männer.

Es waren tatsächlich vier, so wie sie vermutet hatte. Immer noch fragte sie sich, ob sie die Stimme des Soldaten, der mit ihr sprach, tatsächlich kannte. Vielleicht spielte ihr ihr Gehirn, das zugegebenermaßen in letzter Zeit etwas gelitten hatte, auch nur einen Streich. Vielleicht pflanzte ihr Gedächtnis ihr Erinnerungen ein, die es überhaupt nicht gab. Sie hasste es, dass sie sich nicht mehr auf sich selbst verlassen konnte.

„Seit wann wird die Loyalität der Göttlichen Soldaten angezweifelt?", verlangte sie scharf zu wissen. „Ist es nicht schlimm genug, dass bereits jedes Gesicht in der Vierten Mauer mit Skepsis betrachtet wird?"

Sie hörte, wie Levi sich hinter ihr gegen die Tür der Kutsche lehnte, und sein Blick huschte einen kurzen

Moment zu ihr, als fragte er sich, was sie da eigentlich tat.

Sie wusste es selbst nicht genau. Doch es fühlte sich natürlich an. Die Worte fielen ihr leicht. Die Autorität, die sie ausstrahlte, flog ihr zu.

Ungeduldig schnalzte der Soldat, der direkt neben Jaan stand, mit der Zunge. „Ich habe Anweisungen von Jeki Tujan persönlich."

„Jeki Tujan hat nicht das Recht, sich über jeden einzelnen Soldaten zu erheben", zischte Nym. „Nur weil Api ihm regelmäßig den Kopf tätschelt, heißt es nicht automatisch, dass er jedem Offizier Befehle erteilen kann! Er ist nicht der einzige Erste Offizier. Unsere Kutsche ist leer und wir sind in Eile. Wir werden jetzt weiterfahren, und wenn ihr uns davon abhalten solltet, werdet ihr euch wünschen, ihr hättet Api selbst widersprochen, anstelle von uns."

Die Soldaten sahen einander an und einer der hinteren schnaubte laut. „Eine *Frau* erhebt sich über einen Gott? Vielleicht solltest du uns deinen Namen nennen, damit wir ihn direkt an den Gott der Vergeltung weiterleiten können."

Sie hatte es nicht so mit Namen. Vor allem nicht mit ihrem eigenen.

Und ... eine *Frau?*

Nyms Füße fingen an zu kribbeln und Hitze stieg in ihr auf. Doch es war eine andere Hitze als die, die sie in ihrem Traum verspürt hatte. Es war keine Hitze der Angst. Sie fürchtete sich nicht vor den Soldaten. Diese Hitze bestand aus purer Wut.

Wie sprachen diese mickrigen Männer mit ihr? Diese Männer, die keinen Stand und keinen Ruf innerhalb der Garde genossen? Die sich hinter der Autorität eines Gottes und eines Ersten Offiziers verstecken mussten?

Bevor sie wusste, was sie tat, zog sie sich mit einem Ruck den Helm vom Kopf. „Ich sagte, wir werden jetzt weiterfahren", knurrte sie. Der Helm glühte weiß zwischen ihren Fingern, und augenblicklich stolperten die Soldaten zurück. Sie stießen dabei beinahe Jaan um, der zum ersten Mal, seitdem Nym ihn kannte, eine klare Regung in seinem Gesicht erkennen ließ.

Fassungslosigkeit.

Doch die Soldaten vor ihr bemerkten es nicht. Sie hatten ihre Köpfe geneigt, und obwohl ihre Gesichter größtenteils verdeckt waren, konnte Nym plötzlichen Respekt und Demut in ihren geweiteten Pupillen erkennen.

„Entschuldigt. Wir hatten ja keine Ahnung. Natürlich könnt ihr weiterfahren. Es tut uns leid."

Nym erschrak anhand der Reaktion der Soldaten, doch im gleichen Atemzug war sie kaum überrascht. „Ich will es nicht hören", flüsterte sie. „Geht. Aber vorher will ich die Bilder haben."

„Bi...Bi...Bilder?" Der Soldat, der sie eben noch spöttisch als Frau verhöhnt hatte, hatte tatsächlich angefangen zu stottern.

„Die Zeichnungen von den Asavez, die ihr erwartet", sagte sie unwirsch. „Ihr habt Kopien, schätze ich?"

„Natürlich!" Eilig wandte er sich zu seinem Pferd um, das neben den zweien stand, die vor die Kutsche gespannt waren. „Ich bin überrascht, dass Jeki sie noch nicht weitergeleitet hat ..."

„Ich war offensichtlich unterwegs."

„Natürlich." Er zog einen Papierstapel aus einer Seitentasche und wollte ihn ihr reichen.

Nym nickte jedoch nur Levi zu, der die Aufgabe, sie entgegenzunehmen, für sie übernahm. Sie hatte das ungenaue Gefühl, dass sie einen solch profanen Akt nicht selbst ausgeführt hätte. Außerdem hatte sie Angst, dass das Papier in Flammen aufgehen könnte, sobald sie es berührte.

Die Blätter knisterten zwischen Levis Fingern, und Nym starrte die Soldaten nieder, bis sie wieder auf ihre Pferde stiegen und in die Richtung ritten, aus der sie gekommen waren. Erst als das Hufgetrappel zur Gänze verstummt war, atmete Nym aus.

Ihr Kopf sackte nach vorne, ihre Hände kühlten sich ab und die Rüstung lastete schwer auf ihren Schultern.

Sie hatte immer Angst davor gehabt, dass sie ihre Erinnerungen vielleicht gar nicht wiederhaben wollte. Und als sie jetzt Jaans ausdruckslosen Blick und Levis geöffneten Mund sah, schien es, als sei ihre Angst vielleicht berechtigt gewesen.

Wer war sie gewesen, dass Soldaten eine solche Furcht vor ihr hatten?

„Damit wäre die Frage offiziell beantwortet", murmelte Levi hinter ihr und zog sich ebenfalls das goldene Metall vom Kopf, auf dem sich die weiter aufsteigende Sonne spiegelte. Er legte ihr eine Hand auf die Schulter. „Du warst ein Mitglied der Göttlichen Garde, Nym. Und ganz offenbar keine kleine Nummer. Die Frage ist …" Sein Blick bohrte sich in ihren. „Warum hat noch niemand mitbekommen, dass du offensichtlich kein Teil mehr von ihr bist?"

Jeki war müde. Er hatte die letzten achtundvierzig Stunden kaum geschlafen und das aus den verschiedensten Gründen. Der dringendste jedoch saß auf einem Stuhl direkt vor ihm, die zierlichen Hände auf dem Tisch verschränkt und die großen blauen Augen unschuldig geöffnet.

Nikana Halks war keineswegs der Inbegriff einer Rebellin. Sie war Tochter des ansässigen Diamantimporteurs und genoss hohe Anerkennung in der Vierten Mauer. Und doch hatte in den letzten Wochen nicht einmal, sondern gleich zweimal ein Gerücht die Runde gemacht, dass sie in Beziehung zu den Rebellen stand und sogar als ihre Anführerin fungierte.

Sie war kaum einundzwanzig, bei den Göttern! Jeki bezweifelte stark, dass sie auch nur eine Herde Kamele führen könnte, geschweige denn eine Gruppe Rebellen, die es in den letzten Monaten erfolgreich geschafft hatte, die Göttliche Garde an der Nase herumzuführen.

Sie wirkte wie eines dieser Mädchen, das sich mehr Gedanken um ihre Fingernägel als um die Entscheidungen der Götter machte.

Er seufzte tief und faltete die Hände zusammen. Nikana kannte ihn nicht, deswegen hatte er den Helm aufbehalten. „Nikana, wissen Sie, weswegen Sie hier sind?"

Sie blinzelte und zuckte dann die Schultern. „Ich dachte mir, dass es vielleicht mit ein paar gestohlenen Diamanten aus den Minen meines Vaters zusammenhängt. Auch, wenn ich mir nicht vorstellen kann, warum ich darüber etwas wissen sollte. Oder werde ich vielleicht sogar verdächtigt, sie selbst gestohlen zu haben?"

„Nein, es geht nicht um Diamanten." Jeki kratzte sich den Nacken.

Das Gefängnis der Göttlichen Garde war ein quadratischer, grauer Steinblock, der direkt neben dem Göttlichen Dom stand, den die Götter der Garde einst als Denkmal für ihre besonderen Verdienste um Bistaye geschenkt hatten. Die Sonne mühte sich noch immer am Horizont ab, zumindest glaubte Jeki das, denn der Raum, in dem sie waren, besaß keine Fenster. Lediglich zwei Kerzen standen vor ihnen auf dem Tisch und beleuchteten die kahlen Wände.

Das war keine Gegend, in der sich Töchter von Diamantimporteuren normalerweise herumtrieben. Außerdem war es kalt hier. Selbst durch seine Rüstung hindurch fror Jeki ein wenig. Und er war ein Mann – hieß es nicht immer, dass Frauen noch schneller kalt wurde?

Sein Blick fuhr über Nikanas naives Gesicht, über ihre langen, ungekämmten roten Haare – und jetzt, wo er darüber nachdachte, wirkte sie fast ein wenig *zu* unschuldig.

Zu unschuldig und vor allem zu gefasst. Er hatte sie zusammen mit seiner rechten Hand Arcal und der Ikano des Feuers Esya heute früh, noch vor Tagesanbruch, aus ihrem Haus geholt. Sie trug nur ein langes Nachthemd und einen Mantel und wurde in diesem desolaten Zustand in einem dunklen, engen Verließ von einem Ersten Offizier der Göttlichen Garde befragt.

Warum war sie immer noch so ruhig?

Oder suchte er schon gezielt nach Zeichen dafür, dass die Gerüchte über sie stimmten? Immerhin hatte der Informant, der sie auf Nikanas Spuren gebracht hatte, schon einmal richtiggelegen, was die Rebellen anging.

„Es geht nicht um Diamanten? Worum geht es dann?"

Langsam lehnte sich Jeki in seinem Stuhl zurück, sodass nur noch sein Kinn von dem Licht der Kerzen beleuchtet wurde. „Haben Sie schon einmal von den Rebellen aus der Vierten Mauer gehört?"

Verwirrt runzelte sie die Stirn, während sie eine dunkelrote Haarsträhne hinters Ohr strich. „Rebellen? In der Vierten Mauer? Der Vierten? Das ist absurd."

Ja, sollte man meinen. „Oh, so absurd ist das nicht. Wir haben erst letzte Woche ein Treffen dieser Rebellen unterbrochen. Es gab drei Tote. In den inneren Mauern wird sehr viel getratscht – Sie *müssen* davon gehört haben."

Nikana verdrehte die Augen. „Natürlich habe ich davon gehört. Aber mir wurde erzählt, dass es sich bei den Toten um Flüchtige gehandelt habe und nicht etwa um ... *Rebellen*." Sie sprach das Wort aus, als würde es sauer auf ihrer Zunge schmecken.

„Nun. Es waren Rebellen. Rebellen, die anscheinend in nächster Zeit aus Bistaye fliehen wollen."

Jetzt kicherte sein Gegenüber doch tatsächlich. Laut und hoch. Verwirrt blinzelte er. Frauen kicherten nicht in seiner Anwesenheit. Nie. Nicht einmal seine Verlobte tat das.

„Aus der Vierten Mauer fliehen. Direkt vor den Augen der Göttlichen Garde. Das können Sie unmöglich ernst meinen." Ausdrucksstark verdrehte sie die Augen. So wie es nur Mädchen taten, die in behüteten Haushalten aufgewachsen waren.

Nein. Sie musste unschuldig sein. Wieder ließ Jeki seinen Blick über sie schweifen und … blieb an ihrem Fuß hängen. Der Fuß, der leicht unter der Tischplatte hervorstach, wippte hastig von der Spitze auf die Ferse und wieder zurück.

Das war der Moment, in dem Jeki entschied, dass Nikana Halks nicht diejenige war, die sie vorgab, zu sein. Sein Instinkt sagte ihm, dass sie etwas vor ihm verbarg. Nur, ob es tatsächlich eine Gruppe von Rebellen war, konnte er nicht sagen.

„Ja, da haben Sie recht. Es wäre Wahnsinn, es zu versuchen“, murmelte er leise. Seine Fingerspitzen trommelten auf den Tisch. „Doch zurzeit scheint es eine bedenklich große Menge an Menschen zu geben, die wahnsinnig ist.“

„Herr Offizier Tujan“, flötete die junge Frau und beugte sich auf ihren Unterarmen etwas nach vorne. „Mit dieser Aussage mögen Sie recht haben – und bei den Göttern vielleicht gibt es sogar eine Gruppe Rebellen in der Vierten Mauer. Aber warum erzählen Sie *mir* das?“

Jeki sah keinen Sinn darin, um den eigentlichen Vorwurf herumzureden. Die Reaktion auf eine direkte Anschuldigung verriet oft mehr als das langsame Vorantasten an eine Vermutung. „Es gab Gerüchte, die Sie mit den Rebellen in Verbindung gebracht haben.“

Wieder lachte sein Gegenüber. „Gerüchte? Ich hatte Sie nicht für die Art von Mann gehalten, die Gerüchten eine besondere Wertschätzung zuteilwerden lässt.“

Das hatte er auch nicht. Sein Blick fiel wieder auf ihren wippenden Fuß, den sie jetzt abrupt unter den Tisch zog. Ein leises Lächeln stahl sich auf seine Züge. Vielleicht hatte sie ihren Fehler bemerkt. „Es ist als Erster Offizier meine Pflicht, jeder Spur nachzugehen", stellte er gelassen fest.

„Natürlich ist es das, und das verstehe ich sehr gut. Aber Sie können unmöglich glauben, dass ich etwas mit den Rebellen zu tun habe", antwortete Nikana nun gereizter, ganz die Rolle des verwöhnten, reichen Mädchens ausfüllend.

„Sie streiten also ab, etwas von den Rebellen zu wissen oder Teil einer solchen Vereinigung zu sein?"

„Natürlich streite ich es ab! Das ist absurd!"

Absurd.

Noch vor wenigen Minuten hatte Jeki dasselbe gedacht.

Doch der Fuß.

Was ein Fuß alles verraten konnte.

Er nickte langsam und stand auf. Es lohnte sich nicht, weitere Fragen zu stellen. Sie würde ihm nichts erzählen.

Bevor er aus der Tür trat, wandte er sich noch einmal zu ihr um. „Ist Ihnen bewusst, dass sich gerade eine Soldatin der Göttlichen Garde in Ihrem Haus umsieht?"

Nikana blinzelte. „Tut sie das?"

Jeki nickte. „Ja. Und was für eine Schande wäre es, wenn sie tatsächlich etwas finden würde ..."

Nikana lächelte, doch für einen kurzen Moment – und Jeki hätte sich ihn nur einbilden können – wirkte ihr Gesicht verkniffener als zuvor. „Sie wird nichts finden."

„Das hoffe ich für Sie", murmelte er, und endlich blitzte ein Teil der Angst über ihre Züge, den er die ganze Zeit auf ihrem Ausdruck vermisst hatte.

Er ließ die Tür leise ins Schloss fallen und schüttelte den Kopf. Interessant. Das Gespräch war anders verlaufen, als er erwartet hatte.

Er lief den steinernen Gang bis zum Ausgang und trat ins Licht hinaus. Arcal wartete auf ihn und hob fragend eine Augenbraue. „Und?"

Wahrheitsgemäß zuckte Jeki die Schultern. „Ich bin mir nicht sicher. Sie ist entweder ein naives Dummchen, das Zuckungen im Bein hat, oder eine erstklassige Schauspielerin mit einem nervösen Fuß."

Arcal lachte leise. „Und das bedeutet?"

Seufzend ließ sich Jeki mit dem Rücken gegen die Mauer sinken. „Wenn Esya nichts findet, müssen wir sie laufen lassen. Es wäre nicht rechtens, sie nur aufgrund eines Gerüchts hierzubehalten. Aber ich will, dass du ein, zwei Soldaten auf sie ansetzt, sollte Esya tatsächlich leer ausgehen. Verflucht seien die Gerüchte Bistayes, aber ... an *diesem* könnte tatsächlich etwas dran sein." Bis vor ein paar Minuten hätte er nie geglaubt, diese Worte je aus seinem Mund zu hören.

Arcal nickte entschlossen. „Gut. Das werde ich. Und ich soll dir ausrichten, dass Api dich sprechen möchte."

Jekis Augenbrauen flogen in die Höhe. „Jetzt?" Die Sonne stand kaum am Himmel – außerdem schrie ein weiches Bett nach ihm.

„Nein. Nicht jetzt. In zwei Jahren."

Jeki verdrehte die Augen. Noch ein Treffen an diesem elendig langen Tag. Das hatte ihm gerade noch gefehlt. Seufzend legte er sich eine Hand auf den Helm. „Schön.

Würdest du unserem Gast etwas Wasser bringen? Ich möchte nicht, dass ihr Vater uns vorwerfen kann, wir hätten sie schlecht behandelt."

Er wartete nicht auf eine Antwort, sondern verschwand zwischen den nächstgelegenen Häusern.

Für seinen Geschmack hatten er und der Gott der Vergeltung in den letzten Wochen viel zu oft die Ehre miteinander gehabt. Er hoffte sehr, dass Api diesmal gute Nachrichten haben würde.

Jeki brauchte … Informationen.

Das grell türkise Haus des Gottes schien im Dämmerlicht des frühen Morgens fast grün, und kaum hatte Jeki seine Hand erhoben, um zu klopfen, öffnete sich die Tür vor ihm bereits.

Eine Dienstmagd, die ungewöhnlich blass und ängstlich wirkte, ließ ihn fahrig ins Haus. „Sie sind oben. In der Bibliothek."

„Sie?"

Die Magd nickte nur, antwortete jedoch nicht.

Jeki erklomm die breite hölzerne Treppe in den ersten Stock, warf einen kurzen Blick auf die prunkvollen Kronleuchter, die in dem Ess- und Festsaal hingen, und trat dann in die Bibliothek des Hauses, deren Tür nur angelehnt war.

Sobald Jeki den ersten Schritt über die Schwelle gemacht hatte, wusste er, warum die Magd so blass und aufgeregt gewesen war. Man musste es ihr hoch anrechnen, dass sie nicht in Ohnmacht gefallen war.

In großen roten Sesseln saßen nicht nur ein, sondern gleich drei Götter.

Selbst Jeki, der zumindest mit Api und Thaka regelmäßig Kontakt hatte, machte erst einmal einen kleinen

Schritt zurück und schluckte seine Überraschung geräuschvoll hinunter.

Api, der Gott der Vergeltung, saß in der Mitte zwischen Thaka, dem Gott der Gerechtigkeit, und Valera, der Göttin der Vernunft.

Thaka und Api waren beide hellblond, wobei Thakas Haare jedoch so kurzgeschoren waren, dass sie im gedämpften Licht fast weiß wirkten. Seine Augen waren flüssiger Bernstein, während Apis aufmerksamer Blick violett leuchtete. Jeki konnte nicht sagen, ob die beiden als attraktiv galten. Darüber sollte eine Frau urteilen. Er hatte dazu keine wirkliche Meinung. Was er jedoch mit Sicherheit sagen konnte, war, dass es sich bei Valera um eine Schönheit handelte.

Sie war über dreitausenddreihundert Jahre alt, sah jedoch keinen Tag älter aus als fünfunddreißig. Das hellbraune Haar fiel ihr in feinen Locken bis zur Taille, die so schmal war, dass sie den schwarzen Gürtel, den die Götter verpflichtet waren, zu tragen, zweimal darum binden konnte.

Die Drei hatten sich gedämpft unterhalten, verstummten jedoch, als Jekis Schatten in den Raum fiel. Alle lächelten ihn an.

Jeki hatte sich das letzte Mal so unwohl gefühlt, als seine Mutter ihn dabei erwischt hatte, wie er versuchte, einem Mädchen unter den Rock zu sehen. Damals war er dreizehn gewesen.

„Hallo, Jeki, bitte schließe doch die Tür.“

Jeki nickte, sagte nichts, schloss jedoch die Tür. Das war ihm eindeutig zu viel Aufmerksamkeit. Es bedeutete meist nichts Gutes, wenn so viele Blicke auf einmal auf einen gerichtet waren. Bei Hinrichtungen war das zum Beispiel der Fall.

Er blieb stehen, die Arme hinter seinem Rücken verschränkt, seine Wirbelsäule gerade. Wenn er es sich recht überlegte, hatte dieser Besuch mehr als nur eine Parallele zu einem Treffen mit seiner Mutter. Das Einsetzen von Schuldgefühlen, würde sicherlich noch folgen.

Es war Api, der wieder sprach. „Du brauchst nicht so nervös zu sein", sagte er und lachte. „Ich dachte, deine Gelassenheit würde dich von den anderen Ersten Offizieren unterscheiden."

Seine Gelassenheit? Seine schauspielerischen Fähigkeiten wohl eher. „Ich bin gelassen", murmelte er verkrampft.

Valera hob den Blick und lächelte nachsichtig. Ihre Augen waren so schwarz wie Kohle. „Api, jetzt spann ihn nicht auf die Folter. Er wird es von allen am meisten wissen wollen."

Api sah die Göttin vorwurfsvoll seufzend an, so als habe sie ihm gerade eine Menge Spaß verdorben, gab jedoch nach. „Nun gut. Ich habe gute Neuigkeiten. Ich konnte zu ihr durchdringen. Sie hat mich eingelassen. Ich hatte einen schönen weitläufigen Blick in ihren Geist."

Er sprach von ihrem Kopf, als sei es eines der teuren Gemälde, die bei Api an der Wand hingen – doch das war Jeki egal. Erleichterung erfüllte ihn, und eine große Portion Anspannung, die er sich selbst in den letzten Wochen nicht eingestanden hatte, fiel von ihm ab.

Informationen. Das war es, was er gebraucht hatte, und jetzt würde er sie endlich bekommen. „Was habt

Ihr gesehen?", fragte er etwas atemlos, bemüht, nicht allzu gierig zu klingen.

„Viele Dinge, die nicht von Belang sind ...", antwortete Api langsam, das Kinn auf seine Fingerspitzen gestützt. „Wälder, durch die sie gegangen ist. Oyitis. Sie scheint eine kurze, nicht sehr angenehme Begegnung mit Wasser gehabt zu haben ..."

„Aber sie kann nicht schwimmen."

Api lachte leise. „Ja, aus diesem Grund empfand sie die Begegnung wohl auch nicht als angenehm. Na ja. Jedenfalls geht es ihr gut. Leider weiß ich immer noch nicht, wie die Asavez über den Appo gelangen konnten, aber das werde ich noch herausfinden. Alles, was für dich interessant sein wird, ist, dass sie auf dem Weg sind und sie entweder durch das Osttor kommen werden oder aber durch das Tor in Amrie. Sie haben sich wohl noch nicht entschieden. Und, ach ja: Sie sind als Soldaten der Göttlichen Garde verkleidet."

Thaka, zur Rechten von Api, lachte laut auf. „Wie ironisch, nicht? Dass sie sich als Soldatin der Göttlichen Garde verkleidet."

„Das ist in der Tat ironisch", bestätigte auch Api, seine Augen jedoch auf Jeki gerichtet. „Aber das bedeutet natürlich, dass die Garde aufmerksamer sein muss denn je. Sie sollen jeden Soldaten, der die Mauergrenzen passiert, nach seinem Namen fragen."

„Natürlich." Jeki nickte, immer noch ungeduldig.

All das war für ihn nicht von Belang. Natürlich war es wichtig, aber er brauchte andere, tiefergehende Informationen. Irgendetwas, das ihn wissen ließ ...

„Da fällt mir ein", unterbrach Api Jekis Gedankengang, „es scheint so, als hätte sie sich mit dem Ikano der Luft ... angefreundet."

Jeki blinzelte und Valera wandte sich interessiert zu ihrem Mitgott um. „Angefreundet? Ist das ein Euphemismus?"

Api betrachtete die Göttin der Vernunft und lächelte vage. „Möglich. Ich konnte nicht genug von ihrem Geist einsehen, um ein Urteil zu fällen, aber sie scheinen sich ungewöhnlich gut zu verstehen. Wenn man bedenkt, wo die beiden herkommen und was sie erlebt haben, ist das schon sehr verwunderlich, aber nun ja. Sie erinnert sich ja nicht."

Angefreundet?

Irgendetwas in Jekis Magen rebellierte gegen dieses Wort. Der Ikano der Luft, der ihn beinahe getötet hatte ...

„Jeki, alter Freund, du siehst müde aus." Diesmal war es Thaka, der seine Stimme erhoben hatte. Der Gott wedelte unwirsch mit einer Hand hin und her. „Du solltest etwas Schlaf bekommen. Wie ich höre, bist du mit der Arbeit gegen die Rebellen mehr als nur ausgelastet, und mehr als das bereits Gesagte ist für dich ohnehin nicht von Belang. Geh ruhig."

Nicht von Belang?

Sein Kiefer verkrampfte sich, und es kostete ihn einige Mühe, seine Zähne auseinanderzureißen. „Natürlich", murmelte er, denn er wusste, dass Thakas Worte kein Vorschlag gewesen war, sondern eine Aufforderung. Er wollte nicht gehen, doch er war offensichtlich nicht dazu eingeladen, zu bleiben.

Jeki neigte seinen Kopf leicht nach vorne und verließ dann rückwärts den Raum. Die Tür schloss sich hinter ihm und ein fahler Geschmack haftete an seiner Zunge.

Er hatte Informationen gewollt und er hatte welche bekommen. Aber wissen tat er nichts.

Api beobachtete, wie Jeki den Raum verließ und fragte sich, ob er gerade eine Spur zu weit gegangen war. Es machte Spaß, zu sehen, wie Menschen auf gewisse Aussagen reagierten – doch er brauchte Jeki, und es wäre nicht ratsam, ihn absichtlich weiter zu reizen.

Valera schien den gleichen Gedanken zu haben. „Jeki ist ein treuer Soldat, Api. Davon gibt es nicht allzu viele.“

„Ich weiß.“

„Dann solltest du darauf achten, wie du ihn behandelst. Du hast ihn bereits belogen, und das wird er zweifelsohne bald herausfinden.“

Auch das wusste Api. Doch das hatte er bereits in seiner Planung berücksichtigt. „Es ging nicht anders. Das weißt du. Manchmal schützt eine Lüge das, was wirklich wichtig ist.“

Valera nickte langsam und betrachtete die rote Flüssigkeit in ihrem Weinglas, bevor sie daran nippte. „Ich weiß. Und ich weiß ebenso, dass du noch einige Informationen in ihrem Kopf gesehen hast, die uns interessieren könnten, aber Jeki nichts angehen.“

Api lächelte breit und lehnte sich zurück. Natürlich war ihr das aufgefallen. Wenn man über dreitausend

Jahre mit jemandem befreundet war, war es schwierig, Geheimnisse voreinander zu verbergen. „Jaan ist bei ihnen", stellte er deswegen tonlos fest. Apis Blick schwang von Valera zu Thaka. Wie von ihm erwartet, schien keiner der beiden überrascht.

„Natürlich ist er bei ihnen", bemerkte die Göttin der Vernunft unbeeindruckt. „Was hast du erwartet? Der gute Anführer der Asavez ist vorsichtig. Es wäre dumm gewesen, Jaan nicht zu schicken."

Thaka prustete ein freudloses Lachen. Api wusste, dass er ungeduldig wurde. Ihm ging es zu langsam, und zurzeit sah es nicht sehr gut für den Gott der Gerechtigkeit aus. „Der gute Anführer wäre sicherlich ziemlich wütend, wenn Jaan etwas zustieße ...", knurrte er.

„Thaka!", schalt Valera ihn sofort. „Du weißt, dass du ihn nicht töten kannst."

„*Kann*? Nicht töten *kann*?"

„Wir haben Regeln."

„Die einzige Regel, die wir haben, ist die, dass keiner von uns Kinder bekommt. Das andere Geschwätz ... das kann höchstens als Abmachung gewertet werden."

Valera kniff die Augen zusammen. „Und diese Abmachung ist mindestens genauso viel Wert wie unsere Regel. Wir waren alle damit einverstanden."

Der Gott der Gerechtigkeit schlug ungehalten auf die Lehne seines Sitzes. „Vor tausend Jahren! Ja! Aber jetzt ist es eine Abmachung, die uns allen nichts mehr nützt. Außer ihm."

„Du hast deinen Nutzen bereits aus ihr gezogen", erinnerte ihn Valera bestimmt. „Unser Gerechtigkeitssinn gebietet es uns, die Abmachung bis zum Schluss einzuhalten. Dir, als Gott der Gerechtigkeit, muss das doch bewusst sein.“

„Gerechtigkeitssinn!“ Thaka spuckte das Wort auf den Boden und sprang auf. „Natürlich spricht die Göttin der Vernunft von Gerechtigkeitssinn! Unsere Abmachungen bergen für dich zurzeit ja auch keinen Nachteil!“

Interessiert betrachtete Api Valeras Gesicht, das kaum ein Lächeln verbergen konnte. „Du hast deine Wahl getroffen, Thaka. Und seien wir ehrlich: Der Einzige, der sich sichtlich ärgern sollte, ist Api.“

Api lachte leise. Sie hatte vollkommen recht, aber er hatte bereits vor dreihundert Jahren eingesehen, dass er die falsche Wahl getroffen hatte. „Es liegt nicht in meiner Natur, mich unnötig aufzuregen. Ich bin mit meiner Position vollauf zufrieden.“

Und das war er. Er hatte die Göttliche Garde, er hatte seine Ikanos und er hatte seine Pläne. Mehr brauchte er nicht. Außerdem machte es ihm Spaß, seinen Mitgott dabei zu beobachten, wie ihm vor Nervosität der Schweiß ausbrach. Gleichwohl er sich wünschte, dass auch Valera ein wenig mehr Anspannung zeigen würde.

KAPITEL 2

DIE APPOKALYPSE – DER KRIEG DER ZWEI (2)

Api hat sich der Ikano angenommen. Ich wohne in der Vierten Mauer und kann sie bis tief in die Nacht kämpfen und trainieren hören. Die Erde zuckt nun ständig. Der Nachbarsjunge wurde zur Göttlichen Garde einbezogen. Er sagte mir, er fühle sich geehrt, für Bistaye kämpfen zu dürfen.
Aber natürlich weiß ich, dass er lügt. Ich weiß es immer. Warum machen die Menschen sich noch die Mühe?

Vea Kerwin zitterte. Sie betrachtete Janon, dessen Hand sein Gesicht verdeckte, und Angst kroch durch ihre Adern.

„Scheiße, scheiße, scheiße …", murmelte er, und Vea konnte sich nicht mehr daran erinnern, wie oft er dieses Wort jetzt schon wiederholt hatte.

Es mussten über hundert Mal gewesen sein – und wenn sie ehrlich war, konnte sie es ihm nicht einmal wirklich verübeln.

„Verfluchte Scheiße, Vea! Wie kannst du … scheiße! Ich dachte, du wärst wegen der schlechten Beziehung zu deiner Schwester kein Freund der Garde, und nicht etwa, weil du eine verdammte Rebellin bist!"

Vea sah auf die Hand, die sein Gesicht verdeckte, dann flackerte ihr Blick zu der Tür zurück, aus der Jeki und Arcal Nika vor nicht allzu langer Zeit herausgeführt hatten. Esya war hineingegangen. Esya, die Ikano des Feuers.

Vielleicht sollte sie gehen. Weglaufen. Janon war Jekis kleiner Bruder, und dass er jetzt wusste, dass sie eine Rebellin war, könnte ihr zum Verhängnis werden.

Doch wo sollte sie hin? Nikana war ihre engste Vertraute gewesen. Ach, wem machte sie etwas vor: Sie war ihre einzige Vertraute.

Veas Unterlippe zitterte heftig, und sie biss mit ihren Vorderzähnen darauf, um sie zum Aufhören zu zwingen. Mühsam presste sie die aufsteigende Panik hinunter, die sich langsam, aber sicher in ihr breit gemacht hatte, und kniff sich in den Handrücken, um ihre Konzentration zurückzugewinnen.

Sie musste nachdenken. Was würde Nika tun? Was wäre ihr erster Schritt?

„Deine Freundin ..." Janon unterbrach ihre Denkversuche und zwang sie mit nur einem Finger dazu, ihn anzusehen. Dann nickte er zu Nikas Hauseingang hinüber, den Vea eben noch betrachtet hatte. Als müsse er ihr erklären, wen er mit *Freundin* meinte. „Ist sie auch eine ... Rebellin?"

Vea sagte nichts. Sie sah ihm in die braunen Augen, die in der Dunkelheit schwarz wirkten, und schwieg. Ihre zu freizügige Zunge war das, was sie überhaupt erst in Schwierigkeiten gebracht hatte.

Doch offenbar war selbst ihr Schweigen verräterisch. „Verdammte Scheiße, Vea! Was genau werden sie ihr vorwerfen?"

Veas Finger kniffen weiterhin in ihre Hand, und sie fragte sich, warum Janon diese Fragen stellte. Wollte er ihr helfen oder würde er mit den Informationen, die sie ihm lieferte, direkt zu seinem Bruder laufen?

„Vea", raunte er, seine Stimme rau wie Schmirgelpapier. „Sie werden das Haus durchsuchen. Gibt es dort irgendetwas, das sie belasten könnte? Etwas, das die Vorwürfe, die sie ihr machen werden, unterstützt?"

Veas Gedanken fingen an zu rasen. Richtig. Beweise. Das wäre es, an das Nika zuerst gedacht hätte. Gab es Beweise in Nikas Haus, die sie als Rebellin enttarnten?

Da waren die Briefe, die sie aus Asavez erhalten hatte. Liebesbriefe von Ro, ihrem Freund. Bis vor kurzem hatten sich außerdem noch Flüchtige in Nikas Keller versteckt – doch die waren fort. Blieb nur die Frage offen, ob auch ihre Spuren verwischt worden waren.

Veas Herz klopfte schwer gegen ihre Brust, während sie versuchte, sich daran zu erinnern, ob Nikana erwähnt hatte, dass sie die Briefe und restlichen Beweise weggeschafft hatte. Doch sie wusste es nicht. Entweder war sie zu vergesslich oder Nika hatte nie ... Sie stockte in ihrem Gedankengang. Etwas anderes, viel Furchtbareres hatte sich in ihren Kopf geschlichen. „Der Dolch!" Die Worte waren kaum ein Flüstern in der Nacht, und Vea schlug sich die Hand vor den Mund. Eine ganz andere Art von Kälte als die, die sie umgab, kroch in ihre Kleider und unter ihre Haut. „Bei den Göttern, der Dolch!"

„Welcher Dolch?"

„Der Göttliche Dolch!“

„Jekis Dolch?“

Sie nickte, und ihr Herz schien in ihre Luftröhre gesprungen zu sein, denn es fiel ihr plötzlich schwer, zu atmen. „Ich habe ihn Nikana gegeben.“

„Warum zum Teufel hast du das getan?“

„Sie kann viel besser mit Messern umgehen und … es hat in dem Moment Sinn gemacht! Wenn er noch im Haus ist und Esya ihn findet … bei den Göttern.“

Thaka entschied über das Schicksal von Dieben. Meistens wurde Diebstahl mit einer langen Haftstrafe bestraft. Doch der Diebstahl eines Göttlichen Dolches von dem Gürtel eines Ersten Offiziers? Vea wollte gar nicht wissen, was für eine Strafe auf so eine Tat folgte. „Ich muss ihn holen“, murmelte sie und wollte zum dritten Mal in dieser Nacht losrennen. Und zum dritten Mal war es ein starker Arm, der sie davon abhielt.

„Du musst überhaupt nichts! Esya ist in dem Haus!“

„Na und?“, zischte sie zurück und riss an ihrem Arm. „Wenn Esya den Dolch findet, dann ist das Nikas Todesurteil!“

„Und wenn Esya dich erwischt, dann ist es deines!“

Sie schnaubte und schmeckte Blut an der Stelle, an der sie sich in die Unterlippe gebissen hatte. „Mein Tod würde zumindest von dem Dolch ablenken. Mein Leben ist im Vergleich zu Nikas nichts wert.“

Janons Griff wurde noch fester und jetzt gruben sich seine Fingernägel in ihren Unterarm. „Sag so etwas nie wieder“, knurrte er. „Dein Leben –“

„Mein Leben geht dich nichts an!“ Sie hatte keine Zeit hierfür. Sie musste ins Haus, den Dolch suchen. Wieder riss sie an ihrem Arm, aber Janons Hand hatte sich wie ein Schraubstock darum gelegt.

Er sah wütend aus. Doch es war eine andere Wut als die, die sie kurz in seiner Miene hatte aufblitzen sehen, als er erkannt hatte, dass er sich mit einem Mädchen traf, das gegen seinen Bruder arbeitete. Eine aufmüpfigere. „Ich sehe das anders.“

Fassungslos fing Vea an zu lachen. „Es interessiert mich nicht, wie du es siehst! Du kennst mich doch gar nicht! Ich mache es dir einfach: Du kannst gehen und den heutigen Abend ignorieren. Ich weiß, dass das schwierig für dich ist, aber ich hatte ohnehin entschieden, dass es Blödsinn wäre, es mit dir zu versuchen, also: geh! Geh nach Hause und vergiss einfach alles, was du heute erfahren hast.“

„Das kann ich nicht.“

„Also willst du mich verraten?“ Jetzt brach die Panik doch durch. Wenn er sie verriet, dann waren die Rebellen verloren.

„Natürlich verrate ich dich nicht!“, zischte er aufgebracht. „Lass mich nachdenken, okay? Ich brauche nur ein paar Sekunden, um meine Gedanken zu ordnen. Das ist heute alles etwas viel auf einmal.“

„Ich habe keine Zeit dafür, dass du nachdenkst! Der Dolch ...“

Abrupt ließ Janon sie los. Sein Blick war hart und bestimmt und schließlich nickte er fest. „Gut. Dann gehen wir.“

Er streckte seinen Arm aus, um ihr den Vortritt aus der schmalen Gasse zu lassen. Verwirrt sah sie zu ihm auf.

„Gehen?“

„Den Dolch holen.“

„Aber –“

Janon verschränkte die Arme vor der Brust. „Wenn du auch nur für eine Sekunde denkst, dass ich dich alleine in das Haus einer Rebellin spazieren lasse, in dem eine verdammt cholerische Ikano des Feuers wartet, dann hast du ganz offensichtlich deinen hübschen Verstand verloren.“

Vea wusste nicht, was sie sagen sollte. Ihr Mund stand offen. Der erste Gedanke war, ihn zu fragen, wie ein Verstand hübsch sein konnte, der zweite war … „Janon! Das ist idiotisch! Du bist nicht unantastbar, nur weil Jeki dein Bruder ist. Die werden dich ohne Umschweife verhaften, wenn sie erfahren, dass du mir hilfst.“

„Sie werden es nicht erfahren, und ich lasse dich nicht alleine.“

Ihre Augen fingen an zu brennen und sie musste mehrfach schlucken, um wieder normal atmen zu können. Janon war einmal mit ihr ausgegangen. Er kannte sie nicht. Nicht gut genug zumindest, um so viel für sie aufs Spiel zu setzen. Sie öffnete den Mund, um ihm zu verbieten, so dumm zu handeln, doch er wusste offenbar genau, was sie dachte.

„Vea.“ Seine Stimme war jetzt kaum noch ein Flüstern, und er sah sie so eindringlich an, dass sie gerne weggesehen hätte, doch seine Hand an ihrer Wange hielt sie davon ab. „Ich habe nicht einmal einen Tag gebraucht, um zu wissen, dass ich so ziemlich alles für dich tun würde. Wenn mich das zu einem Idioten macht, muss ich wohl damit leben.“

„Aber …“

Janon schüttelte den Kopf. „Du nimmst den Hintereingang, ich lenke Esya ab."

„Wie willst du das anstellen?"

Ein breites Lächeln stahl sich auf seine Züge. „Na wie schon? Ich klopfe an die Tür." Und mit diesen Worten ließ er sie los und trat aus der Gasse auf die breite Straße, die von den ersten Sonnenstrahlen in dämmriges Licht gehüllt wurde.

Vea hätte ihn nicht zurückrufen können, selbst wenn sie es gewollt hätte. Leise fluchend sah sie ihm einige Sekunden lang nach. Sie wusste nicht, ob sie ihn schlagen oder küssen wollte. Da zum jetzigen Zeitpunkt beides keine Option war, presste sie nur die Lippen aufeinander, schüttelte ein letztes Mal den Kopf und huschte dann weiter in die Dunkelheit der Gasse, um durch Nikas Garten hindurch in ihr Haus zu gelangen.

Die Vierte Mauer bestand aus fünf Parallelstraßen und Nika wohnte von Süden aus gesehen in der dritten. Ihr Garten war mit einem weißen Lattenzaun umgeben, der im Licht der aufsteigenden Sonne gelb leuchtete, und als Vea sich zu den Seiten umsah, stellte sie erleichtert fest, dass die Fensterläden der umliegenden Häuser vorrangig noch verschlossen waren. Der Tag hatte für die meisten Leute noch nicht begonnen.

Sie sprang in den Garten hinein, wollte das Quietschen des Tores nicht riskieren, und bemühte sich, nicht allzu viele Pflanzen in Nikas Blumenbeet zu zertreten. Nicht dass Nika das interessiert hätte, aber je weniger Spuren sie hinterließ, desto besser.

Ihre Füße sanken in die taufeuchte Erde, und hastig sprang sie auf den Rasen, bevor das Profil ihrer Schuhe so dreckverschmutzt war, dass sie Spuren auf dem

Boden im Haus hinterlassen würde. Nikanas Hintertür war aus solidem Holz, das sie dunkelblau gestrichen hatte. Sie grenzte direkt an die ausgedörrte Grasfläche. Es war heiß und trocken in Bistaye und die Gärten grün zu halten, war sehr teuer. Die meisten Menschen machten sich nicht die Mühe, sie zu bewässern.

Vea betrachtete das Schloss und war froh darüber, dass sie einen Schlüssel zu Nikas Haus besaß. Sie war zwar eine Diebin, aber sie stahl nicht aus den Häusern von Leuten. Sie beklaute nur auf offener Straße und wenn sie eine Tür hätte aufbrechen sollen, wäre sie überfragt gewesen. Sie würde es auf die Liste der Dinge setzen, die sie noch lernen wollte.

Fahrig und mit zitternden Fingern zog sie ihren Schlüsselbund, das einzige, was sie aus ihrem Haus mitgenommen hatte, aus der Tasche. Das Metall schlug verräterisch laut gegeneinander. Sie schluckte mehrmals und konnte ihren Herzschlag im Hals spüren. Vorsichtig atmete sie ein und aus.

Sie musste sich beruhigen, sich konzentrieren. Nikas Leben hing womöglich von ihrem Handeln ab. Mit zittrigen Fingern fand sie den richtigen Schlüssel und steckte ihn so vorsichtig wie möglich ins Schloss. Gleichzeitig spitzte sie die Ohren und presste eines davon an die Tür. Hatte Janon bereits geklopft? Sprach er bereits mit Esya?

Sie konnte nichts hören. Aber das konnte auch an dem dicken Holz und den zwei Räumen liegen, die zwischen dieser und der anderen Tür lagen.

Das Schloss klickte, als sie den Schlüssel darin drehte, und sie betete zu den Göttern, an die sie längst den

Glauben verloren hatte, dass das Scharnier nicht quietschen würde.

„... was soll das? Ich sagte doch, dass Jeki nicht hier ist!"

„Ich habe ihn aber doch vorhin hier stehen sehen."

„Er stand hiervor und ist wieder gegangen – der Rest geht dich nichts an, Janon."

Vea stieß die Tür weiter auf. Das war ihre Chance. Sie hatte keine Ahnung, wie lange Janon Esya würde ablenken können. Hastig presste sie sich durch den Hintereingang und drückte die Tür so leise wie möglich zurück in ihren Rahmen.

Nikas Wohnzimmer war nicht allzu groß. Zu Veas Rechten war ein steinerner Kamin eingebaut, während sich zur Linken Bücherregale aneinanderreihten, zwischen denen eine schmale Treppe nach oben führte. Ein großes braunes Sofa stand in der Mitte des Raumes, der mit schweren grünen Teppichen ausgelegt worden war.

Sie würde sich nie wieder über Nikanas zwanghaften Drang, warme Füße zu haben, lustig machen.

„Wohnt nicht Nikana hier?"

„Und wenn es so wäre, ginge dich das immer noch nichts an!", schnarrte Esya laut, und für einen kurzen Moment konnte Vea den Rücken ihrer Rüstung durch die leicht geöffnete Tür, die vom Flur in den Wohnraum führte, erkennen. Doch sie machte sich nicht die Mühe, länger hier unten zu verweilen. Nikana würde die Dinge, die ihr wichtig waren, nicht im Wohnzimmer verstecken. Wenn, dann wären sie in ihrem Schlafzimmer.

Vea kannte Nikana seit sechs Jahren. Sie hatte sich an dem Tag mit ihr angefreundet, an dem Salia mit den Worten: „Es wird sich nichts ändern", in die Dritte Mauer gezogen war.

Vea musste beinahe bitter auflachen, als sie sich an diesen Tag zurückerinnerte. Salia war ausgezogen, und einen Tag später hatte sich ihre Mutter das Leben genommen. Seitdem war ihre Schwester nicht mehr dieselbe. Vea hatte immer das Gefühl gehabt, dass sie sich schuldig für ihren Tod fühlte. Und vielleicht war sie sogar schuld. Vea hatte nie erfahren, worum es in dem letzten Gespräch zwischen Salia und ihrer Mutter gegangen war.

Sie hatte ihre Schwester und ihre Mutter mit nur einem Schlag verloren und Nikana mit dem nächsten gewonnen.

Nika hatte Vea am Tag nach dem Tod ihrer Mutter dabei erwischt, wie sie ihr ein Armband hatte stehlen wollen. Das Mädchen mit den dunkelroten Haaren hatte sie angesehen – und dann gefragt, ob sie ihr das beibringen könne. Der Anfang ihrer engen Freundschaft. Vea würde alles tun, um Nikana zu verteidigen – so wie sie es auch für sie getan hatte.

Die Stufen, die Vea hocheilte, waren aus Holz und knarrten sanft unter ihren Füßen, während sie immer noch hören konnte, wie Janon eine sinnlose Frage nach der anderen stellte. Er hatte tatsächlich angefangen, Esya nach den architektonischen Begebenheiten des Hauses zu fragen, und deutete nun an, dass er das Haus gerne kaufen wolle, falls Nikana nicht mehr zurückkehrte. Ob man das denn schon voraussehen könne. Ob Esya wisse, was Nikana vorgeworfen werde.

Vea hastete durch den schmalen, dunklen Flur im Obergeschoss, und jetzt konnte sie die Stimmen nicht mehr hören. Sie schob die letzte Tür des Gangs auf und fluchte leise, als sie bemerkte, wie dunkel es hier war. Natürlich hatte Nikana die Fensterläden noch nicht geöffnet, und so drangen nur sehr schmale und dürftige Lichtstrahlen durch die Ritzen im Holz.

Veas Blut pochte in ihren Ohren, als sie die Tür hinter sich schloss. Wo hatte Nikana ihr Geheimversteck? Es gab eines. Sie hatte ihr einmal davon erzählt. Vor anderthalb Jahren, als sie das Haus gekauft hatte. Nur ... sie erinnert sich nicht.

Durch die Nase einatmen, durch den Mund ausatmen, durch die Nase einatmen ...

Sie konnte die Läden nicht öffnen, das würde Esya auffallen. Nur, ohne Licht war es so gut wie unmöglich, das Zimmer effektiv abzusuchen. Wenigstens war die Ikano des Feuers noch nicht hier gewesen.

Sie musste nachdenken, die Panik nach hinten schieben und konzentriert überlegen.

Wo würde sie einen Dolch verstecken? Wo würde sie Dinge verstecken, von denen niemand wissen durfte, dass sie existierten?

Sie machte einen Schritt nach vorne und stieß sich ihr Schienbein an einem flachen Hocker, den sie vor dem Bett nicht gesehen hatte. Nur mit Mühe und Not konnte sie ein Fluchen unterdrücken. Natürlich hatte sie nur auf Möbel geachtet, die sich auf Hüfthöhe befanden. Sie rieb sich mit der flachen Hand übers Schienbein und sah sich dann fieberhaft im dämmrigen Zimmer um.

Vor ihr stand ein breites Bett, das vollkommen zerwühlt war. Die weißen Leinen reflektierten die paar Lichtstrahlen, die es in den Raum hinein geschafft hatten. Daneben stand ein Nachtschränkchen und über dem Bett hing ein Bild, von dem Vea im Dunkeln nicht ganz erkennen konnte, was es darstellte.

An der Wand gegenüber dem Fenster standen ein Bücherregal und ein schmaler Kleiderschrank.

Verdammt. Warum hatte sie keinen Geistesblitz?

Sie ließ sich auf die Knie fallen und fing an, den Dielenboden nach einem losen Brett abzusuchen – irgendwo musste sie schließlich anfangen. Ihre Hände rannen über das raue, dunkle Holz und hier und da versuchte sie es nach unten zu drücken. Doch sie fand nichts. Wenigstens gewöhnten sich ihre Augen jetzt an das Halbdunkel und sie konnte ihre Umgebung besser erkennen.

Sie war schon so oft bei Nika im Haus gewesen – nur eben nie in ihrem Schlafzimmer.

Vea kroch zum Bett, horchte gleichzeitig, ob Schritte die Treppe hochkamen, bevor sie mit der flachen Hand die Unterseite der Matratze und des Rostes, auf dem sie auflag, abtastete.

Nikana war immer ein wenig paranoid gewesen. Sie würde den Dolch nah bei sich haben wollen, falls sie nachts von der Göttlichen Garde überrascht werden sollte – das war zumindest ihr persönlicher Albtraum gewesen.

Sich auf die Beine stemmend betrachtete Vea das, was dem Bett am nächsten war. Wo konnte man gut einen kleinen, schmalen Gegenstand verstecken?

Ihre Augen flogen über den schlichten Holzrahmen des Bettes und einfach, weil ihre Finger etwas tun wollten, öffnete sie die Schublade des Nachttisches. Doch darin befand sich nichts außer einem zerfledderten Taschenbuch, ein paar Haarklammern, einem Tintenfass und ... einem Brief.

Zögerlich hielten Veas Finger über dem gefalteten Pergament inne. Sie wollte nicht in Nikas Privatsphäre eindringen, doch was, wenn es einer von Ros Briefen war? Oder eine Nachricht von einem anderen Soldaten aus Asavez?

Sie zog das Pergament aus der Schublade und öffnete es kurzerhand. Es war nur ein Wappen abgebildet, unter dem zwei Zeilen standen.

Das Wappen zeigte drei Ringe, die – sich überlappend – nebeneinander aufgereiht waren. Über und unter ihnen befand sich jeweils ein Kreuz.

Sie schulden mir überhaupt nichts und jedes Misstrauen habe ich verdient. Dennoch wäre ich Ihnen sehr verbunden, wenn Sie dies dem Ikano der Luft zukommen lassen könnten.

Dies?

War dem Brief etwas beigelegt worden?

Verwirrt steckte Vea sich den Brief in eine der aufgenähten Taschen ihres Schlafhemdes, das sie immer noch unter ihrem Pullover trug. Fest stand, dass Nikana besser nicht in Verbindung mit einem gewissen Ikano der Luft gebracht werden sollte.

Vea schob die Schublade wieder zu und tastete nun die Bettdecke ab. Sie hob das Kopfkissen an, überprüfte erneut die Matratze – und blieb schließlich mit dem Blick am Gemälde darüber hängen.

Sie hätte beinahe angefangen zu lachen.

Es konnte nicht so einfach sein.

Eine Landkarte hing dort, die Bistaye und Asavez zeigte. Die Sieben Mauern, Amrie, die Sakre-Wüste auf der einen Seite, die Kreisberge, die Wälder und einige Städte auf der anderen. Getrennt durch den Appo. Nur gab es im Gegensatz zur Gegenwart auf diesem Gemälde noch vier Brücken, die den großen Fluss überspannten.

Die Karte zeigte Asavez und Bistaye vor dem großen Krieg von vor fast tausend Jahren. Vereint.

Auf dass die Götter bald wieder alles überblicken mögen, stand in goldenen Lettern darunter.

Ja, genau. Nikanas Traum war es, dass die Götter wieder beide Hälften des Flusses regierten.

Im nächsten Moment stand Vea auf dem Bett und hatte das Bild angehoben. Die Wand dahinter war unberührt, doch als Veas Finger am hinteren Rahmen entlangfuhren, stieß sie schon nach wenigen Sekunden auf etwas Hartes. Nika hatte den Dolch zwischen Rahmen und Leinwand gesteckt. Und das war nicht das Einzige, was Veas Hände fanden. Weitere Briefe – diesmal war sich Vea sicher, dass sie von Ro waren – hatte Nikana überall in den Rahmen hineingesteckt.

„Oh, Nika", seufzte Vea, während sie so hastig wie möglich versuchte, jeden einzelnen Brief zusammenzuklauben. Es waren über ein Dutzend. Ihre Freundin musste wirklich unglaublich verliebt sein, wenn sie so leichtsinnig gewesen war, all diese Beweise zu behalten. Sie hätte doch zumindest –

Vea hielt inne.

Hatte da eben eine Diele geknarrt? Oder war es die Matratze unter ihren Füßen gewesen?

Panisch versuchte sie, ihre Herzfrequenz hinunterzufahren, denn so laut, wie es schlug, konnte sie nichts hören.

„… hasse die Tujans, arrogante kleine …"

Sämtliches Blut wich aus Veas Gesicht. Sie stopfte so viele Briefe wie möglich in ihre Taschen und sah sich panisch im Raum um. Im nächsten Moment sprang sie vom Bett herunter und hechtete so lautlos wie nur möglich unter den Lattenrost. Der einzige Platz, der ihr auf die Schnelle einfiel. Sie konnte nicht wirklich leise gewesen sein, doch zum Glück führte Esya Selbstgespräche.

„… natürlich muss die Frau zurückbleiben, um zu suchen. Weil die Herren sich zu schade sind, sich auf den Boden zu knien." Esya spuckte die Worte geradezu aus, als sie mit etwas zu viel Energie die Tür öffnete, die gegen die Wand dahinter krachte.

Vea wagte nicht, zu atmen. Das Blut schien in dreifacher Geschwindigkeit durch ihre Adern zu fließen, und der metallene Schaft des Dolches drückte ihr schmerzhaft auf den Hüftknochen.

Sie konnte Esyas Füße neben dem Hocker sehen, an dem sie sich selbst gerade noch das Schienbein gestoßen hatte.

Im Vergleich zu ihr gab die Soldatin sich keine Mühe, leise zu sein. Ihre ledernen Stiefel, die unter ihrer Rüstung hervorlugten, stampften dumpf auf das Holz und etwas knisterte – dann erleuchtete ein flackerndes Licht den Raum.

Vea wusste, dass Esyas Hand wahrscheinlich gerade in Flammen stand, und die Panik grub sich tiefer unter ihre Haut. Eine wütende Ikano des Feuers, die für ihren Jähzorn bekannt war. Was die wohl mit einem Eindringling anstellen würde, den sie auf frischer Tat ertappte?

Esyas Füße durchquerten den Raum und im nächsten Moment wurde das flackernde Licht durch das der Sonne ersetzt. Sie musste die Fensterläden geöffnet haben, und der erste Strahl fiel jetzt ... genau auf einen von Ros Briefen, den Vea aus Versehen fallengelassen haben musste. Er lag vor dem Nachttisch, keinen Meter von Esyas Füßen entfernt.

Scheiße.

Scheiße, scheiße, scheiße.

Veas Gehirn fiel es schwer, über dieses eine Wort hinauszudenken. Wenn Esya ihren Blick auf den Boden richtete. Wenn sie –

„Esya? Mir ist noch eine Frage eingefallen! Bist du oben?"

Esya gab ein Knurren von sich, murmelte: „Wenn der Zeitpunkt kommt, werde ich ihn einbuchten", und eilte dann wieder aus der Tür.

Mit einem lauten Zischgeräusch stieß Vea ihren Atem aus, bevor sie so schnell sie konnte wieder unter dem Bett hervorkroch. Sie schürfte ihre Knie am Boden auf, doch sie achtete nicht auf das Brennen. Sie hatte nicht viel Zeit. Sie griff nach dem verbliebenen Brief auf dem Boden, sah sich ein letztes Mal um, um sicherzugehen, dass sie auch ja keinen vergessen hatte, und schlüpfte dann aus der Tür, die Esya nur angelehnt zurückgelassen hatte.

Noch nie hatte Vea so viel Adrenalin in ihren Adern gehabt, nicht einmal, als sie aus dem brennenden Gebäude der Lawins gesprungen war. Jedes Knistern der Briefe in ihren Taschen und Händen, jeder gedämpfte Fußtritt kam ihr vor wie der Schlag einer Trommel.

Sie konnte hören, wie Esya Janon anschrie und nutzte die Lautstärke der Ikano des Feuers, um die letzten Stufen der Treppe hinunterzuspringen und zur Hintertür zu rennen.

Erst als sie den Garten durchquert und den Zaun überwunden hatte, lief sie langsamer. Rennenden Menschen wurde hinterhergesehen. Andererseits: Menschen, die ordentlich schwitzten, zerschrammte Knie hatten und auffällig leicht bekleidet waren, wohl auch.

Egal. Ruhig. Atmen. Sie war raus aus dem Haus, der Dolch schlug gleichmäßig gegen ihren Hüftknochen und Esya würde keine Verbindung zwischen Nika und einer Rebellengruppierung finden.

Hoffentlich.

Nervös betrachtete Vea die Fassaden der links und rechts von ihr liegenden Häuser. Doch noch immer waren die Fensterläden geschlossen und nirgendwo drang Licht hervor. Der Tag hatte noch für niemanden begonnen. Schließlich bog sie in die Gasse ein, in der Janon und sie sich zuvor versteckt hatten. Sie atmete schwer, doch die Erleichterung, die sie durchflutete, als Janon ihr in genau der Sekunde entgegenkam, in der sie sich an die kühle Wand hinter sich lehnte, überdeckte das Gefühl von Erschöpfung.

Janon blieb vor ihr stehen, und im nächsten Moment streckte sie ihren Arm aus, zog seinen Kopf zu sich heran und küsste ihn sanft auf die Lippen. „Danke. Danke, danke, danke. Du bist ... danke!“

In diesem Moment war es ihr egal, dass Jeki sein Bruder war. Wen kümmerte es?

Doch als sie zu ihm hochsah, in das Gesicht, das unendlich viele Emotionen gleichzeitig zu durchlaufen schien, wusste sie, wen es kümmerte. Ihn.

Sie strich mit ihrem Zeigefinger sanft seine Wange entlang, bevor sie sich wieder etwas gerader aufrichtete. „Was wirst du jetzt tun, Janon?“

Er starrte sie an, betrachtete die Briefe in ihrer Hand, sah auf die Ausbuchtung in ihrer Tasche, in der der Dolch ruhte, und dann wieder zurück in ihr Gesicht. „Ich habe keine beschissene Ahnung!“

Kapitel 3

Die Appokalypse – Der Krieg der Zwei (3)

Ich hatte geglaubt, nur die äußeren Mauern würden den Gottlosen angehören. Doch es scheint, dass selbst hier, in der Vierten Mauer, einige der Menschen die göttliche Autorität anzweifeln. Sie fühlen sich unterdrückt und sehnen sich nach Freiheit. Ich stehe mit meiner Meinung dazwischen. Werde es wohl immer tun. Menschen sollten ihr Leben frei wählen können. Unter den Göttern, neben den Göttern, ohne die Götter. Aber sie werden wohl nie verstehen, dass Krieg mehr Chaos als Ordnung schafft. Ich jedoch kenne die Wahrheit. Die Wahrheit der Götter und die der Menschen.

Ich spiele mit der Idee, ein eigenes, drittes Lager zu eröffnen. Ob es wohl jemanden gäbe, der mir folgen würde?

Levi sah, wie sich die kleinen Härchen auf Nyms Nacken sträubten. Er fragte sich, ob die Ursache Leenas schrille Stimme war, oder ob sie sich ebenfalls Gedanken darüber machte, wie grausam sie in ihrem alten Leben gewesen sein musste, um solch einen bleibenden

Eindruck bei den Soldaten der Göttlichen Garde zu hinterlassen.

Irgendwie passten die Nym, die er kannte, und die Nym, die zwischendurch hindurchschien – die alte Nym – nicht zusammen.

Die Nym, die jemanden mit bloßen Händen und nichts weiter als einem Schulterzucken das Genick brach, und die Nym, auf deren Schoß nun Liris Kopf lag, über den sie vorsichtig und liebevoll strich.

Die Nym, die jemandem ihre Handfläche ins Gesicht brannte, und die Nym, die weinte, weil sie nicht wusste, ob sie ihre Erinnerungen je wieder zurückbekommen würde, oder weil sie sie nicht wieder zurückhaben wollte.

Aber war es nicht heuchlerisch von ihm, ihr diese Ambivalenz vorzuhalten? Er war doch nicht anders.

Er hatte schon eine Unmenge an Menschen getötet und nur, weil er wirkte, als sei es ihm egal, hieß das nicht, dass er überhaupt nichts bei dem Gedanken daran empfand. Die Toten blieben bei einem. Die weißen Gesichter, das Blut, das Licht in den Augen, das langsam erlosch. Man vergaß die Menschen nicht, denen man das Leben genommen hatte.

Levi betrachtete Nyms Profil, das sich dunkel von den hellen Sonnenstrahlen abhob, die mittlerweile durch das Kutschfenster fielen, und ließ seinen Blick sanft ihre Züge abtasten. Die großen blauen Augen, in denen so viele Emotionen durcheinanderwirbelten, dass ihm schwindelig vom Zusehen wurde. Die vollen Lippen, die noch so viel weicher waren, als sie wirkten. Eine schwarze Haarsträhne kitzelte ihr Kinn und sie hob eine Hand, um sie hinter ihr Ohr zu streichen.

Bei dieser Geste bemerkte sie seinen Blick. Sie sah in seine Richtung, lächelte leicht und hob eine Augenbraue, als suche sie eine Erklärung dafür, dass er sie ansah.

Er hatte keine.

„Sagt mal, hört mir eigentlich überhaupt jemand zu?"

Liri gab einen kleinen Schnarcher von sich, und Levi sah, wie Nym mühsam ein Lächeln unterdrückte, während ihre Lippen die Worte *Nicht, wenn es sich vermeiden lässt* formten.

„Entschuldige Leena, ich war in Gedanken", sagte Ro, wie immer ganz der Wogenglätter. Sein Blick blieb nur für ein paar Sekunden an Nym hängen, doch Levi war sich sicher, dass er jedes einzelne Wort, das vor ein paar Stunden vor der Kutsche gewechselt worden war, aufgesogen hatte wie Liri Informationen über seltene Schmetterlinge. „Was genau hast du gesagt?"

Leenas Gesicht war tiefrot angelaufen, doch sie entschied sich dazu, ungerührt weiterzusprechen. „Die Bilder sind ungenau."

Sie hielt die Zeichnungen hoch, die Nym von den Soldaten verlangt hatte.

„Ungenau, aber doch genau genug", meinte Ro und seufzte beim Anblick von Levis Abbildung.

Levi musste zugeben, dass er recht hatte. Nym war auf ihrer Zeichnung kaum zu erkennen, aber er? Er war erschreckend gut getroffen.

„Ich habe nicht so eine große Nase", widersprach Leena beleidigt.

Ro schnaubte. „Leena, es geht nicht darum, ob du hässlicher auf den Bildern bist. Es geht darum, ob sie deutlich genug sind, um eine Wache zweimal darüber nachdenken zu lassen, ob sie dich passieren lässt!"

„Du hast gut reden, du und Nym – auf euren Bildern könnte genauso gut eine Kartoffel abgebildet sein!"

Ro nahm sein Portrait entgegen und nickte grinsend. „Es gibt keine besser aussehendere Kartoffel als mich. Nichts für ungut, Nym."

Nym reagierte nicht einmal. Sie war mit ihrem Kopf offenbar ganz woanders. Alles, was sie tat, war, auf Liris Gesicht zu starren und gleichmäßig über ihr Haar zu streicheln.

Levi riss seinen Blick von ihrem ausdruckslosen Gesicht und nahm nun selbst die Zeichnungen von Leena entgegen. Er ging sie nacheinander durch und fluchte, als er erneut zu seinem Portrait kam.

Es war eindeutig er, der darauf abgebildet war. Auch Jaan war zu erkennen, wohingegen der Rest der Gruppe demjenigen, der sie beschrieben hatte, offenbar nicht ganz so gut in Erinnerung geblieben war. Liris Gesicht schien glücklicherweise komplett frei erfunden worden zu sein.

Nichtsdestotrotz hatten sie ein Problem.

Levi stand auf, beugte sich nach vorne und klopfte dann mehrmals gegen das Holz, das sich zwischen der Kabine und der Kutschbank befand. „Jaan! Halt mal kurz an, wir müssen was besprechen."

Keine zehn Sekunden später hatte Jaan die Kutsche gestoppt, und sie alle stiegen aus. Nym bettete Liris Kopf auf eines der Kissen, die in der Kutsche lagen, bevor sie hinter Filia als Letzte auf den Boden trat.

Levi gefiel nicht, wie sie ihre Stirn runzelte und gleichzeitig versuchte, teilnahmslos auszusehen. Sie versagte skandalös darin, ihre Gefühle zu verbergen. Die Unsicherheit und Angst sprangen ihr förmlich aus den Augen und tanzten auf ihren Augenbrauen herum, die sie tief ins Gesicht gezogen hatte. Dabei war Nym sonst sehr begabt darin, ihre Emotionen zu verstecken. Doch zurzeit wirkte sie ... zerbrechlich. Und das konnten alle sehen, auch wenn niemand etwas sagte. Er selbst wäre der Letzte gewesen, der den Mund aufgemacht hätte.

Sie standen auf einer sandigen Straße, direkt am Ufer des Appos. Schmale grüne Streifen aus weichem Gras zogen sich neben dem Fluss her, aber ansonsten bestand die Gegend größtenteils aus braunen Steinen und fahlem Sand, der ihnen dank des Seewinds ins Gesicht peitschte. Sein eigenes Element hatte sich gegen ihn gerichtet.

Sich auf den Boden hockend klaubte Levi ein paar Steine auf, um sie zum Beschweren auf die Bilder zu legen, die er schließlich vor ihnen ausbreitete.

Einige Minuten betrachteten sie alle wortlos den Boden, dann stieß Leena einen hohen, langen Seufzer aus. „Jaan, Levi: Ihr habt ein Problem.“

Als wüsste Levi das nicht bereits selbst. Bis auf die Tatsache, dass sein Portrait irgendwie böser und bedrohlicher aussah, blickte er in sein Spiegelbild. Ihn hatten mittlerweile einfach zu viele Soldaten gesehen. Jaan ganz offensichtlich auch.

„Vielleicht wird es Zeit, mich für den Flüggeflug vorzuschicken“, murmelte Ro und kratzte sich im Nacken. „Ich würde mich dafür opfern.“

Levi schnaubte. Er glaubte nicht für eine Sekunde, dass Ro aus einem anderen Grund vorgeschickt werden wollte, als dem, dass er endlich seine Angebetete wiedersah.

„Flüggeflug?" Dieses kleine Wort hatte es doch tatsächlich geschafft, Nym aus ihrer Trance zu reißen. „Was denn für einen Flüggeflug?"

„Die Wachen denken sich nach jeder unserer Rettungsaktionen neue Sicherheitsmaßnahmen aus. Wir schicken immer einen vor, der schaut, vor welchen Dingen wir uns in Acht nehmen müssen", erklärte Levi.

„Und das nennt ihr Flüggeflug?", fragte Nym verwirrt.

„Jap. Denn das Wort ist unscheinbar und nicht zu vergessen: süß. Ro versucht sich im ersten Flug, der dann meistens noch verbesserungswürdig ist. Er würde vorgehen, die Lage sondieren und dann wieder zurückkommen, um uns einzuweihen."

„Und was, wenn er erwischt wird?"

„Wird er nicht."

„Was, wenn doch?"

„Er ist alleine. Sie suchen nicht nach einzelnen Leuten – er wird nicht erwischt", wiederholte Levi langsam.

Nym presste die Lippen aufeinander. „Danke für die präzise Erklärung. Der Mond ist übrigens rund, weil es so ist."

„Machen wir uns nichts vor", unterbrach Ro sie, bevor Streit ausbrechen konnte. „Ich bin der Einzige, der gehen kann. Jaan oder Levi zu schicken, wäre zu gefährlich."

Leena räusperte sich. „Vergisst du da nicht wen?"

Ro legte den Kopf schief, die Augen zu nachdenklichen Schlitzen verengt. „Ähm ... Frauen werden häufiger durchsucht als Männer."

Was natürlich Blödsinn war. Ro wollte Nikana sehen und das war der einzige Grund, warum er darauf bestand, vorgeschickt zu werden.

Leena verdrehte die Augen, korrigierte ihn aber nicht.

„Ich könnte außerdem schon einmal fragen, ob es unter den Rebellen irgendjemanden gibt, der uns ein Boot geben kann", sprach Ro weiter, der hinter den Ohren leicht rosa angelaufen war. „Während ihr in Amrie nach möglichen Verbündeten – und vor allem Verkleidungen – sucht."

„Wir nehmen ein Boot?", fragte Filia jetzt, deren Blick noch immer auf die Zeichnungen gerichtet war. Ihr Gesicht war das einer vierzigjährigen Frau.

Levi nickte. „Dreißig Leute über den Appo laufen zu lassen, das schaffen nicht einmal wir. Wir haben von vorneherein darauf gebaut, dass irgendein reicher Herr aus der Vierten ein Schiff besitzt." Wenn nicht, würden sie eben eins stehlen müssen. Insgeheim hatte Levi schon immer ein Schiff stehlen wollen …

„Also, abgemacht?", fragte Ro, und Levi musste breit grinsen, weil er so viel eifriger sprach als sonst. „Ihr nehmt mich bis zu den Stegen von Amrie mit und von da aus gehe ich dann in die Vierte Mauer."

„Warum nicht durchs Osttor?", fragte Filia stirnrunzelnd. „Dort gibt es eine direkte Verbindung."

„Ja, aber in Amrie sind die äußeren Mauern am schmalsten, da spare ich mir Zeit. Vom Osttor aus müsste ich zwar nicht direkt durch die äußeren Mauern durchgehen, aber der Weg wäre insgesamt trotzdem zeitaufwändiger."

Levi sah zu seinem besten Freund und wiegte dann den Kopf hin und her. „Ich weiß ja nicht, Ro. Das letzte

Mal, als ich dich alleine hab losgehen lassen, bist du mit einer festen Freundin und der wahnwitzigen Idee zurückgekommen, Rebellen aus der vierten bistayischen Mauer zu holen."

Dieser Kommentar bewegte sogar Jaans Mundwinkel einen Millimeter nach oben, Nym hingegen hatte ihre Augen verengt.

„Hast du ein Zertifikat, das die Vierte Mauer als deinen Wohnort angibt?", fragte sie langsam.

Ro zuckte die Schultern. „Sie werden mich nicht fragen. Und wenn, dann habe ich es halt vergessen."

Nym seufzte schwer und legte ihren Kopf in den Nacken.

Levi war sich fast sicher, dass er sie: „Wir werden alle sterben", murmeln hörte. Sie machte sich zu viele Sorgen. Klar, er hatte eine Menge Nahtoderfahrungen gemacht, aber gestorben war er noch nie.

Na ja, wenn er so darüber nachdachte, dann hatte auch Nym in den letzten zwei Wochen ein paar Nahtoderfahrungen zu viel gemacht. Das konnte einen schon einmal vorsichtig werden lassen.

„Sie überprüfen es nur selten", murmelte Filia plötzlich und legte Nym einen Arm um die Schultern. „Ich bin oft in die inneren Mauern gegangen, nur um mich mal umzusehen, und wurde nie aufgehalten. Die Wachen denken sich wohl, solange wir nicht dort bleiben – was keinem von uns je möglich war – ist es egal. Nur in der Dritten und Zweiten passen sie wirklich auf."

Nym nickte steif, schien aber nicht weniger besorgt. Levi beschlich das Gefühl, dass ihre Anspannung nichts mit Ro an sich zu tun hatte.

„Was meinst du, wie lange du brauchst?", fragte Levi, den Impuls unterdrückend, Nym in den Arm zu nehmen, und ihr die furchtbaren Falten von der Stirn zu wischen. „Einen Tag hin, einen Tag zurück, drei, vier Tage Aufenthalt? Oder bist du eingerostet und brauchst länger?"

„Du sollst nicht immer von dir auf andere schließen, Levi. Sechs Tage klingen gut. Am alten Treffpunkt bei Sonnenaufgang?"

Er nickte. „Alles klar. Hätten wir das ja geklärt."

„Nur wissen wir nicht, was wir mit euch zweien machen." Vorwurfsvoll streckte Leena ihm und Jaan einen Zeigefinger entgegen, als sei es ihre Schuld, dass ihre Abbildungen am akkuratesten waren.

„Wir sollten ihnen die Haare schneiden. Ich hab gehört, das ändert das komplette Aussehen", bemerkte Nym trocken.

„Wir werden einfach in Uniform bleiben", konterte Levi und ignorierte damit ihre Bemerkung. „Hat doch heute auch gut funktioniert."

Jaan, der still dagestanden hatte, verlagerte jetzt sein Gewicht auf den anderen Fuß. Augenblicklich sahen alle zu ihm. „Wir werden die Uniformen nicht lange tragen können", stellte er tonlos fest. „Sobald die Soldaten Bericht erstatten und erwähnen, dass sie *sie*", er nickte Nym zu, „gesehen haben, werden sie wissen, dass wir in Rüstung herumlaufen. Selbst wenn die Soldaten Nym nicht erwähnen: Sobald sie die Leichen der anderen finden, wird die Information ebenfalls zu ihnen durchsickern. Sie wären dumm, wenn sie nicht jeden einzelnen Soldaten, der passiert, kontrollieren würden. Wir brauchen eine neue, bessere Verkleidung.“

Seufzend starrte Levi auf den Appo. Er hasste Verkleidungen. Er war der Meinung, dass es eine Schande war, sein hübsches Gesicht zu verstecken. Und damit, seinen hart antrainierten Körper unter unförmiger Kleidung zu verstecken, tat er auch niemandem einen Gefallen. Andererseits war alles besser als diese Rüstung. Er war überrascht gewesen, wie leicht sie war, wie viel Bewegungsfreiheit sie ihm ließ. Nichtsdestotrotz konnte er das leise Klirren der aufeinanderschlagenden metallenen Schuppen nicht mehr hören, und das raue Metall drückte unangenehm auf seine Wunde am Oberarm.

„Wir denken auf unserem Weg nach Amrie darüber nach“, murmelte er, als es nicht den Anschein hatte, als würde jemand in den nächsten Momenten vom Blitz der Erkenntnis getroffen werden. „Wir sollten bis heute Abend an den Stegen sein und irgendeine Bleibe gefunden haben. Fürs Erste werden die Rüstungen das gemeine Volk täuschen.“

Alle nickten, und über den Umstand, dass Nym ausnahmsweise keine Widerworte gab, hätte Levi sich eigentlich freuen müssen. Doch als sie zurück in die Kutsche stiegen und Nym ihren Blick starr aus dem Fenster gerichtet hielt, schien sich etwas Schwereres als die Rüstung auf seine Schultern zu senken. Zu gerne hätte er in ihren Kopf gesehen.

Das Lichtspiel auf dem Appo war wie ein Bild, das aus der allerersten Erinnerungen entnommen war, die Nym je gehabt hatte. Die Strahlen brachen sich auf dem Wasser und ließen den Fluss aussehen, als wäre er mit Diamanten gefüllt. Die Jeferabrücke hatten sie bereits vor einer Stunde hinter sich gelassen, und es würde nicht mehr allzu lange dauern, bis sie den Rand Amries erreichten.

Ihre Finger fühlten sich kalt an, und das Einzige, was ihr Wärme schenkte, war Liris Kopf, der immer noch auf ihrem Schoß lag. Wie automatisiert strich sie dem Mädchen Haarsträhnen aus dem Gesicht, doch nichts konnte die innere Kälte, die Nym verspürte, vertreiben.

Sie fühlte sich verloren. Sie hatte keine Kontrolle. Nym wollte es sich nicht eingestehen, doch sie hatte Angst.

Nicht, weil die Soldaten reagiert hatten, als sei sie furchterregender als eine neunzigjährige, nackte Frau. Nicht, weil Ro einfach so in die Vierte Mauer spazieren wollte, um es *auszuprobieren*.

Sie hatte Angst um die kleine Hand. Angst, dass sie jemand Fremdem etwas verraten haben könnte.

Die Tür – warum hatte sie nur die Tür geöffnet? Wie hatte sie sich so sicher fühlen können, dass sie naiv genug gewesen war, einfach so eine Tür zu öffnen, von der sie nicht wusste, was sie verbarg?

Irgendjemand war da gewesen. In ihrem Kopf. Es war, als hätte derjenige nach Lust und Laune Bilder vor- und zurückgeschoben, je nachdem, was er gerne hatte sehen wollen. Sie hatte nicht kontrollieren können, was sie sah, bis ihre alte Erinnerung ihren Gedankenstrom unterbrochen hatte. Als habe ihr Kopf versucht, sich mit für den Lauscher belanglosen Informationen vor dessen Zugriff zu wehren.

Und es war diese alte, ungefragte Erinnerung, die sie am meisten verfolgte. Wem gehörte die Hand? Die Hand, die sie in ihrer gehalten hatte? Selbst als sie eine halbe Stunde später an einem Gasthaus hielten, das fünf Kilometer vor Amrie lag, war es noch immer das Gefühl der zerbrechlichen Hand in ihrer, das sie nicht loslassen wollte.

Sie hörte nur mit halbem Ohr zu, wie Liri darauf bestand, dieses Mal mit den Mädchen in einem Zimmer zu schlafen, und sie achtete nicht darauf, wer hineinging, um nach Zimmern zu fragen.

Anstatt zuzuhören oder danach zu fragen, wohin Filia sie anschließend brachte, durchforstete sie ihren Kopf. Sie wusste nicht genau, wonach sie suchte. Sie wusste nur, dass sie hoffte, etwas zu finden.

„Nym?“

Sie blinzelte und blickte auf. „Was?“

Filias Gesicht erschien vor ihrem, und Nym wurde bewusst, dass sie auf einem Bett saß. Etwas verwirrt sah sie sich um. Sie befand sich in einem rechteckigen Raum mit dreckigen Wänden und Bettwäsche, die mit Schlamm gewaschen worden zu sein schien. Vier Betten standen hier, doch sie waren nur zu zweit im Raum.

„Geht es dir gut?“ Filias Blick war ernst und Nym nickte abwesend.

„Ich bin nur etwas … nachdenklich.“

„Verstehe“, sagte Filia, ihr Gesicht gefüllt mit Fragezeichen. „Nun, ich hatte mich gefragt, ob du mir vielleicht eine Kampfstunde geben willst? Wir sind noch nicht wirklich dazu gekommen.“

Richtig. Sie hatte Filia versprochen, dass sie ihr beibrachte, sich zu verteidigen. Trotzdem schüttelte Nym den Kopf. „Nicht heute, in Ordnung? Morgen. Wir werden ja noch mindestens sieben Tage hierbleiben. Morgen finde ich bestimmt Zeit." Ihre Stimme war gedämpft, und erst jetzt wurde Nym bewusst, dass sie immer noch den Helm trug, den sie aufgezogen hatte, um unerkannt an dem Wirt vorbeizugehen.

Vorsichtig zog sie ihn vom Kopf und legte ihn auf den Boden.

Filia nickte, konnte ihre Enttäuschung jedoch nicht ganz verbergen. „In Ordnung. Soll ich dir dabei helfen, die Rüstung auszuziehen?"

Kopfschüttelnd öffnete Nym eine Schnalle an ihrer Seite, die das Oberteil fixiert hielt. „Das schaffe ich auch alleine, danke. Geh ruhig mit den anderen etwas essen." Sie meinte sich daran erinnern zu können, dass sie davon geredet hatten, Essen zu stehlen. „Ich werde mich hinlegen, denke ich."

Nein, würde sie nicht. Sie wollte nicht schlafen. Sie fürchtete sich beinahe davor.

Wieder nickte ihre Freundin nur, bevor sie aus dem Zimmer schlüpfte.

Langsam schälte sich Nym aus der Rüstung, und mit jedem Stück, das von ihr abfiel, schien auch die Last auf ihren Schultern leichter zu werden.

Sie sollte sich nicht auf die Sachen konzentrieren, die sie nicht wusste – davon gab es zu viele. Sie sollte sich an den Dingen festhalten, *die* sie wusste.

Als sie schließlich nur noch in einer weichen Wollhose und einem weißen Hemd, das sie ebenfalls einem der Soldaten abgenommen hatte, bekleidet war, stieg sie kurzerhand aus dem Fenster. Sie hatte ein Zimmer im Erdgeschoss und musste keinen halben Meter weit nach unten springen, um mit ihren Füßen auf dem harten Sand aufzuschlagen, der den Boden ausmachte. Das Gasthaus lag nicht weit vom Appo entfernt und das Flussufer kam ihr wie ein guter Platz vor, um nachzudenken. Oder sich zu beruhigen. Oder schlichtweg einfach nicht zu schlafen.

Sandstaub wirbelte auf und ihre schwarzen Schuhe färbten sich bereits nach wenigen Metern grau. Nym mochte Sand nicht besonders. Sand war nichts anderes als Dreck, der sich die Zeit damit vertrieb, an Stellen vorzudringen, an denen er nichts zu suchen hatte.

Nym sah sich noch einmal um, blickte das dreistöckige, sandfarbene Haus mit Flachdach an – und bemerkte überrascht eine Gestalt, die ebenfalls auf die Idee gekommen war, aus dem Fenster zu springen.

Es war Jaan. Er erkannte sie, nickte ihr kurz zu und lief dann um das Haus herum. Sie starrte ihm nach und fragte sich, wohin er ging, bevor sie entschied, dass es egal war. Es ging sie nichts an. Dem Haus wieder den Rücken zukehrend lief sie weiter, bis sie an einen einzelnen Baum kam, dessen Äste sich tief über den Fluss beugten. Als würde er das Wasser grüßen. Nym ließ sich auf den Boden und gegen den Stamm sinken und genoss für einige Momente die letzten auf ihr Gesicht scheinenden Strahlen der untergehenden Sonne.

Sie dachte darüber nach, welche Werte und Überzeugungen sie vertrat – und konnte keine relevanten benennen. Sie war nicht auf der Seite der Asavez. Aber hinter den Bistaye oder den Göttern stand sie definitiv auch nicht. Denn sie war sich ziemlich sicher, dass jemand aus Bistaye versucht hatte, sie umzubringen, und Völker, die sie tot sehen wollten, lehnte Nym prinzipiell ab. Sie schwebte in der Luft. War Teil von beidem und doch nicht zugehörig. Wenn sie ehrlich war, dann fühlte sie sich einsam – und sie hätte nicht einmal sagen können, was sie trösten könnte. Es war schwer, jeden Tag Dinge über sich herauszufinden, die ein normaler Mensch im Schlaf aufsagen konnte.

Zum Beispiel wusste sie, dass sie Wasser hasste, es aber sehr wohl liebte, ihm dabei zuzusehen, wie es von der Strömung geleitet die Richtung änderte und so jede Sekunde ein anderes Muster der Reflexion auf ihm entstehen ließ. Sie mochte die Sonne, doch gefiel ihr der Mond noch besser. Sie liebte das Gefühl, die Macht über eine Situation zu haben, war aber erleichtert, wenn sie für ein paar Momente die Verantwortung abgeben konnte.

Und dann gab es da noch die Gewissheit, dass sie im Grunde ihres Herzens ein Feigling war. Seit sie dem Fremden Einblick in ihren Geist gewährt hatte, war sie sich dieser Tatsache so bewusst, wie dem Fakt, dass ihre Haare schwarz waren. Sie war ein Feigling, der jedem anderen das Gegenteil beweisen wollte.

„Kannst du nicht schlafen?"

Sie zuckte zusammen, als ein Schatten über sie fiel und den soeben aufgegangenen Mond verdeckte. Sie hatte ihn nicht kommen hören. Zum ersten Mal innerhalb der letzten zwei Wochen war sie überrascht worden.

„Ist es schon Zeit, zu schlafen? Haben wir morgen etwas vor?"

Levi zuckte die Schultern und ließ sich im Schneidersitz neben sie sinken. Sie konnte nicht sagen, ob sie froh war, ihn zu sehen, oder ob sie lieber alleine sein wollte.

„Wir werden es morgen ruhig angehen lassen. Uns vielleicht etwas umsehen, uns darüber informieren, mit welchen Sicherheitsmaßnahmen der Hafen geschützt wird. Aber wir sind mindestens noch sechs Tage hier, also ... man könnte fast sagen, dass eine entspannte Zeit vor uns liegt.“

Nym schmunzelte und wandte den Blick wieder dem Fluss zu. „Richtig. Entspannt und ereignislos. So würde ich mein Leben beschreiben.“

Levi stützte sich mit den Händen hinter seinem Rücken ab und lehnte sich zurück. Dann seufzte er so schwer, dass Nym überzeugt war, er müsse soeben erkannt haben, dass seine Bettbekanntschaften nur auf Grund seines guten Aussehens mit ihm schliefen und nicht etwa wegen seines schillerndem Charakters.

„Nym. Ich muss einfach fragen“, sagte er schließlich. „Was ist los mit dir?“

Sie schwieg und starrte weiter aufs Wasser. Dann fragte sie: „Wie geht es deinem Arm?“

Levi schnaubte. „Geht so. Wie geht es dir?“

„Schöner Sternenhimmel, oder?“

„Schöne Ausweichtaktik. Was ist los mit dir, Nym? Du hast irgendwas.“

„Ich habe eine Menge. Einen Kopf, zwei Arme, zwei Beine ...“

„Hör auf, mir absichtlich den Nerv zu rauben. Ich habe eine kleine Schwester, das funktioniert nicht. Ich gebe dir hiermit die einmalige Möglichkeit, deine Sorgen mit mir zu teilen – nutze sie."

„Vielleicht gehen meine Sorgen ja niemanden etwas an."

„Du bist unkonzentriert und damit eine Gefahr für uns alle – es geht mich etwas an."

Nym verdrehte die Augen. „Du wirst mich für verrückt halten, wenn ich es dir erzähle."

„Versuch es."

Sie drückte sich fester an den Baum, bis die Rinde ein Muster in ihren Rücken presste. „Schön. Gestern Nacht, als ich geschlafen habe, ist jemand in meinen Kopf eingebrochen und hat meine Erinnerungen durchforstet."

Nym musste Levi nicht ins Gesicht sehen, um zu wissen, dass er sie hilflos anstarrte. „Du hast schlecht geträumt?"

„Nein. Es war kein ... also doch, es war ein Traum. Aber derjenige, der dort war, in meinem Kopf, er war real." Jetzt wandte sie ihm doch den Blick zu – und wünschte, sie hätte es gelassen. „Du siehst mich an, als hättest du gerade beobachtet, wie mir ein paar Schrauben aus dem Kopf gefallen sind", bemerkte sie trocken.

„Nein, nein", beeilte Levi sich zu sagen, die Augenbrauen tief in sein Gesicht gezogen. „Ich war nur für einen kurzen Moment überrumpelt, das ist alles. Ähm ..." Nym konnte die Rädchen in seinem Kopf rattern hören. „Wie kommst du auf die Idee, dass jemand in deinem Kopf gewesen sein könnte?"

Prüfend sah sie ihn von der Seite her an, doch er sah nicht aus, als würde er sich über sie lustig machen, deswegen murmelte sie: „Erinnerst du dich an den Raum in meinem Traum, von dem ich dir erzählt habe?"

Er nickte.

„Nun. Ich habe die Tür geöffnet. Es hat jemand geklopft und ich habe aufgemacht. Und dann war es, als würde ich all die Erlebnisse der letzten Tage noch einmal im Zeitraffer sehen. Nur dass jemand gesteuert hat, welche Bilder schneller und welche langsamer laufen sollten. Ich hatte keine Macht darüber, was gezeigt wurde. Ich wollte die Erinnerungen stoppen, doch ich konnte nicht."

Schweigen erfüllte die Nacht, bis Levi sich nach einiger Zeit räusperte. „Das hört sich absurd an, Nym, aber … ich fühle mich fast gezwungen, dir zu glauben. Zumindest, dass irgendetwas in deinem Kopf passiert ist."

Sie schnaubte. „Du fühlst dich dazu *gezwungen?* Wie schaffst du es nur immer, solch charmante Sachen zu sagen? Liegst du morgens wach und sammelst sie?"

„Ja, so ein, zwei Stunden am Tag nehme ich mir schon dafür", sagte er lächelnd. „Was ich eigentlich damit ausdrücken wollte: Was du erzählst, klingt bescheuert, aber in deinem Kopf ist bereits einiges durcheinandergeraten, gerade was deine Erinnerungen angeht. Es besteht also eine hohe Chance, dass *da …*", er wedelte mit seinen Händen um ihren Schädel herum, „… noch mehr kaputt ist."

Nym verengte die Augen. „Dein Feingefühl ist bemerkenswert. Kein Wunder, dass sich die Frauen um dich reißen."

Levis Lächeln wurde zu einem Grinsen. „Kein Grund, gleich eifersüchtig zu werden – und es ist die Wahrheit. Irgendetwas läuft falsch in deinem Kopf."

Seufzend ließ sie ihre Schultern sinken. Sie mochte es nicht, wenn er recht hatte. „Schön. Hast du vielleicht eine Idee, was das Ganze bedeuten könnte?"

„Nein. Nicht wirklich. Aber Jaan könnte es wissen."

„Jaan? Warum er?"

„Keine Ahnung. Ich habe mich über die Jahre hinweg einfach mit der Tatsache angefreundet, dass Jaan immer alles zu wissen scheint."

Ja. Jaan schien tatsächlich Wissen über die verschiedensten Dinge zu horten. Erleichtert, dass sie nun möglicherweise jemanden hatte, den sie um Hilfe bitten konnte, sah sie zum Gasthaus zurück. „Kann ich ihn noch heute sprechen?"

Levi schüttelte den Kopf. „Er ist unterwegs. Wollte sich schon einmal die Stadt ansehen. Die schnellsten Wege vom Mauereingang zum Hafen ablaufen. Du kannst sicher morgen mit ihm reden."

„Oh." Etwas enttäuscht sank sie wieder in ihre Position zurück. „Und ... was tue ich jetzt?"

„Keine Türen mehr öffnen?"

Sie schnaubte. „Wasserdichter Plan."

„Keine Ahnung, Nym. Ich würde mir nicht allzu viele Sorgen machen. Du sagtest, du musstest deinem Gegenüber im Traum die Tür öffnen. Er kann also anscheinend nicht ohne deine Erlaubnis in ... na ja ... deinen Geist eindringen."

Die Art und Weise, wie Levi die letzten Worte in die Länge zog, ließ Nym daran zweifeln, dass er ihr Problem besonders ernst nahm. Hatte er denn keine Ahnung, was es bedeuten konnte, wenn tatsächlich jemand in ihren Geist eindrang? Welche Macht dieser jemand hatte? Nicht nur über sie, sondern über die ganze Mission?

„Kommst du mit?"

Überrascht merkte sie, dass Levi aufgestanden war und ihr eine Hand hinhielt.

Sie schüttelte den Kopf. „Ich bleibe noch eine Weile hier."

Er nickte, zögerte kurz, als wolle er noch etwas sagen, lief dann jedoch, ohne ein weiteres Wort zu verlieren, in Richtung Gasthaus davon.

Nym blieb zurück und zählte die Wellen, die gegen das Ufer schwappten.

Sie hatte Angst, schlafen zu gehen.

KAPITEL 4

DIE APPOKALYPSE –
DER KRIEG DER
ZWEI (4)

*Die erste Schlacht wurde geschlagen. Die Siebte
Mauer erhob sich gegen die Göttliche Garde. Viele
Menschen flohen über die Talenische Brücke, viele
Menschen starben bei dem Versuch, sich auf die fried-
liche Seite der Saltakiberge zu retten. Was ist das Ziel
dieses Krieges? Wollen die Götter so lange töten, bis
nur noch Menschen übrig sind, die sich ihnen beugen?
Und was wollen die Rebellen? Den Göttern ihr Leben
nehmen?*
*Auf der anderen Seite des Appos ist die Macht der Göt-
ter nicht so groß und präsent. Vielleicht fliehen deswegen so viele der Gottlosen dorthin. Noch be-
schränkt sich der Kampf auf die äußeren Mauern.
Aber es wird nicht lange dauern, bis der Krieg auch
hier Einzug hält.*

Nym schlief keine drei Stunden. Als sie nicht mehr gegen die Müdigkeit ankämpfen konnte und in ihr Bett
stieg, sank der Mond bereits wieder vom Himmel. Erneut glitt Nym in ihre unruhigen Träume. Sie stand in
dem dunklen, quadratischen Raum. Die spärlich

gesäten Lichter glühten schwach über ihrem Kopf. Die rote Tür verhöhnte sie. Doch niemand klopfte.

Allein das Wissen jedoch, dass vielleicht jemand klopfen könnte, trieb sie beinahe in den Wahnsinn, und als sie endlich wieder ihre Augen aufschlug, war sie so unruhig und fahrig, dass Leena fragte, ob sie unter Verfolgungswahn litte. Nym antwortete nicht, denn diese Möglichkeit hatte sie noch nicht ausgeschlossen.

Sie aßen draußen, an genau der Stelle, an der Nym am Abend zuvor gesessen hatte. Levi hatte berechtigte Zweifel daran geäußert, ob es klug sei, den Menschen im Schankraum des Gasthauses ihre Gesichter zu zeigen.

Nym hasste es, ihm recht zu geben, aber in diesem Fall blieb ihr keine Wahl. Denn leider verhielt Levi sich zwar oft dämlich, schien aber trotzdem mit einer frustrierenden Menge an Intelligenz gesegnet worden zu sein. Je weniger Menschen sie begegneten, desto besser. Ro war am Morgen bereits vor Sonnenaufgang aufgebrochen, sodass sie bei ihrem bescheidenen Mahl aus Brot und Äpfeln nur noch zu sechst dasaßen. Als Levi sie fragte, ob sie gut geschlafen habe, ignorierte sie ihn einfach.

Sie war wütend auf ihn. Sie konnte nicht genau benennen, warum, glaubte aber, dass es damit zusammenhing, dass er sie gestern Nacht nicht vollkommen ernst genommen hatte. Im Grunde war es auch egal. Wenn sie keinen neuen Grund fand, auf ihn wütend zu sein, würde sie einfach einen der alten nehmen. Das Essen dauerte ihr zu lange. Sie wollte mit Jaan reden. Alleine.

Als Jaan es schließlich war, der als erstes aufstand, fiel Nym ein Felsbrocken vom Herzen, und sofort folgte sie seinem Beispiel. Zu ihrer Verärgerung lief auch Levi hinter ihnen her, und als sie ihm einen genervten Blick zuwarf, legte er mit gehobenen Augenbrauen eine Hand auf seine Brust.

„Was schaust du mich so wütend an? Ich will auch hören, was Jaan zu sagen hat."

Jaan, dem offenbar nicht bewusst gewesen war, dass sie nur seinetwegen mit aufgestanden waren, blieb stehen.

Er hob seine rechte Augenbraue einen Millimeter in die Höhe. Eine lautere Aufforderung würde Nym wohl nicht bekommen.

„Jaan, ich möchte dich was fragen", sagte sie und als Levi keine Anstalten machte, sich zu bewegen, setzte sie hinzu: „Unter vier Augen."

Schnaubend schüttelte Levi den Kopf. „Habe ich irgendetwas verpasst? Warum bist du denn jetzt schon wieder sauer auf mich?"

„Weil du ... ein Blödmann bist!"

„Und? Ich war gestern auch schon ein Blödmann und den Tag davor auch. Damit solltest du dich wirklich langsam arrangieren."

„Ich –"

„Wie wäre es, wenn du deine Frage stellst, Nym?"

Jaans kühle Stimme ließ sie beide verstummen. Widerstrebend ignorierte Nym Levis Anwesenheit und erzählte Jaan leise von ihrem Traum, Levi dabei demonstrativ den Rücken zugewandt. Provos Vertrauter hörte aufmerksam zu, sein Blick auf den Boden gerichtet. Es machte nicht den Anschein, als hielte er sie für verrückt. Im Gegenteil. Bei jedem von Nyms Worten vertiefte sich die steile Falte, die sich zwischen seinen Augenbrauen gebildet hatte. Er nickte, als sie ihm das Gefühl beschrieb, jemand Fremdes in ihrem Kopf gehabt zu haben, und als sie schließlich geendet hatte, stieß er einen Lacher aus.

Einen freudlosen und doch zugleich faszinierten Lacher.

Nym war zutiefst schockiert. Sie hatte Jaan noch nie lachen gehört – sie war sich nicht bewusst gewesen, dass er das konnte.

„Er hat es gewusst", murmelte er schließlich. Mehr zu sich selbst als zu ihnen. „Natürlich hat er es gewusst."

„Wer hat was gewusst?" Levi nahm Nym die Aufgabe ab, diese Frage zu stellen.

„Provo. Er dachte, dass womöglich … mhm. Faszinierend." Jaan schien kein Problem damit zu haben, die Information darüber, was denn so faszinierend war, für sich zu behalten.

Nym jedoch wurde ungeduldig. „Jaan, könntest du mir endlich sagen, was mit mir los ist?"

Er sah auf, schien fast überrascht darüber, nicht allein zu sein, und nickte dann langsam. „Die Gabe ist nicht weit verbreitet. Die Fähigkeit, in die Köpfe und Geister anderer einzudringen."

„Nicht weit verbreitet?"

„Ja. Eigentlich beherrschen sie nur die Götter."

Nym zuckte anhand Jaans Worten zusammen und konnte Levi hinter sich leise: „Klasse", murmeln hören.

„Obwohl *beherrschen* hier vielleicht der falsche Ausdruck ist", murmelte Jaan fast schon amüsiert.

„Die … Götter?", hakte Nym nach und ihre Handflächen wurden feucht. Sie wollte keinen Fremden in ihrem Kopf haben – geschweige denn die Götter!

Jaan zögerte und sah sie prüfend an. „Nein. Nicht *die* Götter. Eigentlich gibt es nur einen Gott, der sich dieser Fähigkeit bemächtigt hat."

„Welcher?"

„Api. Der Gott der Vergeltung."

Nym nickte langsam. Ihr Herz zog sich schmerzhaft zusammen und schien für ein paar Sekunden zu vergessen, dass es seine Aufgabe war, zu schlagen.

Api.

Im Grunde war es egal, welcher der Götter es war. Doch da war etwas an dem Namen … „Woher weißt du das?", wollte sie mit trockener Stimme wissen.

Jaans Mundwinkel zuckte. „Sagen wir einfach, ich habe eine lange Reise gemacht, bei der ich eine Menge Wissen ansammeln konnte."

„Okay." Nicht hilfreich. „Und …"

Doch Levi unterbrach sie. „Was soll das bedeuten?", fragte er und jeder Humor war aus seiner Stimme gewischt. „Sie können in ihren Kopf sehen? Ihren Geist durchforsten? Das ist nicht gut, Jaan. Teil unserer Mission basiert auf dem Überraschungseffekt, den wir nicht weiter einbüßen können! Wir müssen –"

Jaan hob eine Hand und brachte Levi so zum Schweigen. Sein Blick lag noch immer auf Nym. Die blassblauen Augen untersuchten Zentimeter um Zentimeter ihr Gesicht. Als könne er selbst ihre Gedanken lesen. „Es heißt nichts", murmelte er schließlich leise. „Nym wird die Tür einfach nicht mehr öffnen. Er kann nicht ohne Erlaubnis eindringen."

Die Worte, die er aussprach, waren klar und deutlich – sein Gesicht war es nicht. Es erweckte den Anschein, als würde er über etwas Bestimmtes nachdenken und sich nicht sicher sein, was er von seinen eigenen Schlüssen halten sollte. Und das beunruhigte Nym. Er betrachtete sie so eindringlich, dass sie zum ersten Mal das Gefühl hatte, es könnte jemanden geben, der mehr über sie wusste, als sie selbst. Jaan sah sie an, als wären soeben klare, deutliche Buchstaben auf ihrer Stirn erschienen, die ihm haarklein berichteten, was er wissen musste.

Aber was war es?

„Jaan ...", fing sie an, doch er schüttelte nur den Kopf.

„Du hast nichts zu befürchten, Nym. Du kannst in Ruhe schlafen gehen, solange du diese Tür nicht mehr öffnest. Api mag ein Gott sein, doch auch er kann den Willen eines Menschen nicht brechen. Niemand kann das – solange der Mensch selbst es nicht zulässt."

Und dann ging er.

Nym starrte ihm hinterher, und die innere Unruhe, die sich in ihrem Magen festgesetzt hatte, wanderte auch in den Rest ihres Körpers. Sie glaubte ihm. Zumindest, dass sie nichts zu befürchten hatte, solange sie die Tür geschlossen hielt. Doch sie glaubte auch, dass Jaan selbst eine Reihe von Türen besaß, hinter die er niemandem einen Einblick gewährte.

„Mein Rat war irgendwie gut, oder?", murmelte Levi nachdenklich. „Ich habe dir doch gesagt, du sollst die Tür nicht mehr öffnen."

Nym hob eine Augenbraue in seine Richtung und schüttelte dann ganz langsam den Kopf. „Ich habe mich geirrt, Levi. Du bist kein Blödmann. Du bist ein riesengroßer Volltrottel."

Er legte den Kopf schräg. „Ist das besser oder schlechter, als ein Blödmann zu sein?"

Sie stöhnte laut auf und lief zurück zu den anderen. Filia brauchte eine Kampfstunde – und anschließend würde sie vielleicht anfangen müssen, Jaan genauer unter die Lupe zu nehmen.

Jeki hatte nie geglaubt, sich ernsthaft einmal diese Frage stellen zu müssen, aber: Wo war Janon?

Er war vor einer Stunde mit seinem Bruder verabredet gewesen, und obwohl Janon nie der verlässlichste aller Menschen gewesen war, so war Jeki doch noch nie von ihm versetzt worden. Tatsächlich war heute einer dieser Tage, an denen er Janons lockere Art sehr begrüßt hätte. Er wollte abgelenkt werden. Abgelenkt von dem Drang, in das Haus des Gottes der Vergeltung zu stürmen und all die Informationen aus ihm herauszuschütteln, die er ihm verweigerte.

Jeki hatte Api immer vertraut, doch im Moment war er fest davon überzeugt, dass der Gott ihm absichtlich wichtige Informationen vorenthielt. Der Gott würde argumentieren, dass er jedes Recht hätte, Informationen einzubehalten, wie es ihm beliebte. Jeki jedoch fühlte sich im Moment nicht gütig genug, dem Gott dieses Recht einzuräumen.

In den letzten zwei Tagen hatte eine Unsicherheit von ihm Besitz ergriffen, die er nicht von sich kannte. Er konnte die Zeit nicht zurückdrehen – und bis vor ein paar Tagen hatte er sich diese Fähigkeit auch nicht gewünscht. Aber jetzt ärgerte er sich über die voreiligen Entscheidungen, die er in den letzten Wochen getroffen hatte, und wenn er gekonnt hätte, hätte er jede einzelne –

Jemand klopfte an seine Tür und Jeki zuckte zusammen. Es kam ihm vor, als wäre er dabei erwischt worden, etwas Verbotenes zu denken. Das war albern. In *seinen* Kopf konnte niemand schauen.

Darauf hoffend, seinen Bruder vor der Tür vorzufinden, stand er auf und lief durch den Flur. Doch es war Arcal, der ihm entgegenblickte, als er die Tür öffnete.

Der einzige Trost war, dass es nicht Esya war, die sich erneut darüber beschweren wollte, wie sehr Janon sie bei Nikanas Hausdurchsuchung genervt hatte. Die Hausdurchsuchung, die keine Ergebnisse gebracht hatte. Nikana hatte gehen dürfen und das hatte sie mit einem solch unschuldigen Lächeln getan, dass Jeki nicht anders konnte, als sie für schuldig zu erachten.

Vielleicht hatte Arcal diesbezüglich ja Neuigkeiten für ihn.

Sein Vertrauter warf ihm einen kurzen Blick zu und trat dann, ohne auf eine Aufforderung zu warten, über die Schwelle bis in Jekis Wohnzimmer hinein.

Jeki folgte ihm verwirrt mit seinem Blick, bevor er die Tür schloss. „Dir auch einen schönen Mittag, Arcal."

Arcal nickte, während sein Blick über Jekis Kaminsims, seinen Esstisch und den kleinen Beistelltisch neben seinem Lieblingssessel huschte. Als suchte er nach etwas.

Jeki betrat nun ebenfalls das Zimmer und bedeutete dem Soldaten, sich zu setzen, doch Arcal schüttelte nur den Kopf.

„Was gibt's? Geht es um Nikana Halks? Haben die Beschattungen bereits etwas ergeben?"

„Nein", sprach sein Freund endlich. „Es hat nichts mit den Rebellen zu tun. Es geht um einen Mord."

„Was?"

„Ein Mord. Du weißt schon. Ein Mensch tötet einen anderen Menschen."

Verärgert verengte Jeki die Augen. „Es gab einen Mord in der Vierten Mauer?"

Arcal schüttelte den Kopf. „Nein. In Amrie."

Diese Information half Jeki nicht im Geringsten. Soweit er sich erinnern konnte, gehörte das Aufklären von Morden nicht zu seinem Dienstbereich. Seine Aufgabe war es, die Flüchtigen und Rebellen der Vierten Mauer zu fassen. Er fing keine Mörder.

„Und? Warum erzählst du mir das? Das ist die Sache der stationierten Soldaten dort."

Zögerlich legte Arcal die Hände ineinander. „Nicht, wenn das Opfer mit einem Göttlichen Dolch ermordet wurde."

„Mit einem Göttlichen Dolch?" Ungläubig betrachtete er seinen Freund. Das konnte nicht stimmen.

Ein Göttlicher Dolch hatte eine geriffelte Klinge, so dass man seine Einstichwunde gut von der eines normalen Dolches unterscheiden konnte – aber noch nie hatte es einen Mord mit einer göttlichen Waffe gegeben! Ganz einfach deswegen, weil nur Diener der Göttlichen Garde, und das auch nur sehr wenige, im Besitz einer solchen waren.

„Ja. Die Wachen in Amrie sind kurz davor, in Panik auszubrechen.“

Jeki lachte trocken. Er war sich sicher, dass Arcal untertrieb. Wenn die Bewohner Bistayes herausfanden, dass ein Mitglied der Göttlichen Garde Menschen tötete, würde sie das mehr kosten als nur ihren Ruf. „Wer wurde ermordet?“

„Ein Fischer namens Lordin.“

„Ein Fischer?“ Jekis Augenbrauen flogen in die Höhe.

Ein Fischer ermordet mit einem Göttlichen Dolch. Das war überhaupt nicht gut.

„Die Wachen wollen den Mörder so schnell wie möglich fassen und haben uns um Hilfe gebeten.“

„Und ich soll diese Hilfe sein?“, fragte Jeki ungläubig, denn das war es, was Arcals Gesichtsausdruck unmissverständlich andeutete.

Sein Freund zuckte mit einer Schulter und lehnte sich mit der Hüfte gegen Jekis Tisch. „Jeki. Das ist eine ernste Sache. Die Leute aus den äußeren Mauern sind uns sowieso nicht sehr zugetan. Wenn sich herumspricht, dass wir einen Mörder beschützen ...“

„Wir beschützen überhaupt niemanden! Wir werden den Mörder finden und er wird vor Gericht gestellt, so wie jeder andere Mensch auch. Soldat hin oder her.“

Wieder zögerte Arcal und seine Lippen waren jetzt fest aufeinandergepresst. „Wo ist dein Dolch, Jeki?“

Vor den Kopf gestoßen machte Jeki einen Schritt in den Türrahmen zurück. „Was?“

„Wo dein Dolch ist, will ich wissen. Ich habe ihn seit mehr als einer Woche nicht mehr an dir gesehen. Du trägst einen anderen, billigen. Das tust du sonst nie.“

Jeki erwiderte seinen starren Blick, und das erste Mal in seinem Leben war er um Worte verlegen.

Natürlich tat er das sonst nie. Warum einen billigen Dolch tragen, wenn er einen göttlichen besaß? Das Problem war nur – er hatte keinen mehr.

Schwer seufzend legte er sich beide Hände in den Nacken. „Er wurde mir gestohlen", gab er düster zu. Es machte keinen Sinn, zu lügen.

Für einige Momente schwieg Arcal, dann fing er an zu lachen. „Ich fasse es nicht! Dem großen Jeki Tujan wurde der Dolch gestohlen! Du bist ja doch nur wie jeder andere Mensch auch. Den Göttern sei Dank, das macht die Sache um einiges leichter."

„Leichter?" Jeki konnte nicht folgen. „Wieso macht es die Sache leichter?"

Arcal lächelte. „Was ist besser? Ein Offizier, der bestohlen wurde, oder ein Mörder unter den Soldaten unserer Garde?"

Er hatte recht. Wenn sie argumentieren konnten, dass jeder in Bistaye der Mörder sein konnte, weil Jeki seinen Dolch vermisste, wäre das peinlich für ihn, aber weniger schlimm für den Ruf der Garde.

Und dennoch ... das konnte er unmöglich auf sich sitzen lassen. Dass die anderen Soldaten ihm Respekt entgegenbrachten, war für seinen Beruf essenziell – und dieser Respekt würde definitiv leiden, wenn herauskäme, dass Jeki sich seinen Dolch hatte stehlen lassen.

Er seufzte schwer. „Ich werde selbst hinreisen müssen, wenn ich sichergehen will, dass sie ihre Arbeit vernünftig machen, oder?" Seine Arme sanken wieder nach unten und fahrig fuhr er sich mit einer Hand übers Gesicht.

Das Lächeln war Arcal immer noch nicht aus dem Gesicht gewichen. „Na ja, die in Amrie stationierten Soldaten sind nicht für ihre Aufmerksamkeit und Sorgfalt bekannt. Ich gebe dem Wein die Schuld, der täglich neu im Hafen ankommt. Außerdem würdest du ohnehin hinreisen, denn du, mein Freund, hast ernsthafte Kontrollprobleme."

Jeki konnte das noch nicht einmal mit gutem Gewissen verneinen. Arcal war nicht der Erste, der ihn darauf aufmerksam machte. Aber es gab einfach zu viele, unfähige Soldaten, als dass Jeki es sich erlauben konnte, die Kontrolle auch mal abzulegen. Nein, es war besser, wenn er sich der Sache selbst annahm. Und die Ablenkung, die die kurze Reise nach Amrie ihm bieten würde, war genau das, was er zurzeit benötigte. Außerdem bestand immer noch die Chance, dass es sich bei dem Mörder tatsächlich um einen seiner Soldaten handelte, und da war es besser, jede Informationsquelle wahrzunehmen, die es zu finden gab.

„Ich werde mich noch heute auf den Weg machen. Es wäre nett, wenn du das Verschwinden meines Dolches nicht direkt herumerzählen würdest. Ich will mir das Ganze erst ansehen."

Arcal nickte. „Möchtest du erst noch Api von deinem Vorhaben erzählen?"

Darüber musste der Erste Offizier nicht einmal nachdenken. „Nein."

„Nein?" Überrascht weiteten sich Arcals Augen.

Jeki schüttelte den Kopf. „Nein, keine Zeit. Wenn er nach mir fragt, kannst du ihm gerne sagen, wo ich bin."

Er trat aus dem Rahmen und machte eine ausladende Bewegung zur Tür. Arcal verstand sofort.

„Ich werde dennoch mindestens zwei Tage brauchen“, bemerkte Jeki noch, als Arcal bereits auf der Schwelle stand. „Schaffst du es, alleine die Stellung zu halten? Die Rebellen im Auge zu behalten, und Eindringlinge davon abzuhalten, einzubrechen?“

„Natürlich. Melde dich, wenn du Näheres zu dem Mord weißt.“ Mit einem letzten Kopfnicken verließ Arcal das Haus.

Wenigstens gab es einen Soldaten, den er nicht kontrollieren musste.

Jeki schloss die Tür und wandte sich dann zur Treppe um, die links von ihm in das erste Stockwerk führte. Die Stufen waren staubig, und er versuchte sich daran zu erinnern, wann sie das letzte Mal gewischt worden waren.

Das Schlafzimmer befand sich direkt neben dem Aufgang auf der rechten Seite. Es war das größte Zimmer des Obergeschosses, fast so geräumig wie das Wohnzimmer. Ein breites Bett – das Salia trotzdem nie breit genug gewesen war, weil sie darauf beharrte, Jeki würde Platz für drei Menschen einnehmen, wenn er schlief – stand an der gegenüberliegenden Wand und ein großer Schrank schmückte die rechte. Über dem Bett hing ein großer gelber Teller. Zumindest war es einmal ein Teller gewesen. Jetzt hätte man ihn eher als Scherbenhaufen bezeichnen können, über den eine Schüssel Kleister geschüttet worden war. Dennoch war es Jekis liebster Wandbehang im ganzen Haus.

Zwei Nachttische säumten das massive, hölzerne Bettgestell, und Jeki lief zu dem linken. Er bückte sich und öffnete ihn. Die Regalbretter waren fast leer, nur auf dem obersten lag ein länglicher Gegenstand, in ein blaues Samttuch gewickelt. Jeki holte ihn heraus und schlug den Stoff auf. Vorsichtig hob er den silbernen Dolch an, drehte ihn in seiner Hand und betrachtete ihn.

Das Wappen der Götter, der Schild, durch das ein Schwert stieß, war abgegriffener, als das auf seinem. Eine kleine Kerbe war in den Schaft gedrückt worden, fast direkt am Ansatz, wo der Dolch in die geriffelte Klinge überging. Aber ansonsten sah er genauso aus wie sein eigener.

Nur dass es nicht seiner war.

Der Dolch gehörte ihm nicht und er hatte nicht das Recht, ihn zu benutzen. Und dennoch, jetzt brauchte er ihn. Gleichwohl die Eigentümerin nicht begeistert sein würde. Was den Dolch anging, war sie schon immer etwas ... besitzergreifend gewesen.

Jeki richtete sich auf und steckte die Waffe an seinen Gürtel. Dann warf er einen letzten Blick auf den Teller an der Wand, bevor er seine Rüstung anlegte und sich auf den Weg nach Amrie machte.

Kapitel 5

Die Appokalypse – Der Krieg der Zwei (5)

Meine Idee eines dritten Lagers findet unverhofften Anklang. Ich habe bereits eine Gruppe von zwanzig Männern um mich geschart, viele davon meinesgleichen. Unser Ziel ist es nicht, zu kämpfen, sondern den Krieg zu beenden.

Die Frage, wie man einen Krieg ohne einen Kampf beenden will, würdige ich nicht mit einer Antwort. Nur törichte Männer stellen solche Fragen. Die Männer, die ein Schwert einer guten Information vorziehen.

„Filia, ich möchte dir nicht zu nahe treten, aber du bist noch ein wenig zu … zärtlich. Ich bin nicht deine Geliebte, ich bin deine Feindin! Ich will dich umbringen. Du sollst mich nicht streicheln, sondern verletzen!"

„Na ja, ich habe kein Schwert. Wie soll ich dich da großartig verletzen?"

„Ich benutze auch kein Schwert."

„Ja, aber deine Hände können brennen. Du könntest mir auch so Schmerzen zufügen."

„Filia! Du brauchst kein Schwert, um deinen Gegner zu überwinden."

„Wenn mein Gegner ein Schwert hat, dann glaube ich doch, dass mir eine Waffe helfen könnte."

Seufzend ließ Nym ihre Hände sinken. Das war bereits die zweite Kampfstunde mit Filia und auch die gestrige war nicht groß anders verlaufen. Immer wieder versteifte sich das Mädchen aus der Sechsten Mauer darauf, dass sie ein Schwert oder zumindest eine andere Waffe brauchte. Filia schien Nym nicht glauben zu wollen, dass es besser war, erst einmal zu lernen, seine Körperkraft richtig einzuschätzen und seine Muskeln zu kontrollieren, bevor man zu Waffen griff, mit denen man sich aus Versehen selbst töten konnte. Ein Schwert brachte einem überhaupt nichts, wenn man keine Ahnung davon hatte, wie man ordentlich sein Gleichgewicht hielt.

„Schön", seufzte Nym. „Leena, gib ihr deine Dolche."

„Was?" Die Brünette, die unter einem Baum saß und ihnen zugesehen hatte, griff instinktiv nach den Klingen, die an ihrem Gürtel hingen.

Nym zuckte die Schultern. „Filia möchte eine Waffe haben, also gib sie ihr."

„Ich mag meine Dolche! Ich will nicht, dass du sie einschmilzt!"

„Ich werde meine Fähigkeiten nicht benutzen", versprach ihr Nym mit erhobenen Händen. „Ich will ihr die Dolche nur geben, um ihr etwas zu demonstrieren."

Filia wirkte auf einmal unsicher und verschränkte die Arme. „Was genau hast du vor?"

„Wenn ich es dir verrate, wäre es doch keine Demonstration mehr, oder?"

„Wird es wehtun?" Besorgt machte Filia ein paar Schritte zurück.

„Wie soll es denn wehtun, wo du doch die Waffen hast, ich aber nur meine Hände habe?", fragte Nym scheinheilig.

Filia schnaubte. „Du kannst die merkwürdigsten Dinge mit deinen Händen anstellen! Das ist nicht gerecht. Du kennst einen Punkt am Körper, den man nur drücken muss, um den Feindzusammenbrechen zu lassen!"

„Den ich dir zeigen könnte."

Das erregte sofort die Aufmerksamkeit aller. Sogar Leena war aufgesprungen. „Da bin ich dabei!"

„Ich auch", sagte Filia eifrig.

„Ach, jetzt brauchst du also keine Waffe mehr?"

„Du hast mir bis jetzt nur langweilige Nahkampfsachen gezeigt. Die Akupre...ta...tursache ist etwas anderes."

„Akupressur", korrigierte Nym sie automatisch, die Arme jetzt verschränkt.

Vor fünf Tagen war Filia noch Feuer und Flamme für jede Taktik gewesen, mit der sie sich hätte verteidigen können. Aber anscheinend hatte sie sich vorgestellt, dass das Ganze etwas aufregender und vor allem schneller vorangehen würde.

Was hatte sie erwartet? Soldaten der Göttlichen Garde wurden drei Jahre lang jeden Tag acht Stunden trainiert, bevor sie in den Dienst entlassen wurden. Und sie wollte das alles in zwei Tagen und vier Stunden nachholen?

„Also?"

Filia und Leena hatten sich nebeneinander aufgestellt und sahen Nym mit weit geöffneten Augen erwartungsvoll an, als wollten sie die Informationen aus ihr herausstarren.

„Ehrlich gesagt weiß ich nicht, was es über eure geistige Gesundheit aussagt, dass ihr so unglaublich wissbegierig darauf seid, wie man einem Menschen mit nur einem Finger das Bewusstsein nimmt.“

„Oh, bitte!“, schnaubte Leena laut und verdrehte die Augen. „Was für eine Heuchlerin bist du? Wie viele Soldaten hast du in den letzten drei Tagen umgebracht?“

Nym wollte lieber nicht nachzählen. „Schön“, gab sie nach. „Ich zeige euch den Punkt, wenn du, Filia, zwei Stunden mit mir das machst, was ich dir beibringen will, und ... Leena für zwei Tage aufhört, rumzuzicken.“

Leena schien kurz darüber nachzudenken, dann zuckte sie mit den Schultern. „Zwei Tage sind okay – wenn du mich den Griff an dir ausprobieren lässt.“

Nym schnaubte. „Natürlich. Gleich, nachdem wir uns Freundschaftsarmbänder geflochten haben.“

„Oh, ich will auch ein Freundschaftsarmband haben!“

Alle drei wandten sich um und sahen Liri auf sie zuhopsen, Levi nur ein paar Schritte hinter ihr.

„Das war ironisch gemeint, Liri“, erklärte Nym.

„Oh.“ Liri blinzelte und hob dann eine Schulter an. „Bekomme ich trotzdem eins?“

„Liri, stör uns jetzt nicht“, sagte Filia ungeduldig. „Nym wollte uns gerade zeigen, wie sie deinen Bruder mit nur einem Finger ausgeschaltet hat.“

Interessiert hob Levi eine Augenbraue. Er war hinter Liri zum Stehen gekommen, seine Hände auf ihren Schultern. „Wollte sie das?“

So sicher war sich Nym da nicht, doch alle nickten, warum also sollte sie widersprechen? „Wollte ich."

„Das ist zu schade, ich muss diese Feier nämlich leider auflösen. Ich muss die gute Nym hier, die es offensichtlich für klug hält, wahllos ihre Geheimnisse weiterzuerzählen, kurz ausleihen."

„Wieso? Soll ich dir deine Ohrhaare ausbrennen?", fragte Nym süßlich lächelnd. „Ich könnte es versuchen. Es tut bestimmt nicht weh. Auch wenn es bei deinem dichten Wuchs wohl einige Zeit dauern wird."

„Danke für das reizende Angebot, aber ich brauche dich für etwas anderes. Filia, Leena? Könnt ihr kurz auf Liri achtgeben?"

Die beiden nickten, wenn auch etwas beleidigt. Wahrscheinlich, weil ihnen die Möglichkeit genommen wurde, zu lernen, jeden Mann, der sie schlecht behandelte, mit einem Finger zu Boden zu ringen.

„Sehr schön. Und vielleicht trainiert ihr noch ein bisschen. Filia muss erst einmal lernen, ihr Gleichgewicht zu finden, bevor sie anfangen kann, mit irgendeiner Waffe zu hantieren!"

Genau Nyms Rede!

Levi ignorierte Filias ausdrucksstarkes Augenverdrehen und packte Nym stattdessen bestimmt und nicht allzu sanft an ihrem Ellbogen.

Nym ließ ihn heiß werden, sodass Levi überrascht zurückschreckte. „Was soll das?"

„Ich brauche deine Gehhilfe nicht. Hast du etwa Angst, ich könnte weglaufen?"

Levi starrte auf seine erröteten Fingerkuppen und schüttelte langsam den Kopf. „Denkst du wirklich, dass es klug ist, Leena und Filia ein so mächtiges Wissen anzuvertrauen? Zumal es noch aus einem so problematisch verwirrten Kopf wie deinem stammt?“

Nym schnaubte, während sie auf das Gasthaus zuliefen. „Sie sind auf unserer Seite. Was wäre schon dabei?“

„Nym. Je weiter Wissen verbreitet wird, desto wertloser ist es. Ich dachte, gerade du solltest das wissen. Es kommt nicht darauf an, ob sie auf unserer Seite sind. Es ist Wissen, das zu unseren Feinden gelangen und gegen uns verwendet werden könnte, und je mehr von uns es teilen, desto größer ist die Wahrscheinlichkeit, dass genau das passiert.“

„Ach. Wenn ich dir jetzt anbieten würde, es dir zu zeigen, würdest du also nein sagen?“

Er warf ihr einen kurzen Seitenblick zu und zuckte dann mit einer Schulter. „Nun, bei manchen Personen ist wertvolles Wissen besser aufgehoben als bei anderen ...“

„Selbst Wissen, das aus einem problematisch verwirrtem Kopf stammt?“

„Wenn es in einen mehr als verantwortungsbewussten, bewundernswert geordneten und schönen Kopf weitergeleitet wird, dann ja.“

Nym grinste. „So, so. In Ordnung. Wenn du vier Tage nicht mehr mit mir sprichst, sag ich es dir.“

„Wie kommst du auf die Zahl vier?“

„Sagte ich vier? Ich meinte vierzehn. Jahre.“

Levi blieb stehen, seufzte und legte für eine kurze Zeit seinen Kopf in den Nacken. „Bei den verdammten Göttern, du nervst.“

„Warum nimmst du mich dann mit?“

Er wich ihrem Blick aus. „Es könnte sein, dass ich jemanden brauche, der etwas in Brand steckt und so einige Leute davon ablenkt, dass ich etwas stehle."

„Was stiehlst?"

„Ein Kind."

„*Was?*"

Er grinste. „Nur ein Scherz. Kleidung und Geld. Wir können die Uniformen nicht länger benutzen. Jaan hat mitbekommen, dass sie angefangen haben, Soldaten nach ihren Namen zu fragen. Er glaubt außerdem, dass dieser eine Gott, der möglicherweise in deinen Kopf gesehen hat, wissen könnte, dass wir über Amrie reisen."

„Du meinst Api?"

Er zuckte die Schultern. „Ganz ehrlich? Mir war eigentlich immer nur Thakas Name wichtig."

Richtig. Thaka war der Gott gewesen, der Liri zum Tode hatte verurteilen wollen. Weil sie als gottloses Kind zur Welt gekommen war. Nym nickte. „Gut, und was heißt das jetzt? Wir laufen einfach so in die Stadt hinein?"

„Jap. Es bleibt uns nichts anderes übrig. Wir müssen einfach darauf achten, dass niemand unsere Gesichter sieht."

Nym schnaubte. „Natürlich. Also willst du mir doch einen Sack über den Kopf ziehen?"

„Nein. So verlockend der Vorschlag auch ist. Mit einem Sack über deinem Kopf wäre deine Stimme wenigstens gedämpft, und ich müsste mir nicht die ganze Zeit dein Gemecker anhören." Sie waren an dem Fenster angekommen, das zu Levis und Jaans Schlafzimmer gehörte. Levi griff nach der Fensterbank und zog sich in einer geschmeidigen Bewegung nach oben und durch den Rahmen.

Nym überlegte noch, ob sie es ihm gleich tun sollte, da ließ Levi schon ein Stoffbündel durchs Fenster auf ihr Gesicht fallen. „Oh, entschuldige", bemerkte er unschuldig, als Nym sich das schwarze Etwas vom Gesicht riss. „Ich dachte, deine Reflexe wären beeindruckender. Zieh den an. Ich hoffe, wir können heute etwas Besseres klauen. Am besten etwas, das Händler oder Adelige tragen, sodass wir in der Vierten Mauer nicht komisch angesehen werden. Am wichtigsten ist jetzt aber erst mal Geld."

Das schwarze Bündel auseinanderfaltend nickte Nym abwesend. Im Grunde war sie einfach nur froh, etwas zu tun zu bekommen. Sie hatte das Gefühl, dass es ihr nicht guttat, allzu viel Zeit zum Nachdenken zu haben.

Der schwarze Stoff war filzig und an einigen Stellen geflickt worden, und als Nym ihn sich mit ausgestreckten Armen vor sich hielt, stellte sie fest, dass es sich um einen schlichten Umhang handelte. Er wurde vorne mit einem geflochtenen Lederriemen zusammengehalten und besaß eine breite, steife Kapuze, die ihr tief ins Gesicht hängen würde.

Nicht schlecht für den Anfang. Sie legte ihn sich um und testete die Kapuze aus. Ein breiter Kragen reichte ihr fast bis zum Kinn und die Krempe hing ihr in die Stirn. So würde sie zwar die meisten Gesichter der vorbeilaufenden Menschen nicht erkennen können, aber das bedeutete gleichzeitig, dass auch ihr Gesicht im Verborgenen blieb. Einziger Nachteil war, dass es unglaublich warm unter dem Stoff war.

„Wo hast du die her?"

Levi sprang neben ihr auf den Boden und warf sich selbst einen Umhang über. „Jaan", bemerkte er knapp. „Hier in Amrie werden wir damit nicht auffallen. Die meisten Menschen bleiben hier lieber verborgen. Vielleicht, weil es die einzige Stadt ist, in der es niemanden interessiert, aus welcher Mauer du kommst."

Jaan, der geheimnisvolle Mann, der alles wusste.

„Wo ist Jaan eigentlich?", fragte Nym betont nebensächlich. Sie hatte ihn in den letzten zwei Tagen kaum zu Gesicht bekommen.

„Er schaut sich nach Hafenmeistern um, die der Göttlichen Garde möglicherweise nicht allzu zugetan sind."

„Er will also Verbündete rekrutieren?"

„Exakt."

„Na, das ist ja überhaupt nicht lebensmüde."

Levi grinste und setzte sich selbst die Kapuze auf. „Für eine Frau des Risikos bist du ziemlich ängstlich."

Schnaubend überprüfte Nym, ob der Dolch an ihrem Gürtel zur Genüge verdeckt wurde. „Frau des Risikos. Du tust so, als hätte ich mir all die Nahtoderfahrungen freiwillig ausgesucht."

Levi mied ihren Blick, während er murmelte: „Na ja, so ganz unschuldig kannst du in deinem alten Leben nicht gewesen sein."

Alten Leben. Er sprach von ihr, als wäre sie vor zwei Wochen wiedergeboren worden.

Sie liefen um das Gasthaus herum, vor dem reger Betrieb herrschte. Mehrere Pferde waren an einem Pfahl vor dem Haus angebunden, und zwei Soldaten stiegen soeben ab, während drei in dunkelrote Umhänge gekleidete Männer aufstiegen. Ihre Kutsche hatte Jaan zwei Nächte zuvor irgendwo abgestellt, wo sie keiner mit ihnen in Verbindung bringen konnte.

Sie liefen die staubige Straße am Appo entlang und achteten nicht auf die verschiedenen Reiter, die ihnen entgegenkamen, so wie auch niemand auf sie achtete. Die äußerste Mauer ragte keine zwanzig Meter entfernt zu ihrer Linken auf, die Steine schon so lange aufeinandergepresst, dass man sie fast nicht mehr auseinanderhalten konnte. Über tausend Jahre gab es die Mauern schon. Bereits vor dem großen Krieg, der in ein paar Monaten sein tausendjähriges Jubiläum feiern würde, hatten sie existiert.

Schweigend liefen sie nebeneinander her, ihre Gesichter von der gnadenlos brennenden Sonne abgeschirmt, während der Sand unter ihren Füßen knirschte.

Nym war bereits in Amrie gewesen. Mehrfach. Sie wusste nicht mehr wieso, aber sie wusste, dass sie dort gewesen war.

Sie kannte die flachen Dächer, die nur ab und zu von einer rötlichen Kuppel unterbrochen wurden; kannte die breiten hölzernen Docks, die vor der Stadt lagen und die sie von hier aus in den Appo hineinragen sehen konnte. Sie war sich auch sicher, dass sie schon einmal den alten, vergoldeten Leuchtturm bestiegen hatte, der einzige, der im großen Krieg nicht niedergebrannt worden war.

Amrie war eine Stadt aus Sand und Stein. Viele der Häuser waren einmal weiß gewesen, doch mit den Jahren und durch die ständigen Böen, die die kleinen geschliffenen Steine an ihre Außenwände pressten, waren sie vergilbt und versandet. Mittlerweile war die

Farbe der Gebäude fast nicht mehr von dem Boden zu unterscheiden. Die Häuser schienen einfach aus dem Sand emporzuwachsen.

Entgegen der sonstigen Vorliebe der Götter umgab Amrie keine Mauer, was Nym zugegebenermaßen doch etwas wunderte. Es gab zwar ein Tor, das in das Herz der Stadt führte, doch dieses war eher symbolisch, als dass es tatsächlich eine Funktion erfüllte.

Kutschen fuhren an Levi und Nym vorbei. Eine, fünf, fünfzehn – irgendwann hörte Nym auf zu zählen. Der Hafen Amries, der sich von den alten Docks aus immer weiter an das nördlicher gelegene Ufer der Stadt verlagert hatte, war der einzige, der Bistaye mit Waren von außerhalb der sieben Mauern belieferte. Von Wein, Gewürzen und Lebensmitteln über Teppiche bis zu Nutztieren war alles dabei. Hundertzweiundzwanzig Kutschen verließen und erreichten die Stadt im Durchschnitt pro Tag. Die meisten davon nutzten das Osttor und die direkte Verbindung in die Vierte Mauer, um ihre Waren ans Ziel zu bringen. Nur wenige der importierten Dinge fanden überhaupt den Weg in die äußeren Mauern.

Eine Gruppe Soldaten ritt an ihnen vorbei, und hastig sah Nym auf den Appo und die Schiffe hinaus, die sie in einiger Entfernung anlegen und wieder ablegen sah. Erst als das Hufgetrappel verstummt war, richtete sie ihren Blick wieder nach vorne und merkte, dass Levi es ihr gleichgetan hatte.

Sie sahen sich kurz an, bevor Nym ihren Blick wieder auf die Rücken der Soldaten heftete, die schließlich zwischen den steinernen Festen des Tores verschwanden. Der Eingang konnte nun keinen Kilometer mehr von ihnen entfernt sein. Die hohen Steintürme waren bereits kunstvoll mit roten Tüchern umschlungen. Das durften die ersten Vorbereitungen für das Fest der Götter sein, das in ein paar Tagen stattfinden würde.

Doch Nyms Gedanken waren immer noch bei den Soldaten. Unvermeidlich dachte sie an die Augen derjenigen zurück, die sie bei der versuchten Durchsuchung der Kutsche zurechtgewiesen hatte. Was sie beunruhigte, war nicht der Respekt in ihren Augen gewesen, sondern die Angst. Als könnte sie ihnen wehtun, wenn sie ihr nicht gehorchten.

Sie fragte sich, ob sich ein Mensch durch den Verlust seiner Erinnerung so sehr verändern konnte. Sie empfand keinen Spaß oder gar Genugtuung bei dem Gedanken, dass andere Angst vor ihr haben könnten. Aber konnte es sein, dass es eine Zeit gegeben hatte, in der es ihr gefallen hatte? Dass sie dieses Gefühl der Macht nicht nur als praktisch angesehen, sondern es auch genossen hatte?

Aber vielleicht war das auch alles Blödsinn. Vielleicht hatten die Soldaten sie verwechselt.

Sie schnaubte. Und vielleicht war sie eigentlich ein Fisch, der plötzlich entschieden hatte, auf dem Land zu leben.

„Was glaubst du, wer ich war, Levi?" Sie hatte die Frage gestellt, bevor ihr bewusst wurde, dass ihr die Antwort wichtig war. Ihre Worte waren kaum ein Flüstern gewesen, aber aus den Augenwinkeln konnte sie sehen, wie ein Muskel an seinem Kiefer zuckte. Er hatte sie gehört.

„Mich interessiert nicht, wer du warst, Nym. Das sagte ich doch bereits. Ich denke, dass du irgendetwas mit der Göttlichen Garde zu tun gehabt haben musst – und das sollte auch dir mittlerweile klar sein. Doch solange ich mir sicher sein kann, dass du jetzt hinter mir stehst, dass du jetzt jemand anderes bist, ist es mir egal. Bist du jetzt jemand anderes, Nym?"

Ihre trockenen Lippen schienen aufeinanderzukleben. Sie hatte keine Antwort auf diese Frage.

„Jemand anderes als was, Levi?", murmelte sie und hob die Kapuze leicht von ihrer verschwitzten Stirn. „Wie soll ich die Frage ehrlich beantworten, wo ich doch nicht weiß, wer ich mal gewesen bin? Ich kann nicht mehr sagen, als dass ich euch helfen will, die Rebellen aus der Vierten Mauer nach Asavez zu geleiten."

Ein Lächeln huschte über Levis Züge, und zu gerne hätte Nym gesehen, ob es seine Augen erreichte, doch die waren im Schatten unter der Kapuze verborgen.

„Das reicht mir", stellte er fest. „Mehr kann ich wohl von keinem Mitglied unserer Gruppe verlangen."

Sie nickte leicht, doch wusste nicht, ob sie genauso dachte. Vielleicht lag Levi falsch. Vielleicht sollte er mehr von der Gruppe verlangen.

Eine Windböe erfasste sie und Nym konnte sehen, wie Levi kaum merklich die Hand hob, sodass der ihnen entgegenschlagende Sand ihre Gesichter nie berührte. Ein paar Minuten später liefen sie durch das hohe Steintor, durch das sich trotz der Tatsache, dass zu beiden Seiten eine freie Fläche war, die man hätte überqueren können, überraschend viele Menschen drängten.

Levi hatte recht behalten. Mit ihren großen Kapuzen und den weiten Umhängen fielen sie nicht im Geringsten auf. Entweder waren Schleier der neueste

Modetrend in Amrie oder aber die Leute wollten lieber anonym bleiben und den Vorurteilen innerhalb der Mauern entkommen. Unter einem weiten Mantel konnte sich ein Bettler verbergen, doch hier würde er nicht anders behandelt werden als ein Adliger. Nun gut, wenn er kein Geld hatte, dann wahrscheinlich schon.

Levi lief geradeaus weiter, folgte schlicht der Menge, und Nym wusste, wohin die gerade Hauptstraße führen würde.

Auf Amries Marktplatz, den größten in Bistaye. Der perfekte Ort, um etwas zu stehlen.

„Vielleicht wäre es gar nicht so schlecht, noch eine Karte der inneren Mauern zu stehlen", murmelte Levi, den Kopf gesenkt.

Von der Idee her war das nicht dumm, nur … „Ich habe eine Frage, Levi. Warum stehlen wir nicht einfach Geld und benutzen dann dieses Geld, um den Rest zu kaufen?"

„Das könnten wir tun, aber je weniger Leute uns sehen, desto besser."

„Und wie hast du vor, Kleidung, Geld und eine Karte unter deinem Umhang zu verstecken, ohne dass es auffällt?"

Er schnaubte. „Glaub mir, ich hab schon sperrigere Sachen gestohlen. Das sollte kein Problem sein. Warum glaubst du sind die Umhänge so weit? Zur Not dränge ich sie einfach dir auf und du tust so, als würdest du ein Kind erwarten. Wir sind eine glückliche kleine Familie!"

Nym musste sich stark am Riemen reißen, um nicht in lautes Gelächter auszubrechen. „Natürlich. Wir zwei sind das Bild einer puren Idylle."

„Wer sagt, dass eine glückliche kleine Familie idyllisch sein muss?"

„Ich glaube so ziemlich jeder."

„Dann hat so ziemlich jeder keine Ahnung davon, was man braucht, um glücklich zu sein."

Überrascht über den Biss hinter dieser Aussage hob Nym den Kopf, um Levi anzusehen. „Und du hast Ahnung davon?"

Er erwiderte ihren Blick nicht, und Nym hatte das vage Gefühl, dass Levi froh darum war, dass sie sein Gesicht nicht erkennen konnte. „Ich kann dir nur sagen, dass diejenigen, die sagen, ihr Leben sei idyllisch, alles, aber nicht glücklich sind."

„War das bei deiner Familie so?" Die Frage war Nym herausgerutscht, bevor sie weiter über dessen Bedeutung nachdenken konnte.

Levi antwortete nicht, sondern nickte nach vorne und murmelte: „Wir sind da."

Ein Meer aus Ständen erstreckte sich vor ihnen, jeder mit einem bunten Tuch überdeckt. Doch die Tücher spannten sich nicht nur über die Marktbuden, sondern auch über die Wege, die dazwischen herführten, und spendeten den Einkäufern so Schatten. Und hier gab es Massen an Menschen, die Schatten für sich beanspruchten. Männer mit Turbanen und verschleierte Frauen, Mädchen, die kaum mehr als einen Fetzen Stoff trugen. In Mäntel und Umhänge gehüllte Gestalten und Menschen, die ihr Gesicht jedem zeigten, der es nicht sehen wollte. Das Gemurmel der Menge

vermengte sich mit dem Geschrei der Verkäufer, und
wenn Nym zu lange an eine Stelle sah, dann schien die
Umgebung zu einem Meer aus unscharfen, sich bewe-
genden Farbflecken heranzuwachsen.

Verkauft wurde alles. Von Fisch, der die Luft mit dem
Geruch nach Salz erfüllte, über Tonkrüge bis zu Un-
mengen an Teppichen, Stoffen und sogar Tieren. Nym
erhaschte einige Blicke auf Vierbeiner, die sie glaubte,
noch nie in ihrem Leben gesehen zu haben. Ziegen, die
den Schweif und die Mähne eines Pferdes zu zieren
schien, und gehörnte Katzen, die einen Schrei ausstie-
ßen, sobald sie ihre kleinen Mäuler öffneten. Nicht
weit zu ihrer Rechten konnte sie sogar einen Kräuter-
stand sehen, der, wenn sie sich nicht täuschte, verbo-
tene Mixturen verkaufte. Sie betrachtete ein Fläsch-
chen, das mit einer hellvioletten Flüssigkeit gefüllt war,
und sofort schoss ihr ein Schwall an Informationen in
den Kopf. *Literio* – der leise Tod. Gewonnen aus einer
Pflanze, deren Stachel bei bloßer Berührung töten
konnten. In dieser verflüssigten Form jedoch dauerte
es einige Wochen, bis es sich durch das gesamte System
des Opfers gefressen hatte. *Leiser Tod* hieß es deswegen, weil man die Symptome kaum als solche erkannte.
Man sprach sie einer allgemeinen Konzentrations-
schwäche und zu hoher Belastung zu und nicht etwa
dem Gift. Die Muskeln wurden schwer, während das
Gift das Blut des Opfers verseuchte, und anfing, die Or-
gane zu lähmen. Das Gift verursachte Gleichgewichts-
störungen. Kleine Kreislaufzusammenbrüche. Halluzi-
nationen, die an Träume erinnerten, die die dunkelsten
Ängste hervorbrachten, die furchtbarsten Erinnerungen des Unterbewusstseins. Doch ansonsten ging es

einem wunderbar – bis es zu spät war, man sich nicht mehr richtig bewegen konnte, und man langsam und still, wenn auch schmerzlos, starb. Bis zum heutigen Tag war kein Gegengift bekannt.

Nym schüttelte sich. Auf manche Informationen in ihrem Kopf konnte sie wirklich verzichten. Zeit, über etwas anderes nachzudenken.

„Wie gehen wir vor?" Sie versuchte zu flüstern, doch verstand ihre eigene Stimme in dem Lärm nicht. Deswegen wiederholte sie die Worte in normaler Lautstärke, ihren Kopf fast an Levis Wange gepresst.

Levi legte einen Arm um sie, vielleicht damit es nicht allzu merkwürdig aussah, wenn sie ihre Köpfe so nah zusammensteckten. Es war Nym auch egal. Nicht egal war ihr allerdings, dass ihr Körper ihr zuflüsterte, dass er sie doch noch ein wenig enger an sich ziehen sollte. Ihr Körper erinnerte sich sofort an den Abend vor ein paar Tagen, an dem er so eng an Levis gepresst gewesen war, dass keine Luft mehr zwischen sie gepasst hatte.

„Wir suchen einen Stand, der alles zu bieten hat, was wir brauchen und ... wie wäre es dann mit einer deiner feurigen Einlagen?"

„Einer meiner feurigen Einlagen?" Nym konnte eines von Levis Messern gegen ihre Hüfte drücken spüren.

„Mach einfach irgendwo ein Feuer – nah genug natürlich – und lenk so die Leute ab. Nur zur Sicherheit, damit ich auch wirklich nicht erwischt werde."

„Hast du Erfahrung im Stehlen?"

„Du meinst außer Herzen?"

Oh Mann. Er war wirklich ein Idiot. „Schön. Improvisieren wir einfach." Nym hatte das Gefühl, dass das ohnehin Levis Stärke war.

„Exzellente Idee." Er ließ seinen Arm fallen und dirigierte sie mit einem leichten Schulterstoß von der Hauptstraße weg, zwischen einem Vieh- und einem Tonhändler hindurch.

Sein Blick schweifte zwischen den Ständen hin und her, bis er endlich gefunden zu haben schien, was er suchte. Auch Nym erkannte eine gute Möglichkeit, wenn sie sich bot.

Zu ihrer Rechten stand ein Schmuckhändler – der höchstwahrscheinlich eine Menge Geld in seiner Kasse und in seinem Beutel hatte –, während genau neben ihm ein weiterer Händler Kleidung verkaufte. Von Adelskleidung bis zu einer ledernen Rüstung besaß er alles, was man sich hätte wünschen können. Eine Karte von Bistaye war nicht zu entdecken, aber die könnte man auch noch woanders herbekommen.

„Darf ich mir wenigstens aussuchen, was du für mich klaust?", fragte Nym leise und tat so, als würde sie sich etwas von dem Schmuck ansehen.

Sie konnte Levi leise lachen hören. „Aber wo wäre denn da der Spaß? Ich wette, so ganz in Leder siehst du gut aus."

Er beäugte die lederne Kampfausrüstung, die so eng an Nyms Haut anliegen würde, dass ihr das Atmen schwerfallen würde. „Hast recht. Damit würde ich bestimmt nicht auffallen."

Sie konnte Levi unter der Kapuze breit grinsen sehen. „Ich werde schon was Passendes finden. Der Stoffhändler hinter dir … ich glaube, ihn würde es nicht allzu sehr treffen, wenn ein paar seiner Stoffe verbrennen."

„Er wird in Panik ausbrechen. Er wird sich das plötzliche Feuer nicht erklären können."

„Ein bisschen Panik wäre für unsere Zwecke gar nicht blöd. Aber gib mir etwas Zeit, Kleider herauszusuchen.“

Nym legte den Kopf schief und tat so, als würde sie sich für einen blauen Edelstein interessieren, der direkt vor ihr lag. „Woher soll ich wissen, wie lange du zum Aussuchen brauchst? Deine modische Zielsicherheit wage ich anzuzweifeln.“

Schnaubend zwickte Levi ihr in die Seite. „Genug mit den Beleidigungen. Warte ein paar Minuten. Das wird schon klappen.“

So langsam, aber sicher ging Nym Levis Einstellung auf die Nerven. Bei ihm *klappte schon alles* und *würde schon hinhauen.* Nur weil er mehr Glück als Verstand besaß, hieß das nicht automatisch, dass alles, was er anfasste, funktionierte. Ein bisschen Planung würde ihm manchmal guttun. Vielleicht musste er einfach mal ordentlich auf die Nase fallen, damit er aufwachte. Das aber am besten nicht, wenn irgendwer anderes gefährdet war. Sie zum Beispiel.

Trotz einiger kalter Fäuste, die sich durch ihren Magen zu arbeiten schienen, folgte Nym Levis Anweisung und trat von dem Schmuckstand zu dem gegenüberliegenden Tisch, auf dem Stoffe ausgelegt worden waren.

Nym fuhr mit der flachen Hand über die verschiedenen Muster und Fasern, während ihr Blick über die kleinen Schilder huschte, die dem Kunden angaben, um was für Stoffe es sich handelte. Sie lief zum äußersten Tisch, auf den ein Streifen Sonne durch die oberen Tücher fiel.

Wie viel Zeit war jetzt wohl schon vergangen? Und wie viel Kleidung wollte Levi stehlen? Für sie alle auf einmal? Oder wollte er noch ein anderes Mal losziehen?

Ihre Finger glitten über die Schilder, bis sie auf dem obersten hängen blieben.

Hundert Prozent Schafswolle stand darauf.

Das war perfekt. Wolle brannte, aber nicht so gut, dass der Schaden zu groß werden würde. Außerdem ging sie schnell in Flammen auf, löschte sich aber fast wieder von selbst. Sie würde nicht allzu viele andere Stoffe mit dem Feuer anstecken.

Nym wartete noch einige Augenblicke, sah sich verstohlen zu ihren Seiten um, wo Kunden angestrengt damit beschäftigt waren, die Preise hinunterzufeilschen.

Sie könnte eine Ecke ankokeln, weiterlaufen und von dort aus die Flammen weiter vorantreiben. Wenn erst einmal ein Feuer brannte, konnte sie es beliebig kontrollieren.

Sie legte einen Finger an die Kante des Stoffes, dann ließ sie ihr Blut heiß werden, bis sie das vertraute Brennen unter ihrer Haut spürte und der erste schüchterne Funke übersprang.

Es gab nur ein Problem.

Der Händler musste gelogen haben. Der Stoff schien zu mindestens neunzig Prozent aus Papier zu bestehen! Zumindest ging der Stoffballen so enthusiastisch in Flammen auf, dass Nym erschrocken einen Schritt zurückmachte. Sie wollte die Flammen etwas eindämmen, hatte aber nicht mit dem heftigen Windstoß gerechnet, der in diesem Moment vom Meer her zwischen den Ständen hindurchwehte. Ja, sie konnte Feuer kontrollieren, aber nur, wenn ihr die Natur nicht hineinpfuschte!

Sie drängte sich zurück in die Menschenmenge, die angefangen hatte durcheinanderzuschreien und vor dem Feuer zurückzuweichen, das durch den Wind auf eines der sie überdachenden Tücher übergegangen war. Innerhalb von Sekunden waren zwei weitere in Brand gesteckt, während die Standbesitzer schreiend unter ihnen hinwegtauchten – und dann deutete plötzlich jemand in ihre Richtung.

„Sie war es! Sie, im dunklen Umhang!"

Panik flutete ihre Brust, doch bevor sie darüber nachdenken konnte, was sie tun sollte, legte sich eine Hand um ihren Oberarm und riss sie mit einem kräftigen Ruck fast von den Füßen. „Jetzt ist der Moment, in dem wir abhauen sollten!", konnte sie Levi in ihr Ohr knurren hören, und das musste sie sich nicht zweimal sagen lassen.

Seine Hand fand ihre und mit den Schultern voran drängte er sich durch die Menge. Die meisten Menschen waren so verwirrt und in den Bann des Feuers gezogen, dass sie einfach nur stur stehenblieben und die Flammen angafften. Die Schreie der vereinzelten Händler, die Nym als die Schuldige erkannt hatten, gingen in den verängstigten und gleichzeitig faszinierten Rufen der Umherstehenden unter, und keiner ihrer Verfolger schaffte es, sich erfolgreich zu ihnen vorzukämpfen.

Immer mehr Menschen drängten ihnen entgegen auf das Feuer zu, wollten sehen, woher der Aufruhr und der dichte schwarze Rauch kamen. Levi warf keinen Blick zurück, er lief weiter, tauchte mit ihr in der Menge unter und verschmolz mit der Masse.

„Denkst du nicht, du hast es etwas übertrieben?", knirschte er durch die Zähne hindurch, während sie auf das Ende des Marktplatzes zusteuerten.

„Du sagtest: Mach ein Feuer!", wehrte sie sich sofort.

„Ja! Ein niedliches, kleines Feuer, zu dem die Menschen hinschauen. Keinen Waldbrand!"

„Ich hätte es kontrollieren können, aber das wäre zu auffällig gewesen. Da war der Wind, und wenn ich angefangen hätte, mit den Armen rumzufuchteln und konzentriert das Feuer anzustarren, hätte sofort jeder gewusst, dass ich eine Ikano bin. Es war Pech!"

„Natürlich. Du ..."

„Dort hinten!", brüllte jemand, und das Geräusch von klirrendem Metall drang an Nyms Ohren. Das Geräusch, das ihr genauso vertraut war wie die Linien auf ihrer Handinnenfläche. „Schwarzer Umhang! Schwarze Kapuze!"

„Scheiße!", fluchte Levi laut und fing an zu rennen.

Die Leute sahen sich nach ihnen um, und Nym konnte Münzen hören, die in Levis Taschen gegeneinanderschlugen. Na, wenigstens hatte er tatsächlich etwas stehlen können.

„Aus dem Weg! Aus dem Weg!" Männerstimmen schrien ihnen hinterher, und Nym raffte mit ihrer freien Hand den Stoff um ihre Knöchel hoch, damit sie schneller laufen konnte.

Sie hatten endlich das Ende der Stände erreicht und Levi riss sie am Handgelenk nach rechts in eine leere Gasse hinein, doch Nym konnte noch immer schwere Schritte hinter sich hören. Zwei Soldaten, die ihnen auf den Fersen waren.

„Meine Güte, warum ist mit dir alles auf einmal kompliziert geworden?", fluchte Levi und hob eine Hand nach hinten.

Nyms Haare flogen in die Luft und sie spürte wie Levi den Wind nach hinten trieb, die Schritte augenblicklich innehielten und von einem Ausruf der Überraschung ersetzt wurden.

„Ein Ikano!", schrie irgendjemand, doch das war jetzt auch egal.

Wieder zog Levi sie um eine Ecke, Sand wirbelte auf, Schweiß lief Nyms Nacken hinab, und sie schlitterten um den nächsten Mauervorsprung.

„Scheiße!" Abrupt hielt Levi inne, und Nym wäre bei der ruckartigen Bewegung beinahe über ihre Füße gestolpert und der Länge nach hingeschlagen, doch im nächsten Moment hatte Levi sie in eine Seitengasse hinter eine Gottesstatue gezogen, die hoch über ihnen aufragte.

„Was –?", fragte Nym atemlos, ihren Rücken gegen die Wand hinter sich gepresst. Levis Brust drückte sich fest gegen ihre, während die Kleidung, die er offensichtlich unter seinen rechten Arm geklemmt hatte, tonlos zu Boden fiel.

„Göttlicher Soldat in der Gegenrichtung", flüsterte er. Seine Brust hob und senkte sich unregelmäßig und er sah nach links, wo sich eine kleine Lücke zwischen dem Arm des Gottes – Nym hatte keine Ahnung, welcher es war – und der Wand befand.

Sie folgte seinem Blick genau zu dem Zeitpunkt, als der besagte Soldat in ihr Sichtfeld trat. Er hatte den Kopf in den Nacken gelegt und besah sich offensichtlich den dunklen Rauch, der immer noch hinter den flachen Dächern aufstieg. Ironischerweise musste das der Grund sein, warum er sie nicht bemerkte. Erneutes Klirren durchschnitt die Stille, und im nächsten

Moment erschienen die beiden Soldaten, die sie verfolgt hatten, bevor Levi sie … zurückgeweht hatte.

Sie hielten vor dem einzelnen Soldaten an und sagten etwas, doch sie waren zu weit weg, als dass Nym ganze Sätze hätte verstehen können. „Ikano … Feuer … Flucht …“, das waren die Worte, die halbwegs zu ihr durchdrangen.

Der Soldat, der den Kopf in den Nacken gelegt hatte, schüttelte den Kopf und sah sich um. Levi drängte noch näher zu Nym heran, seine Arme jetzt zu beiden Seiten über ihren Kopf gestützt. Es war ohnehin warm, doch die Hitze, die von seinem Körper ausging, schien sich durch den schweren Stoff auf Nyms Haut zu brennen.

Sie schluckte mehrmals, ließ sich jedoch nicht zu sehr von dem Gespräch der Soldaten ablenken.

Der Einzelne, Größere sah nun wieder Richtung Rauchsäule, und dann konnte Nym ihn lachen hören. Ein tiefes, lautes Lachen, das unter ihren Umhang kroch und sich bis in jede einzelne ihrer Poren vorzuarbeiten schien.

Sie kannte dieses Lachen. Es war ihr so vertraut – fast greifbar sah sie es vor sich –, konnte jedoch nicht einordnen, in welcher Verbindung sie zu diesem Lachen stand. Ob sie es mochte, hasste, oder es sie verängstigte.

Der Soldat legte eine Hand in den Nacken, schüttelte erneut den Kopf – und Nym blieb die Luft weg.

Unter seinem Arm, an seinem Gürtel, glitzerte etwas. Ein länglicher Gegenstand mit scharfer, geriffelter Klinge, und selbst aus dieser Entfernung konnte sie die Rille sehen, die direkt unter dem Wappen der Götter in den Griff hineingefräst worden zu sein schien.

„Das ist mein Dolch!", stieß sie keuchend aus und streckte automatisch ihren Rücken durch. „Er hat meinen Dolch!"

„Was?" Verwirrt blinzelte Levi sie an. Die Kapuze war von seinem Kopf gerutscht und seine Stirn lag in Falten.

„Mein Dolch! Er hat meinen ... meinen ..."

Der Satz blieb in ihrer Kehle stecken, denn plötzlich war da eine Zahl. So, wie schon so oft plötzliche Fakten in ihren Kopf gesprungen waren, so drängte sich ihr eine Ziffer auf, kroch unter ihre Haut und verankerte sich in ihren Synapsen, ließ sie nicht mehr los.

Sechsundneunzig.

Mit diesem Dolch hatte sie sechsundneunzig Leben genommen. Ihr Mund wurde trocken, und die Zahl schien gegen ihre Schläfe zu pochen, wie ein Hammer gegen einen Nagel. Sechsundneunzig Leben. Alleine mit diesem Dolch.

Gleichzeitig schlichen sich Fragen in ihren Kopf und umschlangen die Zahl mit festem Griff.

Mit welchem Recht?

Warum und wofür hatten diese Menschen sterben müssen?

Und wenn dieser Soldat ihren Dolch hatte ... musste er es dann nicht gewesen sein, der ihn ihr abgenommen hatte?

„Er hat versucht, mich umzubringen!" Ihre Stimme war zu einem tonlosen Zischen geworden und ihre Fingernägel gruben sich in die Sandsteinmauer hinter ihr. „Er muss es gewesen sein! Ich kenne ihn."

Sie wollte sich von der Wand abstoßen, prallte jedoch nur gegen Levi, der sich kein Stück bewegt hatte.

„Bist du dir sicher?“

„Natürlich bin ich sicher! Er hat meinen Dolch!“ Sie drückte mit den Händen gegen seine Brust und sah verärgert zu ihm hoch, als er sich immer noch nicht bewegte, stattdessen seine Arme weiter die Wand hinunterschob, sodass sie nun vollkommen zwischen seinem Körper und dem Stein gefangen war. „Lass mich durch, Levi!“

Er schnaubte. „Nein. Sicher nicht.“

„Was?“ Ungläubig riss sie die Augen auf. „Er ist es, der mich töten wollte! Er weiß, wer ich bin! Er kann alle meine Fragen beantworten!“

„Sprich leiser Nym!“, zischte er, seine Augen jetzt dunkelgrün. „Sonst hören sie uns noch.“

„Sollen sie doch, sie ...“

Levi presste ihr eine Hand auf den Mund. „Nym! Es spielt keine Rolle, ob er es war! Du kannst da jetzt nicht einfach rauslaufen. Das sind drei Soldaten, und ich möchte nicht wissen, wie viele noch in der Nähe herumlungern.“

Wütend riss Nym seinen Arm herunter. „Ich könnte gegen sie gewinnen.“

„Könntest du? Ja?“ Die Lippen fest aufeinandergepresst starrte Levi sie an. „Was, wenn Ikanos dabei sind? Was, wenn dir der Wind wieder einen Streich spielt? Was, wenn sie uns alle entdecken? Wenn sie aus dir herauspressen, was unser Plan ist? Ich lasse dich nicht die Mission ruinieren, nur weil du deine Rache und deinen beschissenen Dolch haben willst!“

„Es ist nicht irgendein Dolch! Es ist ein göttlicher!“

„Und wenn es der Dolch der Unsterblichkeit wäre. Oder ein Dolch, der unsichtbar macht. Oder ein Dolch, der von selbst stechen kann!"

„Er hat alle Antworten, Levi!" Erneut stieß sie mit beiden Händen gegen ihn, doch es war aussichtslos. Levi presste sich nur immer fester gegen sie und umfing ihre Handgelenke schließlich mit seinen Händen, um sie über ihrem Kopf zu fixieren.

„Es spielt keine Rolle!" Seine Augen schienen zu glühen. „Du kannst hier nicht nur an dich selbst denken. Es geht um uns alle!"

„Nennst du mich egoistisch?" Ihre Hände wurden heiß, doch Levis Griff wurde nur fester.

„Hör auf, zu versuchen, mich abzufackeln!"

Ihre Hände wurden wieder kühl – trotz allem wollte sie ihm nicht wehtun.

„Ich denke an euch alle", presste sie zwischen den Zähnen hervor, ihren Kopf in die Richtung des Soldaten drehend – doch er war weg. Niemand stand mehr dort.

Die Chance, Antworten auf all ihre Fragen zu bekommen – fort.

Ihr Herz pochte dumpf in ihrer Brust und die Wut, die sie zuvor auf Levi verspürt hatte, verflog.

„Du wirst deine Antworten noch finden, Nym", murmelte Levi. „Nur nicht heute." Sie konnte seinen Atem über ihre Haut streichen spüren, sah seine Augen über ihr Gesicht wandern – und auf einmal war sie sich jedes Zentimeters seines Körpers bewusst, der sich gegen ihren presste. Die Hitze, die er ausstrahlte, seine Lippen, die leicht geöffnet waren, und sein Gesichtsausdruck, der sich jetzt veränderte.

Ihre Hände hielt Levi immer noch über ihrem Kopf fest. Seine Finger lagen kühl auf ihrer Haut und umschlossen nun ihre – und plötzlich blitzte ein Bild in ihrem Kopf auf. Es fühlte sich fremd an, als ob ihr Gedächtnis eine falsche Abzweigung genommen hätte. Sie sah sich selbst. Wie sie auf einer dünnen Matte auf einem mit Tannennadeln bedeckten Boden lag. Die Augen unnatürlich fest zusammengepresst. Eine Hand war ausgestreckt und berührte sanft ihre Stirn. Ihre Hand.

Aber wie konnte das sein? Sie lag direkt dort.

Zuneigung erfüllte sie. Aber das Gefühl gehörte nicht ihr. Es war fremd und doch vertraut.

Das Bild verschwand, wurde plötzlich von ihrem lachenden Gesicht ersetzt, von bunten Blättern umkreist – und dann pressten sich warme Lippen auf ihre. Reale Lippen. Die Bilder verschwanden und es gab nur noch Levi.

Levis Lippen, Levis Hände, die ihre losgelassen hatten, ihre Arme hinunterstrichen, sich in ihren Nacken und auf ihre Taille legten, sich unter ihren Umhang schoben.

Seine Finger hinterließen Flammen auf ihrem Körper, weckten in ihr eine Hitze, die sie selbst so nie hätte erschaffen können. Es war, als würde Nym erfrieren, und das Einzige, das ihr helfen konnte, war Levis Wärme. Sein Körper an ihrem und die harte Wand in ihrem Rücken.

Eines ihrer Beine legte sich um seine Hüfte, zog ihn noch näher heran – doch es war nicht genug.

Levis Lippen wanderten ihren Kiefer entlang, küssten sie unter ihrem Ohr, und sämtliche Haare auf Nyms

Körper richteten sich auf. Sie schmolz. Verbrannte. Verdurstete. Alles zugleich.

Ihr Atem ging nur noch stoßweise, während ihre Finger sich in seine Schultern gruben und sie kaum mehr auf ihren eigenen Füßen stand. Levis Lippen fanden erneut ihren Mund. Seine Zunge fuhr über ihre Unterlippe, bevor er in sie hineinbiss.

Nyms Hände waren nach unten gewandert – ihre Beine nun beide um seine Mitte geschlungen – und schoben sich unter den schweren Stoff des Umhangs und den dünneren seines Hemdes. Seine Haut war glatt und weich, sein Körper hart. Sie konnte spüren, wie seine Muskeln sich unter ihren Fingerkuppen anspannten. Er löste sich von ihr. Seine Stirn an ihre gelehnt, die Augen geschlossen, der Atem flach.

„Nicht der richtige Ort, nicht die richtige Zeit ... nicht die richtige Entscheidung. Aber ich weiß es besser, als mich dafür zu entschuldigen."

Nym hätte beinahe angefangen zu lachen. Ihre Beine waren immer noch um seine Hüften geschlungen, ihre Hände lagen immer noch an seinem warmen flachen Bauch. Und wenn sie die Wahl gehabt hätte, hätte sie sie dort auch gelassen. Das hier war absurd. Sie war öfter wütend auf Levi, als dass sie ihn mochte.

„Gegensätze ziehen sich an", flüsterte sie, stellte sich wieder auf den Boden und zog ihre Hände unter seinem Hemd hervor.

„Ich glaube eher, dass wir beide einen Hang zum Komplizierten und Dramatischen haben", murmelte Levi, während er mit seinen Fingerknöcheln ihren Kiefer und ihre Lippen nachfuhr. „Ich küsse dich viel zu gerne dafür, dass du mir gehörig auf den Geist gehst. Ich hab manchmal fast das Gefühl ... dass ich dich mag."

Nyms Herz zog sich bei seinen Worten zusammen.

Er mochte sie.

Das sollte ihr nicht so gefallen – doch das tat es.

Sie dachte an die Bilder, die sie vor ihrem Kuss gesehen hatte. Sie konnte sie sich nicht erklären, doch es mussten seine gewesen sein. Seine Erinnerungen.

Nur was hatten seine Erinnerungen in ihrem Kopf zu suchen gehabt?

„Und jetzt?" Ihre Stimme schien sich im Wind zu verlieren.

„Jetzt?" Levis Blick lag immer noch auf ihren Lippen. „Sprichst du von der Mission ... oder von uns?"

Uns. Was für ein merkwürdiges Wort. Zwei Menschen in nur einer Silbe zu umfassen schien Nym nicht richtig.

„Von beidem."

„Die Soldaten werden in den Gasthäusern nach Gästen fragen, die überstürzt abgereist sind. Es ist besser, wenn wir einfach nichts tun."

„Sprichst du von der Mission oder von ... uns?"

Seine Finger berührten ihre Wangenknochen und strichen ihr die Haare aus dem Gesicht. „Von beidem?"

„Ist das eine Frage?"

„Ich weiß es nicht."

„Ich auch nicht."

Manchmal war *besser* nicht gleichbedeutend mit *richtig*. Und manchmal war das Richtige nicht unbedingt besser.

Kapitel 6

Die Appokalypse – Der Krieg der Zwei (6)

Meine Idee eines dritten Lagers findet unverhofften Anklang. Ich habe bereits eine Gruppe von zwanzig Männern um mich geschart, viele davon meinesgleichen. Unser Ziel ist es nicht, zu kämpfen, sondern den Krieg zu beenden.

Die Frage, wie man einen Krieg ohne einen Kampf beenden will, würdige ich nicht mit einer Antwort. Nur törichte Männer stellen solche Fragen. Die Männer, die ein Schwert einer guten Information vorziehen. Es herrscht Pause. Die Götter beraten sich. Die Asavez, das gottlose Volk, haben sich vorerst auf die andere Seite des Appos zurückgezogen. Die Leichen werden vor den Toren verbrannt und ihre Überreste über dem Wasser verstreut. Es gab bereits zu viele Tote. Es muss einen Weg geben, diesen sinnlosen Krieg zu beenden, und jedem das zu geben, was er für sich wünscht.

Jeki wusste, dass sie hier war.

Er hatte den dichten schwarzen Rauch gesehen und gewusst, dass sie dafür verantwortlich sein musste. Er konnte ihre Nähe fast spüren.

Er könnte sich auf die Suche machen, vielleicht hatte er sogar Glück und würde sie finden. Doch dafür war er nicht gekommen.

Er hatte anderes zu tun.

Und es war zu früh.

Er ließ die zwei Soldaten zurück, die ihn gefragt hatten, ob er zwei Gestalten mit großen, schwarzen Kapuzen gesehen habe – hatte er nicht –, und lief nach rechts in Richtung Hafen.

Er war über Nacht gereist und hatte sich ein Zimmer im Herzen der Stadt genommen. Er hatte nicht vor, länger als bis zum nächsten Morgen zu bleiben. Am liebsten wäre er noch am selben Abend wieder abgereist, aber erneut die Nacht hindurchzureiten, wäre möglicherweise nicht ganz weise gewesen. Außer er wollte vor Erschöpfung vom Pferd fallen.

Wieder fiel ihm der Rauch ins Blickfeld und lächelnd schüttelte er den Kopf. Er konnte sich nicht vorstellen, dass das Feuer mit Absicht so groß geworden war. Wahrscheinlich hatte der Wind sie überrascht. Der Wind war schon immer ihre größte Schwäche gewesen. Luft und Feuer heizten sich gegenseitig an und verstärkten einander. Natürlich hätte sie die Flammen eindämmen und kontrollieren können, aber unmöglich, ohne dabei entdeckt zu werden. Blieb nur eine Frage offen: Wozu überhaupt ein Feuer machen?

Der salzige Wind des Meeres schlug ihm entgegen und er konnte die ersten Masten der Importschiffe erkennen, die auf den riesigen Schiffsrümpfen wie Streichhölzer in den Himmel ragten.

Der örtliche Erste Offizier hatte Jeki berichtet, dass der Fischer direkt auf seinem Boot getötet worden war.

Sobald der Verdacht entstanden war, dass der Tote durch einen Göttlichen Dolch sein Ende gefunden hatte, hatte die Garde angeordnet, ihn nicht mehr zu bewegen. Das war bereits mehr als vierundzwanzig Stunden her.

Nur allzu gut konnte Jeki sich vorstellen, wie die Leiche jetzt bereits riechen mochte. Trotzdem war er dankbar für die Umsicht der hiesigen Soldaten. Es würde seine Arbeit um einiges erleichtern.

Jeki lief den Hafen entlang, weißer Sandstein unter seinen Füßen, und suchte nach dem einzigen Boot, das von zwei Soldaten bewacht wurde. Es war nicht schwer zu finden, denn es war das Schiff, das alle Leute anstarrten. In Amrie gab es eine Menge Kriminalität – bei der Vielfältigkeit der Bewohner kein Wunder. Diebstähle, Einbrüche, Handel auf dem Schwarzmarkt und Schlägereien waren an der Tagesordnung. Aber kein Mord.

Nur den Göttern war es vorbehalten, Leben zu nehmen, weswegen auf eine Tat wie Mord der Tod stand. Folglich überlegten es sich die Bewohner Bistayes zweimal, bevor sie jemanden umbrachten. Zumal wohlbekannt war, dass bisher jeder, der trotzdem ein Leben genommen hatte, gefunden und hingerichtet worden war. Es gab immer jemanden, der etwas gesehen hatte und nur allzu gerne gegen eine bescheidene Geldsumme aus dem Nähkästchen plauderte.

Dieser Fall sei jedoch anders, hatte Erster Offizier Langser bemerkt, und als Jeki mit einem Nicken passieren durfte und auf das kleine Boot stieg, das kaum vier Meter maß, sah er auch, warum.

Er wusste nicht, was er erwartet hatte. Vielleicht mehr Blut? Mehr Unordnung? Etwas, das ihm Hinweise auf einen Täter oder ein Motiv gegeben hätte? Doch wenn tatsächlich seit der Entdeckung der Leiche nichts mehr am Tatort bewegt worden war ... dann musste der Täter entweder ein Geist gewesen sein oder Erfahrung im Töten von Menschen haben. Der Körper des Fischers lag gut sichtbar mitten auf dem Deck, und ein Blick auf die blutlose Stichwunde genügte, um zu wissen, dass es kein zufälliger Überfall gewesen war.

Es gab viele Arten und Weisen, einen Menschen zu töten. Über ihre Effizienz ließ sich streiten, doch die sauberste und leiseste Methode war ein präzise gesetzter Stich mit einem Göttlichen Dolch. Der Göttliche Dolch hatte seinen Namen nicht von ungefähr. Er besaß einige nützliche Eigenschaften, die ihn von anderen Klingen abhob. Er war abweisend gegenüber den Kräften eines Ikanos, konnte weder mit Hilfe von Luft aus der Hand gerissen, noch von einem Ikano des Feuers erhitzt werden. Nur die Kräfte des rechtmäßigen Besitzers konnten auf ihn wirken. Außerdem besaß er kleine Rillen an der Klinge, sodass, wenn man ihn mit einem Ruck aus seinem Feind wieder hinauszog, kein Blut aus der Wunde floss, weil die oberen Gefäße durch die hastige Bewegung verschlossen wurden. Auf dem Opfer blieb nur eine kleine Einstichwunde zurück, während es innerlich verblutete. Es hatte sogar schon Fälle gegeben, bei denen die Opfer noch einige Minuten lebendig herumgelaufen waren, bevor sie bemerkt hatten, dass sie erstochen worden waren. Um einen so treffsicheren Stich zu setzen, musste man mit der Handhabung des Dolches allerdings schon sehr geübt sein. Nichtsdestotrotz ... es musste in Betracht gezogen werden, dass das Opfer womöglich gar nicht genau hier angegriffen worden, sondern dass es, nachdem es erstochen wurde, noch zu seinem Boot gelaufen war.

Leider änderte das nichts an der Tatsache, dass zweifellos von einem Göttlichen Dolch Gebrauch gemacht worden war. Jeki seufzte leise, als er sich neben die Leiche hockte. Das machte das Ganze wirklich zu einer prekären Situation.

Der Fischer trug eine graue Arbeitshose und ein weites, schmutziges Hemd. Er sah nicht nach einem Mann aus, der es wert wäre, getötet zu werden. An seinem zerschlissenen Gürtel hing ein Beutel mit Geld und das gesamte Boot schien unangetastet. Der Fischer war also weder bestohlen noch war sein Schiff durchsucht worden.

Warum hatte ihn dann jemand tot sehen wollen? Und wo hatte dieser Jemand einen Göttlichen Dolch her? War es vielleicht wirklich Jekis gewesen? Hatte der Dieb ihn genau für diesen Zweck entwendet?

Jeki hasste offene Fragen. Noch mehr als unbequeme Antworten.

Er sah sich ein letztes Mal um, fand jedoch wie erwartet nichts Auffälliges und stieg dann wieder auf den Steg, an dem das Boot anlag.

„Was wisst ihr über ihn?", fragte Jeki eine der Wachen, sobald er wieder auf festem Boden stand.

„Larvan Lordin. Ist seit über vierzig Jahren Fischer. Unauffällig. Keine Frau, keine Kinder. Lebt schon seit seiner Geburt in Amrie. Auch sein Vater war Fischer."

Jeki nickte und wischte sich den Schweiß vom Nacken, der unter seinem Helm hervorlief. Die Sonne am

Appo war erbarmungslos. „Hat irgendjemand etwas gesehen?"

Die Wache schüttelte den Kopf. „Niemand."

Natürlich nicht. Sonst wäre Jeki darüber bereits unterrichtet worden. „Wen hat er beliefert? Gibt es andere Fischer, die von seinem Tod profitieren würden?"

„Tatsächlich belieferte er vor allem die inneren Mauern. Soll sogar mal den Palast beliefert haben. Aber das machen viele andere Fischer auch – kein Grund, ausgerechnet Lordin umzubringen."

Genau das war es, was Jeki so störte. Es gab so viele Fischer – und so wenige Göttliche Dolche. Warum exakt diesen mit exakt dieser Waffe umbringen?

War es Zufall, dass zu diesem bestimmten Zeitpunkt offensichtlich auch die gesuchten Asavez in der Stadt waren? Andererseits hatten die Asavez nichts mit den Göttern zu tun. Woher sollten sie einen ihrer Dolche haben?

„Danke", murmelte Jeki und wollte sich zum Gehen wenden, als schwere Fußschritte die Ankunft eines weiteren Soldaten ankündigten.

Der Mann in goldener Rüstung, der jetzt zu ihnen trat, verbeugte sich kurz vor dem Ersten Offizier und richtete sich dann wieder kerzengerade auf. „Offizier Tujan?"

„Ja?"

„Ich soll Ihnen von Offizier Langser etwas ausrichten. Es gab einen weiteren Mord. Kaum ein paar Stunden her, in der Sechsten Mauer. Als Tatwaffe wird wieder ein Göttlicher Dolch vermutet."

Stöhnend sackte Jeki in sich zusammen. Es sah wohl so aus, als würde er Amrie doch noch vor Anbruch des nächsten Morgens verlassen müssen.

„Weißt du, was ich mich immer gefragt habe?“
„Was zuerst da war: Das Huhn oder das Ei?“
„Abgesehen davon.“
„Warum Ikanos so große Egos haben?“
„Das ist keine Frage, sondern längst beantwortet. Nein: Ich habe mich immer gefragt, warum die Göttliche Garde Soldaten schickt, die so unglaublich schlecht darin sind, Leute zu beschatten.“ Nika warf einen Blick über ihre Schulter, während sie den Gemüsehändler bezahlte. „Er trägt nicht einmal eine Rüstung und trotzdem weiß ich, dass er ein Soldat ist und mir seit über vier Stunden folgt. Und ich bin wirklich kein Profi auf dem Gebiet.“

Vea wollte überrascht ihrem Blick folgen, wurde jedoch von Nikas Arm, der sich plötzlich um ihre Schultern zog, davon abgehalten. „Niemals den Spion ansehen, der dir hinterherläuft“, sagte sie lächelnd.

Vea lief rot an und schämte sich fast für ihre Unaufmerksamkeit. Sie hatte den Soldaten überhaupt nicht bemerkt. „Wie bist du so gut darin geworden? Immer wachsam deine Umgebung im Blick zu halten, Soldaten zu erkennen …“, murmelte Vea, während sie angestrengt die Tomate in ihrer Hand betrachtete.

„Ro hat mir ziemlich viel beigebracht.“
„Zum Beispiel?“

„Zum Beispiel, dass ...“ Nika hielt inne. Sie starrte an Veas erhobenen Händen vorbei, in denen sie immer noch eine Tomate hielt, und lief innerhalb von Sekunden so rot an, dass Vea sich dabei erwischte, wie sie vergleichsweise die Frucht neben das Gesicht ihrer Freundin hielt.

Verwirrt wollte Vea wieder Nikas Blick folgen, doch erneut griff Nika ihr um die Schulter. „Zum Beispiel, dass man auf keinen Fall so rot werden sollte wie ich, wenn der Asavez, den man liebt, plötzlich auf dem Marktplatz erscheint“, flüsterte sie atemlos.

„Was? Ro ist hier? Wie sieht er aus? Ich wollte schon immer wissen, wie er ...“

„Vea! Beruhige dich!“

Das sagte die Richtige. Nika blinzelte ungefähr sieben Mal die Sekunde und ihre Stimme war soeben zwei Oktaven nach oben gerutscht. Diesmal war es Vea, die ihren Arm bei Nika unterhakte und sie zu einem Schmuckstand weiterzog, an dem sie sich tief über eine Silberkette beugten, so als würden sie sie besonders ausgiebig begutachten.

Vea hätte gerne gesagt, dass sie die Gefasstere von ihnen beiden war, doch ihr Herz schlug ihr bis in die Kehle, denn dass Ro hier war, konnte nur eins bedeuten.

Die Asavez waren gekommen und würden sie mitnehmen.

Sie würde die Mauern bald hinter sich lassen können und müsste Bistaye nie wieder sehen. Sie würde alles zurücklassen. Ihren Vater, Salia, ihr Leben ... Janon.

Für einen Moment zog sich ihr Magen so unangenehm zusammen, dass sie glaubte, sie müsse sich übergeben.

In der Nacht, in der Nika mitgenommen worden war, war er einfach mit zu Vea nach Hause gekommen.

Und seitdem nicht mehr gegangen.

Das war jetzt vier Tage her. Sie wusste nicht, was ihr Vater dachte, vielleicht hatte er ihn ja in seinem ständigen Alkoholrausch auch gar nicht bemerkt, jedenfalls hatte er sich zu dem fremden Mann, der zurzeit in seinem Haus wohnte, nicht geäußert. Sie und Janon hatten kein Wort darüber verloren, dass sie eine Rebellin war, hatten es einfach ignoriert, und Vea wartete angespannt auf den Moment, in dem es zur Sprache kommen und alles den Bach heruntergehen würde.

Sie hatte noch nie jemanden wie Janon kennengelernt. Noch nie hatte jemand sein Leben riskiert, um ihr zu helfen. Noch nie hatte jemand sie angesehen und behauptet, er hätte bereits nach einem Tag gewusst, dass er so ziemlich alles für sie tun würde.

Vea wusste nicht, ob sie sich wohl bei diesem Gedanken fühlte. Ihr ging das alles zu schnell. Es war zu intensiv. Und sie hatte noch nie gut mit ihren eigenen Gefühlen umgehen können. Verdrängung und Wut, das waren ihre Stärken. Doch das, was Janon ihr gab und zu geben bereit war, war zu viel. Und es änderte nichts. Es würde nichts daran ändern, dass ...

„Vea! Du musst mir jetzt zuhören!“

Mühsam riss sich Vea wieder in die Realität zurück und blinzelte sich Janons Gesicht aus dem Kopf. Nika hatte offensichtlich gesprochen, und Vea hatte nicht ein Wort gehört.

„Entschuldige. Kannst du das noch mal wiederholen?"

Nervös fuhren Nikas Fingerkuppen über die kühlen Ornamente der Kette, doch sie nickte, bevor sie murmelte: „Ich kann nicht zu ihm hin, Vea. Wir hatten ausgemacht, dass er mich findet und ich dann so tue, als wäre er ein alter Freund – doch das kann ich nicht machen, wo doch jeder meiner Schritte beobachtet wird. Du musst es an meiner Stelle tun."

„Was? Ich? Aber du bist die Anführerin, du bist ..."

„Vea! Ich glaube nicht, dass Jeki Tujan mir auch nur ein Wort geglaubt hat. Er lässt mich beschatten und wartet darauf, dass ich mir einen Fehltritt erlaube. Was glaubst du, werden sie tun, wenn plötzlich ein Kerl auftaucht, den niemand kennt? Du jedoch bist die Schwester seiner Verlobten. Niemand würde je vermuten, dass du etwas mit den Rebellen zu schaffen hast. Du bist die perfekte Kontaktperson."

Veas Mund war bei der Erwähnung Jekis trocken geworden. Wusste er, dass sie mit Nika befreundet war? Würde er Salia erzählen, dass Vea sich mit einer vermeintlichen Rebellin abgab?

Zu gerne hätte sie das Gesicht ihrer Schwester gesehen, wenn ihr Verlobter genau das tat.

Doch der genugtuende Gedanke verdrängte Veas Panik nicht. „Ich hab doch keine Ahnung, was ich tue", quietschte sie höher als gewollt. „Ich kann weder kämpfen noch besonders gut weglaufen noch ... irgendwas!"

„Du hast mir das Leben gerettet, indem du den Dolch und die Briefe aus dem Haus geholt hast."

Den Dolch, ja. Der Dolch, den Vea nun sehr einfallsreich unter ihrem Bett statt hinter dem Bild versteckt hatte. Zusammen mit den Liebesbriefen von Ro und der Nachricht für den Ikano der Luft. Von der Vea immer noch nicht wusste, was es damit auf sich hatte. Es hatte einfach noch keine Möglichkeit gegeben, ihre Freundin danach zu fragen. „Ja, stehlen kann ich. Aber in dein Haus einbrechen, während Esya dort herumgeschnüffelt hat, konnte ich nur mit fremder Hilfe. Ich ...“

„Vea.“ Nikanas Stimme war mittlerweile wieder ruhig geworden. „Es gibt etwas, in dem du noch besser bist als im Stehlen – und das ist Lügen. Du bist eine ausgezeichnete Lügnerin, nicht zu vergessen eine brillante Schauspielerin.“

Vea biss sich auf die Unterlippe. Das hatte sie auch geglaubt, bis sie Janon kennengelernt hatte. Janon hatte bisher noch jeden ihrer Bluffs durchschaut.

„Es gibt keine andere Möglichkeit“, murmelte Nika leise und legte die Kette zurück. „Wir müssen mit ihm reden, um zu wissen, was los ist. Ich kann es nicht tun – du schon.“

Die Worte sanken langsam in Veas Geist und schließlich nickte sie. Nika hatte recht. Sie war ihre einzige Chance. Und sie würde alles dafür tun, dass der Plan funktionierte.

Sie schluckte einmal kurz und atmete dann tief ein. „Okay. Was genau soll ich machen?“

Nika hob einen diamantbesetzten ovalen Spiegel hoch und drehte sich leicht nach rechts, sodass Vea nun ihre beiden Spiegelbilder und die Menschen dahinter erkennen konnte.

„Siehst du den Kerl in dem schwarzen Mantel und dem weißen Hemd? Er steht neben dem Backstand und lacht ...“

Vea nickte. „Ja, ich sehe ihn.“

„Das ist Ro.“

Vea legte ihren Kopf schief und schob sich eine Haarsträhne aus dem Gesicht, während sie überlegte, wie sie sich Ro vorgestellt hatte. Sein Kreuz war breit, das eines Kämpfers, und seine Haare kurzgeschoren. Er sah gut aus, aber nicht auf eine glatte und gepflegte Art und Weise, sondern ... sympathisch. Vea konnte sofort sehen, wie Nika sich in ihn hatte verlieben können. Sie schnalzte mit der Zunge. „Also wirklich, zwei Rothaarige zusammen ... das konnte ja nur schiefgehen. Guter Fang, Nika!“

Das Spiegelbild ihrer besten Freundin färbte sich rosa. „Vielen Dank. Ich bin auch recht zufrieden. Also: Du gehst am besten zu ihm hin und begrüßt ihn auffällig. Tu so, als ob du ihn kennst, als ob er ein alter Freund wäre, und danach geht ihr einfach zusammen weiter. Irgendwo hin, wo du mit ihm reden kannst.“

Vea blinzelte. Das hörte sich viel zu simpel an. „Aber das wird doch Aufmerksamkeit auf sich ziehen!“

„Das ist Sinn der Sache. Im Schatten suchen sie dich, im Licht schauen sie nicht hin.“

„Was?“

„Das hat Ro immer so gesagt.“

„Ich dachte, Ro wäre eine Art Soldat und kein Philosoph.“

„Er ist beides ... und noch so viel mehr.“

Vea war sich nicht sicher, ob Nika das ironisch oder vollkommen ernst gemeint hatte. Sie beschloss, nicht nachzufragen. Denn wenn ihre Worte ernst gemeint waren, könnte sie Nika womöglich nicht mehr in die Augen sehen.

„Schön, aber was ist, wenn er nicht mitmacht?"

„Wird er!", versicherte ihr Nikana sofort. „Er ist gut im Improvisieren."

„Aber was, wenn mich auch jemand verfolgt? Immerhin könnten sie wissen, dass ich mit dir in Verbindung stehe."

„Ro wird merken, wenn ihn jemand verfolgt."

„Und was, wenn nicht?"

„Das wird er!"

Vea schnaubte. Nikana liebte Ro. Natürlich glaubte sie, dass er ein Held war. Doch auch Helden konnten nicht in die Zukunft sehen. Ein Plan konnte ab und an nicht schaden. Vea war von Plänen sehr angetan.

„Schön. Wenn ich in einer Zelle der Garde verrotte, ist es deine Schuld!"

Nika schnaubte. „Ich werde dich daran erinnern, dich zu bedanken, sobald wir den Appo überquert haben. Und jetzt sieh überrascht aus und umarme ihn!"

Vea atmete einmal tief durch und ließ das Schmuckstück sinken, das sie unterbewusst in ihre Finger genommen hatte. Mit einer Umarmung verabschiedete sie sich von Nika, die lächelnd die Augen verdrehte.

„Bis dann!", sagte Nika lauter als notwendig und ging am Gemüsehändler vorbei in die Richtung, aus der sie eben gekommen waren.

Vea konnte Ro aufblicken sehen, als Nikana wegging und da sie immer noch in ihrer Nähe stand, nutzte sie die plötzliche Aufmerksamkeit, um so zu tun, als hätte er gerade sie und nicht etwa Nika angestarrt, und ließ sich einfach in seine Arme fallen.

Es war das Merkwürdigste, das sie je in ihrem Leben getan hatte. Vea musste Ro zugutehalten, dass er keine Sekunde lang überrascht wirkte, sondern einfach seine Arme um sie schloss und sie kurz aber bestimmt an sich drückte. „Hallo, Freundin von Nikana", murmelte er leise lachend und stellte sie wieder zurück auf die Füße.

„Hallo, Ro, lass uns einen kleinen Spaziergang machen … um der alten Zeiten willen!" Sie lächelte und hakte sich unter, so als würde sie das jeden Tag machen.

„Wie ich sehe, habt ihr bemerkt, dass euch jemand verfolgt? Ich bin dem Affen von Soldaten, der euch beschattet, von Nikis Haus aus nachgelaufen. Er hat sich nicht einmal umgesehen. Was hat es überhaupt damit auf sich? Ist Niki in Schwierigkeiten?"

Niki! Vea musste sich am Riemen reißen, um nicht laut aufzulachen.

Sie nickte, die Lippen fest aufeinandergepresst, während sie sich weiter durch die Menge drängten, auf die Gasse zu, in der sie schon mit Janon gestanden hatte. „Ja, Nika hatte ein paar Probleme mit der Garde."

„Was für Probleme? Etwas Ernstes?" Ro klang sofort alarmiert, was ihn für Vea gleich noch sympathischer machte.

„Etwas, das ernst werden könnte, aber im Moment nur unangenehm ist. Aber je schneller wir hier rauskommen, desto schneller wird sich das Problem in Luft auflösen: Apropos, wann wird das ungefähr sein?"

Ro zog einen Mundwinkel hoch. „Bist du in Eile?"

„Seit fünf Jahren, ja. Also?"

Sie hatten den Marktplatz verlassen, und erleichtert stellte Vea fest, dass Ro sich tatsächlich alle paar Meter unauffällig umwandte und offenbar zufrieden feststellte, dass sie nichts zu befürchten hatten. „Wir sind zu acht", murmelte er, die ganze Zeit seicht lächelnd, als würden sie sich über das Wetter unterhalten. „Die anderen sind noch im Amrie. Ich wollte sehen, wie sie die Sicherheitsmaßnahmen seit unserem letzten Auftrag verstärkt haben, und ich fürchte, wir stecken in Schwierigkeiten ..."

Schwierigkeiten. Bei dem Wort sackte Veas Herz automatisch einige Zentimeter nach unten. „Was für Schwierigkeiten?"

„Ausnahmslos alle, die Bistaye betreten wollen, werden kontrolliert. Die Wachen lassen niemanden das Tor zur Vierten Mauer passieren, ohne nach den Papieren zu fragen und nach Waffen zu durchsuchen. Ich hatte Glück, weil ich ein so charmantes Auftreten habe und die weibliche Wache all ihre Fragen vergessen hat. Außerdem genießen drei unserer Kämpfer einen gewissen Bekanntheitsgrad innerhalb der Mauern, sodass wir unmöglich einfach so hereinspazieren können, wie wir es sonst immer getan haben."

„Und diese drei Kämpfer können nicht einfach in Amrie bleiben und von da aus helfen?"

Ro lachte leise und ließ sich von Vea in einen schmalen Weg zwischen zwei Häusern führen, der von der vierten Parallelstraße abzweigte, die sie gerade benutzt hatten. „Nein, können sie nicht. Diese drei bestimmten Personen ... sagen wir einfach, dass es immer gut ist, sie dabei zu haben."

Vea würde sich da wohl auf Ros Worte verlassen müssen. „Wie wollt ihr dann hineinkommen?" Vea wagte erst gar nicht zu fragen, wie sie wieder hinauskommen wollten.

„Nun ja, ich dachte, damit könntet ihr uns vielleicht helfen. Ich wollte mich außerdem erkundigen, ob jemand von den Rebellen zufällig ein geräumiges Boot im Hafen von Amrie besitzt."

Blinzelnd sah Vea zu Ro auf. „Solltet *ihr* nicht diejenigen mit dem Plan sein?"

Ro grinste breit. „Oh, nein. Wir sind sozusagen nur eure Leibgarde. Einen Plan haben wir meistens nicht."

Na klasse! Wie überaus beruhigend.

„Wo gehen wir überhaupt hin?"

Vea war bis gerade selbst nicht klar gewesen, wohin sie sich bewegten. „Äh, zu mir nach Hause."

„Tatsächlich?"

„Ja, mein Vater ist nicht da." Auch der alte Kerwin hatte ab und an noch Geschäfte zu erledigen, die sich betrunken arrangieren ließen. Er wollte schließlich nicht nur von dem Geld seiner ältesten Tochter leben. „Dort können wir in Ruhe reden. Vielleicht schafft Nika es ja auch, ihren Verfolger abzuschütteln."

„Geht es Nika gut?"

Niedlich, wie Ro versuchte, seine Stimme beiläufig klingen zu lassen. „Ja, ihr geht es gut. Obwohl sie dich natürlich schrecklich vermisst. Sie wurde nur einmal zur Befragung mitgenommen – es gehen Gerüchte herum, in denen es heißt, sie habe etwas mit den Rebellen zu tun."

„Gerüchte?"

„Na ja, wir können uns glücklich schätzen, dass sie bis jetzt noch für Gerüchte gehalten werden.“

„Und über dich gibt es keine Gerüchte?“

Vea lachte. „Es würde sich überhaupt niemand trauen, Gerüchte über mich in Umlauf zu bringen, in denen ich in Verbindung mit den Rebellen gebracht werde.“ Es hatte auch seine Vorteile, wenn man eine Schwester in der Göttlichen Garde hatte.

Ro nickte nur und fragte nicht weiter nach. Er schien mit den Gedanken woanders zu sein, während er links und rechts die Fassaden der Häuser hinaufblickte. „Ich hatte es mir in der Vierten Mauer irgendwie dramatischer vorgestellt. Ich meine, die bunten Häuser sind ganz hübsch, aber die haben wir in Oyitis auch. Und ehrlich gesagt stören mich die hohen Mauern – ein wenig beengend, wenn du mich fragst.“

Oyitis. Vea wurde bei der Erwähnung der Stadt warm ums Herz. Sie hatte schon so viele Geschichten über Asavez’ Hauptstadt gehört und konnte es gar nicht mehr erwarten, selbst dort zu sein.

„An die Mauern gewöhnt man sich“, murmelte sie, während sie auf die dritte Parallelstraße – ihre Straße – bogen. „Es sind die Leute, die man irgendwann nicht mehr sehen und hören kann und ...“ Sie hielt inne, als sie die hochgewachsene, wenn im Vergleich zu Ro auch um ein Vielfaches schmalere, Gestalt an ihrer Tür stehen sah.

Ro versteifte sich sofort und griff an seinen Gürtel, als er Veas Zögern bemerkte, deswegen schüttelte sie hastig den Kopf. „Nein, nein. Keine Gefahr. Alles gut.“

„Du siehst nicht aus, als wäre alles gut.“

Ja, Vea hatte auch das Gefühl, dass gleich nicht mehr alles gut sein würde.

„Wer ist das?", fragten Janon und Ro gleichzeitig, sobald sie stehenblieb und ihren Arm aus dem ihres Begleiters wand.

„Äh ..." Sie blinzelte Janon an und der Schlüsselbund klimperte zwischen ihren Fingern. „Das ist ... meine Affäre?", schlug sie vor.

Stöhnend legte Janon den Kopf in den Nacken. „Scheiße, ich sollte wirklich aufhören, Fragen zu stellen."

Röte schoss in Veas Wangen und hastig schloss sie die Tür auf, um beide Männer hereinzuwinken. So viel Testosteron war sie einfach nicht gewöhnt. Ro hatte die Stirn gerunzelt und musterte Janon neugierig – wenn auch mit einem gesunden Maß an Misstrauen. „Was ist sein Problem?"

„Ich", murmelte Vea und ließ die Tür ins Schloss fallen. „Ein bisschen sein Bruder. Jetzt auch ein bisschen du. Aber größtenteils ich."

An Janons Kiefer zuckte ein Muskel und langsam verschränkte er die Arme. Ro störte sich nicht im Mindesten daran, und Vea hatte die starke Vermutung, dass er um einiges mehr vom Kämpfen verstand als Janon.

„Warum gehst du nicht schon einmal nach oben", schlug sie Ro vor. Sie ließ seinen Namen absichtlich unerwähnt. „Zweite Tür links, das ist mein Zimmer. Ich werde mich noch kurz ... unterhalten."

„Sicher, dass du keine Unterstützung brauchst?"

Janon schnaubte. „Vea! Was macht der hier?"

„Gar nichts." Sie wandte sich zu Ro um und zeigte mit einem Arm die Treppen hoch. „Geh! Ich komme gleich."

Ro zögerte, bemerkte jedoch, dass von Janon offensichtlich keine Gefahr ausging. Bis auf sein angesäuertes Gesicht wirkte er harmlos.

Seine Lippen waren zu einer schmalen Linie zusammengepresst und er folgte Ro mit seinem Blick, bis er im ersten Stock verschwunden war. Dann senkte er sein Kinn und sah Vea in die Augen.

„Wer ist er wirklich?“

Vorsichtshalber verschränkte sie ihre Arme. „Wieso glaubst du nicht, dass er meine Affäre ist?“

„Vea!“

„Er ist … ein befreundeter Teppichhändler. Er möchte mit meinem Vater ins Geschäft kommen.“

„Vea …“

„Er ist Fischer. Fleischer? Diamantimporteur! Ein Cousin. Mein verschollener Bruder. Such dir einfach etwas aus, Janon.“

Janon starrte sie an. Sein rechtes Augenlid fing an zu zucken und schließlich presste er sich beide Handballen auf die Augenhöhlen. „Du kannst in solche Schwierigkeiten geraten …“

„Das bin ich doch schon längst. Und sie werden es wert sein. Sie *sind* es wert!“

„Sie sind *was* wert?“

Sie schwieg. Wie sollte sie ihm erklären, dass sie sich nichts sehnlicher wünschte, als Bistaye endlich zu verlassen? Nie wieder eine Mauer um sich herum zu haben. Ihre Vergangenheit, einfach alles zu vergessen.

Schwer seufzend ließ sich Janon gegen den Küchentisch sinken. „Was genau ist eigentlich euer Plan? Wollt ihr die Götter stürzen?“

Das brachte sie doch tatsächlich zum Lachen. „Nein! Wir wollen nur abhauen."

„Abhauen?" Das Wort hörte sich hölzern aus seinem Mund an. „Einfach ... gehen? Das ist es, was du willst?"

Ihre Wangen glühten und sie senkte den Blick, während sie die Hände in die Taschen schob. „Ja." Es war eher ein Hauchen als ein Flüstern.

„Und wann?" Janons Blick wanderte wieder die Treppe hoch, auf der Ro gerade verschwunden war. „Ist er etwa da, um dich zu holen? Und hattest du vor, mir irgendetwas zu sagen? Tschüss vielleicht?"

„Er ist nicht da, um mich zu holen. Rede nicht so, als würde jemand versuchen, mich zu entführen. Es ist meine Entscheidung. Außerdem dauert es noch ein wenig und ... du wusstest doch, dass ich eine Rebellin bin. Du wusstest, dass ich gehen würde, oder nicht?"

„Wusste ich das?" Janon fluchte und seine Hand verschwand in seinem blonden Schopf. „Warum dann das Ganze, Vea? Warum bist du mit mir ausgegangen? Warum hast du die letzten drei Tage nichts anderes getan, als mich ..."

„Janon, ich habe dir gesagt, dass ich nicht mit dir ausgehen will."

„Ja, hast du – und drei Sekunden später hast du deine Meinung geändert."

„Ich bin eine Frau. Ich darf das."

Er schnaubte laut. „Darfst was? Mich hinhalten, als deinen Retter benutzen und dann wegwerfen? Hast du in den letzten Tagen überhaupt einmal an mich gedacht? In deinem Plan, Bistaye zu verlassen, komme ich da irgendwo vor? Und sei es nur in einer kleinen

Notiz am Rande deines Gedächtnisses? Hast du überhaupt irgendwann darüber nachgedacht, wie –"

„Natürlich habe ich das!", fuhr sie ihn an, und plötzliche Wut wallte in ihr auf, sodass sie ihre Hände zu Fäusten ballte. „Hör auf, mir ein schlechtes Gewissen einzureden. Ich war ehrlich zu dir! Ich habe dir gesagt, dass ich nicht mit dir ausgehen will. Nur … du warst sehr hartnäckig. Vielleicht hätte ich dir trotzdem eine Abfuhr erteilen sollen. Aber ich hab doch nicht gedacht, dass du innerhalb von zwei Treffen beschließt, dass du … keine Ahnung was!" Ihre Arme flogen in die Luft. „Aber, ja, natürlich habe ich über dich nachgedacht."

„Und zu was für einem Schluss bist du gekommen?" Janons Iriden hatten sich um einige Farbtöne verdunkelt. Sie waren nun fast nicht mehr von seinen Pupillen zu unterscheiden. „Er ist ja ganz nett, solange ich hier bin?"

Veas Augen hatten angefangen zu brennen und ihre Unterlippe zitterte. „Hör auf, mir Worte in den Mund zu legen!"

„Dann rede mit mir, sodass ich mir keine ausdenken muss. Du sprichst in Rätseln! Du sagst nichts, was mir irgendwie dabei helfen könnte, zu verstehen, was das alles für mich bedeutet. Oder ob *ich* dir etwas bedeute!"

„Was willst du von mir hören, Janon?" Ihre Stimme war plötzlich unbeabsichtigt laut geworden. „Wir kennen uns wie lange? Zwei Wochen? Bei den Göttern, was erwartest du von mir? Dass ich den Plan, den ich das letzte Jahr über verfolgt habe, für dich über Bord werfe? Natürlich bedeutest du mir etwas! Natürlich bist du mir wichtig, natürlich bin ich dir dankbar und natürlich ist die Situation scheiße! Aber das wusstest du! Das wusstest du, bevor du hier vor drei Tagen praktisch eingezogen bist. Also: Was ist es, was du von mir hören willst?"

Janon senkte den Blick und schüttelte den Kopf. Er wirkte plötzlich erschöpft. So hatte Vea ihn noch nicht gesehen. Für einige Sekunden, die sich zu einer unerträglichen Ewigkeit zogen, schwieg er. Die Stille brannte auf Veas Haut wie winzige Flammen.

„Vielleicht ist es einfach besser, wenn ich ... aufhöre", murmelte er schließlich und seine Worte verflüchtigten sich in der Luft wie der Sand nach einem Sturm.

„Aufhörst? Womit?"

„Mir etwas vorzumachen. Vielleicht läuft einem seine wahre Liebe nicht einfach eines Tages beinahe um." Seine Hand rutschte aus seinen Haaren. „Letztendlich ist es egal, was ich fühle. Es gibt keine Lösung."

Es hörte sich fast so an, als würde er mit sich selbst sprechen und eine merkwürdige, panische Hitze breitete sich in Vea aus. In seinem Blick lag plötzlich eine Art von Entschlossenheit, die sie dort nicht sehen wollte.

„Janon ..." Die Verzweiflung tropfte ihr aus dem Mund und ließ ihre Zunge schwer werden. „Was meinst du damit?"

Er zuckte die Achseln. „Abgesehen davon, dass du mich nie darum gebeten hast: Ich werde nicht mit dir gehen. Ich könnte meine Mutter und Jeki nicht alleine lassen. Und du kannst nicht bleiben, ohne dass du es mir irgendwann zum Vorwurf machen würdest. Es gibt keine Lösung. Wir haben keine Zukunft miteinander. Es ist, wie es ist."

Vea wusste, dass seine Worte Sinn ergaben. Sie erkannte die Logik dahinter – und dennoch sträubte sich jede Faser ihres Körpers gegen Janons Entscheidung, zu gehen. Die Entscheidung, die sich in seinen Augen verfestigte.

„Janon, komm schon …" Sie streckte die Hand nach ihm aus und legte sie an seinen Hals. Sie konnte seinen Puls unter ihren Fingern schlagen spüren. „Das muss doch nicht heißen, dass es einfach so … vorbei ist."

Er lachte trocken auf und hob seinen Blick. „Was schlägst du vor? Eine Fernbeziehung über vier Mauern und den Appo?"

„Ich weiß nicht, ich …"

Janon nahm ihre Hand von seinem Hals und umschloss sie mit seinen Fingern. „Vea … was soll ich hier? Im Moment bin ich eher eine Gefahr als von Nutzen."

Vea kämpfte gegen ihre Tränen an, und das Gefühl des Verlustes, das sich in ihr Herz schlich, widersprach jeder Rationalität. Sie sollte nicht so empfinden. Nicht nach so kurzer Zeit. Sie kannte ihn doch nicht wirklich. Nur … sie kannte ihn eben doch. Und er war perfekt. Er war Janon. Niemand sah sie so an. Niemand wusste, wenn sie log. Niemand …

„Janon. Das ist doch scheiße." Fahrig wischte sie sich eine Träne weg, die sich doch noch hervorgestohlen hatte. „Du kannst nicht einfach gehen und erwarten, dass ich dich dann schon vergesse."

„Vea, du versteckst einen Soldaten aus Asavez in deinem Zimmer. Mein Bruder fragt sich bestimmt schon, warum ich bei unserer letzten Verabredung nicht aufgetaucht bin. Die Göttliche Garde ist sowieso nicht begeistert von mir – es wäre dumm, wenn ich nicht gehen würde.“

Und das war es, was er tat. Er ließ sie mit nichts als einem sanften Kuss auf ihren Lippen und einer einzelnen Träne auf ihrer Wange zurück.

Vea starrte die Tür an, bis ihr Nacken schmerzte. Das alles war so unwirklich. Janon hatte recht und dennoch … dennoch schien es falsch.

Sie legte sich eine Hand über die Augen und atmete tief durch. Sie hatte keine Zeit dafür, über Recht und Unrecht nachzudenken. Sie hatte einen asavezischen Soldaten in ihrem Zimmer und sie brauchten einen Plan, den Rest der Truppe in die Vierte Mauer zu schmuggeln. Ihr Blick fiel auf den Teppich zu ihren Füßen.

Vielleicht hatte sie sogar eine Idee, wie sie das bewerkstelligen konnten.

Kapitel 7

Die Appokalypse – Der Krieg der Zwei (7)

Thaka war hier. Er sucht nach weiteren Rekruten für die Göttliche Garde. Die Götter wollen nicht aufgeben und werden weiterkämpfen. Er schüttelte mir die Hand – und mehr brauchte ich nicht. Ich weiß, was sein Ziel ist. Ich weiß, was seine Schwäche ist. Was ihre Schwäche ist. Das ändert alles.

Sechsundneunzig.

Nym blinzelte, doch die Zahl blieb.

Sechsundneunzig Herzen hatten aufgehört zu schlagen. Sechsundneunzig menschliche Mechanismen waren zusammengebrochen – und sie konnte sich nicht mal mehr daran erinnern, warum.

Wer war sie? Und war sie es immer noch?

Nym hatte Angst, die Reue, die sie zurzeit empfand, über Nacht zu vergessen. Die Reue für Dinge, an die sie sich nicht einmal mehr erinnerte. Aber es war wichtig, dass sie sich schuldig fühlte. Denn wenn sie keine Schuld empfand, würde es bedeuten, dass ihr das an den Fingern klebende Blut von sechsundneunzig Menschen nichts ausmachte. Und zu was für einem Menschen würde sie das machen?

„Woran denkst du?“

Liri lag neben Nym. Sie hatte ihren Kopf sanft auf Nyms Schulter gebettet, und diese unschuldige Berührung war merkwürdig beruhigend.

„Nym?“

Sie antwortete nicht. Ihre Gedanken kreisten um die Erlebnisse des Tages.

Der Dolch. Der Soldat. Levi.

Levi.

Levis Erinnerungen in ihrem Kopf.

Wenigstens hatten sie tatsächlich einige Kleidung und genug Geld stehlen können. Wenigstens war es nicht umsonst gewesen. Sie und Levi hatten auf dem Rückweg nicht viel geredet. Der Kuss und Nyms überspitzte Reaktion auf den Dolch hatten zwischen ihnen gehangen wie dichter Nebel, der es ihnen verbot, sich anzusehen.

In den letzten Tagen hatte Nym einige Erinnerungsfetzen in ihrem Geist wiedergefunden. Sie konnte jedoch nicht sagen, was das bedeuten mochte. Vielleicht kamen ihre Erinnerungen zurück. Vielleicht gab es in Bistaye auch einfach mehr Reize, die sie auslösten. Sie wusste, dass Erinnerungen an Emotionen, Gerüche und Gedanken geknüpft waren, aber doch nur an ihre eigenen, oder? Nicht an die eines anderen. Sie hätte nicht die Fähigkeit haben sollen, Levis Erinnerung zu sehen! Und es war seine Erinnerung gewesen. Dessen war sie sich sicher.

„Nym?“ Liri zupfte an ihrem Schlafhemd. Leena und Filia schienen bereits zu schlafen. Zumindest regte sich niemand. „Nym … was ist los? Hast du Angst?“

Sie schüttelte den Kopf. „Nein, habe ich nicht.“

„Warum lügst du, Nym?“

Weil sie es so gelernt hatte. „Weil ich, wenn ich mir meine Angst eingestehe, vielleicht nicht mehr einfach so weitermachen kann.“ Liri war zwölf. Sie sollte sie nicht mit ihren Sorgen belasten. Aber mit wem sollte sie sonst darüber reden? „Ich habe das Gefühl, meine Erinnerungen fressen mich von innen auf, Liri. Als ob sie versuchen, mir zu erklären, wer ich bin, indem sie mir ausschließlich schreckliche Dinge zeigen. Habe ich denn keine guten Erinnerungen? Alles, was ich bisher gesehen und gefühlt habe, war ... furchtbar. Und ich weiß nicht, ob mir mein Unterbewusstsein damit sagen will, dass ich ein schrecklicher Mensch war. Bin. Ich meine bin. Ob ich ein schrecklicher Mensch bin. Denn ich bin ja immer noch dieselbe, oder nicht? Mit seinem Gedächtnis verliert man ja nicht seine ganze Persönlichkeit.“

Nym spürte, wie Liri ihren Kopf zu ihr wandte und ihre dünnen Arme sich fester um sie schlossen. „Das ist wirklich ganz schön viel, was in deinen Kopf reinpasst. Du musst aufpassen, dass er nicht platzt.“

Nym musste lachen, auch wenn es kein fröhliches Lachen war. „Ich kann es nicht kontrollieren. Da ist dieses Wissen, das ich nicht rausschmeißen kann, und dann die neuen Erinnerungen, die alten Erinnerungen ... die Schuld.“

„Schuld? Woran?

Schwer atmend blickte Nym Liri an. Sie hatte das Gefühl, dass sie über solche Dinge nicht mit einem zwölfjährigen Mädchen reden sollte. Aber die Tatsache, dass sie Liri nicht belügen konnte, gab ihr auf eine verzerrte Art und Weise Sicherheit. Sie war zur Ehrlichkeit gezwungen. Nicht nur dem jungen Mädchen, sondern auch sich selbst gegenüber. „Ich glaube, ich habe einer Menge Menschen Unrecht getan", flüsterte sie und ihre Stimme verfing sich in ihrer Kehle.

„Jeder tut irgendwem irgendwann unrecht", bemerkte Liri weise, ihre Augen vor Müdigkeit geschlossen. „Das hab ich auch. Ich hab Nahas Kochlöffel zerbrochen und es dann auf Levi geschoben. Außerdem hab ich Levi mal seine Mundharmonika weggenommen. Da war er sehr wütend. Aber ich wusste nicht, dass sie ihm so viel bedeutet. Natürlich, er hat sie schon sein ganzes Leben lang. Er meint immer, sie gäbe es schon länger als ihn selbst, aber ... ich wusste es eben nicht. Deswegen war es vielleicht nicht absichtlich unrecht. Es ist okay, manchmal etwas Falsches zu tun."

Auch Nym schloss die Augen. Sie sah Levis wütendes Gesicht vor sich. Seine Lippen fest aufeinandergepresst, eine Hand in seinen Haaren, in der anderen hielt er die hölzerne Mundharmonika. Dann schüttelte er den Kopf, seufzte und strich ihr über die Wange.

Sie schlug die Augen wieder auf, ihr Mund leicht geöffnet, ihr Atem flacher als zuvor.

Das war nicht ihre Erinnerung gewesen. Es war Liri, die sich erinnerte, nicht sie.

Sie sah zu dem Mädchen, das nun gleichmäßig atmete. Das bereute, einen Kochlöffel zerbrochen und eine Mundharmonika gestohlen zu haben. Liri hatte ihr versichert, dass es okay war, manchmal etwas Falsches zu tun, aber Nym fürchtete, dass es in ihrem Fall nicht so einfach war. Weil sie mehr zerbrochen hatte, als nur einen Kochlöffel. Mehr genommen hatte, als nur eine Mundharmonika. Und auf einmal fühlte sie sich schrecklich einsam. Alleine mit der Last auf ihren Schultern, die mit jeder zurückkehrenden Erinnerung schwerer zu werden schien. Bevor sie wusste, was sie eigentlich vorhatte, zog sie ihren Arm unter Liris Schultern hervor und stieg aus dem Bett. Die Matratze quietschte, doch es blieb still im Zimmer.

Sie fror in dem dünnen Stoff ihres Nachthemdes, und die kalte Luft, die durch die geschlossenen Fensterläden zog, schlug ihr um die nackten Füße. Sich vor der Kälte schützend, legte Nym die Arme um ihren Oberkörper.

Auf Zehenspitzen lief sie zur Tür und über den Flur.

Sacht klopfte sie gegen die Tür, vor der sie nun stand, und im selben Moment ertönten Fußschritte dahinter. Ihr Herz sprang ihr in die Kehle – was würde sie sagen, wenn es Jaan war, der die Tür öffnete? Doch es blieb ihr erspart, eine Antwort auf diese Frage zu finden.

Es war Levi, der öffnete. Einen Arm am Türrahmen über seinem Kopf abgestützt, seine Haare zerzaust in der Stirn hängend, eine Augenbraue skeptisch gehoben. Er trug kein T-Shirt und das ... lenkte ab. Nym wusste, dass er muskulös war, wie konnte es anders sein, dennoch ... sie schluckte, als ihr Blick an seinen Bauchmuskeln hinauf, über seine Brust bis zu seinem Gesicht kletterte.

Er sagte nichts. Sie sagte nichts.

Sie sah an ihm vorbei ins Zimmer. Es war leer.

„Wo ist Jaan?"

Er hob eine Schulter. „Keine Ahnung. Es ist besser, ihn nicht danach zu fragen."

„Aber ... schläft er denn nicht?"

„Ich weiß es ehrlich gesagt nicht. Es könnte gut sein, dass Jaan überhaupt keinen Schlaf braucht. Ich bin mir noch nicht zu hundert Prozent sicher, ob er überhaupt menschlich ist."

Nym nickte. Ja, das wusste sie auch nicht. Sie sah auf den Türknauf, auf ihre ineinandergeschlungenen Hände, wieder in Levis Gesicht.

Er schwieg und betrachtete sie unschlüssig. Sein Blick huschte über ihre nackten Füße, über den Saum ihres Hemdes, über ihre Brust, die sich hastig hob und senkte, strich über ihr Schlüsselbein und blieb dann schließlich auf ihren leicht geöffneten Lippen hängen.

„Nym?" Seine Stimme klang dunkler, heiser. „Wenn ich dich jetzt küsse, dann werde ich nicht mehr damit aufhören."

Die nächsten Sekunden waren die längsten, die Levi je in seinem Leben durchlebt hatte. Und in jeder wünschte er sich, dass er das Gesagte zurücknehmen könnte. Es war dumm gewesen, das auszusprechen, was er gedacht hatte.

Es war nur ... sie stand da, in dem weißen Hemd, das ihr viel zu groß war und dennoch absurd anziehend wirkte. Und in ihrem Ausdruck lag so etwas ... Trauriges. Tiefes. Etwas, das er ihr nehmen wollte. Sie hatte nicht gesagt, warum sie gekommen war, und er ahnte, dass sie es selbst nicht so genau wusste. Dass sie vielleicht an ihren Kuss gedacht hatte, so wie er die letzten drei Stunden, und einfach aufgestanden war.

Zumindest hoffte er das, denn sonst würde er jetzt wie ein ziemlicher Idiot dastehen.

Nym schwieg und sah ihn einfach nur wortlos an, ihre Augen fast schwarz in der Dunkelheit. Dann legte sie eine Hand auf seine nackte Brust und schob ihn durch die Tür, die hinter ihr ins Schloss klickte.

Überrascht taumelte er einen Schritt zurück. „Nym, das war keine Aufforderung. Ich wollte nur …"

„Halt die Klappe", murmelte sie und ihre andere Hand strich seinen Brustkorb hoch und blieb warm an seiner Halsbeuge liegen. „Wenn du redest, machst du immer alles kaputt."

„Was soll das denn heißen? Ich …"

„Nicht kaputtmachen, Levi", flüsterte sie, bevor ihre zweite Hand der anderen folgte und in seinem Haaransatz verschwand. „Ihr Männer mögt es doch nicht, wenn wir Frauen reden wollen."

Levi wollte den Mund öffnen, sie anlügen und ihr sagen, dass er nicht zu diesen Männern gehörte. Er erinnerte sich an das Versprechen, das er Ro gegeben hatte. Dass er die Finger von Nym lassen würde – doch da küsste sie schon seine Brust, die Stelle direkt über seinem Herzen, küsste seinen Hals, die Stelle unter seinem Ohr … und dann gab er einfach auf.

Ro war nicht hier. Er musste es nie erfahren. Er nutzte Nym nicht aus – vielleicht war es sogar eher andersherum –, und sie war alt genug, um zu wissen, was sie wollte. Was für ein Glück, dass das anscheinend ausgerechnet er war!

Er ließ seine Hände über ihre Wirbelsäule gleiten, legte eine in ihren Nacken und hob Nym höher in seine

Arme. Ihre Lippen waren weich, gaben unter dem Druck seiner nach und Nym schmolz in seine Arme.

Sie war perfekt. Sie hatte die perfekten Lippen. Die perfekte körperliche Reaktion auf ihn. Und er hätte sie ewig weitergeküsst. Er hätte sein Versprechen gehalten. Er hätte seine Arme immer fester um sie gezogen und seine Lippen nie wieder von ihren genommen. Doch Nym hatte andere Pläne. Ihre Hände wanderten weiter nach unten, legten sich auf seinen Bauch, und schließlich ließ sich Nym zurück auf ihre Fußballen sinken.

„Nur heute Nacht", flüsterte sie, ihre Stimme ein Schatten, der sich an den Wänden verflüchtigte. „Eine Nacht. Das ist es doch, was du tust, oder nicht?"

Er sah ihr in die Augen. Diese riesigen Augen, die mehr zu verbergen als preiszugeben schienen. „Tue ich das?"

Sie nickte. „Ja. Das oder nichts."

Als würde er jetzt noch Nein sagen. Als würde er an diesem Punkt nicht alles nehmen, was Nym zu geben bereit war.

Deshalb nickte er. Sprach nicht, um nichts kaputtzumachen. Ließ seine Hände wandern, ließ seine Lippen schmecken, ließ seinen Kopf aufhören zu denken.

Und auch, wenn Nyms Kopf sich vielleicht nicht mehr daran erinnern konnte, ihre Hände schienen zu wissen, was sie taten.

Kapitel 8

Die Appokalypse – Der Krieg der Zwei (8)

Unsere Gruppe nimmt an Größe zu. Seitdem ich mein Wissen mit den mir engsten Vertrauten geteilt habe, haben sich immer mehr Unseresgleichen zusammengefunden. Die Götter wissen nicht um unsere Existenz, und ich frage mich, wie sie uns all die Jahre haben übersehen können. Mir war bis heute nicht klar, wie mächtig uns das macht.

Am nächsten Morgen war Nym weg und Jaan lag in seinem Bett.

Es hätte nur ein Traum sein können, wenn Levis Kopfkissen nicht noch nach ihr gerochen hätte. Er starrte an die Decke und fragte sich, ob die letzte Nacht ein furchtbarer Fehler gewesen war, konnte sich aber nicht dazu durchringen, sich selbst anzulügen.

Objektiv betrachtet mochte es falsch gewesen sein. Subjektiv betrachtet jedoch war es die beste Nacht seines Lebens gewesen, und sein Kopf wehrte sich vehement dagegen, das als etwas Schlechtes anzusehen. Wo sein Kopf doch bereits plante, wie er Nym dazu überreden konnte, das Ganze zu wiederholen. Doch die Ikano des Feuers hatte offenbar vor, zu ihrem Wort zu stehen.

Denn als er an diesem Morgen während des Frühstücks ihren Blick suchte, war alles, was sie ihm gab, eine gehobene Augenbraue.

Er hätte beinahe angefangen zu lachen. Nym ähnelte keiner der Frauen mit denen er bisher geschlafen hatte. Sie war einsam gewesen und hatte ihm erlaubt, sich ihrer anzunehmen. Es war ihre Großzügigkeit gewesen, die es zugelassen hatte, dass er sie anfassen durfte. Nicht mehr, nicht weniger.

Das war so arrogant und kühl, dass Levi glaubte, sich selbst in ihr wiederzuerkennen. Was automatisch die Frage aufwarf, ob sich alle seine Liebschaften genauso gefühlt hatten wie er jetzt – irgendwie ... frustriert.

Tatsache war, dass er etwas für Nym empfand. Es fiel ihm nur schwer, die Art seiner romantischen Gefühle aus dem Pulk von Wut, Zuneigung, Bewunderung, Irritation und Verärgerung herauszufiltern. Er hatte auch ehrlich gesagt wenig Lust, sich die Mühe zu machen. Gefühle zu analysieren war wirklich nicht seine Aufgabe! Dafür gab es genug Frauen auf der Welt.

Zurzeit überwog allerdings definitiv die Frustration.

Nym hatte entschieden, Filias Kampftraining ernst zu nehmen, was bedeutete, dass Liri jede freie Sekunde damit verbrachte, ihnen dabei zuzusehen, und mittlerweile damit anfing, selbst die Übungen nachzumachen.

Levi gefiel es überhaupt nicht, dass seine Schwester so eifrig dabei war, sich Kampftechniken anzueignen. Natürlich hatte er es ihr irgendwann beibringen wollen – aber noch nicht jetzt!

Als er Nym genau das gesagt hatte, hatte diese nur ungläubig die Arme vor dem Körper verschränkt. „Wann willst du es ihr denn sonst beibringen? Wenn sie tot ist?“

Das wiederum brachte Levi zum Schweigen. Wenigstens zeigte Nym keine ihrer Akupretaturtechniken. Schlimm genug, dass sie den Drang verspürte, andauernd in hautengen Klamotten trainieren zu müssen.

Als endlich der Morgen kam, an dem er Ro bei ihrem alten Treffpunkt aufgabeln sollte, hatte Levis Laune ihren Tiefpunkt erreicht. Er war frustriert, besorgt und genervt. Deswegen bestand er darauf, alleine zu gehen – er wollte niemanden sehen. Da waren einfach zu viele Frauen an einem Ort, und Jaan war auch keine zuverlässige Testosteronhilfe, da er nie da war. Er war andauernd unterwegs und tat Dinge, über die er nicht sprach. Zumindest hatte er ihm erzählt, dass er eine Nachricht an Provos verschickt hatte, mehr wusste Levi auch nicht. Jaan war schon immer ein rätselhafter Typ gewesen, und Levi respektierte das. Er wäre selbst gerne um einiges rätselhafter gewesen – aber dafür besaß er weder die Geduld noch das richtige Maß an Selbstbeherrschung.

Die Sonne ging langsam hinter dem Appo auf, als Levi die letzten Schritte in Richtung Leuchtturm machte, der seit Anbeginn der bistayischen Missionen Ros und sein Treffpunkt war.

Er hatte den gelb-blau gestreiften Turm kaum berührt, da trat sein bester Freund schon aus dessen Schatten.

„Na, hast du mich vermisst?“

Ein breites Lächeln zog sich über Levis Gesicht, und wenn es nicht so unglaublich unmännlich gewesen wäre, hätte er die Frage bejaht. Stattdessen fragte er: „Du warst weg?“

„Ja, du hast mich vermisst …“ Ros Grinsen war genauso breit wie Levis, als er seinen Freund für ein kurzes Rückenklopfen umarmte. „Du hast mich vermisst und …“ Er hielt inne, seufzte laut, schob Levi von sich und schüttelte dann den Kopf. „Und du hast dein Versprechen gebrochen. Mann! Da bin ich sechs Tage weg und schon scheißt du auf deine Versprechen?“

Ungläubig starrte Levi ihn an. Ihm war klar, dass Ro ihn gut kannte, aber … „Was?“

Schnaubend stieß Ro sich von der Wand ab. „Tu nicht so!“

„Woher …“

„Du bist tiefenentspannt, Levi! Du bist so entspannt, dass ich gar nicht nachfragen will, was genau passiert ist.“ Angewidert verzog er das Gesicht und fing an vorzulaufen, obwohl er keine Ahnung haben konnte, dass sie immer noch im gleichen Gasthaus wohnten. „Ich hoffe, das war es wert – denn das wird eine Menge Ärger nach sich ziehen, und wenn dieser Ärger unsere Mission beeinflusst, dann werde ich dir meinen Arm –“

„Kein Ärger“, unterbrach Levi ihn, seine Hände in den Hosentaschen. „Nym ist eiskalt. Es war nur eine Nacht. Und ja, sie war es wert – danke der Nachfrage. Also: Noch gibt es überhaupt nichts, worüber du dich aufregen müsstest.“

„Du sagst es. Noch.“ Schnaubend wandte Ro sich zu ihm um. „Levi, Levi, Levi. Warum lernst du nicht dazu? Mir wurde mal gesagt, du seist ein sehr intelligenter

Typ. Offenbar hat derjenige dich nie in der Gegenwart von Frauen erlebt.“

„Du erinnerst mich gerade sehr an deine Mutter, Ro.“

„Das hoffe ich doch! Sie ist eine sehr weise Frau und sie hat dir mehr als einmal gesagt, dass du deine Hosen anbehalten sollst.“

„Sie hat dir auch gesagt, dass du aufhören sollst, ein Besserwisser zu sein.“

Ro zuckte die Achseln. „Sie gibt gute und schlechte Ratschläge. Aber fürs Erste lass ich es auf sich beruhen. Ich werde noch genug Möglichkeiten finden, dir zu sagen, dass ich recht hatte. Wo gehen wir hin?“

„Wir sind noch im gleichen Gasthaus. Hättest also auch direkt dorthin kommen können.“

„Kann ich doch nicht ahnen, dass du dieses eine Mal keinen Ärger machst.“

„Wenn du nicht dabei bist, habe ich nie Ärger.“ Was natürlich Blödsinn war. „Also, was hast du rausgefunden?“

Ro gab ein tiefes Seufzen von sich, das Levi überhaupt nicht gefiel. Ro seufzte selten und wenn er es tat, dann aus gutem Grund. „Ich habe gute und schlechte Nachrichten. Welche willst du zuerst hören?“

Die aufsteigende Sonne warf goldgelbe Schatten auf den Sandweg vor ihnen, und mit jedem ihrer Schritte wirbelten sie Staub auf.

„Gibt es die Möglichkeit, die schlechte einfach wegzulassen?“

„Natürlich. Wenn du sterben willst.“

Levi stöhnte leise. Ros Miene war immer noch ernst, und das konnte nur bedeuten, dass sie in wirklichen

Schwierigkeiten steckten. „Schön. Schieß los. Die schlechte zuerst."

„Die Wachen scheinen ihre Nutzlosigkeit überwunden zu haben. Sie überprüfen jeden, der in eine höhere Mauer möchte. Unsere alte Taktik können wir vergessen. Eure Gesichter hängen an jedem Mauerübergang, und es werden eine Menge unangenehme Fragen gestellt. Unter anderem wird nach Namen, Wohnort, Geschwistern und Eltern gefragt. Wir haben keine Möglichkeit, einfach so reinzukommen."

Blinzelnd sah Levi zu seinem Freund. „Du sagtest schlechte und nicht unglaublich beschissene Nachricht!"

Ro hob eine Schulter an und sah missmutig auf seine dreckigen Schuhspitzen. „Leb damit."

Ro beschleunigte seine Schritte und ließ seine Finger knacken, sein Gesicht eine Grimasse der Unzufriedenheit.

Meine Fresse, das war ja nicht mit anzusehen! Ro sah aus, als versuche er die nächste Sonnenfinsternis zu erzwingen. Levi legte eine Hand auf die Schulter seines Freundes und zog ihn ruckartig zurück.

„Ro. Warum bist du so schlecht gelaunt? Das ist doch nicht nur meine Dummheit, die dich so aufregt. Die hältst du nämlich für eine meiner liebreizendsten Charaktereigenschaften, habe ich mir von Naha sagen lassen. Also: Was ist los?"

Ro senkte den Blick und trat einen Stein aus dem Weg. „Ich hab Niki nicht gesehen", sagte er schließlich, seinen Blick abgewandt. „Sie wird im Moment von der Garde verfolgt, deswegen habe ich mit jemand anderem gesprochen."

„Jemand anderem?“ Levi runzelte die Stirn. „Jemanden, dem wir vertrauen können?“

Er nickte. „Sie ist die beste Freundin von Nika. Heißt Vea, hat eine Schwester bei der Göttlichen Garde, die sie mehr hasst als einen Pickel am Tag ihrer Hochzeit. Es ist alles nicht so fröhlich in der Vierten Mauer, wie man es den äußeren Kreisen weismacht. Vea ist es, die uns einen Ausweichplan zurechtgelegt hat. Immer noch der komplette Wahnsinn und ein Selbstmordkommando noch dazu, aber immerhin ...“

„Das hört sich nach etwas an, was mir Spaß machen könnte“, stellte Levi fest.

Ro nickte. „Das habe ich auch gesagt. Aber es könnte tatsächlich klappen. Vea ist wirklich ein helles Köpfchen, wenn auch etwas emotional, wenn du mich fragst. Hat sich, glaube ich, gerade von ihrem Freund getrennt.“ Er seufzte tief. „Keine Ahnung. Auf jeden Fall hatte sie eine Idee, die funktionieren könnte. Trotzdem denke ich, dass wir jemanden hierlassen sollten, der die Flüchtigen empfängt. Der ein Auge auf die Wachen hier hat und das Schiff vorbereitet. Wir haben jetzt eins.“

Die Enttäuschung, die Levi bei dem Gedanken verspürte, dass sie wohl doch kein Boot würden stehlen müssen, hielt sich merkwürdigerweise in Grenzen. Er hatte andere Sorgen. „Das glaube ich auch. Ich hatte mir auch schon überlegt, dass wir nicht alle gehen sollten. Was für ein verrückter Plan ist das, den diese Vea vorgeschlagen hat?“

Ro winkte ab. „Erzähle ich dir, wenn die anderen dabei sind. Ich möchte mich nicht wiederholen müssen.“

„Alles klar, Herr Sonnenschein.“

„Halt die Fresse! Du hast eine Freundin, die nicht hinter vier Mauern festgehalten wird."

Laut prustend schüttelte Levi den Kopf. „Freundin? Ich hab überhaupt nichts. Ich hatte eine Nacht mit einem Mädchen, das sich jetzt wieder einen Scheiß für mich interessiert!"

„Du ziehst diese Art von Frauen aber auch an, was?"

„Welche?"

„Na, die komplizierte."

„Es gibt eine andere Art von Frau als kompliziert?"

Das brachte Ros altes Grinsen auf sein Gesicht zurück. „Nein. Hast recht."

Als sie das Gasthaus erreichten, saß die Gruppe bereits unter dem einzigen am Appo stehenden Baum und frühstückte. Mittlerweile war dieser Ort zu ihrem inoffiziellen Treffpunkt geworden.

Liri sprang auf, als sie Ro erkannte, und hüpfte mit der Grazilität eines Schmetterlings auf ihn zu, um sich in seine Arme zu schmeißen. Ro wurde von den Mädchen umarmt und von Jaan mit einem Nicken taxiert – was in etwa einem Kuss gleichkam.

Als sich endlich alle beruhigt hatten und Liri Ro widerwillig losließ, hockten sie sich nebeneinander. Levi nahm ein Brot entgegen, das Leena ihm reichte, und bemerkte dabei aus den Augenwinkeln, wie Nym sich angestrengt bemühte, nicht zu ihm hinzusehen.

Das ging ihm auf den Geist. *Sie* hatte vor seiner Tür gestanden und *sie* hatte angefangen, ihn zu küssen. *Er* sollte ihrem Blick ausweichen, nicht andersherum. Er würde noch heute damit anfangen ...

„Also, Ro, wie kommen wir in die Vierte Mauer und wann geht es los?"

Leenas Stimme riss ihn aus seinen Gedanken, die sich darum drehten, wie er Nym noch effektiver ignorieren konnte, als sie ihn – aber wenn er ehrlich war, dann war er einfach nicht der Ignorieren-Typ. Naha meinte immer, das habe mit seiner fehlenden Selbstbeherrschung zu tun, aber er war sich ziemlich sicher, dass es daran lag, dass er außerordentlich mutig war und Problemen nicht aus dem Weg ging. Und von Nym hätte er das Gleiche erwartet! Sie ... Mhm. Jetzt war er schon wieder abgeschweift. Worüber sprachen sie?

„... unmöglich auf unsere alte Art und Weise in die inneren Mauern zu kommen. Aber mir wurde ein anderer Plan nahegelegt. Levi und ich haben gerade schon darüber gesprochen, dass es ratsam wäre, jemanden hier zu lassen." Er blickte zu ihm, als warte er auf Bestätigung.

Richtig. Er leitete eine Mission – und Nym sollte endlich aus seinem Kopf verschwinden!

„Genau", sagte er deswegen und räusperte sich. „Wir brauchen jemanden, der hier bleibt und die Rebellen empfängt, sich um das Boot kümmert und alles vorbereitet. Jemand, der die Stellung hält."

Diese Aussage hatte die Aufmerksamkeit aller auf sich gezogen – bis auf Jaans, da ihm offenbar bewusst war, dass er definitiv nicht derjenige sein würde, der Stellung hielt.

Levi sah in jedes einzelne Gesicht und zu seiner Überraschung sah sogar Nym ihn an – weswegen sein Blick auf ihr rein zufällig einige Sekunden länger verharrte.

Ungläubig hob sie ihre Augenbrauen. „Das kann unmöglich dein Ernst sein! Du willst *mich* hierlassen?

Hast du die letzten Wochen überhaupt nicht aufge-
passt?"

Levi grinste breit. Er hatte nicht eine Sekunde vorge-
habt, Nym hierzulassen, aber er sah ihrem Gesicht so
gerne dabei zu, wie es vor Wut rot anlief.

„Ich werde nicht bleiben!", fuhr sie mit ihrer Tirade
fort. „Egal, was du sagst, und was …"

Ro stöhnte laut auf. „Bei den verdammten Göttern,
jetzt geht das schon wieder los. Levi, könntest du das
bitte beenden?"

Ungerne, aber okay. „Nym, du kommst mit", sagte er
kurz angebunden. „Auf dich kann man sich sowieso
nicht verlassen. Du machst, was du willst, und wenn
wir zurückkämen, wäre womöglich ganz Amrie abge-
fackelt – zusammen mit jedem Boot, das wir gebrauchen könnten. Nein. Du bleibst lieber in meiner Nähe,
damit ich auf dich aufpassen kann." Levi konnte an ihren zusammengepressten Lippen erkennen, dass sie jedes Wort, das aus seinem Mund kam, hasste. Das war
ihm nur herzlich egal. „Ich dachte eher an Leena." Er
wandte sich zu der Brünetten.

Leena öffnete ihren Mund, höchstwahrscheinlich um
sich zu beschweren, doch darauf war Levi bereits vorbereitet. „Ich weiß, dass dir das nicht gefällt", sagte er,
seine Stimme samtig weich, „aber du bist die beste Kan-
didatin. Das ist eine sehr wichtige Aufgabe. Du bleibst
nicht, weil ich denke, dass du schwach bist, Leena. Du
bleibst, weil ich weiß, dass du eine der stärksten und
verlässlichsten Soldatinnen bist. Ich kann mir sicher
sein, dass ich jemand Großartigen vor dem Tor lasse,
der den Flüchtigen und Rebellen helfen kann, falls die
Hölle   losbrechen   sollte.   Wenn   nichts   mehr

dazwischenkommt, werden wir am Tag der Götter ausbrechen, und da brauchen wir jemanden, der ein gutes Auge und eine hohe Aufmerksamkeitsspanne hat."

Leena errötete leicht. Sie war offensichtlich geschmeichelt.

Und genau das war der Unterschied zwischen ihr und Nym. Sie war leicht zu beeinflussen. Wenn er Nym auf so offensichtliche Weise versucht hätte zu manipulieren, hätte sie ihm wahrscheinlich ins Gesicht gespuckt.

Nym spürte Magensäure in sich hochsteigen, als Levi mit seiner Lobestirade fortfuhr. Jemand sollte ihm ins Gesicht spucken, vielleicht würde er dann aufhören, einen solchen Mist von sich zu geben. Und Leena fraß ihm seine leeren Floskeln über Loyalität und Bedeutsamkeit auch noch aus der Hand!

Nur mit Mühe und Not konnte Nym sich davon abhalten, laut zu schnauben. Aber ihr war es ganz recht, dass Leena nicht mitkam, deswegen beließ sie es bei der Vorstellung, dass sie Levi gegen sein Schienbein trat.

Irgendwie war sie wütend auf ihn.

Nicht, dass das etwas Neues gewesen wäre, aber es war doch das erste Mal, dass sie wusste, dass ihre Wut ungerechtfertigt war. Und selbst zu wissen, dass ihre Gefühle irrational waren, gefiel ihr überhaupt nicht. Sie war nur so unglaublich frustriert. Seit drei Tagen lag sie nachts im Bett und unterdrückte den Drang, aufzustehen und bei Levi an die Tür zu klopfen. Einerseits schämte sie sich für ihre mangelnde

Selbstbeherrschung, andererseits fragte sie sich, wie sie so dumm hatte sein können, von nur einer Nacht zu sprechen! Warum nicht von dreien? Drei war eine magische Zahl, warum hatte sie da nicht früher dran gedacht? Oder vielleicht sieben ...

Bei den Göttern, schon alleine die Tatsache, dass diese Gedanken sich in ihren Kopf verirrten, machte sie wahnsinnig. Levi hatte eine Macht über sie, die sie niemandem geben wollte. In einem Moment wollte sie ihm ihren Handabdruck auf seine Brust brennen und im nächsten wollte sie ihn küssen, bis er seinen eigenen Namen vergaß. Dann wäre sie wenigstens nicht mehr allein damit. Sie hatte das Gefühl, dass es falsch war, dass sie etwas für ihn empfand. Abgesehen davon, dass es alles so viel komplizierter machte – dabei hatte sie bis vor drei Tagen geglaubt, dass das nicht möglich war. Aber er war so ...! Und so ...! Und vor drei Tagen ... und seine Lippen ... und seine Hände ... und ...

„... außerdem würde ich vorschlagen, dass Filia und Liri ebenfalls bleiben.“

„Nein!“ Der ausdrucksstarke Ton, den Filia und Liri gleichzeitig von sich gaben, riss Nym endgültig wieder in die Gegenwart zurück. „Ich will mitgehen!“ Wieder riefen beide im Einklang.

Levi seufzte schwer und kratzte sich ungeduldig mit einer Hand den Nacken. „Ich werde keine Diskussionen mit euch anfangen – ihr seid nicht Nym!“

Protestierend öffnete Nym ihren Mund, doch als Levi ihr einen fast flehentlichen Blick zuwarf, beschloss sie, zu schweigen.

Liri sah das anders. „Ich muss mit! Ich kann eine große Hilfe sein.“

Levi schnaubte. „Wie das?"

Liri dachte einige Sekunden über diese Frage nach, dann erhellte sich ihre Miene und sie klatschte enthusiastisch in die Hände. „Es gibt Verräter bei den Rebellen. Das hast du selbst gesagt. Irgendwer gibt Informationen weiter, und ich kann herausfinden, wer das ist."

Levi starrte sie an, offenbar angestrengt nach einem Gegenargument suchend. Doch Nym musste es Liri lassen – sie war klug.

„Du … du bist zwölf!", stieß Levi schließlich lahm aus.

„Ich bin eine Wahrheitsleserin und eure beste Chance, herauszufinden, wem ihr vertrauen könnt." Sie verschränkte ihre Arme, während Levi sie gequält ansah.

„Du …"

„Sie hat recht, Levi." Es war Jaan, der sprach, seine Stimme kaum hörbar. „Es gibt Verräter in den Reihen der Rebellen, und sie ist die Einzige, die herausfinden kann, wer die Wahrheit sagt und wer lügt. Wir können es uns nicht leisten, jemanden in unsere Geheimnisse einzuweihen, der mit der Göttlichen Garde befreundet ist."

„Aber …"

Jaan sah ihn fest an, und Levi presste die Lippen zusammen. Niemand hätte ihn überstimmen können. Doch Jaan war kein Niemand.

„Schön. Liri kommt mit, Filia bleibt."

„Was? Eine Zwölfjährige darf mit und ich muss bleiben?" Filias Stimme schien Wellen auf dem Appo zu schlagen.

Levi hatte den Schneid, zu grinsen. „Sieh es doch mal so: Jetzt hast du noch etwas Zeit, deine Kampftechniken zu verfeinern." Filia warf ihm einen Blick zu, der Nym ahnen ließ, an wem sie ihre Techniken gerne ausprobieren würde. Levi wandte einfach sein Gesicht ab. „So, da wir das geklärt hätten, können wir ja jetzt zu Ros Plan kommen."

In der darauffolgenden halben Stunde fühlte Nym sich hin- und hergerissen, laut aufzulachen oder sich einfach selbstständig im Appo zu ertränken. Denn das war es, worauf es ohnehin hinauslaufen würde. Ihren Tod. Der *Plan* verdiente seinen Namen nicht.

Die gesamte Idee war … das war … war das aus einem Kinderbuch? Ihre Stirn runzelte sich wie von selbst, als eine alte Erinnerung in ihren Geist drängte, aber …

Nein, das war Schwachsinn. Niemand würde auf die Idee kommen, ein Kinderbuch als Vorlage für einen Einbruch in die Vierte Mauer zu nehmen.

Egal. Es gab Wichtigeres, um dass sie sich kümmern musste. Sie hob einen Arm in die Höhe. „Gibt es noch jemanden, der den Plan für bescheuert hält?"

Levi verdrehte die Augen und schüttelte den Kopf. „Nym, du hast kein Stimmrecht, deswegen sei einfach still. Das ist unser Plan und so wird es gemacht."

„Warum habe ich kein Stimmrecht?"

„Keine Ahnung. Darum. Also, sind alle anderen einverstanden? Ja? Schön. Dann morgen vor Sonnenaufgang." Er stand auf und lief in Richtung Gasthaus. Damit war das Gespräch für ihn offenbar beendet.

Von wegen.

„Levi!" Hastig sprang Nym auf und lief ihm nach. Das konnte nicht sein Ernst sein. Sie hatte es ihm zwar mehrmals nachgesagt, aber er konnte unmöglich so lebensmüde sein, wie es der Plan vermuten ließ. „Levi!"

Er beschleunigte seinen Schritt, und sie schnaubte laut. Wie alt war er noch gleich?

„Levi! Jetzt bleib stehen!“

Mit einem Seufzer, den er aus der Erde gezogen zu haben schien, hielt er inne. Die Ecke des Gasthauses hatte er bereits umrundet.

„Du hast mir besser gefallen, als du mich noch ignoriert hast.“

„Ich habe dich nicht ignoriert.“

Er lachte laut. „Bitte was? Seit unserer Nacht hast du mich kaum angesehen!“

Unserer Nacht. Nym lief es heiß und kalt den Rücken herunter und sie räusperte sich betreten. „Ich ... wollte dir deinen Freiraum geben.“

Levi verschränkte die Arme, seine Fingerspitzen unter seinen Bizeps geklemmt. „Aber natürlich wolltest du das. Du bist ein sehr vorausschauender Mensch.“

Ja, das war sie. Ihn zu ignorieren, war sehr vorausschauend gewesen. „Was ist dein Problem?“

„*Du!* Du und deine ständigen Widerworte und deine ... blöden Augen. Und es hätte dir auch nicht geschadet, dich zu verabschieden, bevor du einfach so abhaust.“

In ihrer Argumentation zurückgeworfen blinzelte sie ihn an. Was sollte sie dazu sagen? „Ich ...“ Sie runzelte die Stirn und ließ ihren Blick forschend über sein Gesicht wandern. „Habe ich ... habe ich deine Gefühle verletzt?“

Ungläubig gingen seine Augenbrauen in die Höhe. „Ob du ... was? Bist du jetzt Leena und willst mir Intimitätsprobleme und Unsicherheit anhängen?“

„Noch viel schlimmer: Ich will dir Gefühle anhängen!“

Verächtlich sah er auf sie herab. Seine Augen hatten die Farbe von dunkelgrünem Moos. „Du hast meine Gefühle nicht verletzt. Danke der Nachfrage. Es geht mir ums Prinzip. Wir sind doch zumindest so etwas wie … Freunde, oder nicht? Freunde verabschieden sich, wenn sie gerade miteinander geschlafen haben, und – ach ja – Freunde tun dann nicht so, als wäre man der Dreck unter ihren Füßen."

Das ging zu weit! Schön, Nym hatte ihn ignoriert. Aber doch nur, weil sie nicht gewusst hatte, wie sie sich hatte verhalten sollen. Sie schlief normalerweise nicht mit x-beliebigen Männern, nur weil sie einsam war. Na ja, vielleicht schon. Sicher konnte sie sich nicht sein. Vielleicht machte sie das ja ständig. Der Punkt war: Sie erinnerte sich nicht mehr an den Kodex, der nach einer solchen Nacht zu beachten war. Levi zu ignorieren war ihr da wie die einfachste Lösung erschienen. Sie hatte ihn wie Luft behandelt, nicht wie Dreck unter ihren Füßen. Das war doch sein Element! Er sollte den Unterschied kennen.

„Ich habe dich nicht wie Dreck behandelt. Ich war vielleicht etwas distanziert, aber mehr auch nicht", sagte sie langsam um Ruhe bemüht. „Und was soll das Ganze hier überhaupt? Bist du ein Mädchen? Du tust geradezu, als wolltest du … darüber reden."

Er hob eine Schulter an. „Vielleicht möchte ich das ja."

„Ernsthaft?"

„Nein, bei den Göttern!" Er zog belustigt einen Mundwinkel nach oben. „Aber es würde mir trotzdem helfen, wenn du mich nicht so ausdrucksstark anschweigen würdest. Als hätte ich etwas Verbotenes getan. Dabei warst *du* es, die vor *meiner* Tür stand und mich mit diesem Blick bedacht hat.“

„Was für ein Blick?“

„Den Ich-will-dich-Blick.“

Sie schnaubte. „So einen Blick besitze ich nicht.“

„Oh, den besitzt du, und effektiv ist er auch noch.“

„Du hast Wahnvorstellungen.“

„Ich würde mich eher als aufmerksam beschreiben.“ Er verengte seine Augen und betrachtete sie eingängig, bevor er nickte. „Ja, ich glaube ein bisschen kann ich ihn auch jetzt sehen. Streiten macht dich also an. Das erklärt einiges.“

Ungläubig klappte ihr die Kinnlade herunter. „Was zum Teufel ist los mit dir? Ist dein Ego verletzt, weil ich nach einer Nacht nicht auf die Knie gefallen bin, um nach einer weiteren zu betteln? Warum machst du alles so ... kompliziert?“

„Ich?“ Er verengte seine Augen. „Ich habe mich wie ein Erwachsener verhalten und dich begrüßt und mich komplett normal benommen. *Du* drehst völlig am Rad! Weißt du, du sprichst die ganze Zeit davon, dass ich ein Problem habe. Ich glaube aber eher, dass du diejenige bist, die wir uns genauer ansehen sollten.“

„Bitte was?“

„Ja. Du bist unsicher, hast Intimitätsprobleme und bist ... emotional verkompliziert.“

„Emotional ver–, was?“ Nym verstand kein Wort von dem, was er sagte.

„Du hast mich schon verstanden. Du überfällst mich, schläfst mit mir, verschwindest und zeigst mir dann die kalte Schulter. Wenn das nicht emotional bescheuert ist, dann weiß ich auch nicht.“

„Gerade hast du noch von emotional verkompliziert geredet!“

„Ich habe meine Meinung geändert. Du bist eindeutig emotional bescheuert.“

Nym hätte angefangen zu lachen, wenn Levi bei seinen Worten nicht so ernst ausgesehen hätte. „Wie konnten wir nur so abschweifen? Ich wollte dich eigentlich nur dafür anschreien, dass der Plan lebensmüde ist – aber du lieferst mir andauernd neue Gründe, noch lauter zu werden!“

„Und wir beide wissen jetzt ja, warum du so erpicht darauf bist, weiterhin mit mir zu streiten“, erklärte Levi neunmalklug. „Ich muss sagen, ich fühle mich sexuell benutzt. Ich sollte dich anzeigen.“

„*Levi!*“, fuhr sie ihn an und so langsam wurde sie richtig wütend. „Wir werden draufgehen, wenn wir –“

„Der Plan ist nicht weit hergeholt“, unterbrach er sie genervt. „Außerdem ist es die beste Möglichkeit, die wir haben. Wenn wir nicht kontrolliert –“

„Aber wir *werden* kontrolliert werden!“ Sie atmete tief ein und aus und schloss für einige Sekunden die Augen. Sie musste sich beruhigen. „Gut. Lass uns das Ganze einfach vergessen und –“

Interessiert trat Levi nach vorne. „Ist das dann jetzt der Punkt, an dem du fragst, ob wir uns nicht zusammenreißen können, weil wir morgen etwas sehr Gefährliches und möglicherweise Dummes tun?“, wollte er wissen.

„Ich ... keine Ahnung.“ Er brachte sie ganz durcheinander. Er stand viel zu nah und er roch wie immer nach Vanille und ... was hatte sie sagen wollen? „Ähm. Ja. Wahrscheinlich ist das der Moment.“

Er legte den Kopf schief, seine Arme keine Handbreit von ihrer Brust entfernt. „Das hatten wir doch schon einmal, oder irre ich mich?“

Sie hatte keine Ahnung. Er sollte besser ein paar Schritte zurück machen, vielleicht wüsste sie es dann wieder.

Als sie nicht antwortete, schnaubte Levi laut und ließ seine Arme fallen. „Schön! Alles ist gut, wir halten uns den Rücken frei, nein, wir hassen uns nicht. Wir werden so tun, als wäre alles in Ordnung. Weil es besser ist, einfacher ist – bla, bla. Nerv, nerv, ätz, ätz, mecker, mecker. Zufrieden?“

Was passierte hier gerade? „Ich ... *was?*“ Nyms Stimme stieg ein paar Schritte die Tonleiter hinauf. „Bei den verdammten Göttern, hörst du dir bei Gelegenheit selbst zu?“

„Andauernd. Ich habe eine sehr angenehme Stimme.“
„Verdammt, Levi! Ich –“
„Jaja. Du hasst mich, du willst mich, du weißt nicht. Alles schon gehört, nicht interessiert, weiter zuzuhören. Du kommst nämlich nie zum Punkt.“ Er wandte sich zum Gehen, doch Nym griff nach seinem Handgelenk. Ihre Finger wurden heiß. Doch sie selbst hatte nichts mit dieser Hitze zu tun.

Er hätte sich mühelos ihrem Griff entwenden können, doch langsam wandte er sich zu ihr um. Eine Augenbraue leicht gehoben, sein Blick auf ihre Hand gerichtet. „Willst du jetzt noch einen Kuss, der unseren Waffenstillstand besiegelt?“

Hastig zog sie ihre Hand zurück, dann schüttelte sie den Kopf.

„Das dachte ich mir“, murmelte er. „Weißt du, es kümmert mich nicht, ob du deine alten Erinnerungen wiederfindest. Es geht nicht um deine Vergangenheit. Es geht darum, was du jetzt willst. Nur jetzt. Sag Bescheid, wenn du es weißt.“

Er drehte sich um und ging. Sprachlos starrte Nym ihm nach. Wieso hatte sie auf einmal das Gefühl, dass Levi der Erwachsenere von ihnen beiden war?

Kapitel 9

Die Appokalypse – Der Krieg der Zwei (9)

Die Talenische Brücke ist gefallen. Die Götter haben das Bauwerk, das jahrhundertelang über den Appo führte, eingerissen. Von den Diamantklippen führt nun kein direkter Weg mehr auf die andere Seite des Flusses. Ich hätte es voraussehen müssen, natürlich mussten sie diese Verbindung vernichten. Sie haben zu viele Menschen der äußeren Mauern über diese Brücke verloren. Und was machen Götter ohne ein Volk, das sie regieren können?

Vier Morde und noch immer keine Spur. Den Göttern sei Dank hatte die Nachricht keine großen Wellen geschlagen. Die Göttliche Garde wusste die Tatsache, dass mit einem Göttlichen Dolch gemordet worden war, zu verbergen. Nichtsdestotrotz waren die letzten Tage mehr als nur anstrengend gewesen.

Sobald Jeki wieder in der Dritten Mauer angelangt war, hatte Janon ihn besucht, und sich für sein Fehlen bei ihrem letzten anberaumten Treffen entschuldigt. Jeki hatte nicht richtig zuhören können, weil er zu sehr damit beschäftigt gewesen war, sich zu fragen, warum sein kleiner Bruder aussah, als habe er erfahren, dass er in den nächsten zwei Stunden sterben würde. Als Jeki ihn jedoch danach fragte, hatte Janon nur mit den Schultern gezuckt und gemeint, er hätte nicht gut geschlafen.

Jeki brannte es auf der Zunge, nach Vea zu fragen, doch er hatte das Gefühl, dass seine Frage lediglich mit einem Kinnhaken beantwortet worden wäre, deswegen ließ er es. Er verstand seinen kleinen Bruder. Die Kerwin-Frauen waren eine Sache für sich.

Jedoch weder die Morde noch sein offenbar leidender Bruder gingen Jeki so nah, wie die Wut, die er auf Api verspürte. Die Wut auf Api und die Wut auf sich selbst.

Er war ein Feigling. Er hätte mehr verlangen sollen, denn er hatte so viel zu verlieren. Er hätte genauer nachfragen sollen, bevor er dem Gott bereitwillig gegeben hatte, was er verlangte. Dabei war es nicht einmal seine Entscheidung gewesen Und trotzdem fühlte er sich verantwortlich.

Er war dem Gott aus dem Weg gegangen, aus Angst, dass er sich nicht beherrschen konnte und anfangen würde, ihn anzuschreien – doch jetzt konnte Jeki es nicht mehr länger vor sich herschieben. Api hatte persönlich nach ihm gefragt, und einem Gott einen direkten Wunsch zu verwehren, wäre lebensmüde. Als Jeki an die Tür klopfte und den Kopf senkte, ballte sich seine Hand zur Faust. Seine Lunge zog sich unangenehm zusammen, und es schien ihm unmöglich, gleichmäßig zu atmen. Es wurde Zeit, den Gott um etwas zu bitten, bevor er noch platzte!

„Hallo, Jeki."

Jeki machte einen überraschten Schritt zurück, als der Gott der Vergeltung ihm unerwarteterweise selbst die Tür öffnete. Abrupt neigte er den Kopf, bevor er Apis Einladung folgte und durch die Tür trat. Der Gott der Vergeltung führte ihn, anstatt wie üblich in die Bibliothek, in den im Erdgeschoss liegenden Salon. Er war kleiner als der obere, jedoch nicht weniger imposant dekoriert.

„Du gehst mir aus dem Weg", stellte Api fest, noch bevor er die Tür hinter ihnen geschlossen hatte.

„Ich gehe Euch nicht aus dem Weg." Jeki sah sich in dem Raum um. Schwere Teppiche schmückten die Wände und ein Kronleuchter glitzerte über ihnen. Das Wappen der Götter begegnete ihm überall. Es war auf die Teppiche gestickt, in die gläsernen Ornamente des Leuchters graviert und in den mittig stehenden Tisch gebrannt worden. „Ich hatte zu tun. In den vergangenen Tagen hat es eine Aneinanderreihung von Morden gegeben, die scheinbar in Zusammenhang mit der Garde stehen. Darum musste ich mich kümmern."

Api schwieg, und als Jeki sich schließlich dazu durchrang, aufzusehen, bemerkte er die Unzufriedenheit, die sich in der Miene des Gottes widerspiegelte.

„Musstest?" Der Gott sprach das Wort so leise aus, dass Jeki Schwierigkeiten hatte, es zu verstehen. Apis violette Augen hatten sich verdunkelt und die Stille, die sich zwischen ihnen ausbreitete, war bedrohlicher als jedes Gespräch, das sie je geführt hatten.

Als der Gott wieder sprach, schien er das mit Gelassenheit zu tun, doch Jeki ließ sich nicht täuschen. Api war äußerst wütend. Jeki hatte den Gott noch nie laut werden hören, und er wünschte sich auch nicht, es je zu erleben.

„Du hast eine Aufgabe, Jeki“, stellte Api ruhig fest. „Und diese Aufgabe erfordert deine gesamte Konzentration. Ich erwarte von dir, dass du dich nicht ablenken lässt. Ich dachte, ich hätte dich bereits daran erinnert, dass ich keine Schlampereien dulde.“

Das hatte er, und so langsam wurde Jeki bei dem auf ihm lastenden durchdringenden Blick des Gottes unruhig. Er erinnerte sich daran, was mit dem letzten Soldaten passiert war, der zu viel gewusst hatte. Er hatte geglaubt, dass er eine besondere Stellung innerhalb der Garde innehielt, aber in diesem Moment zweifelte er keine Sekunde daran, dass Api ihn falls nötig opfern würde. So wie er bereit gewesen war, *sie* zu opfern.

„Ich weiß, wo sie sind“, sagte Jeki schließlich und räusperte sich bei dem Versuch, seine innere Unruhe in Schach zu halten. „Sie sind in –“

„Amrie“, unterbrach ihn Api. „Ja. Ich habe von dem Feuer gehört.“ Natürlich hatte er das. „Dennoch können wir nicht mit Gewissheit sagen, durch welches Tor sie kommen werden.“

Nicht mit Gewissheit, aber Jeki war sich fast sicher, dass sie das Osttor und nicht das Amries nehmen würden. Dort gab es weniger Kontrollen.

„Habt Ihr noch einmal ihren Geist betreten können?“ Jekis Stimme war drängend, beinahe gierig geworden, und er ermahnte sich innerlich zur Vorsicht. Er sollte seine Emotionen mittlerweile besser im Griff haben. Sie gaben den Göttern zu viel Macht über ihn.

Der Gott schüttelte leicht den Kopf. „Nein. Ich hatte bis jetzt kein weiteres Mal das Glück, ihre Erinnerungen einzusehen. Ich vergaß, wie willensstark sie ist.

Aber das Problem dürfte sich erübrigen, sobald ihre Aufgabe erfüllt ist."

Womit sie beim Thema wären, das Jeki gerne ansprechen wollte. „Ich weiß, Ihr wolltet warten, bis sie die Vierte Mauer erreicht haben, aber ich hatte mir überlegt, dass es vielleicht weiser wäre, die Mission jetzt schon –"

„Nein."

„Nun, ich dachte nur, wo wir zurzeit sicher wissen, dass sie sich in Amrie befinden, könnte man die Gunst der Stunde –"

„Nein", unterbrach Api ihn erneut, während er sich auf einen der hölzernen Stühle sinken ließ. „Es ist zu früh."

Jeki presste seine Lippen aufeinander und setzte sich ebenfalls. Es kam ihm falsch vor, höher zu stehen als der Gott. „Es war nur ein Gedanke."

Api lächelte und betrachtete das Wappen auf dem Tisch. „Ich sehe, dass du unruhig wirst, Jeki. Doch du hast keinen Grund dazu."

Er hatte keinen Grund dazu? Beinahe hätte er laut aufgelacht. Von Anfang an war nichts so gelaufen, wie es ihm versichert worden war, und Api schien sich nicht einmal daran zu stören. Der Gott trug aber ja auch nicht seine Verantwortung! Was hatte er schon zu verlieren?

„Es läuft besser, als wir es uns erhofft haben. Sie wird zu uns kommen – wir müssen sie nicht einmal holen. Es wäre dumm, der Mission jetzt schon ein Ende zu bereiten. Nein. Der Gruppe einen Dämpfer zu versetzen, wäre sicherlich nicht falsch. Aber wir brauchen noch ein wenig mehr Zeit. *Sie* braucht noch etwas Zeit.

Benachrichtige die Wachen. Sei selbst dort, wenn sie ankommen. Aber lass sie laufen. Es steht dir natürlich frei, den einen oder anderen Besucher aus Asavez zu töten. Nur eben nicht alle."

Oh, Jeki hatte schon genau im Kopf, wer als erstes sterben würde.

Er erhob sich. „In Ordnung. Ich werde sofort die Befehle erteilen."

Api nickte zufrieden und erhob sich ebenfalls. „Gut. Dann hätte ich nur noch eine Bitte." Überrascht wandte Jeki sich um und sah dem Gott dabei zu, wie er nachdenklich mit seinem Zeigefinger über eine Augenbraue fuhr. „Die Morde, die in vermeintlichem Zusammenhang mit der Garde stehen – kümmere dich nicht mehr um sie."

Verdutzt blinzelte Jeki. „Nun, in Ordnung. Dann werde ich jemand anderen –"

„Ich hätte mich deutlicher ausdrücken sollen: Ich möchte, dass die Göttliche Garde die Ermittlungen aufgibt. Niemand muss diesen Morden nachgehen."

Verunsichert sah Jeki den Gott an. Hatte er etwa …

Api fing leise an zu lachen. „Nein, ich habe diese Menschen nicht umgebracht, Jeki Tujan. Und sie sind auch nicht auf Befehl eines Gottes getötet worden. Dennoch weiß ich eins: Vier Menschen sind bereits tot, noch drei weitere werden folgen, und ich fürchte, dass niemand den Mörder wird fassen können. Warum sich also die Mühe machen? Nein. Das wäre verschwendete Energie."

Jeki war zu verblüfft, als dass er hätte widersprechen können. Wie konnte der Gott so sicher sein, dass der Mörder unauffindbar sein würde? Jeder Mörder war zu

fassen, das hatte die Göttliche Garde immer wieder be-
wiesen.

Für ihn machte es fast den Anschein, als wolle Api
den Mörder ... schützen? „Wenn das Euer Wunsch ist."

Api lächelte. „Das ist es in der Tat. Und nun geh und
erteile deine Befehle. Ich denke, wir werden innerhalb
der nächsten zweiundsiebzig Stunden Besuch bekommen."

Jeki nickte knapp und war froh, als er endlich aus der
erdrückenden Enge des riesigen Hauses treten konnte.

Arcal wartete davor auf ihn, die Augenbrauen gehoben. „Api meinte, du könntest meine Hilfe gebrauchen?"

Seufzend ließ Jeki die Hand zu dem Göttlichen Dolch
an seiner Seite gleiten. Es beruhigte ihn, ihn bei sich zu
haben. „Das könnte ich tatsächlich. Die Asavez kommen aus Amrie, und ich will nicht, dass sie in die Vierte
Mauer eindringen, ohne dass wir es wissen. Ich will,
dass jede Kutsche, jeder Mann, jede Frau und jedes
Kind aus der Hafenstadt kontrolliert wird. Jeder
Frachtraum muss durchsucht werden. Jeder Stein um-
gedreht. Und wenn irgendetwas gefunden wird, will
ich der Erste sein, der Nachricht erhält. Außerdem will
ich, dass du persönlich das Tor nach Amrie über-
wachst." Er selbst würde sich um das Osttor kümmern.
Die zwei Durchgänge waren keine zehn Minuten von-
einander entfernt und so hätte er eine Garantie, dass er,
sobald Eindringlinge entdeckt wurden, sofort zur Stelle
sein konnte.

Arcal nickte. „Bleiben die vorherigen Befehle gleich?"
„Welche Befehle?"
„Alle zu töten, bis auf die Frauen und das Kind?"

„Ja …“ Jeki strich über die Knöchel seiner geballten Faust. „Nur eine kleine Änderung.“
„Welche?“
„Der Ikano der Luft – der gehört mir!“

KAPITEL 10

DIE APPOKALYPSE – DER KRIEG DER ZWEI (10)

Hat schon einmal jemand versucht, die Götter zu er-
pressen?

„Es tut mir leid."
Levi tat so, als hätte er sie nicht gehört.

Sie seufzte. „Komm schon, mach es mir nicht noch schwerer. Es tut mir leid. Ich hätte dich nicht ignorieren sollen."

Er nickte, sagte jedoch nichts. Er fühlte ... zu viel – es war zu riskant, den Mund zu öffnen. In letzter Zeit hatte er in ihrer Gegenwart zu oft das Verlangen danach gehabt, loszuschreien.

„Erst wirfst du mir vor, dass ich dich ignoriere und jetzt ignorierst du mich selbst?"

Levi betastete seinen Gürtel. Hatte er alle seine Messer? Und warum redete Nym immer noch?

Sie hatte ihr letztes Gespräch viel zu ernst genommen. Er wusste selbst nicht ganz, was er mit seinen Worten hatte bewirken wollen. Das ganze Gerede darüber, dass sie wissen musste, was sie wollte.

Vielleicht hatte er sie einfach nur verunsichern wollen ... vielleicht belog er sich auch nur erfolgreich selbst.

Ja, schön, er wollte, dass sie wusste, was sie wollte. Und er wollte, dass er es war. Bei den verdammten Göttern, so unglaublich nervig sie auch war, er wollte sie!

Vielleicht nicht gleich als Freundin, nicht als Frau und nicht als Mutter seiner Kinder, aber als … das andere, was davor kam. Nur ein einziges Mal mit jemanden zu schlafen, machte alles kompliziert. Aber eine lockere Vereinbarung zu haben, einfach immer wieder miteinander zu schlafen, wenn man Lust dazu hatte, ergab für ihn vollkommenen Sinn!

Das hatte mit Leena doch auch schon geklappt.

„… wir hätten einfach nie miteinander schlafen sollen.“

Nym hatte die ganze Zeit weitergeredet, aber erst bei diesen Worten hob er seinen Kopf. Denn das war eine dumme Aussage. Sie hätten *öfter* miteinander schlafen sollen.

„Du hast den falschen Ansatz“, stellte er deswegen fest. „Ich glaube, wir würden weniger streiten, wenn wir öfter miteinander schlafen würden.“

Ihre Augen wurden groß, und selbstzufrieden stellte er fest, dass er sie tatsächlich sprachlos gemacht hatte. Für einige Zeit hörte man nur den Sand unter ihren Füßen. Dann: „Wir streiten uns, *weil* wir miteinander geschlafen haben. Wie kann deine Aussage dann logisch sein?“

„Wir haben uns auch schon gestritten, bevor wir miteinander geschlafen haben.“

„Ja. Aber da waren die Streitereien kontrollierter – und du warst noch nicht vollkommen durchgeknallt!“

„*Durchgeknallt?* Und das von der Frau, die versucht hat, mich abzufackeln, bevor sie mich geküsst hat.“

„Da hast *du* mich geküsst und außerdem –“

„Meine Güte, meine Ohren fallen mir gleich ab!“ Nym zuckte zusammen, als Ro sich zu ihnen umwandte, sein Gesicht eine Grimasse der Ungeduld. „Könnt ihr beiden bitte einfach aufhören, zu reden? Und dir ...“ Er deutete mit seinem Zeigefinger auf Levis Brust, während er rückwärts weiterlief. „Dir habe ich gesagt, dass das passieren wird, Levi! Und du, Nym: Ich dachte, du bist etwas Besseres, als dass du dich mit diesem Volltrottel von einem Ikano einlässt. Aber jetzt ist das Kind in den Brunnen gefallen – oder sollte ich sagen der Levi in die Nym? –, und ihr würdet mir einen riesigen Gefallen tun, wenn ihr beide einfach die Fresse haltet, euch die Hand reicht, entscheidet, dass ihr eure bescheuerten Hormone unter Verschluss haltet und erst wieder miteinander schlaft, oder auch redet – das würde ich bevorzugen –, wenn wir Bistaye verlassen haben und zurück in Asavez sind. Ihr beide raubt mir den letzten Nerv, ganz zu schweigen davon, dass ihr uns mit eurem Verhalten höchstwahrscheinlich umbringen werdet! Der einzige Grund, warum ich euch nicht in den Appo schmeiße, ist der, dass Nym nicht schwimmen kann. Bei dir, Levi, habe ich mich noch nicht entschieden.“

Nyms Lippen waren leicht geöffnet, ihre Augen überrascht geweitet. Dann wandte sie ihren Kopf zu Levi. „Was ist sein Problem?“

Levi hob eine Schulter an. „Er konnte seine Freundin in der Vierten Mauer nicht sehen und hasst deswegen jeden, der mehr Sex bekommt als er.“

„Oh. Das tut mir leid, Ro. Aber das ändert sich sicher bald."

Ungläubig schüttelte Rojan den Kopf, bevor er ein ausdrucksstarkes Stöhnen von sich gab und sich wieder umwandte. „Ihr habt einander wirklich verdient", murmelte er und schloss zu Jaan und Liri auf, die vor ihnen hergingen. Liri stellte Jaan schon die ganze Zeit über irgendwelche Fragen über sein mysteriöses Leben, und es war durchaus amüsant, den stillen und gefassten Jaan nach Worten ringen zu sehen.

Amüsant war es allerdings auch, zu bemerken, wie Nym jetzt in sich hinein schmunzelte, während sie Ro nachsah. Bei ihrem Gesichtsausdruck musste er auch grinsen. Objektiv betrachtet hatte Ro wahrscheinlich recht. Glücklicherweise waren er und Nym beide sehr subjektive Menschen.

„Okay, du hast gewonnen", stellte Levi fest. „Ich verzeihe dir, vergiss, was ich gestern gesagt habe, konzentrier dich stattdessen darauf, dass wir den heutigen Tag überleben."

Das Schmunzeln verschwand von ihren Zügen und ausdruckslos zuckte sie mit den Schultern. „Um zu gewinnen, müsste ich mehr als nur die Worte von gestern vergessen. Aber schön, dass du eingesehen hast, dass du Unrecht hattest, wütend auf mich zu sein."

Das machte sie mit Absicht. Sie provozierte ihn, um zu sehen, ob er sich provozieren ließ.

Natürlich tat er das! Aber diesmal würde er seine Wut einfach hinunterschlucken.

„Der Klügere gibt nach", sagte er deswegen gelassen und beschleunigte seinen Schritt. „Und jetzt lauf schneller, die Kutsche in die Vierte Mauer wartet nicht."

Nym folgte seiner Anweisung und überholte ihn, warf ihm jedoch einen wissenden Blick über die Schulter zu, der ihn gleich noch ein wenig mehr provozierte.

Es war kindisch, aber es verschaffte ihr Genugtuung, zu sehen, wie Levi händeringend versuchte, so zu tun, als wäre er die Gelassenheit in Person. Er brachte einfach die schlechtesten Seiten in ihr hervor! Die Schuld an ihrer Schadenfreude trug also er allein.

Je näher sie dem Appo kamen, desto windiger wurde es, und Nym zog die Kapuze auf ihrem Kopf enger um ihr Gesicht. An die alten Stege legten kaum noch Frachter an. Nach Ros Informationen wurden dort nur noch Teppiche und Stoffe verladen, die aus den äußersten Regionen Bistayes oder den angrenzenden namenlosen Provinzen, weit ab vom Kern des Landes, importiert wurden.

Die hölzernen Stege waren fast alle wie leergefegt. Nur an den letzten, weit entferntesten Steg hatte ein großes Boot angelegt. Mehrere Kutschen standen davor und man konnte Arbeiter sehen, die Teppiche ausluden und in die Innenräume verfrachteten.

Jaan, Liri und Ro blieben am Rand des sandigen Weges nahe einem Baum stehen, und Nym schloss zu ihnen auf. Ein immer noch angesäuerter Levi stellte sich neben sie, und sie mied seinen Blick. Sie hätte bei seinem Gesichtsausdruck sofort angefangen zu lachen.

Jaan stand mit dem Rücken zu den Stegen und sah sich einmal kurz über seine Schulter zu den entfernten Arbeitern um, dann wandte er sich an Levi. „Liri sollte mit mir und Nym kommen", sagte er schlicht.

Levi war so überrascht von der plötzlichen Aussage, dass er erst einmal auf die gleiche Stelle sah, auf der eben noch Jaans Blick gelegen hatte. Als würde er dort die Antwort finden, warum Jaan zu diesem Schluss gekommen war.

„Warum?"

Jaan hob eine Augenbraue, als läge die Antwort auf der Hand. „Weil du dich ablenken lässt und emotional involviert bist." Er spezifizierte nicht, von wem genau er sprach. Er hätte Liri oder auch Nym meinen können.

Ro presste selbstgefällig die Lippen aufeinander und Nym konnte Levis Hand zucken sehen. Vielleicht, weil er Ro gerne den Mittelfinger gezeigt hätte.

„Ich bin nicht emotional involviert", presste er hervor, und Nym war klar, dass er nur aus Respekt vor Jaan nicht schrie.

Jaans zweite Augenbraue folgte der ersten.

„Levi", sagte er ruhig.

Levi erwiderte starr Jaans Blick und in seinen Augen konnte Nym zwei Emotionen miteinander kämpfen sehen. Doch bevor sie analysieren konnte, welche genau das waren, hatte Liri seine Hand genommen und angefangen, an seinem Hemd zu zupfen. „Das ist okay, Levi. Jaan und ich haben uns gerade angefreundet. Er mag mich und wird auf mich aufpassen, richtig?"

Jaan blinzelte unbeholfen und sah hinunter in Liris leuchtendes Gesicht.

Nym musste grinsen. Jaan war der kälteste, distanzierteste Mann, den sie – ihres Wissens – je kennengelernt hatte. Aber auch er war nicht vollkommen immun gegen den Charme des jungen Mädchens.

„Sicher", sagte er schließlich und fügte dann noch hinzu: „Und Nym ist ja auch noch da."

Richtig. Sie war auch noch da.

„Schön." Levi wandte den Blick ab und sah auf den Appo hinaus. „Schön, schön. Ro und ich werden also in der zweiten Kutsche sein und ihr in der dritten?"

Jaan nickte. An ihm sollte sich Levi ein Beispiel nehmen. Er hatte kein Problem damit, Gelassenheit auszustrahlen.

„Gut." Schwer seufzend verschränkte Levi die Arme. „Es wird nicht allzu schwer sein, in die Kutschen zu kommen. Schwierig wird es eher sein, sich schnell genug zu verstecken, bevor die nächsten Teppiche hineingeladen werden. Nym, du weißt, was du zu tun hast?"

Nym verdrehte die Augen. Wie hatte Levi es formuliert?

„Ich soll heiß und leicht zu haben aussehen, bis ihr genug Zeit hattet, in den Kutschen zu verschwinden."

Levi grinste bei ihrer Wortwahl. „Richtig. Den Rest übernehme ich dann für dich. Schade, dass ich nicht sehen werde, wie du dich in einen Teppich einrollst."

Nym lächelte süßlich. „Manche Leute sind eben einfach zu emotional involviert, als dass sie es sich leisten könnten, so etwas zu betrachten."

Seufzend schüttelte Levi den Kopf. „Das werde ich unkommentiert lassen, weil wir loslegen sollten, und … Was zum Teufel hast du da an?"

Nym hatte ihren Kapuzenmantel abgelegt und sich ihr Kleid höher den Oberkörper hinaufgezogen. Sie blickte an sich hinab und sah schließlich fragend zu ihrem Kritiker. „Ich habe das an, was *du* vom Markt geklaut hast."

„Das sah vorher anders aus."

Schön, sie hatte den einen oder anderen Schnitt vorgenommen. Ein paar Knöpfe abgerissen, ein paar Rüschen verschwinden lassen. Der Ausschnitt war tiefer, und den langen Schlitz am Bein hatte das Kleid vorher auch noch nicht gehabt. Aber ihre Aufgabe war es doch, die Teppichimporteure abzulenken, oder? Ein einfaches Lächeln würde da nicht genügen. Haut war der Schlüssel zum Herzen eines Mannes.

„Du sagtest, ich solle heiß aussehen."

„Heiß, nicht schlampig!"

„Levi", bemerkte Ro und räusperte sich. „Weißt du noch, als Jaan vor zwanzig Sekunden sagte, du seist emotional zu sehr involviert?"

Levi schnappte nach Luft, und Nym verdrehte die Augen. „Ich gehe dann jetzt. Bevor noch eine Ader in Levis Gesicht platzt. Das möchte ich wirklich nicht mit ansehen müssen. Bis gleich." Sie legte kurz eine Hand auf Liris Kopf, klopfte Ro auf die Schulter, nickte Jaan zu und drückte Levi dann wortlos ihren Mantel in die Arme.

Sie wandte der Gruppe den Rücken zu, ließ ihnen Zeit, sich in die Schatten zurückziehen, und lief dann mit den Hüften schwingend den sandigen Weg entlang. Die Luft war trocken und heiß, obwohl die Sonne noch nicht einmal zur Gänze aufgegangen war. Wenn Nym nach rechts sah, konnte sie die äußerste Mauer sehen und zur Linken schwappte der Appo musikalisch gegen die Stege. Alles in allem war der Teil des Landes hier sehr kahl, und die vereinzelten Bäume, die den Weg säumten, würden den anderen nicht viel Deckung bieten.

Ihr war unwohl zumute. Es war eine Sache, eine Horde Männer niederzuschlagen und ihnen die Kehle durchzubrennen, etwas ganz anderes jedoch, sich vor sie zu stellen und nur mit Hilfe ihres Körpers und ihrer schauspielerischen Fähigkeiten davon abzulenken, dass gerade in ihre Kutschen eingebrochen wurde.

Sie fragte sich, wie Levi so überzeugt davon hatte sein können, dass sie die Aufmerksamkeit der Seemänner für einen längeren Zeitraum auf sich ziehen würde.

Sie war sich bewusst, dass man sie wohl als hübsch bezeichnen konnte, aber gerade Levi musste doch wissen, dass sie keineswegs mit *charmant* zu umschreiben war.

Die letzten Strahlen der Sonne kämpften sich über den Appo und tauchten den gelb-braunen Boden in ein helles Rotviolett. Staub wirbelte unter Nyms federnden Schritten auf, und sie konnte den exakten Zeitpunkt benennen, an dem die Seemänner und Kutschfahrer sie bemerkten. Was größtenteils daran lag, dass sie anfingen zu pfeifen, und dem Klischee des Seefahrers damit alle Ehre machten.

Nyms Blick flackerte zwischen dem Rumpf des Bootes und den Kutschen hin und her, und erleichtert stellte sie fest, dass ausnahmslos Männer zu sehen waren. Frauen waren viel schwieriger zu bezaubern. Sie ließ den Sandweg hinter sich und trat einige Schritte auf den Steg hinaus.

„Na, wen haben wir denn da?" Ein kleiner, breiter Mann, der soeben in voller Seefahrermontur aus dem Rumpf des Schiffes gekommen war, lächelte sie anzüglich an. Nym hätte ihm den Ausdruck gerne vom Gesicht gebrannt.

Aber nein – sie sollte ja charmant sein.

„Mich haben wir hier", sagte sie mit höherer und leiserer Stimme als sonst, eine Haarsträhne aus ihrem Gesicht wischend. Sie nutzte die Geste, um ihre Brüste noch etwas weiter nach vorne zu strecken. „Es gibt doch keine bessere Art und Weise, den Tag zu beginnen, als sich mit lieblichen Seemännern zu unterhalten."

Ein weiterer dieser *lieblichen* Männer, der soeben einen Teppich in eine der drei Kutschen verstaut hatte, trat nun ebenfalls zu ihnen. Er wischte die Hände an seiner schweren Arbeitshose ab und grinste ihr zu. Nicht ganz so vulgär wie sein Nebenmann, aber dennoch unpassend. „Oh, hallo", kicherte Nym schüchtern. „Wie viele von euch gibt es denn noch?"

Es dauerte nicht lange, bis sich weitere Männer zu ihnen gesellten, und innerlich verdrehte Nym die Augen. Da verbrachten sie ein paar Wochen auf See und kaum bemerkten sie das erste weibliche Wesen, umscharrten sie es wie Bienen ihre Königin. Sie hatte die Komplexität ihrer Aufgabe überschätzt. Es würde viel einfacher sein, sie alle abzulenken, als Levi angenommen hatte.

Nym kicherte, führte eine Hand zu ihrem Mund und tat so, als würde sie angesichts der vielen Aufmerksamkeit erröten.

„Was macht denn so ein hübsches Ding zu so früher Stunde alleine an den Stegen?“ Es hatte wieder der kleine breite Mann gesprochen, der seine bereits ergrauten Haare über seine anfängliche Glatze gekämmt hatte.

Nym verschränkte die Arme hinter ihrem Rücken und trat einige Schritte weiter auf den Steg hinaus, sodass die Kutschen nun im Rücken der Männer lagen. „Meine Mutter hat mich losgeschickt“, sagte sie und lächelte scheu, dankbar dafür, dass sie sich gestern eine Geschichte zurechtgelegt hatte. „Sie dachte, ich hätte die besten Chancen, einige Stoffreste abzugreifen?“

Die Männer lachten, sahen sich an und nickten ihr bestätigend zu. „Deine Mutter ist eine weise Frau, ausgerechnet dich zu schicken. Doch wir verkaufen die Stoffreste auf dem Markt.“ Irgendein anderer Mann hatte gesprochen, doch Nym achtete nicht darauf, wer genau es gewesen war. Sie lächelte, reckte ihre Hüfte hervor und zählte hastig die Männer vor ihr. Sieben waren es an der Zahl. Das konnten nicht alle sein. War noch jemand in einer der Kutschen? Nym musste sicher gehen.

„Also könnt ihr mir wirklich nicht helfen? Seid ihr sicher?“ Flehentlich faltete sie die Hände vor ihren Bauch. „Wir haben kein Geld und der Winter kommt doch bald. Die kalten Winde, die über den Appo nach Amrie getragen werden, können unerbittlich sein. Meine Mutter will meinem kleinen Bruder unbedingt eine weitere Decke nähen – selbst von meinem Kleid musste sie schon Stoff nehmen.“ Nym hob den Saum ihres Rockes an und zeigte den Männern den Schlitz, der ihr Bein hochfuhr. Begierig saugte jeder Einzelne die aufblitzende Haut auf.

Es war tragisch mit anzusehen. Bemerkte den niemand, dass Nym sie hier gerade vorführte? Wie konnten sie so leichtgläubig sein? Soldat war sicherlich niemand von ihnen gewesen. „Vielleicht ist ja noch etwas in den Kutschen? Von den letzten Fahrten? Etwas, das ihr nicht mehr verwerten könnt?" Konnte sie so weit gehen, ihre Unterlippe vorzuschieben?

Der Mann mit der fraglichen Frisur, sein Gesicht auf ihr Dekolleté gerichtet – was zugegebenermaßen genau auf seiner Augenhöhe war –, zuckte mit einer Schulter. „Gardaf!", brüllte er, und augenblicklich erschien der Kopf eines blonden Jungens aus der hinteren Kutsche. „Schau in den Kutschen nach, ob es noch Stoffreste gibt, die wir nicht gebrauchen können!"

Der Junge blickte zu seinem Chef, blickte zu ihr – und verstand offensichtlich sofort. Er lächelte ihr wissend zu, tat aber wie geheißen.

„Und du, Schöne, warum verrätst du uns nicht solange deinen Namen?"

„Meinen Namen?" Nym hatte an alles gedacht, aber nicht daran, sich einen Namen auszudenken. Mit Namen, vor allem ihrem eigenen, hatte sie doch ohnehin schon Probleme. „Ich heiße …" Ein Schatten löste sich aus den Konturen der zwei Bäume, die der letzten Kutsche am nächsten standen, und verschwand dann direkt wieder dahinter. „Levira! Levira. Das ist mein Name. Ich arbeite in einer Schenke drüben in Amrie." Sie nickte in Richtung der Stadt. Warum kam Gardaf nicht aus der Kutsche? Levi hatte ihr das Zeichen gegeben. Jaan und Liri würden gleich dort hinein verschwinden wollen. Ro und Levi wollten in derselben Zeit in die Kutsche davor steigen. „Und ich muss mich eigentlich beeilen, ich soll heute Morgen öffnen. Ihr könnt dort gerne später vorbeischauen – wo bleibt denn Gardaf?"

„Gardaf!", schnauzte der Mann erneut. „Wo bleibst du?

Der Junge sprang mit leeren Armen aus der mittleren Kutsche. „Dort war nichts, ich sehe aber noch in der ersten nach."

Die erste war okay. Dort wollte sich niemand verstecken.

„Das wäre wunderbar", seufzte Nym, bemüht, den Ton kehliger als sonst klingen zu lassen – für diesen Auftritt schuldete Levi ihr etwas! „Mein Bruder ist noch keine vier Jahre auf der Welt und ..." Sie stockte kurzzeitig, als sie die vier Gestalten bemerkte, die sich aus den Schatten der Bäume lösten, fing sich aber schnell wieder, um hastig weiterzureden und die Aufmerksamkeit der Seemänner nicht zu verlieren. „... mein Vater starb vor langer Zeit an der Fischgrippe. Ich sehe sein Gesicht noch vor mir, als sei es gestern gewesen, und ..." Liri stolperte. Nym sah es, noch bevor sie den Sand unter ihren Sohlen knirschen hörte, sah wie Levi seine Schwester unter den Achseln abfing und wieder auf die Beine stellte, doch die Männer hatten es auch gehört und –

Nym stieß einen hohen Schrei aus, legte sich dramatisch die Rückseite ihrer Hand auf die Stirn und fiel dumpf zu Boden.

Schmerzhaft kam sie auf ihrem Rücken auf und irgendein Knochen knackte – ihre Rippe? Egal.

Hauptsache es war nicht ihr Schädel –, bevor sie die Augen fest zusammenpresste und tat, als sei sie ohnmächtig.

Sie atmete den aufgewirbelten Sand ein, der auf dem Holz zurückgeblieben war, und versuchte, ihren Herzschlag zu beruhigen. Inständig hoffte sie, dass jetzt wirklich alle Augenpaare auf sie gerichtet waren und niemand mehr in Richtung der Kutschen blickte.

Sie hörte Stimmengewirr und spürte, wie ihr jemand eine dicke, verschwitzte Hand auf die Stirn legte. Nur mühsam konnte sie sich davon abhalten, zu würgen. Stattdessen beschloss sie, einen weiteren, kehligen Seufzer von sich zu geben und ein wenig zu röcheln.

Sie konnte das raue Holz an ihren nackten Beinen spüren und wollte gar nicht wissen, wie weit ihr der Rock durch den Aufprall hochgerutscht war und wie viele begierige Männerblicke jetzt auf ihren Schenkeln lagen. Die Hand auf ihrer Stirn sank tiefer an ihrer Wange hinab, vielleicht um an ihrem Hals nach ihrem Puls zu tasten – doch irgendwie legten die Finger da einen äußerst ominösen Umweg zurück. Nym schlug die Augen auf, bevor sie den Mann, der sie gerade unsittlich betatschte, aus Versehen tötete.

Ruckartig stemmte sie sich wieder in die Senkrechte, froh darüber, dass die Hand des anderen erschrocken zurückfuhr.

„Was ist passiert?", fragte sie atemlos und ließ ihren Blick durch die Beine der Umherstehenden zum Waldrand schweifen, um nach dem Rest der Gruppe Ausschau zu halten. Niemand war mehr zu sehen. Sie tarnte ihre Erleichterung als einen weiteren Seufzer und sprang auf die Beine.

„Was passiert ist?" Die Männer warfen sich gegenseitig irritierte Blicke zu, bis der Dicke wieder vortrat.

„Du bist in Ohnmacht gefallen, Levira!", sagte er, jetzt eindeutig um ihren Geisteszustand besorgt. „Erinnerst du dich denn nicht?"

Nym hätte beinahe laut aufgelacht, hielt sich jedoch noch rechtzeitig zurück. „Doch, sicher. Dort bei den Bäumen war eine Bewegung", sagte sie und fuchtelte mit den Armen herum, sodass der Seemann sich noch ein paar weitere Schritte von ihr entfernen musste, sein Gesicht jetzt gerunzelt in die Richtung gewandt, in die sie deutete. Auch die anderen Männer folgten ihrer Geste. „Ich dachte ... ich dachte, ich ... ich hätte einen Feuerluchs gesehen!"

Abrupt drehten die Männer sich wieder zu ihr um. Und wenn sie bis gerade geglaubt hatten, dass dort hinten wirklich etwas gewesen war, so waren sie spätestens jetzt nicht mehr davon überzeugt.

Der Mann vor ihr kratzte sich unangenehm berührt den dicken Nacken, als Gardaf aus der ersten Kutsche gesprungen kam – offensichtlich von ihrem vorherigen Schrei vollkommen unbeeindruckt – und tatsächlich einen Stofffetzen in den Händen hielt.

Der war jedoch so dreckig und alt, dass Nym ihn nicht einmal genommen hätte, wenn sie tatsächlich die arme Levira gewesen wäre, die sie soeben überzeugend dargestellt hatte.

„Hier. Hast du nach sowas gefragt?"

Nym riss ihm den Stofffetzen aus der Hand und tat so, als sei es das Schönste, was sie je gesehen hatte. Alles, was sie dabei tun musste, war, an ihren Dolch zu denken. Den Dolch, den dieser verdammte Mistkerl von Soldat ihr gestohlen hatte. Wenn sie ihn das nächste Mal sah ... „Ja, liebsten Dank! Das wird meiner Mutter eine große Hilfe sein!“ Es war besser, sich nicht in ihre Emotionen hineinzusteigern. Es war ohnehin Zeit, zu gehen. Levi hatte gesagt, sie solle einfach ganz gelassen an den Kutschen vorbeigehen, er würde dann schon dafür sorgen, dass sie sich unbemerkt in die hinterste stehlen konnte.

Natürlich hatte er sich nicht die Mühe gemacht, ihr genau zu erzählen, wie er die Männer ablenken wollte – wahrscheinlich, weil er es selbst noch nicht gewusst hatte. „Ich werde allen in Amrie erzählen, welch großzügigen Männern ich heute begegnet bin!“, seufzte sie und legte eine Hand auf ihr Herz.

Die besagten Männer wechselten einen Blick, der Nym wissen ließ, dass auch sie heute Nachmittag etwas zu erzählen haben würden. Wenigstens sahen sie jetzt alle nicht mehr so lüstern aus.

Sie lächelte noch einmal, drückte den Stoff an ihre Brust und zwängte sich durch die Umherstehenden, bevor sie verlangsamten Schrittes die breiten Seiten der Kutsche entlangglitt. Das Dumme war nur, dass ihr jetzt natürlich alle nachsahen.

„Komm schon, Levi“, murmelte sie leise, nicht sicher, ob er sie vielleicht durch die Tür der zweiten Kutsche hören konnte.

Ihre Schritte wurden noch langsamer und sie warf einen kurzen Blick über die Schulter. Vielleicht folgte ihr nun ja doch niemand mehr mit dem Blick und –

Ein Dutzend Männer starrten sie an.

„Levi!“, zischte sie.

Der Name auf ihren Lippen wurde von einem heftigen Windstoß verschluckt. Der Stofffetzen flog ihr aus der Hand und sie verlor beinahe den Halt unter den Füßen – doch darauf achtete jetzt keiner der Männer mehr. Alle starrten das Schiff an, das urplötzlich vom Steg weg und auf den Appo hinausgetrieben wurde. Wellen schlugen gegen das Holz, der Wind pfiff durch die Kutschkabinen und unter die Kleider der Männer, die fassungslos nach den Seilen griffen, mit denen sie das Boot an die Anlegestelle fixiert hatten. Nym verdrehte die Augen – und sie hatte gedacht, *sie* sei dramatisch gewesen!

Sie hatte jedoch keine Zeit, ihre Gedanken in Worte zu fassen. Stattdessen hastete sie die Stufen in den Laderaum der letzten Kutsche hinauf und schloss leise die Tür hinter sich – was bei dem starken Wind eine Herausforderung darstellte!

Zusammengerollte Teppiche lagen aufeinander, stapelten sich auf dem Boden, lehnten an den Wänden und schienen den Sauerstoff aus dem stickigen, engen Raum zu drängen. Die einzige frische Luft, die es gab, drang durch ein kleines, quadratisches Fenster, das in die Tür eingelassen worden war.

Ihr Blick huschte durch das dunkle Innere der breiten Importkutsche – Kutschen die extra so gebaut wurden, dass sie möglichst viel Stauraum besaßen –, doch sie konnte weder Jaan noch Liri entdecken.

„Der hinterste Teppich, Nym." Sie zuckte zusammen. Die Stimme erklang direkt vor ihr, und jetzt konnte sie Jaans blassblaue Augen hinter einem der an der Wand lehnenden Teppiche hervorblitzen sehen. „Er wurde großzügig breit aufgerollt. Klettere hinein. Deinen

Kopf so, dass ich ihn noch sehen kann. Liri liegt daneben.“

Sie nickte, stieg möglichst leise über die Teppiche vor ihr, die durch das kleine Fenster nur recht spärlich beleuchtet wurden, und hockte sich dann auf den Boden. Mit den Füßen voran drückte sie sich in den waagerecht liegenden Teppich hinein, von dem Jaan gesprochen hatte. Es war warm darin und sie konnte die weichen Fasern über ihre Haut streichen spüren, bis sie endlich bis zum Hals darin verborgen war.

„Hey, Nym“, flötete Liri und streckte ihren kleinen Kopf aus dem Teppich direkt neben ihr. „Kuschelig, oder? Hier können wir gleich bestimmt gut schlafen.“

Auch Nym lächelte, auch wenn sie stark bezweifelte, dass sie ihre Augen würde schließen können, solange sie auf die Wand starren musste und keinen Blick auf die Tür hatte.

Jaan schien ihre Gedanken gelesen zu haben, denn er murmelte: „Ich habe alles im Blick. Ich werde hier stehen bleiben und –“ Er verstummte, und augenblicklich zog Nym ihren Kopf zurück. Auch sie hatte die Schritte gehört. Sie konnte nur hoffen, dass Liri ihren Kopf ebenfalls zwischen den schweren Stoff gezogen hatte.

Die Tür schwang auf, doch statt gegen die Holzwand zu knallen, wurde sie anscheinend von einem weichen Teppich abgefedert, zumindest ging das Geräusch in der Dunkelheit unter. „Ich sag’s dir, alle hübschen Frauen sind vollkommen verrückt.“

Jemand lachte heiser, und Nym hasste jede Sekunde, in der sie nicht sehen konnte, was passierte. In der sie auf Jaans Hilfe angewiesen war. „Aber sie war wirklich schön anzusehen. Ein Feuerluchs hinter den Bäumen …

bei den Göttern! Diese jungen Dinger sehen auch die Wüste im Wasser."

Ein dumpfer Ton ertönte, und für einen kurzen Moment wurde Nym fester in den Stoff gedrückt. Die Arbeiter hatten höchstwahrscheinlich gerade weitere Teppiche auf ihr abgeladen. „Das waren die letzten. Sagen wir den anderen Bescheid, die Kutscher übernehmen dann das Ausfüllen der Papiere. Ich will endlich wieder in einer Bar sitzen und eine Frau auf meinem Schoß haben. Noch einmal mache ich sicherlich keine Vier-Wochen-Fahrt für den alten Kerwin! Nur, weil er bis ans Ende der Welt fahren muss, um die beste Qualität zu bekommen, sollten wir Seemänner nicht leiden müssen."

Wieder erschallte ein dumpfes Lachen, gefolgt von dem Aufschlag einer Tür, dann war es still. Nym behielt ihren Kopf wo er war. Da war etwas.

Nicht in dieser Kutsche. In ihrem Kopf.

Kerwin.

Der Teppichimporteur Kerwin.

Sie schloss die Augen, um die Erinnerung, die sich in ihren Geist gedrängt hatte, nicht wieder zu verlieren, doch sie bekam sie nicht rechtzeitig zu fassen.

Wieder einmal versagte ihr Gedächtnis im falschen Moment, und das flüchtige Gefühl, das sie verspürt hatte, versiegte, ohne dass sie die Zeit gehabt hätte, es zu benennen.

Enttäuscht von sich selbst ließ sie ihren Körper erschlaffen und drehte sich auf die Seite. Sie würden mindestens den Tag und die Hälfte der Nacht durchfahren. Sie hatte genug Zeit, um sich Gedanken darüber zu machen, wo sie den Namen schon einmal gehört hatte.

„Nym?" Liri sprach in genau dem Moment, in dem ein Ruck durch die Kutsche ging und das Getrappel von Pferdehufen durch das Fenster wehte.

Sie stützte sich wieder auf die Arme und schob ihren Kopf vor, sodass sie in Liris herzförmiges Gesicht sehen konnte.

„Alles okay?"

Liri nickte. Der Schatten des Teppichs, in dem sie eingerollt lag, fiel über die obere Hälfte ihres Gesichtes und ihre blonden Haare wirkten in dem fahlen Licht fast grau. „Meinst du, wir werden an der Grenze kontrolliert?"

Nym blinzelte. Liri konnte sie nicht berühren, und dennoch ahnte sie, dass das Mädchen eine Lüge erkennen würde. Deshalb nickte sie. „Ja, ich denke schon. Doch wenn wir Glück haben, schauen sie nicht richtig hin."

„Und was machen wir, wenn sie doch richtig hinschauen?"

Nyms Blick huschte zu Jaan hinauf, der immer noch steif, zwischen den Teppichen verborgen, dastand. Er starrte zur Tür. „Dann werden wir weglaufen."

Kämpfen. Töten. Weglaufen.

Hoffen. Weitermachen.

„Nur weglaufen?"

Nym nickte. Sie brachte es nicht übers Herz, ins Detail zu gehen.

„Okay." Liri atmete beruhigt aus, und für einige Momente war es still. Dann: „Hast du immer noch Angst?"

Holz knarrte, und jetzt spürte Nym Jaans Blick auf sich. Sie vermied es, noch einmal zu ihm hochzusehen. „Nein."

„Lügst du gerade wieder?"

Sie lächelte. „Nein. Ich habe keine Angst."

„Auch nicht vor deinen Erinnerungen?"

Wieder knarrte etwas und Nym lief rosa an. Sie hatte das unangenehme Gefühl, dass Jaan aufmerksam auf jedes ihrer Worte lauschte. Aber Liri darum zu bitten, ihr keine weiteren Fragen zu stellen, konnte sie auch nicht.

„Nein. Alles gut."

„Also ist dein Kopf jetzt leerer?"

Nym wollte nicht antworten. Für Liri war Jaan einfach nur ein neuer Freund, doch Nym war sich nicht sicher, ob sie Jaan vertrauen konnte. Er verhielt sich ... seltsam. Und das war genau der Grund, warum es besser war, wenn er nicht allzu viele Informationen über sie sammelte.

„Meinem Kopf geht es gut", murmelte sie und schloss ihre Augen. „Ihm ging es noch nie besser."

Doch Jaan musste kein Wahrheitsleser sein, um zu wissen, dass sie log.

KAPITEL 11

DIE APPOKALYPSE – DER KRIEG DER ZWEI (11)

Eine weitere Brücke wurde gesprengt. Diesmal auf der Seite der Gottlosen. Nur noch zwei Brücken verbleiben. Es sieht so aus, als wollten sie das Land vor den Saltakibergen als ihres kennzeichnen. Es gehen Gerüchte herum, dass sie die komplette Trennung der zwei Länder um den Appo erzwingen wollen. Je länger ich darüber nachdenke, desto sinnvoller erscheint es mir. Es würde uns zumindest einiges Blutvergießen ersparen.

„Mein Rücken tut weh."

„Du solltest froh sein, dass es nur dein Rücken ist und nicht auch noch dein gesamter Kiefer."

Levi lachte leise. „Drohst du mir damit, mich zu verprügeln?"

Er konnte Ros Gesicht nicht sehen, doch er konnte das Lächeln aus seiner Stimme heraushören. „Du hast dein Versprechen gebrochen, und ich habe dir im Gegenzug versprochen, dass ich dich verprügeln würde – wenigstens einer von uns sollte seine Ehre behalten, findest du nicht?"

Levi schnaubte. „Deine Wortwahl war eine andere. Irgendwas mit ... ich würde mir wünschen, dass ich nie den Appo überquert hätte? Ich habe es vergessen.“

„Aufgeschoben ist nicht aufgehoben.“

Daraufhin sagte Levi nichts. Er war sich ziemlich sicher, dass Ro jeglichen Groll vergaß, sobald er Nika in den Armen hielt. Zumindest baute er darauf.

Er versuchte sich zu drehen, doch jede Position, die er fand, war unbequemer als die davor. Keiner der Teppiche war locker genug aufgerollt worden, als dass er hätte hineinschlüpfen können. Stattdessen hatte er sich in eine Lücke zwischen dem harten Holzboden und den aufgestapelten Teppichen gezwängt. In den frühen Abendstunden hatten er und Ro es sich erlaubt, dort hervorzukrabbeln und sich zeitweilig zwischen die Stoffe zu setzen, doch jetzt war bereits seit längerer Zeit die Nacht hereingebrochen und keiner von beiden wusste, wann sie die erste Kontrolle passieren würden. Ob sie überhaupt eine Kontrolle passieren würden.

Die Kutschen waren durch den Osteingang Bistayes gefahren. Der einzige Eingang, der direkt zur Vierten Mauer führte und an dem dementsprechend, wenn überhaupt, nur dort eine Kontrolle vorgenommen werden würde. Doch Ros Beschreibungen nach zu urteilen, war die Göttliche Garde verflucht vorsichtig geworden. Irgendwer musste die Garde davor gewarnt haben, dass es Rebellen in der Vierten Mauer gab, die einen baldigen Fluchtversuch zusammen mit den Asavez planten. Wenn Levi jemals den verantwortlichen Verräter in die Finger bekam, würde die Begegnung ein blutiges Ende nehmen. Mit den Fäusten vorzugehen, brachte einem einfach mehr Befriedigung, als Luft dazu zu nutzen, jemanden zu verletzen.

Levi schloss für einen Moment die Augen und versuchte zu vergessen, dass sein Rücken sich anfühlte, als habe Liri darauf eine halbe Stunde lang herumgetanzt.

„Glaubst du, Provo plant, in Bistaye einzufallen?", murmelte er schließlich, nachdem ihm die Stille zu drückend wurde.

Ro schwieg einige Momente, bevor er antwortete: „Ich glaube schon, dass das sein letztendliches Ziel ist. Du nicht?"

Doch. Levi zweifelte nicht eine Sekunde daran. Es war ihm nur noch nicht klar, wie genau ihr Oberhaupt das schaffen wollte. Er hoffte sehr, dass die Eroberung Bistayes nicht für die nächsten fünf Jahre geplant war – er brauchte eine Pause.

„Ich brauche eine Pause", sagte er genau deshalb.

„Du willst eine Pause?" Ro lachte leise. „Es ist offiziell: Die Welt geht unter."

Levi verdrehte auf eine eher unmännliche Art und Weise die Augen und war sehr froh, dass Ro das nicht sehen konnte. „Ich meine es ernst. Liri hat es verdient, dass ich mehr als zwei Wochen am Stück zuhause bin. Außerdem ... bin ich erschöpft."

„Interessant. Kaum ist Nym dabei, schon bist du erschöpft."

„Nym hat überhaupt nichts damit zu tun!"

„Natürlich nicht. Nur, weißt du: Gefühle sind nun einmal erschöpfend."

„Dieses Gespräch ist erschöpfend."

„Nicht so sehr wie deine Dummschwätzerei. Warum machst du es dir nicht einfach leicht, gehst zu ihr und sagst ihr, dass du sie magst?“

„Warum hältst du nicht einfach die Klappe?“

Ro lachte leise, seine Stimme klang dumpf durch den Stoff, der sie trennte. „Okay, ignorieren wir das mal für ein paar Sekunden. Du bist also erschöpft und willst nach dieser Mission eine Pause?“

„Jap.“

„Und dann?“

„Was, und dann?“

„Was willst du in deiner Pause machen?“

„Hm.“ Levi schwieg. Soweit waren seine Gedanken noch nicht gekommen. „Nichts?“

Diesmal lachte Ro laut. „Du bist nicht dazu fähig, nichts zu tun! Ich bin fest davon überzeugt, dass du nur mit Nym geschlafen hast, weil du zu viel Freizeit hattest.“

Nein, da hatten definitiv auch noch andere Gründe mit hineingespielt. Hatte Ro Nym vorhin nicht in dem Kleid gesehen?

„Vielleicht bilde ich ein paar neue Soldaten aus“, überlegte er. „Lese ein wenig.“

„Ich gebe dir einen Monat, dann flehst du Provo um einen neuen Auftrag an.“

Levi gab sich nicht einmal zwei Wochen. „Was willst du denn machen, wenn wir zurück sind und du deine Angebetete gerettet hast? Sie direkt wieder alleine lassen?“

„Sie heiraten und mitnehmen“, sagte Ro schlicht. „Nika hat eine Art, mit Messern umzugehen – da wird mir ganz anders.“

„Und ich dachte, du würdest mich für meinen Gebrauch mit Messern anhimmeln“, bemerkte Levi trocken.

„Ah, du bist ein Ikano der Luft. Du hast es leicht mit deinen Messern. Niki hat sich das hart erarbeitet.“

Levi ersparte sich einen Kommentar. Obwohl er *auch* hart gearbeitet hatte.

„Immer schön, ein Männergespräch mit dir zu führen“, stellte er nach einer Weile fest. „Das werde ich vermissen, wenn du verheiratet bist.“

Ro schnaubte. „Du tust so, als wäre eine Heirat mein Tod.“

„Nein, nicht dein körperlicher Tod. Nur der Tod deiner Männlichkeit! Aber ohne die musst du ja ohnehin schon eine Weile leben – sollte also keine allzu neue Erfahrung für dich sein.“

„Sagt der Mann, der Nym heute nachgestarrt hat, als wäre sie der letzte Apfel am Baum des Lebens.“

Wütend versuchte Levi, sich in eine aufrechtere Position zu stemmen. Ihm gingen Ros Andeutungen unglaublich gegen den Strich! „Ich habe überhaupt niemandem nach–“

Seine Stimme erstarb in genau dem Moment, als die Kutsche zum Stehen kam.

Levi hatte zwei Messer aus seinem Gürtel gezogen, bevor er die ersten Stimmen hörte. Die Teppiche und sein Herz drückten auf seine Lungen, und plötzlich kam ihm seine Position äußerst ungelegen vor. Er konnte von hier aus nur sehr schlecht sehen, und wenn sie entdeckt wurden …

„Ro“, murmelte er aus dem Mundwinkel, „wenn sie uns entdecken, dann …“

„Bringe ich meinen Kopf in Sicherheit, schon klar. Ich bin kein Anfänger, Levi."

Levi hätte gerne geantwortet, doch die Stimmen wurden nun lauter. „... Besseres zu tun, als Kutschen zu durchsuchen!"

„Es gibt immer etwas Besseres zu tun, als das, was man gerade macht."

Fußschritte erklangen auf den Treppenstufen, dann ging die Tür auf. „Als würde jemand dumm genug sein, tatsächlich in die Vierte Mauer einzubrechen."

„Tujan glaubt schon."

„Tujan ist in letzter Zeit etwas weggetreten – er sieht Gefahren, wo keine sind."

Goldene Stiefel traten in Levis Sichtfeld, doch er konnte seinen Blick nicht heben, ohne sich zu verraten. Das fahle Licht einer Laterne warf flackernde Schatten auf den Boden, und Levi fragte sich, ob in genau diesem Moment auch die anderen Kutschen durchsucht wurden. Die mit Liri. Und Nym.

Die Stiefel bewegten sich nach rechts und links, bevor einer der Männer seufzte. „Welch eine Überraschung, sie ist leer. Hier ist niemand."

„Brilan! Du weißt genau, was Tujan sagen wird, wenn er erfährt, dass du nicht einen Teppich kontrolliert hast. Er ist in letzter Zeit ohnehin leicht angespannt. Wenn wir jemanden übersehen, dann fliegen unsere Köpfe!"

Brilan schnaubte. „Gut. Wenn du so vernarrt darin bist, Stoffe anzuheben."

Levi sah, wie der Mann sich in die Hocke sinken ließ, die Teppiche über ihm abtastete – und jetzt konnte er nicht länger warten.

Das Blut rauschte durch seine Adern, zirkulierte in die andere Richtung und sein Kopf wurde von der ihm so vertrauten Leichtigkeit eingenommen. Er sammelte die Luft, zog sie näher zu sich heran, ballte sie zusammen, um sie im richtigen Moment ...

„Ro, jetzt!", schrie er, bevor die Wände der Kutsche zu allen Seiten stieben.

Die Teppiche wurden nach oben katapultiert, und Levi konnte die Körper der beiden Soldaten auf dem harten Steinboden aufschlagen hören, noch bevor er auf den Füßen war. Ro musste ebenfalls in die Luft geschleudert worden sein, aber er war Levis Ausbrüche gewohnt und würde mit Sicherheit auf den Füßen landen.

Schreie hallten durch die Nacht, und für einige Momente fiel es Levi schwer, seine Orientierung wiederzufinden. Er stand auf dem Boden der Kutsche, der immer noch mit den Rädern verankert war, während sich um ihn herum Holzsplitter und Stofffetzen häuften.

Wo war Ro? Wo waren die anderen? Wo waren die restlichen Kutschen?

Nur wenige Laternen erhellten die Straße, auf der sie standen, und Levi drehte sich im Kreis, während schwere Schritte den Boden erschütterten und –

Er verlor das Gleichgewicht, als sich plötzlich der Boden unter ihm wellte und die Achsen des Wagens brachen. Gerade noch rechtzeitig stieß er sich mit den Füßen vom Holz ab, bevor es zerbarst und ihn aufgespießt hätte. Er kam hart auf dem Boden auf, rollte sich über eine Schulter ab und warf, noch bevor er auf die Füße kam, die Messer, die er in den Händen gehalten hatte.

Er ließ die Waffen von der Luft leiten, konnte eine goldene Rüstung in nicht allzu weiter Entfernung aufschimmern sehen und beschleunigte die Messer in diese Richtung. Doch bevor sie ihr Ziel fanden, riss der Soldat einen Arm hoch und innerhalb von Sekunden errichtete sich eine Wand aus Dreck, Schlamm und Stein vor ihm.

Scheiße.

Ein Ikano der Erde.

Und wenn Levi sich nicht täuschte, dann hatte dieser bestimmte Ikano allen Grund, wütend auf ihn zu sein – schließlich hatte er ihn bei ihrer letzten Begegnung beinahe umgebracht.

Die Erdwand fiel wieder zu Boden, verschlang Levis Dolche und raste dann plötzlich auf ihn zu.

Ja. Er war es. Niemand war so aggressiv wie der beschissene Jeki Tujan.

„Ich hätte dich töten sollen, als ich die Chance hatte“, rief Levi, bevor er seine Hände hob, nach der Luft um ihn herum griff und jeden einzelnen Staub- und Lehmpartikel, der auf ihn zuflog, mit ihr umschloss. Die Erde kam zum plötzlichen Stillstand und fing dann langsam an, sich in einem wirbelsturmartigen Kreis aufzubäumen.

Tujan mochte die Erde beherrschen, aber selbst Erde ließ sich durch Luft manipulieren.

„Du hättest in Asavez bleiben sollen!“, schrie der Soldat zurück. „Dort ist es um einiges sicherer für Hochstapler wie dich.“

„Wenigstens ist mein Gesicht nicht so hässlich, dass ich es unter einem Helm verstecken muss!“, bemerkte Levi lachend – kurz bevor sich etwas hart in seinen

Rücken rammte. Er taumelte nach vorne, die Erde, die er soeben noch mit seiner Luft kontrolliert hatte, fiel zu Boden, Staub wirbelte auf, verdeckte seine Sicht, füllte seine Lungen – und im nächsten Moment trat ihm jemand hart gegen die Rippen und eine Hand fand seine Kehle.

„Zeit zu sterben, Ikano."

Der ohrenbetäubende Knall einer Sprengung zerriss Nym beinahe das Trommelfell. Sie sprang aus dem Teppich und riss sich gerade den Saum ihres Kleides kürzer, als Liris Schrei an ihre Ohren drang.

Doch Jaan zerrte Liri bereits aus dem Teppich, und Nym wartete nicht darauf, zu sehen, was genau er vorhatte. Sie vertraute ihm. Sie hechtete aus der Kutschentür und sah zu ihrer Überraschung Ro direkt davor hocken. „Liri?", keuchte er. Nym nickte zur Kutsche und versuchte, die einzelnen Schemen und verwischten Konturen zuzuordnen und sich ein genaueres Bild von ihrer Umgebung zu machen. Doch die aufgewirbelte Erde und die goldglänzenden Rüstungen, die überall um sie herum auftauchten, versperrten ihr die Sicht.

„Such Levi! Er braucht vielleicht Hilfe", brüllte Ro, bevor er Liri aus Jaans Armen entgegennahm, der bereits sein Schwert gezogen hatte und mit einem Hechtsprung auf den ersten Soldaten zusprang, der sie entdeckt hatte.

Nym rannte los, in die Richtung, in die Ro gestikuliert hatte. Aufgewirbelte Erde und Holzsplitter schlugen ihr entgegen, zerschrammten ihr Gesicht und suchten den Weg in ihre Lungen, doch sie hustete nur und rannte weiter. Aus den Augenwinkeln nahm sie goldene Schemen wahr, die ihr hinterherliefen, versuchten, sich ihr in den Weg zu werfen und sich gegenseitig Dinge zuriefen. Doch es war zu laut, als dass sie irgendetwas hätte verstehen können, und sie war zu schnell. Sie duckte sich unter dem Schwert eines Soldaten hindurch und riss ihm in der gleichen Bewegung die Füße unter dem Körper weg – doch sie hatte keine Zeit, ihn zu töten. Wo war Levi?

Sie stolperte über ein hölzernes Rad, das wohl einmal zu einer Kutsche gehört haben musste, und dann sah sie ihn.

Keine zehn Meter von ihr entfernt lag er auf dem Boden. Eine Hand hatte sich um seine Gurgel gelegt und ein goldener Umriss hielt einen Dolch erhoben – *ihren* Dolch!

Die Wut, die sie durchströmte, traf sie wie ein Amboss in den Bauch.

Ein Schrei löste sich von ihren Lippen und verlor sich in der Nacht, als sie weiterrannte, immer schneller, auf den Dolchdieb zu.

Er hatte sie bestohlen, versucht, ihr das Leben zu nehmen – und niemand besiegte Levi Voros außer ihr!

Hart stieß sie sich vom Boden ab und traf den Soldaten mit voller Wucht ihres Körpers an der Schulter. Von der plötzlichen Attacke überrascht, rollte er zur Seite und griff dabei nach ihrem Körper.

Gemeinsam überschlugen sie sich über den aufgewühlten Boden und Nyms Kopf traf schmerzhaft auf die Kante eines herausragenden Steins. Sie konnte warmes Blut ihre Schläfe hinunterlaufen fühlen, doch es war ihr egal. Sie stieß mit ihrem Ellenbogen nach dem Arm des Soldaten, traf jedoch nur auf die harte Schale seiner Uniform. Also ließ sie ihre Haut heiß werden – bis er mit einem Keuchen die Hände von ihrer Hüfte riss. Sie kamen zum Stehen, sie saß nun auf seiner Brust, und blitzschnell schob sie ihre Hand vor, seinen Hals hinauf, unter seinen Helm.

Sie spürte seine kühle Haut unter ihren Fingern, seine Pulsader, die gegen ihre Nervenenden pochte, und das Metall, das sich von der anderen Seite gegen ihre Hand drückte.

Ihre Finger wurden heiß, glühten – und dann sah sie hoch, in den Augenschlitz des Helms.

Ihr Blut schien stillzustehen.

Es floss nicht mehr. Weder in die eine noch in die andere Richtung.

Diese Augen.

Dunkelbraun und warm. Keineswegs kalt, wie sie es bei einem Soldaten der Göttlichen Garde erwartet hätte.

Sie blinzelte, vergaß zu atmen, während ihr Kopf taub wurde – sein Blick schien ihre Finger zu löschen. Trieb die Hitze aus ihrem Körper.

Und plötzlich wusste sie, warum sie Levi am Anfang gehasst hatte.

Levi Voros, Ikano der Luft. Sie hatte ihn schon einmal getroffen. Irgendwann. Irgendwo. Unter irgendeinem Umstand. Levi Voros hatte versucht, sie zu töten!

Sie wusste nicht, wann, sie wusste nicht, warum, sie wusste nicht, warum gerade diese Augen sie daran erinnerten – sie wusste nur, dass Levi ihren Tod gewollt hatte. Ihren Tod und den dieser Augen.

„Nym! Was tust du da? Komm! Wir müssen weg, bevor die Nachhut kommt."

Es war Ros Stimme, die sich einen Weg in ihren Kopf bahnte, und die Umrisse um sie herum wurden wieder schärfer. Sowie auch die dunkelbraunen Augen, die sie anstarrten, und der Körper des Soldaten, der wie betäubt schien und sich nicht mehr bewegte.

„Das ist mein Dolch", flüsterte sie, entwand ihm den Gegenstand aus der Hand, stemmte sich zurück auf die Füße und rannte Ros Stimme nach.

Sie sah nicht zurück, ließ die Frage, warum sie ihn nicht getötet hatte, nicht in ihren Kopf und umklammerte stattdessen nur fest ihren Dolch.

Über die Körper mehrerer Soldaten springend erkannte sie endlich Ro, Jaan, Levi und Liri, die nahe einer Gasse standen, die Nym merkwürdig bekannt vorkam.

Sobald sie in ihrer Reichweite war, lief Ro voran und verschwand in der Dunkelheit zwischen den Mauern. Nym blicke sich hastig um, doch niemand schien ihnen zu folgen. Die goldenen Schemen, die in der Dunkelheit und dem vielen Staub zu erkennen waren, waren weit entfernt. Keiner bemerkte, dass diejenigen, nach denen sie suchten, gerade verschwanden.

Sie folgte Ro, hieß die Dunkelheit willkommen und tastete sich mit ihren Händen an den Wänden entlang.

Nach der Gasse folgte eine breitere, heller erleuchtete Straße, die vollkommen ausgestorben war. Trotzdem verlangsamten sie ihre Schritte nicht, liefen dicht an der Wand, verborgen vor den meisten Blicken, die aus den Fenstern der angrenzenden Häuser geworfen werden konnten. Doch es war immer noch Nacht und die meisten Fensterläden waren geschlossen.

„Hast du ihn getötet?", fragte Levi, sich seinen Hals reibend, seine Schritte schwer auf dem Stein.

Nym blinzelte und verfolgte mit ihren Augen den Weg des Blutstropfens, der von Levis Finger glitt und in sein Hemd sickerte. „Ich ... nein. Ich wurde ... unterbrochen."

Levi hob eine Augenbraue. „Unterbrochen? Aber du hattest ihn doch. Du hast ..."

„Bleibt stehen!", unterbrach Ro ihn, und Nym war dankbar dafür. Sie hatte keine Antwort auf Levis Fragen. Ro sah nachdenklich an dem Haus hoch, vor dem sie stehen geblieben waren. „Ich hatte keine Ahnung, wohin sonst, also ... hoffen wir, dass es sicher ist."

Er klopfte an die Tür, und Nym konnte immer noch Levis Blick auf sich spüren, als das Geräusch von Schritten durch das Holz drang.

Die Tür öffnete sich und Ro drängte hinein, bevor die Person dahinter auch nur den Mund öffnen konnte.

Eilig folgten alle seinem Beispiel, und Nym betastete die Wunde an ihrer Schläfe, während sie in den verdunkelten Raum eintrat. Die Tür schloss sich wieder, eine Kerze wurde angezündet und erhellte das Gesicht ihrer Gastgeberin.

Nym starrte das Mädchen an. Grünbraune Augen saßen in einem ovalen Gesicht, umrandet von glatten, dunkelbraunen Haaren. Sie konnte ihren Blick nicht davon abwenden – und jetzt sah es zurück.

Ihr Mund öffnete sich leicht, während Unglauben ihre weichen Züge verzerrte. Es schien sprachlos, bis es mit ihren Lippen ein Wort formte.

„Salia?“

KAPITEL 12

DIE APPOKALYPSE – DER KRIEG DER ZWEI (12)

Wir haben beschlossen, uns den Göttern vorzustellen und ihnen unser Anliegen vorzutragen. Gestern Nacht ist die dritte Brücke gebrochen – nur die Jeferabrücke steht noch –, und wir müssen handeln, bevor noch mehr Unschuldige ihr Leben verlieren. Ein neuer Kreuzzug wird geplant, und den können wir nicht zulassen – den kann ich nicht zulassen. Entweder die Götter haben Einsicht oder sie leben mit meinen Konsequenzen.

„Was soll das heißen, ihr habt sie verloren?" Jeki war in seinem Leben noch nie so wütend gewesen. Er konnte einfach nicht fassen, was da eben passiert war. Er strich sich mit dem Zeigefinger über die kleine Brandwunde an seinem Hals und wusste, dass er sich mit dieser Geste nur selbst quälte, doch er konnte nicht anders, als sich immer wieder das gleiche Bild in den Kopf zu rufen, das ihn von innen heraus zerfraß.

Große blaue Augen mit so viel Hass erfüllt, dass es ihm schwerfiel, zu atmen, wenn er daran dachte. Auch wenn dieser Hass nicht lange in ihren Augen verweilt hatte – er hatte ihn gesehen.

„Jeki, du und der Ikano der Luft haben eine Menge Dreck aufgewirbelt, und es war dunkel ... sie sind einfach weggelaufen."

„Sie sind einfach weggelaufen?", knurrte er, jede Silbe tropfte hart aus seinem Mund. „Und warum patrouillieren dann noch nicht hunderte von Soldaten durch jede verdammte Straße dieser Mauer? Wie kann es sein, dass fünf Eindringlinge einfach so entkommen können, obwohl zwei Dutzend Soldaten seit zweiundsiebzig Stunden genau auf diesen Moment gewartet haben? Wie kann es sein, dass sechs unserer Männer heute das Leben gelassen haben, aber keiner der Eindringlinge mehr als einen Kratzer davongetragen zu haben scheint?" Seine Stimme war so laut geworden, dass Arcal erschrocken vor ihm zurückwich. Seine rechte Hand hatte ihn schon mehrfach wütend gesehen, doch Jeki war sich sicher, dass er keine Ahnung hatte, zu welcher Art von Wut er fähig war, wenn er noch einen dummen Kommentar machen würde.

„Jeki, beruhige dich. Wir werden sie schon alle finden."

Jeki wollte sie nicht *alle* finden. Er musste *sie* finden! Und zwar nicht gleich, sondern *jetzt*! Er musste sie ansehen und sichergehen, dass er sich ihren hasserfüllten Blick gerade nur eingebildet hatte. Musste von ihr hören, dass sich nichts geändert hatte, dass *sie* sich nicht geändert hatte.

Musste sich vergewissern, dass sie gerade nicht tatsächlich kurz davor gewesen war, ihn umzubringen.

Wie hatte das alles so außer Kontrolle geraten können? Wie hatte er so dumm sein können, dem zuzustimmen? Wie hatte Salia so dumm sein können, dem zuzustimmen! Wieso hatte er nicht mehr Fragen gestellt? Wieso hatte er nicht nach einer detaillierten Erklärung verlangt? Scheiß drauf, dass es Götter waren. Scheiß drauf, dass er sich ihnen unterordnen musste, keine Fragen stellen durfte, die ihn ihrer Meinung nach nichts angingen!

Er wollte jetzt sofort wissen, was vor sich ging, und wenn es das Letzte war, was er tat, bevor er vollkommen durchdrehte.

„Ich will, dass jedes verdammte Haus durchsucht wird", knurrte er, seinen Helm von seinem Gesicht ziehend. „Ich will, dass jedes Bücherregal auf Geheimtüren untersucht wird, jeder Mann, der nur zu lange zögert, eine Frage zu beantworten, in eine Zelle geworfen wird, und jede Tür eingetreten wird, die nicht offensteht!"

Wo würden die Asavez hin verschwinden? An irgendeinen Ort, den Salia kannte? Vielleicht zu ihrem Vater?

Nein. Es wäre untypisch für Salia, Zuflucht bei ihrer Familie zu suchen. Dennoch, er würde keinen Stein unangetastet lassen. Obwohl ... wenn sie nicht wusste, wer er war, wer sagte ihm dann, dass sie wusste, wer ihre Familie war?

Was wusste sie überhaupt?

„Jeki!" Arcals Brauen zogen sich tief in sein Gesicht. „Du hast selbst gesagt, dass wir nicht anfangen können, einfach so Häuser einzurennen. Ich weiß, du bist sauer, dass wir sie wieder verloren haben, aber warum jetzt unüberlegt handeln? Wenn wir wahllos Leute vernehmen und Zimmer durchwühlen ... Die Menschen werden misstrauisch, sie werden –"

„Es ist mir egal, was die Menschen werden! Es ist mir egal, was ich gesagt habe. Ich möchte –“

„Jeki! Du kannst nicht einfach so über den Kopf der Götter hinweg entscheiden!“ Arcals Stimme war hart geworden, und Jekis Kiefer knackte, als er seinen Freund jetzt mit zusammengepressten Lippen niederstarrte.

„Die Götter haben lange genug über meinen Kopf hinweg entschieden, warum sollte es nicht einmal andersherum sein?“

Arcals Mund öffnete sich – doch er war sprachlos. Kopfschüttelnd sah er den Ersten Offizier an, während Jeki sich fühlte, als müsse sein Kopf explodieren, wenn er nicht sofort irgendetwas tat.

„Jeki ...“ Arcals Stimme war leise, fast vorsichtig. „Was zum Teufel ist da draußen passiert? Warum bist du plötzlich so ...“ Er schüttelte den Kopf. „Was ist los?“

Was los war?

Jeki musste sich mit aller Macht beherrschen, seinem Mitsoldaten in diesem Moment nicht die Faust ins Gesicht zu rammen.

Doch seine Wut war auf den Falschen gerichtet. Arcal trug an all dem keine Schuld. Arcal hatte keine Ahnung, er war so blauäugig wie Jeki noch ein paar Wochen zuvor. Die einzige Soldatin, die ansatzweise eine Ahnung davon hatte, was genau vor sich ging, war Esya. Und das war eine Art Unfall gewesen. Im Nachhinein war Jeki überrascht, dass Api Esya am Leben gelassen hatte.

Womit er auch direkt bei demjenigen war, den er eigentlich anschreien sollte. Gott hin oder her – Api schuldete ihm die Wahrheit! Jeki glaubte nicht für eine

Sekunde, dass der Gott so uninformiert war, wie er sich ihm gegenüber gab.

„Ich will, dass du die Straßen durchkämmen lässt", sagte Jeki ruhig, seine Hand schloss sich immer wieder zu einer Faust, nur um sich im nächsten Moment wieder zu öffnen. „Du hast recht, niemand sollte in die Häuser gehen – noch nicht. Aber wenn ich von den Göttern zurückkomme, dann werden wir verdammt nochmal damit anfangen!"

Arcal öffnete den Mund, um etwas zu erwidern, doch Jeki ignorierte ihn. Es hatte keinen Moment in seinem Leben gegeben, in dem ihn weniger interessiert hatte, was Arcal zu sagen hatte.

Er machte auf dem Absatz kehrt und hastete in die Dunkelheit der Nacht, in Richtung der Dritten Mauer. Seine Schulter schmerzte dort, wo Salia ihn getroffen hatte, und mit jedem Schritt, den er tat, pressten seine Zähne sich fester aufeinander.

Sie hatte den Dolch genommen.

Sie hatte sich an den Dolch erinnert, aber ihn nicht erkannt.

Oder hatte sie ihn doch erkannt? Er lebte noch, oder nicht? Sie hätte ihn töten können. Bei den Göttern, er war so überrumpelt davon gewesen, ihr Gesicht zu sehen – endlich wieder ihr Gesicht zu sehen –, dass er keinen Muskel gerührt hatte. Er hätte sich nicht einmal gegen sie gewehrt, und die Brandwunde an seiner Halsschlagader war Beweis genug, dass sie kurz davor gewesen war, seinem derzeitig mickrigen Leben ein Ende zu setzen.

Doch dann hatte sie ihn angesehen und innegehalten.

Sein Kiefer blieb so verspannt, wie er war. Das reichte ihm nicht. Bei weitem nicht!

Er wollte seine Salia zurück und zwar auf der Stelle.

Wann er das Tor zur Dritten Mauer passiert hatte, war ihm schleierhaft, doch als er sich endlich wieder auf seine Umgebung konzentrierte, stand er bereits vor der Tür des Gottes und hämmerte mit der geschlossenen Faust gegen sie. Die Magd, die ihm öffnete, hätte ihm beinahe leidgetan, doch er war zu wütend, um Mitleid zu empfinden.

„Wo ist er?", schnauzte er sie an, und erschrocken wich sie vor ihm zurück.

„Offizier Tujan, Sie wurden nicht erwartet ...", kiekste sie.

„Wo ist Api? Er hat mich ganz sicher erwartet! Ihm muss klar gewesen sein, dass er mich nicht ewig für dumm verkaufen kann."

Die Magd machte große Augen und wich in die Eingangshalle zurück, von dessen Wänden Jekis Stimme widerhallte. „Offizier Tujan, ich kann sie jetzt nicht durchlassen. Er hat ausdrücklich gesagt, dass er nicht gestört werden will."

„Ach ja? Ich wollte auch nicht, dass mein Leben von einem Moment zum nächsten den Bach runtergeht. Wir können eben nicht alle unsere Wünsche erfüllt bekommen! Und wenn ich jetzt nicht sofort –"

„Jeki." Bei dem Klang der sanften Stimme, die die Treppe hinuntergeweht wurde, flog sein Kopf in den Nacken.

Valera, ihre langen, dunklen Haare hinter ihr her wehend, stolzierte die Stufen hinunter. „Dachte ich es mir doch, dass es dein entzückendes Stimmlein ist, das zu uns hochgetragen wurde."

Jeki war nicht zu Scherzen zumute und ruckartig verschränkte er die Arme vor der Brust. „Ich möchte mit Api sprechen. Jetzt."

Valera hob eine dünn gezupfte Augenbraue, sah kurz zur Dienstmagd – die sofort verstand und das Weite suchte – und fixierte dann wieder Jeki. „Jeki, wir sind gerade in einer Besprechung und möchten nicht –"

„Sie hat versucht mich *umzubringen*!", platzte es aus ihm heraus. „Meine Verlobte hat versucht, mich zu töten, um den beschissenen Ikano der Luft zu retten. Einen asavezischen Soldaten! Was habt Ihr mit ihr gemacht? Salia hatte keinen Schimmer, wer ich bin!"

Das brachte die Göttin tatsächlich für einige Sekunden zum Schweigen. Dann legte sie langsam eine Hand auf ihre Brust. „Ich, mein Lieber, habe überhaupt nichts getan", sagte sie mit einem kleinen Lächeln, das ihn wissen ließ, dass sie von seinem Angriff nicht beleidigt worden war. „Aber ich verstehe deine plötzliche Wut nicht. Du wusstest, dass Api seinen Handabdruck auf ihr hinterlassen würde. Er muss dir doch erklärt haben, was das für sie bedeuten würde, oder etwa nicht? Er wird dir doch erklärt haben, was er in Salias Geist würde tun müssen, damit sie überlebt."

Die Göttin sprach in einem so unschuldigen Ton, dass Jeki für einen kurzen Moment vollkommen aus der Bahn geworfen wurde. Dann schüttelte er den Kopf und fing sich wieder. „Wovon sprecht Ihr?"

Valera hatte den unteren Absatz erreicht, und obwohl sie jetzt ihr Kinn recken musste, um ihn anzusehen, kam er sich dennoch klein neben ihr vor. „Ich spreche davon, dass Api ihr die Erinnerung an ihr Leben nehmen musste, damit sie die Asavez von ihrer Unschuld überzeugen konnte. Du selbst hast sie in ihrer Ohnmacht zum steinernen Altar gebracht. Dir muss doch klar gewesen sein, dass Api es nicht umsonst hat so aussehen lassen, als sei sie kurz davor, zu sterben. Als hätte jemand versucht, sie umzubringen. Er hat das alles in die Wege geleitet, damit sie in Sicherheit ist."

Jekis Gedanken rasten und seine Augen flogen immer wieder von Valeras Gesicht zu den Treppen.

Was erzählte sie da?

Natürlich war ihm bewusst gewesen, dass es so aussehen musste, als sei Salia Opfer der Bistaye geworden – aber Api hatte nicht erwähnt, dass er dafür ihre Erinnerung würde löschen müssen. Oder dass er überhaupt die Fähigkeit hatte, so etwas zu tun! Natürlich hatte Jeki gewusst, dass sie einige Dinge vergessen hatte, einer der zurückkehrenden Soldaten hatte das erwähnt. Aber einige Dinge oder alles – *ihn* – zu vergessen ... das war ein Unterschied! „Alles, was Api mir erzählt hat, ist, dass er ihr einen Handabdruck im Geist hinterlassen musste, um Zugang zu ihren Erinnerungen zu erlangen", knirschte er und sein Oberkörper tat weh, weil er seine eigenen Arme so fest um ihn gezogen hatten. „Warum sollte es notwendig sein, ihre Erinnerung zu nehmen? Salia ist eine hervorragende Schauspielerin."

Valera sprach weiter, doch er hörte ihr nicht länger zu. Das Blut rauschte durch seinen Kopf und er erinnerte sich daran, dass der Gott überrascht getan hatte, als Jeki zu ihm gegangen war, um ihm zu berichten, dass Salia ihr Gedächtnis verloren zu haben schien.

Er hatte ihn angelogen.

Er hatte genau gewusst, in welchem Zustand sich Salia befand. Plötzlich umschlang heiße, blendende Panik sein Herz.

Was, wenn er auch bei anderen Dingen gelogen hatte? Was, wenn die Behauptung, dass Salia ihre Erinnerung auf jeden Fall wiedererlangen würde, sich ebenfalls als Lüge herausstellen würde?

Was würde er tun, wenn die Liebe seines Lebens ihn für den Rest *ihres* Lebens als Feind betrachtete?

Spitze Nadeln bohrten sich in seine Schläfen, während er versuchte, seine Atmung zu regulieren und sich seine eigenen Gedanken auszureden.

Natürlich würde Salia sich wieder erinnern. Von welchem Nutzen wäre sie für Api, wenn sie die Götter als Feinde betrachtete und nicht bereit wäre, auch nur eine einzige Erinnerung aus ihrer Zeit in Asavez mit ihnen zu teilen? Sie war als Spionin eingeschleust worden, und der Gott der Vergeltung hätte sicher nicht riskiert, dass sie plötzlich die Seiten wechselte, weil sie sich nicht mehr daran erinnerte, hinter was für Werten und Überzeugungen sie stand.

Nein. Jeki sorgte sich umsonst – und trotzdem konnte er ihren Blick nicht vergessen. Die Augen gefüllt mit Wut und Hass.

Sie hatte ihr Leben für den Ikano der Luft riskiert.

Den Ikano der Luft, mit dem sie sich *angefreundet* hatte.

„… bin mir sicher, Api hatte einen guten Grund, dich anzulügen."

Jekis Geist war schlagartig in der Realität zurück. Er blinzelte, wollte Valera sagen, dass ihm der Grund egal sei, wurde jedoch von einer weiteren Stimme um eine Antwort gebracht.

„Valera ... wie äußerst höflich von dir, Jeki darauf aufmerksam zu machen."

Erneut fuhr Jekis Kopf nach oben, und nun war es Api selbst, der die Treppe herunterkam. Er sah belustigt zu der Göttin hinab, doch Jeki entging keineswegs, wie in seinen Augen für ein paar kurze Augenblicke echte, heiße Wut aufblitzte.

Auch die Göttin musste das bemerkt haben – doch ihr Lächeln wurde nur breiter. „Ich tue das, was ich für richtig halte. Was meine Vernunft mir gebärt."

Spöttisch hob Api eine Augenbraue. „Nach mehr als dreitausend Jahren immer noch der Vernunft verschrieben. Ich hätte es wissen sollen, Tergon hat mich gewarnt. Jeki, komm mit mir."

Jeki wollte ihn anschreien, den Gott schütteln und sagen, dass er nirgendwo hingehen würde, bevor ihm nicht alles erklärt worden war – doch irgendetwas in dem taxierenden Blick Apis violetter Augen hielt ihn davon ab.

Es war Geduld.

Geduld, die sich dort widerspiegelte. Geduld mit ihm, Jeki, und das sichere Zeichen, dass Api gar nicht glücklich sein würde, sollte diese Geduld zu stark auf die Probe gestellt werden.

Api hatte als einziger die Macht, auf Salias Geist zuzugreifen. Er war der einzige der Götter, der diese Gabe besaß – die Gabe besitzen musste –, Salias Zustand wieder rückgängig zu machen. Augenblicklich schloss Jeki seinen geöffneten Mund und folgte Api in den kleinen Salon, in dem sie auch das letzte Mal gewesen waren.

Wenn er Api nun wütend machte, dann wäre Salia womöglich für immer verloren.

Valera folgte ihnen nicht, sondern lief wieder die Treppen hinauf, und ein kleiner Teil von Jekis Gehirn erinnerte sich an Apis Worte. *Tergon hat mich gewarnt.*

Sollte das heißen, dass sich gerade alle vier Götter in diesem Haus befanden?

„Setz dich." Api deutete auf einen Stuhl auf der anderen Seite des Tisches.

Jeki bewegte sich nicht.

Der Gott seufzte, nahm selbst Platz und gestikulierte dann erneut zu dem Stuhl auf der anderen Seite. „Ich will, dass du dich setzt, Jeki. Du bist aufgewühlt – das verstehe ich. Es scheint so, als habe es auf ein Neues nicht geklappt, die Asavez von einem Einbruch abzuhalten. Ich gehe davon aus, dass du Salia begegnet bist? Ich werde dir alles erklären, sobald du deinen Kiefer entspannt und dich gesetzt hast."

Diesmal folgte Jeki Apis Aufforderung. Sein Kiefer jedoch entspannte sich nicht, und nach einigen Momenten schien der Gott einzusehen, dass dies vielleicht auch zu viel verlangt war.

„Valera hat recht. Ich habe Salia die Erinnerung genommen und dich belogen", sagte er schlicht, ohne einen Funken Reue oder Schuld in seiner Stimme.

Jeki wurde sofort wieder wütend. „Es wäre nicht nötig gewesen, ihr Gedächtnis zu löschen", blaffte er, und musste sich stark am Riemen reißen, um nicht zu schreien. „Salia kann jeden Menschen hinters Licht führen, ich selbst habe sie ausgebildet. Sie ist eine hervorragende Lügnerin und bewahrt immer einen kühlen Kopf, und Ihr wisst das! Ihr habt sie ausgenutzt! Ihr habt sie und mich belogen und ..."

„Ich habe sie weder ausgenutzt noch belogen." Die Stimme des Gottes war immer noch ruhig, doch jetzt lag eine gewisse Schärfe in ihr, die Jeki gegen die Rückenlehne seines Stuhles zu drängen schien. „Salia wusste, auf was sie sich einlässt. Thaka hat es ihr genauestens erklärt. Sie wusste, dass sie ihr Gedächtnis verlieren würde, sie kannte die Gründe – und es war *ihr* Wunsch, dir nichts davon zu verraten."

Jeki klappte die Kinnlade herunter, und wieder fingen die Nadeln an, sich in seine Schläfe zu bohren, und rote Farbe schien vor seinem Auge aufzublitzen.

Das war unmöglich.

Das hätte Salia ihm nicht angetan.

„Ich glaube Euch kein Wort."

Api hatte den Schneid, zu lächeln. „Sie sagte, dass du so denken würdest."

Die rote Farbe vor seinem Auge wurde immer prägnanter, und wenn er nicht aufpasste, dann könnte es passieren, dass er gleich einen Gott niederschlug. „Warum sollte Salia mir das vorenthalten wollen?"

Sie hatten keine Geheimnisse. Hatten nie welche gehabt. Salias Familie hatte genug Geheimnisse und unterdrückte Wut für die ganze Menschheit gesammelt – das waren ihre Worte gewesen. Deswegen war ihr Ehrlichkeit so wichtig. Der Gedanke, dass sie ...

„Sie hat sich Sorgen um dich gemacht, Jeki. Und wie ich jetzt sehe, zu Recht. Sie wusste, dass du sie nie hättest gehen lassen, wenn sie dir die ganze Wahrheit erzählt hätte."

„Natürlich hätte ich sie nicht gehen lassen!" Jeki war von seinem Stuhl aufgesprungen. „Das Ganze ist … verrückt! Ihr das Gedächtnis zu nehmen, war vollkommen unnötig!"

„War es nicht. Es war für ihre Sicherheit unabdingbar."

„Ihre *Sicherheit?*" Jetzt hatte Jeki doch angefangen, zu schreien. „Wie könnt Ihr von Sicherheit sprechen? Sie wurde in das verfeindete Lager geworfen, lebt mit den Asavez und hat keine Ahnung, wer sie ist. Sie wollte mich umbringen, verdammt noch mal! Was soll das Gute daran sein, dass sie keine Ahnung hat, wer sie ist?"

„Setz dich, Jeki."

„Ich will nicht …"

„Ich sagte: Setz dich." Die Geduld verschwand aus Apis Augen und wurde durch erzwungene Nachsicht ersetzt, und so wütend Jeki auch sein mochte – er war nicht dumm.

Api mochte menschenähnlich leben, sich menschenähnlich verhalten und so tun, als wären sie einfach nur gute Freunde, doch Jeki wusste es besser.

Er setzte sich.

Api wartete, bis er seine Fäuste gelöst und seine flachen Hände auf den Tisch gelegt hatte, erst dann sprach er weiter. „Jeki. Erinnerst du dich daran, dass ich dir sagte, das kleine Mädchen, das zu dem Ikano der Luft gehört, sei besonders?"

Natürlich erinnerte er sich. Api war jedoch nie dazu gekommen, diesen Umstand weiter zu erörtern.

Er nickte steif.

„Sie ist etwas Besonderes", fuhr Api fort. „Sie ist eine Wahrheitsleserin."

Jeki starrte den Gott tonlos an und wartete darauf, dass Api fortfuhr. Als der Gott jedoch nichts sagte, fragte er schließlich: „Was ist eine Wahrheitsleserin?"

„Wahrheitsleser können mit nur einer Berührung erkennen, ob jemand lügt oder nicht. Es ist eine noch nicht erforschte Art der Magie, Wahrheitsleser sind äußerst selten. Dieses Mädchen hätte mit nur einer Berührung erkannt, dass Salia eine Spionin ist. Und die Asavez behandeln Spione nicht anders als wir es tun."

Wieder fingen Jekis Gedanken an, zu rasen, und seine Fingerknöchel wurden weiß, als er den Tisch fester umklammerte.

„Wieso habe ich davon nie gehört?", fragte er schroff. „Asavez kann doch nicht der einzige Ort sein, an dem es solche Menschen gibt."

Api nickte. „Natürlich nicht. Aber wir in Bistaye haben die Wahrheitsleser gebeten, sich nicht zu verraten. Menschen beunruhigt es, um andere zu wissen, die all ihre kleinen Lügen und Betrügereien durchschauen. Viele ziehen es vor, die Wahrheit nicht zu kennen – und die Handvoll Wahrheitsleser, die es in Bistaye gibt, sehen ein, dass es besser ist, das Wissen um ihre Fähigkeit für sich zu behalten. Es schützt sie davor, von anderen benutzt, verachtet oder gar getötet zu werden."

„Was ist mit Salia? Wusste sie von den Wahrheitslesern?"

„Ja. Wie ich dir eben versicherte: Thaka hat es ihr genauestens erklärt."

Jeki nickte und fürs Erste legte sich seine Wut ein wenig. Auch wenn er immer noch Salia finden, sie schütteln und dafür anschreien wollte, dass sie ihn belogen hatte, es beruhigte ihn, zu wissen, dass sie den Göttern willentlich gefolgt war.

Das alles änderte jedoch nichts an der Tatsache, dass Salia ihn heute beinahe getötet hatte und er sie – ihr altes Ich – zurückhaben wollte.

„Schön, Api. Ich sehe ein, warum Ihr mich belogen habt. Ich verstehe Eure Art zu denken. Dennoch müsst Ihr zugeben, dass Euer Plan nicht ganz so funktioniert hat, wie Ihr es Euch vorgestellt habt. Ihr konntet einmal in ihren Geist eindringen und Informationen extrahieren, doch die Gruppe der Asavez ist noch genauso groß wie zuvor und der Ikano der Luft ist lebendiger, als ich es gerade bin. Sie hat versucht, mich zu töten. Ich weiß nicht, ob Euch klar ist, wie tief sie sich mit den Asavez verbunden fühlt. Offenbar tief genug, um das Leben ihrer Gefährten über meines zu stellen.“

Das war der Punkt, an dem ein Lächeln auf Apis Gesicht ausbrach. Api ging sonst immer sehr spärlich mit seinen Emotionen um – doch dieses Lächeln würde Jeki nie vergessen. „Aber siehst du denn nicht, Jeki, dass der Plan bis zu diesem Punkt besser funktioniert, als überhaupt angenommen? Sie wurde als eine der Ihren anerkannt. Ihr wird vertraut. Sie war in Oyitis und ihr wurde die Aufgabe anvertraut, Rebellen aus der Vierten Mauer zu führen – sie hatte Zugang zu Informationen, von denen du nur träumen kannst. Sie ist Teil von Asavez. Und mit ihrer Art des Gedächtnisses und meiner Fähigkeit, ihre Erinnerungen abzurufen, haben wir endlich die Möglichkeit, Asavez’ Schwächen zu erkennen! Ist dir nicht bewusst, dass das Bistayes Sieg bedeuten könnte?“

Jeki blinzelte. Apis Worte machten Sinn, doch der Gott hatte auch nicht Salias Blick gesehen. Ihre Entschlossenheit darin, ihn, Jeki, zu töten.

„Was macht Euch so sicher, dass sie nicht die Seiten wechseln wird, jetzt, wo sie so denkt wie eine Asavez?"

„Du, Jeki. Salia ist keine andere Persönlichkeit. Ihre Liebe ist nicht verschwunden. Sie erinnert sich nur nicht mehr. Sie ist die alte Salia, nur dass sie vorübergehend glaubt, eine andere zu sein. Sobald sie es zulässt, wird sie ihre Erinnerung wiederbekommen. Und du bist der Grund, warum ich glaube, dass es ihr nicht schwerfallen wird, sie zurückzuerlangen."

Jeki starrte ihn an und wünschte, es würde ihm leichter fallen, dem Gott zu glauben.

Wenn man ihn vor einem Monat gefragt hätte, ob man Salias Liebe zu ihm erschüttern könnte, hätte er gelacht. Das eine, dessen er sich seit sieben Jahren sicher gewesen war, war seine Liebe zu ihr und ihre Liebe zu ihm.

Doch jetzt wusste er nicht mehr, was er denken sollte.

Denn vor genau einem Monat hätte er noch viel lauter gelacht, wenn man ihm erzählt hatte, dass Salia sich mit dem Ikano der Luft anfreunden würde, der versucht hatte, sie beide umzubringen.

Dennoch nickte er schließlich. Was sollte er anderes tun. „In Ordnung. Ich vertraue Euch. Und dennoch bitte ich Euch im gleichen Atemzug, mich nach ihr suchen zu lassen. Sie war lange genug Spionin. Sie hat eine Menge Wissen gesammelt – jetzt will ich sie zurückhaben."

Er wollte endlich anfangen, sein Leben wieder zu leben, und das war ohne sie unmöglich.

Als Api den Kopf schüttelte, schien Eiswasser durch seine Eingeweide zu fließen. „Ich verstehe deinen Drang, sie zu sehen, Jeki. Glaub mir. Doch es ist noch zu früh."

Es war nicht zu früh! Jeki hatte eher die Sorge, dass es zu spät war. „Wann ... wann soll die Mission dann beendet werden? Wann, wenn nicht jetzt?"

„Zwei Tage. Gib ihr die Chance, so viele Gesichter und Geheimnisse zu sammeln wie möglich. Lass sie die Rebellen kennenlernen, damit wir das Problem im Keim ersticken können. Ich verlange zwei Tage der Geduld von dir, bis zum Abend vor dem Tag der Götter. Dann gebe ich dir und deinen Soldaten die Erlaubnis, jedes Haus zu durchsuchen, bis du sie gefunden hast."

Zwei Tage.

Jeki nickte.

Zwei Tage. Länger würde er es nicht ertragen. Und länger würde er ohnehin nicht warten können. Denn der Tag der Götter wäre der perfekte Tag für eine Flucht aus der Vierten Mauer.

KAPITEL 13

DIE APPOKALYPSE – DER KRIEG DER ZWEI (13)

Mir hätte bewusst sein sollen, gegen was für eine Wand ich laufen würde. Ich, der sonst immer die Wahrheit sieht, habe mich von dem Glauben an die Menschlichkeit der Götter irreleiten lassen.
Unsere Gruppe bespricht sich.

„Du bist genauso wie ich. Du denkst, du könntest mit deinen eigenen Händen die Welt verändern."

Das Gesicht war eingefallen. Nicht durch Krankheit oder Alter – war es Trauer? Unzufriedenheit? Tiefer Schmerz? Sie wusste es nicht. Wollte es gar nicht benennen. Wollte die Worte nicht hören. Die Konturen des Tisches, an den sie sich klammerte, verschwammen vor ihren Augen, und es fiel ihr schwer, das Gesicht der ihr gegenübersitzenden Frau zu fixieren. Tiefe Falten zogen sich von den vorwurfsvollen grünbraunen Augen bis hin zu ihren Schläfen.

Vorwurf.

Immer dieser Vorwurf.

Alles war unscharf, verwischt – doch der Vorwurf stach hervor. Sie konnte ihn auf ihrer Haut spüren.

„Nicht die Welt“, murmelte sie und senkte ihren Blick. Sie konnte den Blick nicht ertragen. „Aber vielleicht ein kleines Stück.“

„Ein Stück ... aber in welche Richtung?“ Die Stimme war erschöpft. Nicht vom Sprechen, sondern von der Suche nach dem Sinn. „In die, in die die Götter dich schicken? Du weißt nichts über die Götter! Du wiederholst meine Fehler, mein Kind. Du folgst, bis du dich damit selbst zerstörst. Du hinterfragst, jedoch erst, wenn es bereits zu spät ist. Die Götter sind nicht das, wofür du sie hältst. Ich kann damit nicht leben. Mit dem Gedanken, dass du genau so kalt wirst, wie ich es mal war.“

„Ich bin nicht kalt.“ Doch ihre Haut fühlte sich so an.

„Das habe ich auch immer gesagt – und trotzdem klebt mehr Blut an meinen Fingern, als mein Körper durch meine Adern pumpt.“

„Du hattest eine Aufgabe ...“

„Ich hatte eine Aufgabe – und jetzt gebe ich dir deine: Achte nicht auf die inneren Mauern und die Bürger, die in ihnen leben. Achte auf deine Schwester, pass auf sie auf! Du bist stur, Salia. Genau wie ich. Aber wiederhole nicht meine Fehler. Ich bin nicht mehr zu retten – du schon. Ich könnte nicht damit leben, wenn du wirst wie ich.“

Wieder verwischten Konturen, vielleicht weil sie weinte. Aber weinte sie wirklich? Es war alles so undeutlich. Die Luft war so stickig und ... jemand zog an ihrer Hand. Einmal. Zweimal. Immer fester.

„Nym? Was ist los mit ihr? Warum guckt sie so? Levi, hilf ihr!“

Das Bild vor Nyms innerem Auge verschwand und verwirrt blinzelte sie.

Sie war im gleichen Raum, sah den gleichen Tisch, doch das Gesicht, das sie anstarrte, war ein anderes. Es waren dieselben grün-braunen Augen, doch sie waren zusammengekniffen und misstrauisch, nicht alt, verloren und distanziert. Doch der Vorwurf ... der Vorwurf war dort. Wenn auch nicht derselbe.

„Vea?" Es war eine Frage aus ihrem Mund, auch wenn sie die Antwort bereits kannte.

Ihre kleine Schwester zog ihre Augenbrauen noch tiefer ins Gesicht, sichtlich verstört, und schüttelte den Kopf. „War das eine Frage? Salia ... was tust du hier? Mit ihnen?" Hastig warf sie einen Blick in die Runde, und dann trat plötzlich Angst in ihre Züge. „Willst du uns festnehmen? War das ein Trick? Das Ganze? Um die Rebellen zu finden? Ihr seid gar nicht aus Asavez, oder?"

Festnehmen? Was sollte das heißen, sie waren nicht aus Asavez?

Veas Äußerung machte für einen kurzen Moment alle sprachlos, dann fragte Levi fassungslos: „Du kennst sie? Du weißt, wer Nym ist?"

Er stand jetzt direkt neben Nym und sie war noch nie dankbarer für die Körperwärme gewesen, die er ausstrahlte.

Veas Unglaube vergrößerte sich noch, und sie sah aus, als verstünde sie die Welt nicht mehr – Nym konnte das Gefühl sehr gut nachvollziehen. Sie hatte soeben erst erfahren, wie sie hieß! Das war durchaus Grund für Verwirrung.

„Natürlich kenne ich sie! Sie ist meine Schwester!"
Stille.

Lähmende, sich ziehende Stille.

„Sie ist deine Schwester? *Nym?*“ Es war Ro, der gesprochen hatte, und erst jetzt bemerkte Nym, dass er ein rothaariges Mädchen im Arm hielt. War sie vorhin auch schon da gewesen?

„Nym? Wovon redet ihr?“ Vea warf ihre Arme in die Luft. „Hat sie gesagt, dass sie so heißt? Das ist Salia! Meine Schwester.“

„Aber ... du sagtest, du hasst deine Schwester.“

Vea verschränkte die Arme und hob eine Augenbraue. „Ja? Und?“

Nym konnte Levis Blick auf sich spüren, doch sie brachte es nicht übers Herz, ihn anzusehen. Sie war selbst viel zu verwirrt, da konnte sie seine Verwirrung nicht auch noch ertragen. „Ich dachte, du hast einen kleinen Bruder?“, murmelte er.

Sie schluckte. „Das dachte ich auch ...“ Aber sie hatte sich geirrt. Nur ein weiterer Streich, den ihr Geist ihr gespielt hatte. Natürlich hatte sie keinen Bruder. Sie hatte eine Schwester. Eine Schwester, die ein leichteres Leben gehabt hätte, wäre sie im Körper eines Mannes geboren worden.

„Was ist hier eigentlich los?“ Die Stimme besagter Schwester war laut geworden, und das rothaarige Mädchen legte ihr beruhigend eine Hand auf den Arm, doch Vea schüttelte ihn wütend ab. „Seid ihr des *Wahnsinns*? Sie ist Erste Offizierin in der Göttlichen Garde, warum nicht gleich draußen rumschreien, dass sich hier Rebellen verstecken?“

Nym starrte sie mit offenem Mund an. Sie war ihre kleine Schwester ... wie konnte sie auch nur eine Sekunde lang denken, dass sie sie verraten würde? Sie liebte sie. Das spürte sie. Nur … offenbar beruhte das nicht auf Gegenseitigkeit.

„Sie ist Erste Offizierin?“ Levi warf ihr einen scharfen Blick zu, und erst jetzt fiel Nym auf, dass sie die eigentlich wichtige Information aus Veas Mund einfach beiseitegeschoben hatte.

Erste Offizierin bei der Göttlichen Garde. Nein. Das konnte nicht sein. Daran erinnerte sie sich nicht.

Levi sah sie immer noch an, als erwarte er eine Bestätigung von ihr, doch die konnte sie nicht geben. Hilflos hob sie ihre Achseln.

Das gab Vea wohl den Rest. Sie machte ihren Mund auf, schüttelte den Kopf, und die Verzweiflung schien aus ihrem Gesicht zu springen. Nym hätte sie gerne umarmt, aber ihr Unterbewusstsein sagte ihr, dass das keine gute Idee war.

Irgendetwas war vorgefallen. Zwischen Vea und ihr. Und noch nie hatte sie die Tatsache, dass sie Erinnerungen nicht wie jeder andere Mensch aufrufen konnte, so gehasst.

„Ich verstehe das nicht“, brachte sie schließlich krächzend heraus. „Warum ist sie hier? Mit euch? Das ist, als würde man einen Fuchs in einen Kaninchenbau mitnehmen. Sie ist für das Aufgreifen von Flüchtigen zuständig, sie –“

„War. Sie war. Sie ist es nicht mehr.“

Nym spürte eine warme Hand in ihrem Nacken und war so dankbar für die beruhigende Geste, dass sie sich gerne gegen sie gelehnt hätte.

„Was?“ Vea blickte nun zwischen Levi und Nym hin und her. Ihre Augenbrauen trafen sich in der Mitte ihres Gesichtes und ihr Blick wanderte immer wieder zu Levis Hand in ihrem Nacken.

Als würde sie das, was sie sah, noch mehr verwirren.

Na ja, Levi hatte so einen Effekt.

„Sie war vielleicht Erste Offizierin. Sie war möglicherweise für das Aufgreifen von Flüchtigen zuständig, aber sie ist es nicht mehr." Levis Stimme war so fest und sicher, dass Nym ihn auf der Stelle geküsst hätte, wäre das in diesem Moment nicht so unpassend gewesen.

„Wovon redest du? Wieso sollte sie plötzlich über Nacht eine Hundertachtzig-Grad-Wendung machen?"

Ja, warum sollte sie?

Die Frage schlug gegen ihren Schädel und setzte sich dort fest – und noch immer konnte sich Nym an nichts von dem erinnern, was ihre Schwester soeben erzählt hatte. Sie war Soldatin gewesen, ja, aber Erste Offizierin? Zuständig für Flüchtige?

Das erschien ihr fremd. Falsch. Aber das hier war ihre Schwester, und wenn sie nicht wusste, wer sie war, wer sollte es sonst wissen?

Nym hatte so lange nach Antworten gesucht, doch jetzt, wo sie greifbar nah waren, hatte sie das Gefühl, das neue Wissen würde sie erdrücken.

Sie wollte es nicht hören. Was sie anscheinend für eine Person war. Was sie getan hatte. Warum Vea sie hasste.

Sie wollte zurück nach Asavez, wo niemand wusste, wer sie war, wo niemand ihr stumme Vorwürfe machte.

Der Vorwurf. Immer dieser Vorwurf.

Was, wenn er vollkommen gerechtfertigt war?

Leise Panik drängte sich unter ihre Haut, und als würde Levi ihre Unruhe spüren, fingen seine Finger an, kleine Kreise in ihrem Nacken zu ziehen. Ihm war offensichtlich egal, was alle anderen denken mochten. Seine Hand war wie eine stumme Versicherung, dass alles gut war. Dass sich seine Meinung über sie nicht ändern würde.

Mich interessiert nicht, wer du warst, Nym. Das sagte ich doch bereits.

„Und warum guckt sie so verwirrt?" Veas Finger hing plötzlich vor ihrem Gesicht. „Was ist los mit ihr? Kann sie nicht mehr richtig sprechen? Bist du jetzt aufgeflogen und überlegst, was dein nächster Schritt ist? Und wie kannst du es überhaupt wagen, hier wieder aufzukreuzen? Hast du vergessen, was ich dir das letzte Mal gesagt habe, als es gerade bequem für dich war, vorbeizuschauen? Vor einem Jahr?"

Nym hörte die Worte, verstand die Bedeutung – und dennoch perlten sie an ihr ab wie Regen von Glas. Sie musste sich nicht erinnern, um zu wissen, dass Vea die Wahrheit sagte. Warum sollte sie lügen? Sie hatte keinen Grund dazu. Und dennoch hatte Nym das Gefühl, Veas Wut richte sich gegen jemand völlig anderen.

Vor einem Jahr.

Das konnte nicht sein. Als Soldatin hätte sie in der Dritten Mauer gelebt – ein Katzensprung von hier. Sicherlich hätte sie ihre Schwester nicht nur einmal innerhalb eines Jahres besucht.

Nur, wenn Vea die Wahrheit sagte ... dann war es genauso passiert.

Vorwurf.

Aus den Augen ihrer Mutter.

Aus den Augen ihrer Schwester.

Das war zu viel. Sie konnte jetzt nicht auch noch anfangen, sich selbst Vorwürfe zu machen – für etwas, an das sie sich nicht mehr erinnerte. Sie brauchte Sauerstoff, durfte nicht vergessen zu atmen, durfte nicht vergessen, wer sie *jetzt* war. Wie sie *jetzt* fühlte.

Zählte das denn gar nicht?

„Wieso antwortest du mir nicht?"

„Sie weiß es nicht mehr." Levis Finger hatten aufgehört, Kreise zu ziehen, und er klang wütend. „Sie hat ihre Erinnerung verloren."

Vea schnaubte laut. „Na, sicher. Und ihr habt ihr dieses Märchen geglaubt? Ich fürchte, da führt sie euch an der Nase herum. Es wäre nicht das erste Mal, dass Salia alle in ihrer Umgebung täuscht. Es ist ihr Beruf, das zu tun! Sich nicht zu erkennen zu geben."

„Aber es ist wahr." Nym konnte nicht länger schweigen, auch wenn ihre leise Stimme wie etwas Fremdes aus ihr herauszubrechen schien. „Ich kann mich an nichts erinnern. Ich wusste bis vor wenigen Momenten nicht, dass ich eine Schwester habe. Ich weiß überhaupt nichts mehr. Ich kann mich auch nicht daran erinnern, eine Erste Offizierin gewesen zu sein."

Nym hatte sich noch nie so unsicher gefühlt – es war ihr wichtig, dass Vea ihr glaubte, auch wenn sie nicht genau benennen konnte, warum das so war.

Vea lachte hohl. „Das ist das Dümmste, was ich je gehört habe! Menschen verlieren nicht einfach so ihr Gedächtnis."

„Nein, nicht einfach so, aber wenn sie fast umgebracht werden, dann vielleicht schon", bemerkte Levi trocken.

Vea machte einige Schritte zurück und ließ sich gegen den Tisch sinken, ihre Augen immer noch zu skeptischen Schlitzen verengt. „Umgebracht? Jemand hat versucht, Salia umzubringen? Nicht dass es mir schwerfällt, das zu glauben – ich selbst hätte es vielleicht gerne mal versucht –, aber man kann sie nicht einfach umbringen. Sie ist eine Ikano des Feuers! Die beschissen beste, die es in der Göttlichen Garde gibt. Niemand gewinnt gegen sie. Sie ... weiß Dinge, kann Dinge, von denen die meisten Menschen nur träumen!"

Irgendwie störte Nym es nicht, dass Vea von ihr in der dritten Person sprach. Es erleichterte sie sogar. Sie mochte wissen, dass ihr richtiger Name Salia war – aber fühlen wie eine Salia tat sie sich nicht. Sie fühlte sich wie eine Nym.

„Jemand hat versucht, sie umzubringen. Mehrfach. Und sie selbst hat in den letzten Wochen so viele Soldaten der Göttlichen Garde getötet, dass sie nicht mehr beweisen muss, auf wessen Seite sie steht", sagte Levi ruhig.

Er war so bestimmend in dem, was er sagte, dass Nym ihm sofort geglaubt hätte.

Vea jedoch nicht. „Ich glaub euch kein Wort. Ich glaube *ihr* kein Wort." Wieder richtete sich ihr Finger auf Nym.

„Aber es ist wahr." Liris Stimme war so dünn und klein, dass Vea erst mal nach ihr zu suchen schien.

Das junge Mädchen hatte ihre Unterlippe vorgeschoben und sah vollkommen durcheinander aus. Nym konnte sich vorstellen, dass es schwer für Liri – der vertrauensseligsten Person der Welt – war, zu glauben, dass jemand so misstrauisch sein konnte. „Ich hab sie gefunden und ihr das Leben gerettet. Und dann habe ich überprüft, ob sie die Wahrheit sagt."

„Überprüft?" Vea schnaubte. „Wie denn? Hast du ihr einen Lutscher versprochen, wenn sie dir die Wahrheit sagt?"

Diese Aussage schien Liri umso mehr zu verwirren. „Nein, ich bin eine Wahrheitsleserin. Ich weiß, wann sie lügt."

Für einen Moment herrschte Stille. Vea hatte sich ihre Arme fest um den Körper gezogen – fester als gut für sie war.

So wie Nym es auch immer machte.

„Wahrheitsleserin?", murmelte sie dann langsam. „Habt ihr das Wort gerade erfunden? Hübsch."

Verblüfft ließ Levi seinen Arm fallen, und Nym vermisste direkt seine Berührung. „Du weißt nicht, was ein Wahrheitsleser ist?"

Ausdrucksstark verdrehte Vea die Augen. „Natürlich weiß ich es nicht. In Bistaye gibt es ganz bestimmt nichts dergleichen!"

Levis Kopf wandte sich automatisch zu Nym. „Aber du wusstest davon."

Das war wahr. Aber sie wusste ja auch, wie viele Einwohner Oyitis hatte und wie breit der Appo an seiner weitläufigsten Stelle war. Nur weil sie etwas wusste, hieß das noch lange nicht, dass es sich dabei um allgemein verfügbares Wissen in Bistaye handelte.

Levi schien in genau demselben Moment zum gleichen Schluss zu kommen, denn er seufzte und legte sich eine Hand über die Augen. „Liri ist eine Wahrheitsleserin. Sie kann anhand einer Berührung sagen, wer lügt. Möchtest du, dass sie es dir beweist? An dir ausprobiert?“

Automatisch drängte Vea sich noch weiter gegen den Tisch.

„Stimmt das, was er sagt?“ Diesmal war es das rothaarige Mädchen, das gesprochen hatte. Das an Ros Arm hing wie eine Klette an Filz.

Ro nickte. „Natürlich stimmt es.“

Das Mädchen nickte. „Wenn Ro sagt, dass es stimmt, dann glaube ich ihnen.“

Vea warf ihrer Freundin einen Blick zu, der sie genau wissen ließ, was sie von dieser Aussage hielt. Schließlich verdrehte sie jedoch die Augen, entknotete ihre Arme und hob sie hoch, als würde sie sich ergeben. „Schön. Nehmen wir für eine Sekunde an, dass ihr nicht alle euren Verstand verloren habt …“ Die Zweifel aus ihrer Stimme trieften auf den Holzboden. „Was würde das bedeuten? Das hieße ja …“ Langsam aber sicher fand ihr Blick wieder den Nyms. „Du … musst in Ungnade gefallen sein.“ Vea schien verwirrt, so als wäre ihre Vermutung noch viel unmöglicher, als die Existenz von Wahrheitslesern. „Warum ausgerechnet du? Du bist doch –“

„Vielleicht ist herausgekommen, dass du eine kleine Diebin bist, und ich habe dich verteidigt.“ Nym hatte gesprochen, bevor sie wusste, was sie da eigentlich sagte.

Veas Augen weiteten sich und automatisch machte sie einen Schritt zurück, traf dabei wieder gegen den Tisch. „Woher weißt du, dass ich … was?“

„Du stiehlst doch.“ Nym hatte keine Ahnung, wo sie plötzlich diese Information hernahm, doch sie wusste, dass es wahr war.

Echte Angst zeichnete jetzt Veas Züge. „Woher weißt du das? Ich habe es dir nie erzählt."

Levi seufzte stark und machte eine wegwerfende Handbewegung. „Das ist ihr Ding. Sie weiß all diese nutzlosen Dinge, aber wenn es um sie selbst geht – puff." Er schnipste mit den Fingern. „Alles weg. Und es ist jetzt nicht wichtig, warum sie in Ungnade gefallen ist. Wichtig ist, dass du uns vertraust. Dass du *ihr* vertraust. Sonst können wir einen Ausbruchversuch nämlich vergessen."

Die Rothaarige hatte sich aus Ros Umarmung gewunden und sich neben Vea gestellt. „Du solltest froh sein, Vea. Du selbst hast immer erzählt, wie mächtig sie ist. Es ist doch eine gute Sache, dass sie jetzt auf unserer Seite zu stehen scheint."

Angewidert verzog Vea ihr Gesicht. „Wie kannst du das sagen, Nika! Du weißt, wer sie ist. Was sie tut. Was sie getan hat."

„Erzähl's mir." Wieder sprach Nym, ohne nachzudenken. Sie wusste, dass sie die Wahrheit nicht hören wollte – aber ebenso wusste sie, dass sie sie hören musste. „Wer bin ich? Was tue ich? Was habe ich getan?"

Vea sagte nichts. Sie sah sie an, als versuche Nym sie hereinzulegen.

„Vea, du magst mich offensichtlich nicht, und ich weiß nicht, warum. Ich weiß ehrlich nicht, warum du mich mit diesem Blick ansiehst, aber ... jetzt ist deine Chance, mir alles zu sagen, was du je loswerden wolltest."

Der Arm ihrer Freundin Nika lag immer noch auf dem von Vea, die Nym unschlüssig anstarrte, den

Mund leicht geöffnet. „Du weißt es wirklich nicht." Es war eine Feststellung.

Nym schüttelte den Kopf. „Nein."

Einige Momente lang herrschte absolute Stille im Raum. Sie alle warteten darauf, endlich die Fragen beantwortet zu bekommen, die sie sich die letzten Wochen über verzweifelt gestellt hatten. Schließlich nickte Vea. „Schön. Du bist Salia Kerwin, Erste Offizierin der Göttlichen Garde. Du bist mächtig – jedoch respektiert dich niemand, weil du unbedacht handelst und jeden in deiner Nähe in Gefahr bringst. Aber alle haben Angst vor dir. Die Götter benutzen dich, und du tust, was sie dir sagen, ohne es zu hinterfragen. Na ja, du bist nicht anders als jeder andere Erste Offizier auch. Du hast unsere Familie – mich –, als du fünfzehn warst, verlassen und besuchst uns, wenn überhaupt, einmal im Jahr. Du bist alleine, hast ein großes einsames Haus in der Dritten Mauer – und ich wüsste nicht, dass du in den letzten Jahren irgendeine Art von Beziehung mit irgendwem gehabt hättest. Vor allem mit Jeki Tujan, Apis Schoßhund, hast du dich nie gut verstanden. Du hast ihn gehasst und wolltest seinen Platz an Apis Seite. Du vertraust niemandem und bist lieber auf dich gestellt. Du bist eine Ikano des Feuers – eine verdammt gute, wie man hört. Und das ist, glaube ich, der einzige Grund, warum niemand der anderen Soldaten sich traut, dir zu sagen, was sie von dir halten. Aber das ist nur das, was ich aufgeschnappt habe. In den inneren Mauern wird ziemlich viel getratscht." Sie zuckte die Achseln.

Nym starrte sie an, und in diesem Moment wünschte sie sich nichts sehnlicher, als dass Levi wieder seine Hand in ihrem Nacken platzierte.

Sie hatte geahnt, dass die Wahrheit ernüchternd sein würde – aber das?

Sie war alleine? Hatte sie überhaupt Freunde?

„Okay", antwortete sie schließlich. Weil sie irgendetwas sagen musste. „Danke. Mehr wollte ich gar nicht." Weniger wäre da vielleicht besser gewesen. „Was ist ... mit unseren Eltern?"

„Unser Vater ist Alkoholiker, im Moment geschäftlich in Amrie, und Mama ist gestorben. Einen Tag nachdem du gegangen bist."

Nyms Brust wurde eng und ihre gerade noch erlebte Erinnerung vermischte sich mit der, die sie vor einer Woche gehabt hatte. In der Kutsche. Als jemand in ihren Kopf eingedrungen war. Das war die Beerdigung gewesen. Es war Veas Hand in ihrer gewesen. Der Tod ihrer Mutter.

Sie verstand es nicht. Diese Hand war ihr das Wichtigste gewesen, was sie besaß – wie hatte sie sie allein lassen können?

Ihre Augen brannten, und sie senkte den Blick, nur um zu sehen, wie Liri ihre Hand in ihre schob.

„Wir haben dich jetzt lieb", flüsterte sie so leise, dass Nym es sich auch hätte einbilden können. „Du hast jetzt uns."

Nym nickte, konnte aber immer noch nichts sagen. Vielleicht sollte sie ja froh darüber sein, dass jemand versucht hatte, sie umzubringen, um sie dann nach Asavez zu schleppen. Vielleicht sollte sie den Vorfall als Chance dafür sehen, neu anzufangen.

Es war nur … Vea. Der Blick ihrer Schwester fühlte sich falsch an. Sie hasste nichts so sehr, wie den Vorwurf in den grün-braunen Augen, und sie fragte sich, ob es irgendetwas gäbe, was sie tun konnte, damit dieser Vorwurf zumindest verblasste.

Denn es hatte sich nichts geändert. Vea war für sie immer noch das Wichtigste. Sie hatte es nur zeitweilig vergessen. Aber nicht mehr. Nie wieder.

„Wir sollten schlafen gehen." Es waren die ersten Worte, die Jaan sagte, seitdem sie das Haus betreten hatten. Er lehnte an der Wand direkt neben dem Herd, unter dem sich Holzscheite stapelten, und seine Miene war so undurchdringlich, so sachlich, dass Nym sich fragte, ob er überhaupt zu echten Gefühlen fähig war. Er sah weder überrascht noch wütend aus, einfach nur … neutral.

„Es sind zu viele Fragen, zu viele Dinge, die besprochen werden müssen. Wir sind müde. Wir sollten eine Nacht schlafen und morgen weiterreden."

„Wer ist er denn?", wollte Vea skeptisch wissen und taxierte Jaan mit zusammengekniffenen Augen. „Euer Anführer, oder was?"

Etwas leidend verzog Levi das Gesicht. „Nein, der Anführer wäre dann wohl ich. Aber ich stimme ihm zu. Wir sind erschöpft. Morgen können wir darüber reden, wie wir die Rebellen und Flüchtigen auf Verräter überprüfen. Wie viele Betten habt ihr hier?"

Sie hatte keine Ahnung.

Vea konnte es nicht fassen. Ihre Schwester hatte tatsächlich keine Ahnung, wer sie wirklich war! Sie hatte ihr das Blaue vom Himmel gelogen, und Salia hatte jedes Wort aufgesaugt, als sei es Sauerstoff, den sie zum Atmen brauchte.

Sie hatte … tief verletzt ausgesehen. Und gleichwohl es das war, was Vea hatte erreichen wollten, konnte sie ein schlechtes Gewissen in sich aufsteigen spüren. Aber sie hatte doch sichergehen müssen, dass Salia wirklich so unwissend war, wie sie vorgab. Richtig?

Irgendwann würde sie ihr schon die Wahrheit sagen. In fünf Jahren vielleicht, wenn sie in Oyitis lebten. Oder in zehn Jahren. Oder fünfzehn. Wer konnte dem richtigen Zeitraum schon eine Zahl geben? Vielleicht hatte sie bis dahin ihre Erinnerung ja schon von ganz alleine wiederbekommen.

Nikana hakte sich bei ihr ein, und zusammen nahmen sie die letzte Stufe.

Langsam atmete Vea aus, während sie den Arm ihrer besten Freundin kurz an sich drückte. „Ich bin froh, dass du dich aus deinem unfreiwilligen Gefängnis stehlen konntest. Wenn du nicht da gewesen wärst, wäre ich Salia womöglich direkt an die Gurgel gesprungen, und wir würden für immer in Bistaye festsitzen. Bei den verdammten Göttern, das heute war der Schock meines Lebens.“

Vea zog Nika hinter sich her in das Zimmer ihres Vaters. Die Rothaarige sah nachdenklich aus. „Ja, ich bin auch froh, dass ich hier war, nur … ich verstehe nicht ganz, was das eben sollte.“

Unschuldig hob Vea eine Augenbraue, während sie sich bückte, um Laken und Decken aus einer Kommode zu holen. „Wovon sprichst du?“

Nikana schnaubte. „Tu nicht so. Hast du die Wahrheit da gerade eben nicht etwas zu sehr abgeändert? Und das ein oder andere vergessen, zu erwähnen?“

„Habe ich?“

„Du warst eiskalt! Ich verstehe, dass du einen Groll gegen deine Schwester hegst, aber was sollte –“

„Das gerade war nur ein Test! Eine Vorsichtsmaßnahme.“

„Na, jetzt, wo sie den Test bestanden hat, könntest du ihr ja die Wahrheit sagen!“

„Welche Wahrheit?“

„Zum Beispiel, dass sie Thakas persönlicher Liebling ist? Dass sie die Verlobte von Jeki Tujan, dem Erstem Offizier der Göttlichen Garde ist? Dass sie von allen respektiert wird und sie nie einfach so Dinge tut, ohne sie zu hinterfragen? Dass dein Vater sie vermisst ... dass du sie vermisst hast?“

Vea schob ihren Kopf absichtlich weit in die Kommode hinein. „Ich hab sie nicht vermisst.“

„Vea ...“

„Nika, das alles ist doch jetzt sowieso egal!“

Verärgert zog sie ein Bündel Laken aus der Kommode. Der Anführer der Gruppe, dieser Levi, wollte auf der Couch schlafen, mit Sicht zur Tür. Nur für alle Fälle. Man wurde als asavezischer Soldat offenbar schnell paranoid. Was, wenn sie darüber nachdachte, noch ein Grund mehr war, seinem Urteil über Salia zu vertrauen.

Es war nur … wie sollte sie die letzten sieben Jahre ihres Lebens vergessen?

„Wieso ist es egal?“, hakte Nika nach und nahm Vea die Laken aus den Händen.

„Weil sie in Ungnade gefallen ist. Das alles, was ich erzählt habe, liegt jetzt hinter ihr.“

Nika schnaubte. „Das, was du erzählt hast, liegt überhaupt nicht hinter ihr. Es liegt nirgendwo – es ist erfunden!“

Vea verdrehte die Augen und richtete sich wieder auf. „Na und? Ob richtig oder falsch, es spielt keine Rolle, ob ich ihr die Wahrheit sage. Das würde vielleicht nur alte, unerwünschte, bösartige Gefühle in ihr hervorrufen. Im Moment erscheint sie mir nicht wie eine Bedrohung – wieso also riskieren, das zu ändern?“

Nikana seufzte schwer. „Schön. Sie ist deine Schwester, du kennst sie besser. Sie sah nur … so gebrochen aus. So traurig.“

Ja, das hatte Vea auch gesehen. Und dennoch, sie hatte keine Zeit, sich allzu schuldig zu fühlen. Sie zuckte die Achseln. „Ich glaube, sie empfindet etwas für den Ikano der Luft.“

„Ach, und meinst du, deswegen würde sie nicht wissen wollen, dass sie seit sieben Jahren jemand anderen liebt? Den sie heiraten wollte?“

„Nö. Das würde das Ganze doch nur unglaublich verkomplizieren, oder? Und Jeki ist jetzt sowieso nicht mehr von Belang – er würde nie jemanden heiraten, der von den Göttern verstoßen wurde.“

Vea dachte an Janon. Er hätte ihr sagen können, ob bei Jeki alles in Ordnung war. Er musste doch mitbekommen haben, dass seine Verlobte seit Wochen verschwunden war.

Nika sah nicht überzeugt aus. „Wenn Salia sich an ihre Gefühle für Jeki erinnert, dann könnte das schon zu einem Problem werden."

„Sie wird sich nicht erinnern. In ein paar Tagen werden wir Bistaye hinter uns lassen. Sie wird keine Zeit haben, all diese Dinge über sich herauszufinden."

„Wenn du meinst ..."

„Meine ich." Sie nickte bestimmt und wollte gerade mit den Laken aus der Tür gehen, als ihr noch etwas einfiel. „Ach, und gibst du eigentlich dem Ikano der Luft das, was in dem Brief war?"

Verwirrt blinzelte Nikana sie an, die Tür schon geöffnet. „Was? Wovon sprichst du?"

„Der Brief. Ich hatte einen Brief in deinem Nachttisch gefunden, als ich in deinem Haus nach dem Göttlichen Dolch gesucht habe. Dort hat dich jemand gebeten, dem Ikano der Luft ,dies hier' zu geben."

Nikana ging ein Licht auf. „Ja, ich erinnere mich. Nur, in dem Umschlag war überhaupt nichts drin."

„Weißt du, von wem er kommt?"

„Irgendeinem Adeligen, schätze ich. Es gab zumindest dieses Wappen darauf. Ich habe natürlich nicht geantwortet. Ich dachte, es wäre vielleicht ein Trick von der Garde, um mich zu überführen."

„Ach so." Vea war enttäuscht. Sie hatte sich ausgemalt, dass in dem Brief etwas Wertvolles versteckt gewesen war.

Nika lächelte sie an, als wüsste sie genau, was sie dachte. „Na ja, du kannst ihn ja trotzdem an Levi weitergeben. Vielleicht findet er ja noch eine zweite, geheime Botschaft darin.“

Vea war geneigt, ihrer Freundin die Zunge herauszustrecken. „Vielleicht mache ich das tatsächlich.“

„Tu das! Um noch mal auf deine Schwester zu sprechen zu kommen …“

Vea verließ wortlos den Raum.

KAPITEL 14

DIE APPOKALYPSE – DER KRIEG DER ZWEI (14)

Kann man es Verhandlungen nennen, wenn die Opposition genau weiß, was für sie auf dem Spiel steht? Die Götter meinten, sie müssten sich besprechen, dabei wissen wir alle, dass sie unseren Wünschen Folge leisten werden. Sie haben so viel mehr zu verlieren, als wir.

Salia.

Sie hatte also einen Namen.

Salia.

Levi drehte sich auf den Rücken und legte sich eine Hand auf die Stirn. Es waren nur noch wenige Stunden bis zum Sonnenaufgang und er sollte besser schlafen, nur – er konnte nicht.

Salia. Das passte nicht. Nym klang richtig.

Aber nein. Falsch. Nym war erfunden. Sie hieß Salia. Levi hatte immer geahnt, dass er eines Tages ihren richtigen Namen erfahren würde, aber er hatte nie darüber nachgedacht, dass er sich so unwohl damit fühlen könnte.

Er kannte sie nicht. Sie war Salia. Sie hatte offenbar ein komplett eigenes Leben – ein Leben abseits von Asavez.

Verdammt. Eine Erste Offizierin.

Ja, das konnte er sich gut vorstellen. Sie war dafür geschaffen, andere Leute herumzukommandieren. Was ihm allerdings schwerfiel, mit Nym in Einklang zu bringen, war die kalte Schwester, die Vea beschrieben hatte. Die Nym, die er kannte, hätte ihrer Verantwortung nie den Rücken gekehrt.

Aber sie war ja nicht Nym.

Sie war Salia.

Er stöhnte leise und ließ seine Hand das Gesicht hinunter und über seinen Mund gleiten. Gerade hatte er sich an den Gedanken gewöhnt, sie zu kennen, da musste er feststellen, dass er eigentlich wieder von vorne anfangen konnte.

Obwohl, er hatte gesagt, dass ihm ihr altes Leben egal war, und so hatte er es auch gemeint. Er wünschte sich nur, dass Nym ebenso denken würde. Gleichzeitig verstand er jedoch, dass es für sie unmöglich war, ihr altes Ich einfach so zu ignorieren.

Ihm wäre es wahrscheinlich genauso gegangen. Noch heute schaffte er es nicht, seine Vergangenheit einfach so hinter sich zu lassen. Die Vierte Mauer befand sich einfach zu nah an seinem eigenen, vergessenen Leben.

Er starrte auf die Tür und betrachtete das Mondlicht, das unter ihr hindurchfloss und Muster auf den Boden warf.

Nym war wie dieser Boden.

Sie wirkte so solide, stark, stabil – doch jedes Licht, das man auf sie warf, hinterließ unwiderrufliche

Muster auf ihrer Haut. Sie war rational, talentiert, mächtig und selbstbewusst – aber gleichzeitig die unsicherste Person, die Levi kannte. Sie war …

Etwas knarzte, und abrupt richtete Levi sich auf dem Sofa auf. Das weiße Laken, mit dem er sich zugedeckt hatte, rutschte von seiner nackten Brust, und seine Hand fuhr zu einem seiner Messer.

„Ich bin's nur." Die letzte Treppenstufe knarrte und ein orangenes Licht erhellte das Wohnzimmer.

„Nym." *Salia.*

Nym hielt einen kleinen Feuerball in ihrer offenen Hand und tappte mit nackten Füßen über das Holz. Sie trug ein langes Hemd, das ihr bis zur Mitte der Oberschenkel fiel, und eine nachdenkliche Miene.

„Alles in Ordnung?" Levi richtete sich gegen die Armlehne des Sofas auf, die er zuvor noch als Kopfkissen benutzt hatte, während Nym etwas unschlüssig die Feuerkugel über ihre Handknochen gleiten ließ. Nervös saugte sie ihre Unterlippe ein, bis sie einmal tief durchatmete und ihren Rücken durchstreckte.

„Ich … ich will kein Wort hören." Sie umschloss das Licht mit ihrer Faust und verbarg somit die Regungen ihres Gesichtes. „Es war einfach zu viel heute und ich brauche … Nähe. Keine … ähm … sexuelle oder so …" Sie verhaspelte sich, strich sich eine Haarsträhne aus dem Gesicht, ließ sie wieder davor fallen. „Ich brauche einfach nur …"

„Wärme?"

Ihre Unterlippe fing an zu zittern, und Levi konnte sich nicht vorstellen, dass er je etwas Bezaubernderes gesehen hatte als Nym, die Angst hatte, sich zu blamieren.

Sie nickte und öffnete ihre Faust wieder. „Ja."

Er blickte sie an. Die Nym, die in diesem Moment niemand für eine Soldatin gehalten hätte. Dann hob er das Laken an, und mit einem kleinen Seufzer – vielleicht aus Erleichterung, vielleicht auch nur, um Levi verrückt zu machen – schlüpfte sie darunter.

Levi ließ den Stoff zurückfallen, rutschte tiefer in das Polster und genoss für einen Moment einfach ... die Wärme.

Nyms Rücken presste sich an seine Brust, ihr Kopf ruhte auf seinem ausgestreckten Arm und ihre Haare kitzelten sein Kinn. Er legte einen Arm um ihre Taille, hielt sich davon ab, ihren Nacken zu küssen, und gab sich damit zufrieden, sie noch etwas enger an sich zu ziehen.

Das Licht in Nyms Hand erlosch und anstelle des Feuers umklammerten ihre Hände nun seinen Arm – so als würde es ihr helfen, sich daran festzuhalten.

Levi schloss die Augen und spürte wie sie sich endlich entspannte.

„Wie fühlst du dich, Nym?", murmelte er und bemerkte dann erst seinen Fehler. „Ähm ... Salia. Ich meine Salia."

Sie schwieg, malte Muster auf seinen Unterarm, dann flüsterte sie: „Kannst du mich bitte nicht Salia nennen? Ich fühle mich nicht wie ... sie. Ich. Ich meine ich. Ich weiß nicht. Kannst du einfach bei Nym bleiben?"

Erleichtert atmete Levi aus und nickte, seine Wange an ihrem Kopf. „Ja. Das kann ich. Nym ist ein schicker Name."

„Vielleicht sollte ich mich bei Liri bedanken."

„Tu das lieber nicht. Es wird ihr zu Kopf steigen. Arroganz und ein überzogen positives Selbstbild liegen in der Familie.“

Sie lachte leise, ihr Atem strich über seine Haut. „Du bist nicht arrogant. Zumindest nicht wirklich. Du bist übertrieben selbstsicher, weil du sonst Schwierigkeiten dabei haben würdest, deine Aufgaben zu erledigen.“

„Du denkst also, ich bin kein Arschloch?“

„Oh, doch. Ein Arschloch bist du. Aber kein arrogantes.“

Er musste lachen. „Vielen Dank.“

„Das war eigentlich kein Kompliment.“

„Es hat sich wie eins angehört.“

„Dann nimm es als eins.“

Als hätte ihn irgendetwas davon abhalten können.

Nyms Lippen streiften seinen Bizeps und er konnte ihren Wimpernschlag auf seiner Haut spüren.

Ihr Atem ging leise, und Levi wusste, dass sie etwas sagen wollte, ihr jedoch die Worte fehlten.

Er wartete, atmete ihren Geruch ein.

Sie roch nach Sonnenschein und Wald und Feuer.

„Meine Schwester hasst mich.“ Sie sagte die Worte leise, als wären sie etwas Verbotenes.

„Ja, das tun kleine Schwestern ab und an mal“, antwortete Levi nach einer Weile. „Aber das geht vorüber.“

„Vea sah nicht aus, als würde sie mir je verzeihen.“

Nein. Genau das hatte Levi auch schon gedacht. Vea hatte etwas Verbittertes an sich, das er noch nie so bei einem Menschen gesehen hatte. Dennoch ... „Sie muss dich neu kennenlernen, das ist alles.“

„Wenn ich sie wäre und meine Schwester wirklich die Person, als die sie mich beschrieben hat, dann würde ich mir nicht die Mühe machen wollen, mich neu kennenzulernen."

„Dann musst du sie eben charmant dazu zwingen."

Er konnte ihr Lachen an seiner Brust spüren. „Charmant dazu zwingen?"

„Ja, so machst du das mit mir doch auch immer."

„Ich zwinge dich zu überhaupt nichts."

Oh, doch, das tat sie. Es war ihr vielleicht nicht bewusst, aber sie zwang Levi jeden Tag dazu, sie ein bisschen mehr zu mögen. Und dabei musste sie sich nicht einmal sonderlich viel Mühe geben. Er wollte es nicht wahrhaben, aber sie hatte mehr Macht über ihn, als gut war. Angefangen damit, dass er, wenn es um sie ging, seine sonstige so präsente Professionalität sofort aus dem Fenster warf. „Du musst einfach mit ihr reden. Ihr zeigen, dass du es ernst meinst."

„Und wenn das nicht hilft?"

„Dann schlage ich ihr fest auf den Kopf, bis auch sie sich nicht mehr daran erinnern kann, wer du mal warst."

„Du schlägst keine Frauen."

„Bei den Kerwin-Frauen mache ich eine Ausnahme."

Sie wand sich in seinem Arm und grinste ihn an. „Darf ich dich daran erinnern, dass du mich nie geschlagen hast?"

Er verdrehte die Augen. Das schon wieder. Als könnte er die Schmach, gegen ein Mädchen verloren zu haben, so schnell überwinden. „Jaja, du bist unglaublich."

„Danke", sagte sie mit einem breiten Lächeln, das Sekunden später wieder in sich zusammenfiel und durch tiefe Furchen auf ihrer Stirn ersetzt wurde.

Oh, oh. Das konnte nichts Gutes bedeuten.

Sie räusperte sich und wandte ihr Gesicht ab. „Da wir gerade über schlagen reden – ich weiß jetzt, warum es mir so schwerfiel, dich zu mögen.“

Er wünschte sich, sie würde ihn wieder ansehen. „Tatsächlich?“

„Ja … als ich noch Soldatin war – da hast du versucht, mich umzubringen.“

„Oh.“ Hatte er? Er hätte schwören können, dass er sich an so einen hübschen Gegner erinnert hätte. Allerdings trugen die Soldaten ja allesamt Helme.

„Ja, oh.“

Er schloss für einen Moment die Augen, versuchte sich daran zu erinnern, ob er es schon mal absichtlich auf eine Ikano des Feuers abgesehen hatte, gab jedoch nach wenigen Sekunden wieder auf. „Tut mir leid, aber ich habe schon so viele Soldaten der Göttlichen Garde töten wollen – nimm es nicht persönlich.“

Sie schwieg.

Sie nahm es persönlich.

Er seufzte. „Nym. Hätte ich gewusst, wer du bist, hätte ich dich sicherlich nicht töten wollen.“

Er konnte spüren, wie sie leicht nickte – und dann wieder ihren Kopf schüttelte. „Aber ist das nicht der Punkt? Wenn wir jeden Soldaten, den wir getötet haben, kennengelernt hätten – wie vielen von ihnen hätten wir dann wirklich das Leben genommen?“

Levi wusste es nicht und wollte es auch gar nicht wissen. Soldaten hatten nicht die Freiheit, über so etwas nachzudenken. Es könnte sie zerstören.

„Wir sollten schlafen.“

„Levi.“

„Gute Nacht, Nym.“

Sie verstummte – wahrscheinlich um ihre Augen zu verdrehen – und stieß dann ein leises, kehliges Seufzen aus.

Das machte sie doch mit Absicht!

Er schloss die Augen, beruhigte seinen Atem und hielt sich davon ab, laut mit der Zunge zu schnalzen. Er war nicht mehr in der Pubertät! Und dennoch …

„Levi … was tun deine Hände da?"

„Was?"

„Levi! Deine Hände! Ich sagte, ich bräuchte eine *nicht* sexuelle Nähe."

„Es ist eng hier auf dem Sofa und dunkel, meine Hände haben keine Schuld. Außerdem hast du nicht spezifisch zum Ausdruck gebracht, dass du Sexuelles konsequent ausschließt."

Sie lachte leise, schob seine Hände jedoch trotzdem wieder an ihren Platz. Wenn auch mit nicht allzu viel Nachdruck. „Du bist ein Blödi", murmelte sie, doch mit einem Lächeln. „Und ich werde jetzt schlafen. Gute Nacht. Lass deine Hände, wo sie sind, bevor ich sie abfackel."

Er grinste, und als sie erneut seufzte, sich tiefer in seine Arme kuschelte und er dem Drang nachgab, sie sanft hinters Ohr zu küssen, dachte er plötzlich, dass es doch gar nicht so schlimm wäre, für eine Weile jede Nacht neben ein- und derselben Frau einzuschlafen. Zumindest neben dieser Frau.

Nym hatte das Gefühl, kaum eingeschlafen zu sein, als sie auch schon wieder hochfuhr.

Ihr Kopf lag auf Levis Brust, ihr Bein um seine Hüfte und ihre Hand an seinem Hals. Er strahlte eine unglaubliche Hitze aus, und das dachte sie, obwohl sie die Ikano des Feuers war.

Aber das war es nicht, was sie geweckt hatte. Es war das Knarren der Dielen gewesen, und als sie jetzt ihren Kopf drehte, sah sie, wie sich das rothaarige Mädchen mit gesenktem Kopf die Treppe hinunterschlich.

„Hey."

Das Mädchen, Nika, fiel beinahe die Stufen hinunter, als sie Nym hörte. Es hielt sich eine Hand an die Brust und blickte auf. Es schien in ihrem Alter zu sein.

„Meine Güte. Erschrick mich doch nicht so."

Nym hoffte, dass man ihr Lächeln in der Dunkelheit nicht sehen konnte. „Tut mir leid. Wohin gehst du?"

Nikas Blick huschte kurz zu Levi, der immer noch schlafend auf dem Rücken lag, und dann zu Nyms Hand, die abwesend über seinen Arm strich.

Sofort zog Nym die Hand weg – und es war definitiv nicht zu dunkel, um jetzt Nikas Lächeln zu erkennen.

„Ich muss zurück nach Hause. Mir folgen im Moment ein paar Soldaten, und es wäre besser, wenn sie nicht wüssten, wo ich mich heute Nacht herumgetrieben habe."

„Oh. Da magst du recht haben."

Nika nickte und wandte sich zum Gehen. Doch noch bevor sie die Hintertür erreicht hatte, öffnete Nym noch einmal ihren Mund.

„Danke."

Nika hielt inne, drehte sich um und hob überrascht eine Augenbraue. „Wofür?“

„Dafür, dass du auf Vea geachtet hast. Du warst ihr immer eine gute Freundin.“

„Daran erinnerst du dich?“

Nym hob eine Schulter. „Nein, es ist keine wirkliche Erinnerung, es ist eher eine tiefe Dankbarkeit, die ich bei deinem Anblick empfinde. Und ich kann mir nicht vorstellen, dass ich dankbar dafür bin, dass Ro eine Freundin gefunden hat. Ich glaube, ich bin dankbar, dass du meine Aufgabe übernommen hast.“ Und Nym glaubte, dass sie Nika mehr als nur einmal beobachtet hatte. Diese Haare ... sie wusste, wie sie im Sonnenlicht leuchteten.

„Gerne.“ Nikas Stimme war nachdenklich. „Ich ... hab dich mal gesehen“, murmelte sie. „Auf dem Marktplatz. Vea hat dich nicht bemerkt, aber du hast sie die ganze Zeit beobachtet. Während sie wahrscheinlich jeden einzelnen Verkäufer bestohlen hat.“ Sie lachte leise. „Ich wusste, wer du bist, und ich hatte ziemliche Angst, dass du da warst, um sie zu erwischen und festzunehmen, aber ... ich glaube, eigentlich warst du da, um genau das zu verhindern. Ich glaube, du warst mehr für sie da, als sie denkt.“ Nika schwieg, dann öffnete sie die Tür und verschwand in die Nacht.

Nym starrte ihr nach und fragte sich, ob sie die Wahrheit gesagt hatte.

Andererseits ging es nicht darum, wer sie gewesen war, sondern wie sie sich jetzt vor Vea verhielt. Sie setzte sich hin und ihre Füße berührten die kalten Bodendielen.

Levi schlief immer noch, und Nym musste leise lachen, als sie sein entspanntes Gesicht betrachtete. Er wäre wütend auf sich selbst, wenn er wüsste, dass er wieder nicht aufgewacht war, obwohl Nika genauso gut jemand hätte sein können, der kam, um ihn zu töten.

Sie fuhr mit dem Zeigefinger seine Stirn und seine Wangenknochen nach, strich über seine Lippen und konnte nicht widerstehen, ihm die Haare zu zerzausen.

Es wurde Zeit, wieder in ihr Bett zurückzukehren. Sie wollte nicht, dass Liri einen falschen Eindruck bekam.

... und es hätte dir auch nicht geschadet, dich zu verabschieden! Bevor du einfach so abhaust!

Nym lächelte bei der Erinnerung an Levis Worte, beugte sich über ihn und küsste sanft seine Lippen. „Bis nachher, Levi."

Jetzt konnte er sich zumindest nicht mehr darüber aufregen.

„Zieh die hier an und komm runter."

Etwas Sprödes und Weiches flog Nym ins Gesicht. Sie machte die Augen auf und zog es sich vom Kopf. Es waren ein blaues, tailliertes Hemd und eine schwarze Hose. Verwirrt hielt Nym die Kleidung von sich weg und sah zu Vea auf, die im Türrahmen lehnte. „Was sind das für Sachen?"

„Es sind deine. Die, die du zurückgelassen hast. Sie müssten noch passen. In dem Nuttenkleid kannst du nicht herumlaufen."

Die Tür fiel ins Schloss, und erst jetzt regte Liri sich, die im selben Zimmer geschlafen hatte. Sie streckte die Arme über den Kopf aus und gähnte, während Nym überlegte, ob sie sich an diese Anziehsachen erinnern konnte.

Tat sie nicht.

Sie zog sie trotzdem an, das Kleid vom gestrigen Tag war so zerrissen, dass es weniger Stoff als Löcher hatte, während Liri blinzelte und sich aufsetzte. „Meinst du, sie suchen uns?"

„Dir auch einen guten Morgen."

Liri lächelte nicht, sondern sah ernst zu ihr auf. „Was, wenn sie uns finden?"

Da war sie wieder. Die Frage, die Nym nicht beantworten wollte.

„Darüber machen wir uns Gedanken, wenn es so weit ist", sagte sie und versuchte aufmunternd zu klingen. Das gestaltete sich jedoch als etwas schwierig, weil sich direkt ein Bild in ihren Kopf drängte, das genau zeigte, was passieren würde, falls sie gefunden wurden.

Sie knöpfte die Hose zu und ließ das Hemd darüber fallen. Es passte wie angegossen. „Komm, Liri. Zieh dich an. Du hast heute eine Aufgabe zu erledigen."

Liri sah immer noch niedergeschlagen aus. Nym wusste nicht, wie viel sie vom gestrigen Kampf gesehen hatte, doch sie hoffte, dass es durch den Staub und Wind nicht allzu viel Blut oder tote Soldaten gewesen waren. Sie ließ sich auf das Bett neben ihr nieder und streichelte ihr sanft über den Kopf. „Ich flechte dir gleich einen Zopf, okay?" Jetzt wusste sie auch, wie sie gelernt hatte, Zöpfe zu flechten. Sie war sich fast sicher, dass sie Vea für den Großteil ihres Lebens jeden

Morgen die Haare gemacht hatte. Aber vielleicht war das auch nur Wunschdenken.

„Okay." Liri seufzte noch einmal schwer, griff dann jedoch nach ihrer Kleidung. Sich anzuziehen schaffte sie durchaus alleine, deswegen ging Nym schon einmal vor, die Treppen hinunter.

Wie sie erwartet hatte, waren Jaan, Ro und Levi bereits wach, saßen am Tisch und unterhielten sich mit gedämpften Stimmen. Vea stand an die Anrichte gelehnt daneben und hielt ein Messer in der Hand. Vielleicht hatte Vea damit den Apfel schneiden wollen, den sie hielt – zum jetzigen Zeitpunkt stach sie jedoch nur immer wieder grimmig mit der Spitze durch die Schale, während sie Levi und Jaan missmutig betrachtete. Ro galt keiner ihrer düsteren Blicke.

„Ihr wollt wirklich jeden befragen?", stieß sie schließlich aus. „Jeden? Es könnte auffällig werden, wenn wir an so viele Türen klopfen."

„Wir werden in Etappen vorgehen. Wir haben noch drei Tage, um –"

„Drei Tage?" Der Apfel gab ein Ächzen von sich, als Veas Stöße an Aggressivität gewannen. „Wir werden am Tag der Götter fliehen?"

„Genau."

„Aber ... an dem Tag wird es vor Wachen nur so wimmeln."

Levi nickte. Niemand hatte bemerkt, dass Nym die Treppen hinuntergekommen war. „Richtig. Es wird vor Wachen und vor Menschen wimmeln. Es gibt einen Umzug durch alle Mauern – unter anderem auch von der Vierten Mauer bis nach Amrie. Eine bessere

Möglichkeit bekommen wir nicht. Sie werden nicht jeden kontrollieren können."

„Wie genau sieht euer Plan aus?" Vea sah unzufrieden aus – ja, sie musste mit Nym verwandt sein. Niemand sonst schien sich je daran zu stören, dass die Jungs mehr Glück als Verstand hatten und ihr Plan meistens „Improvisation" lautete.

„Unser Plan …" Levi legte den Kopf schräg, als müsse er angestrengt über diese Frage nachdenken.

Apfelsaft spritzte über den Tisch.

Ro stand auf und nahm Vea das Messer aus der Hand. „Der Apfel hat genug gelitten. Schlimm genug, dass er einfach so vom Arm seiner Mutter gerissen wurde, da muss er nicht auch noch furchtbare Akne bekommen."

Levi hatte also recht behalten. Ros miese Stimmung war wie weggewischt. Eine Nacht mit seiner Angebeteten hatte offenbar genügt. Nym lachte und augenblicklich sahen sie alle an. Vea klammerte sich mit ihrer freien Hand an der Anrichte fest, und in diesem Moment war Nym froh, dass Ro ihr das Messer weggenommen hatte.

„Guten Morgen", sagte sie ruhig und sah Levi fest an. „Guten Morgen, Levi. Wie hast du geschlafen?" Damit er ihr nicht vorwerfen konnte, sie würde ihn ignorieren.

„Blendend", entgegnete er grinsend. „Besser als sonst." Ihm entging keineswegs, was sie hier tat.

„Schön. Ihr auch?"

Alle nickten, und ihr fiel auf, dass Vea den Blick zwischen ihr und Levi hin- und hergleiten ließ. Sollte sie doch. Sie tat nichts Unrechtes.

„Gut, gut“, flötete sie fröhlich. „Ich hasse es, es euch sagen zu müssen, aber Vea hat recht: Keinen Plan zu haben, ist unprofessionell und gefährlich. Ich dachte, ihr hättet euch vielleicht vorher schon einmal Gedanken darüber gemacht.“

„Haben wir“, nickte Levi. „Und wir sind zu dem Schluss gekommen, dass es logischer ist, keinen festen Plan zu haben.“

Nym und Vea schnaubten gleichzeitig, sahen sich an, verstummten und sahen dann schnell wieder weg.

„Erklär mir die Logik. Ich zittere vor Spannung“, sagte Nym sachlich.

Levi grinste breit. „Nun, auf einen Plan verlässt man sich zu sehr. Es muss nur ein kleiner Punkt schiefgehen, und schon weiß man nicht mehr, was man tun soll. Wenn man keinen Plan hat, ist man in ständiger Alarmbereitschaft – wir haben nur positive Erfahrung mit dieser Philosophie gemacht.“

Natürlich hatten sie das. Und sie waren deswegen bestimmt nur höchstens vierzehnmal knapp davor gewesen, zu sterben.

„Was für eine Rettungseinheit seid ihr?“ Vea brauchte kein Messer, um dem Apfel wehzutun – ihre Fingernägel reichten vollkommen. „Lasst euch mit einer Soldatin aus der Göttlichen Garde ein, habt keinen Plan, seid nicht einmal anständig verkleidet und nehmt ein kleines Kind mit auf die Reise!“

„Ich bin kein Kind! Ich bin eine junge Erwachsene.“ Wie auf Kommando kam Liri die Treppe hinunterstolziert, das Kinn in die Höhe gereckt.

Vea lachte freudlos. „Nein, *ich* bin eine junge Erwachsene – du bist ein Kind!“

Liri schob die Unterlippe vor und trat neben Nym, ihre Hand nach ihrer ausgestreckt. „Deine Schwester hat keine Ahnung von nichts. Machst du mir jetzt den Zopf?"

„Bei den Göttern …" Vea verdrehte die Augen, Nym musste lachen und Ro stöhnte laut auf.

„Wir haben einen Plan. Wir werden uns am Tag der Götter in drei Gruppen aufteilen. Vea, Nika, ich und ein Teil der Flüchtigen. Nym, Levi, Liri und ein Teil der Flüchtigen und Jaan mit ein paar anderen. Wir hoffen, dass einige Rebellen es ohne unsere Hilfe schaffen, bereits vorab nach Amrie zu reisen. Nach ihnen wird – im Gegensatz zu den Flüchtigen – nicht gesucht, und viele Kaufmänner besuchen Amrie ab und an – das sollte kein Aufsehen erregen. Filia und Leena erwarten sie dort und wissen, was zu tun ist. Ihr seht also: Es ist alles gut."

Er schien sehr stolz auf sich, und Nym fragte sich, ob er die Tatsache, dass seine Erläuterung keineswegs als Plan durchging, absichtlich ignorierte.

„Das ist doch kein Plan!" Offensichtlich war das auch Vea nicht entgangen. „Nur, weil wir in verschiedenen Gruppen losgehen, heißt das immer noch nicht, dass wir einfach aus den Mauern spazieren können! Schön, vielleicht können wir uns einfach dem Umzug bis nach Amrie anschließen. Aber dann müssen wir immer noch das Boot stehlen und alle aufladen, ohne dass irgendwer es mitbekommt. Außerdem steht Nika unter Beobachtung. Und ich kann mir nicht vorstellen, dass niemand Salia sucht. Was immer auch passiert ist – die Götter können kaum glücklich darüber sein, dass jemand so Mächtiges außerhalb ihrer Kontrolle umherwandelt.“

Da konnte Nym ihr nur zustimmen. Sie dachte an den Soldaten von gestern, mit den dunkelbraunen Augen, die ihr so vertraut erschienen waren – irgendwem in der dritten Mauer musste klar sein, dass sie verstoßen worden war. Keiner von den Soldaten, die sie bis jetzt getroffen hatten, schien davon jedoch etwas gewusst zu haben. Zumindest nicht diejenigen, die sie vor ein paar Tagen, auf dem Weg nach Amrie gesehen hatten.

Ro seufzte, offenbar nicht bereit, weiter über Veas durchaus angemessene Zweifel zu diskutieren. „Komm Liri, wir werden schon einmal vorgehen.“

„Aber Nym wollte mir noch einen Zopf machen!“

„Das muss warten. Zu zweit fallen wir weniger auf, und wir haben eine Menge Leute zu besuchen. Dein Bruder und Nym folgen uns dann gleich. Vea, wo müssen wir hin?“

Liri gab einen beleidigten Ton von sich, doch Nym achtete nicht auf sie. Ihr fiel auf, dass Ro nicht von Jaan gesprochen hatte. Ihr Blick wanderte kurz zu dem blassäugigen Mann, der ausdruckslos aus dem Fenster starrte. Wahrscheinlich hatte er noch irgendetwas Wichtiges zu tun – im Auftrag von Provo. Irgendetwas, was so geheim war, dass niemand davon wissen durfte.

Geheimnisse waren wohl das, was Jaans Charakter ausmachte.

„Schön.“ Vea presste die Lippen aufeinander, und Nym wusste, dass diese Diskussion noch nicht vorbei war. Sie sah ihrer Schwester ins Gesicht und wurde von einer so heftigen Welle an Zuneigung übermannt, dass sie für einen kurzen Moment befürchtete, ihr sei der Boden unter den Füßen weggezogen worden.

Bei den Göttern, sie liebte sie. Sie kannte sie nicht mehr – und sie hatte das Gefühl, dass das nicht allzu sehr auf ihren Gedächtnisschwund zurückzuführen war –, aber sie liebte sie. Sie wusste nicht, was genau dazu geführt hatte, dass Vea diese Liebe ganz offensichtlich anzweifelte, aber sie nahm sich fest vor, das so bald wie möglich herauszufinden.

„Wir gehen zuerst zu den Saders. Die wohnen direkt um die Ecke. Kommt euer unheimlicher Freund auch mit?" Vea nickte Richtung Jaan.

Der stand auf, schüttelte den Kopf und verschwand, ohne ein weiteres Wort zu verlieren, aus der Tür. Vea hob beide Augenbrauen und sah Ro an, als erwarte sie eine Erklärung. Keiner hatte eine. Jaan war nicht zu erklären.

Kopfschüttelnd betrachtete Vea die Tür. „Eure Gruppe ist wirklich vertrauenswürdig. Lasst uns gehen. Salia und Levi warten am besten noch mindestens eine halbe Stunde." Sie mied Nyms Blick. „Zu fünft könnten wir auffallen, außerdem ist Salias Gesicht hier nicht so unbekannt, wie es von einer Soldatin zu erwarten wäre. Ihr haltet euren Kopf deshalb besser gesenkt." Sie öffnete die Tür und ließ Liri und Ro gerade den Vortritt, als ihr noch etwas einfiel. „Ach." Sie hielt inne und zog ein gefaltetes Stück Pergament aus der Innentasche ihres Mantels. „Der ist wohl für dich. Du kannst mir nachher sagen, was er bedeutet." Mit diesen Worten drückte sie Levi ein Pergament in die Hand und verschwand dann hinter Ro und Liri aus der Tür.

Nym schlenderte in Levis Richtung und sah ihm über die Schulter. „Für dich? Wie kann in der Vierten Mauer ein Brief für dich ankommen?"

Levi antwortete nicht. Er blinzelte nicht einmal. Er hatte das Pergament geöffnet und starrte auf die Zeilen, die dort geschrieben standen.

„Levi?" Nym sah nun selbst auf den Inhalt des Briefes.

Sie schulden mir überhaupt nichts und jedes Misstrauen habe ich verdient. Dennoch wäre ich Ihnen sehr verbunden, wenn sie dies dem Ikano der Luft zukommen lassen könnten.

Es waren einfache Worte, doch sie waren es nicht, die Nyms Blick auf sich zogen. Stattdessen sah sie auf das Wappen, das darüber abgebildet war. Drei Ringe, die – sich überlappend – nebeneinander aufgereiht waren. Über und unter ihnen jeweils ein Kreuz.

Nyms Augenlider fingen an zu flattern, und plötzlich sah sie nicht mehr den Brief, sondern ein Gesicht vor sich, dahinter eine Wand aus Büchern. Sie kannte die Wand aus Büchern, aber nicht das Gesicht. Die Konturen waren unscharf, grüne Augen ... es war eine undeutliche Erinnerung. Nicht ihre Erinnerung. Aber auch nicht Levis.

Sie blinzelte, das Bild verschwand, ein dumpfer Schmerz an ihrer Schläfe blieb. Als wolle ihr Kopf ihr sagen, dass sie soeben etwas Verbotenes getan habe.

Wieder starrte sie auf das Wappen, dann in Levis Gesicht.

Sein Mund war leicht geöffnet, seine Stirn in Falten gelegt – dann zerknüllte er das Pergament in seiner Faust und reichte es ihr.

„Würdest du das für mich verbrennen? In den falschen Fingern könnte es Schaden anrichten."

Nym sah auf das Papierknäul in ihren Händen, tat jedoch nichts. „Das ist das Wappen von deinem Ring, oder?" Sie hatte es nie genau erkennen können, dennoch wusste sie, dass es die Wahrheit war.

Ganz langsam verengte Levi die Augen. „Welchem Ring?"

„Levi ..."

„Nym?"

„Dein Ring. Den du Liri gegeben hast."

Sein Kiefer spannte sich an und er presste die Lippen aufeinander. „Woher weißt du davon?"

„Ich ..."

„Sag mir nicht, dass es eines dieser Dinge ist, die du einfach weißt."

Sie lief rosa an. „Liri hat ihn dir zurückgegeben, als ich dich verarztet habe, erinnerst du dich?"

„Oh." Er wandte seinen Blick ab und lehnte sich gegen den Tisch. „Richtig."

„Levi."

„Was?"

„Du kommst nicht aus der Sechsten Mauer, oder?" Er sagte nichts. „Für mich sieht es so aus, als wärst du ein Adeliger. Es ist dein Wappen, oder? Das deiner Familie?"

Levi starrte auf das Sofa, auf dem sie gestern geschlafen hatten. Sein Blick war hart und undurchdringlich – so kannte Nym ihn gar nicht. Sie wollte ihre Hand ausstrecken und ihm die Stirnfalten vom Gesicht wischen. Oder auch vom Gesicht küssen. Es war ihr egal. Hauptsache, er bekam wieder etwas Farbe ins

Gesicht. Er sah schockiert aus. Nyms Gedanken überschlugen sich, und sie fragte sich, von wem ... oh. Ihr Herz zog sich zusammen. Alles fiel an seinen Platz.

„Levi." Sie lehnte sich neben ihn an den Tisch und berührte sacht seinen Unterarm.

Er sprang von ihr weg, als hätte sie ihn verbrannt, und fing an, im Zimmer auf und ab zu laufen, eine Hand in seinen Haaren. „Scheiße", fluchte er leise. „Wie kann es sein, dass ... scheiße!" Nym wusste, dass der Brief Ursache für seine Emotionen war. Dennoch beunruhigte es sie, dass noch etwas anderes als ihr eigenes, charmantes Ich Levi so aufwühlen konnte.

„Levi ..."

„Nym!", schrie er jetzt fast. „Was willst du von mir hören? Dass du superintelligent bist? Dass du zwei und zwei zusammenzählen kannst?"

Etwas vor den Kopf gestoßen wich Nym wieder gegen den Tisch zurück. „Nein. Ich ..."

„Und wenn es so wäre? Wenn du recht hättest und ich nicht aus der Sechsten Mauer käme – würde es einen Unterschied machen?"

„Für mich nicht. Aber offensichtlich für dich. Sonst würdest du es nicht verheimlichen."

„Ich verheimliche überhaupt nichts!"

„Ich fürchte, alle 1,782 Millionen Einwohner Oyitis würden etwas anderes sagen."

Levi blieb stehen und starrte sie wütend an. „Kannst du einmal in deinem Leben still sein?"

Nym verstummte, sah ihn einfach nur weiter an. Schließlich seufzte er, schüttelte den Kopf und ließ erschöpft seine Hand sinken. „Es macht mich fertig, wenn du auf mich hörst."

Nym sah das als Erlaubnis an, wieder sprechen zu dürfen. Auch, wenn sie ihre Stimme vorsichtshalber etwas gedämpft hielt. „Was wirst du deswegen tun?"

Wieder verengte er seine Augen. „Weswegen?"

Hoffte er tatsächlich noch immer, dass sie nicht wusste, was der Brief bedeutete? „Deinem Vater, Levi! Eurem Vater! Er lebt ganz offensichtlich noch. Von wem soll der Brief sonst sein?"

Sein Kiefer knackte. „Es ist egal, von wem er kommt."

„Das ist Blödsinn! Es ist euer Vater von dem wir hier sprechen – vielleicht will Liri ihn ja kennenlernen."

Das waren offensichtlich die falschen Worte. Levi ging an die Decke. „Wenn es nach meinem Vater ginge, dann würde Liri jetzt nicht mehr existieren, Nym! Ich schulde ihm gar nichts. Was hätte ich davon, wenn ich ihn jetzt sähe? Außer einen gewissen Grad an Genugtuung, während ich ihn töte?"

Nym wartete, bis sie sicher sein konnte, dass er genug geschrien hatte, dann schüttelte sie sacht den Kopf. „Du willst ihn nicht töten."

Wild fuchtelte Levi mit den Händen herum, Qualm schien aus seinen Ohren zu kommen. „Woher willst du das wissen?"

„Weil du sagtest, dass jemand zu Schaden kommen könnte, sollte der Brief entdeckt werden. Aber … keinem von uns würde der Inhalt des Briefs schaden – nur deinem Vater."

Nym konnte praktisch sehen, wie die Gedanken durch Levis Kopf ratterten.

„Schön! Vielleicht war das meine erste Reaktion. Aber ich habe meine Meinung geändert. Er hat den Tod verdient!"

„Das denkst du nicht wirklich.“

„Soll ich den Brief auf die Straße werfen? Glaubst du mir dann?“

Das Stück Pergament in ihrer Hand ging in Flammen auf.

„Zu spät.“

Levis Augen waren jetzt fast schwarz. Sein Blick war todernst, als er mit leiser Stimme sagte: „Du wirst ihr nichts davon sagen.“

„Wem?“

„Stell dich nicht dumm, Nym! Liri. Du wirst Liri nichts davon sagen. Sie kommt ... auf dumme Ideen.“

Nym nickte. Es war nicht ihre Aufgabe und diese Grenze würde sie nicht übertreten. „Okay. Obwohl sie verdient hätte, es zu erfahren.“

„Das ist immer noch meine Entscheidung.“

Sie musste lächeln, und bevor sie sich daran hindern konnte, legte sie sacht eine Hand in seinen Nacken, stellte sich auf die Zehen und küsste ihn sanft. „Es ist deine Entscheidung und du wirst die Richtige treffen.“

Sie ließ ihn wieder los und verblüfft starrte er sie an. „Wofür war das denn jetzt?“

Sie zuckte mit einer Schulter. „Ich weiß nicht. Dein Gefühlsausbruch gerade war sehr menschlich von dir. Fand ich irgendwie süß.“

Kopfschüttelnd betrachtete er sie, dann umfasste er ihr Gesicht und küsste sie ebenfalls. Nur nicht ganz so sanft wie sie zuvor. „Du hast sie wirklich nicht mehr alle.“

Aus seinem Mund klang das fast wie ein Kompliment. „Dass du das ja nicht vergisst“, warnte sie ihn grinsend. „Sollen wir gehen?“

KAPITEL 15

DIE APPOKALYPSE – DER KRIEG DER ZWEI (15)

Die Götter haben ihre Auflagen und Forderungen benannt. Es wäre unvernünftig, nicht auf sie einzugehen, wenn der Krieg dadurch beendet werden könnte. Nur ... wird der Krieg wirklich jemals gänzlich zum Stillstand kommen?

Die Schale der Walnuss brach auf und Jeki löste den Kern aus ihr, um ihn in die Schüssel zu werfen, die seine Mutter ihm hingestellt hatte. Er rieb sich über seinen schmerzenden Handballen, bevor Janon ihm die nächste gab und er erneut auf den Tisch schlug, um sie zu knacken.

Ein Kochlöffel traf ihn hart und schmerzhaft am Hinterkopf. „Das ist Kiefer, Jeki! Sehr weiches Holz! Was soll das? Direkt neben dir liegt ein Nussknacker."

Ja, nur war ein Nussknacker nicht halb so befriedigend.

„Lass ihn doch, Mama."

„Was? Ihn meinen Tisch zerstören lassen? Janon! Hör sofort auf, ihm die Nüsse auch noch hinzulegen."

Jeki warf einen Blick zu seinem Bruder, der, wenn er sich die Aussage erlauben durfte, beschissen aussah. Noch schlimmer als er selbst.

„Aber sonst hab ich ja keine Aufgabe. Beim Kochen willst du mich ja nicht helfen lassen!"

Ihre Mutter presste die Lippen aufeinander und sah nun äußerst beunruhigt aus. Janon war kein schlechter Sohn, aber helfen tat er eigentlich fast nie. Und schon gar nicht freiwillig. Jeki konnte die Unruhe seiner Mutter durchaus nachvollziehen.

„Du kannst den Tisch decken", sagte sie schließlich, schob den Kochlöffel wieder in ihre Schürze und reichte Jeki den Nussknacker.

Janon nickte, stand auf und Jeki konnte ihn deutlich: „Bei den Göttern, ist dieser Tag scheiße", murmeln hören.

Sein Bruder sagte es.

„Pass auf deine Sprache auf."

Janon erwiderte nichts, sondern nahm drei Teller aus einer Anrichte, um sie lieblos auf den Tisch fallen zu lassen, während Jeki weiter Nüsse öffnete. Allerdings so fest, dass die meisten zerquetscht wurden. Egal.

Ihre Mutter sah sich das Trauerspiel ungefähr drei Sekunden lang an, dann pfefferte sie den Holzlöffel auf den Boden. „Was ist denn los mit euch beiden? Ich weiß, dass heute der Todestag eures Vaters ist, aber den haben wir doch sonst auch gefeiert! Wir feiern das Leben und betrauern nicht den Tod."

Das Leben feiern. Welches Leben denn? Im Moment sah es so aus, als wäre Jeki sein ganzes Leben genommen worden. „Janon, du wirst dir jetzt Mühe dabei geben, den Tisch zu decken, und Jeki, du kommst nach oben und hilfst mir beim Aufhängen der Wäsche. Die Suppe muss sowieso noch für einige Zeit köcheln." Sie richtete ihren Zeigefinger auf ihn, und missmutig erhob er sich. Er war nicht stolz darauf, sich wie ein Kind zu verhalten, aber wenn nicht bei seiner Mutter, wo denn dann? Die Götter erlaubten es ihm ja nicht.

Sie ließen Janon zurück, der irgendetwas zu sich selbst murmelte, und stiegen die Treppe hinauf.

„Hör auf, so zu stampfen! Wenn Salia hier wäre, würde sie dir für deine Laune ein Loch ins Hemd brennen."

Aber Salia war nicht hier. Er wusste nicht, wo sie war, und musste sich noch einen Tag gedulden, bevor er endlich anfangen durfte, nach ihr zu suchen. Ein Tag, bevor er der Frage auf den Grund gehen konnte, an was sie sich überhaupt erinnerte – ob sie sich an ihn erinnerte.

Er musste aufhören, darüber nachzudenken, was wäre, wenn sie sich nie mehr an ihn erinnern würde.

Er ... nein! Es war egal. Wenn sie sich nicht erinnerte, dann würde er sie eben dazu bringen, sich erneut in ihn zu verlieben. Sie ...

„... ehrlich zu sein, gibt es keine Wäsche. Ich wollte mit dir über Janon sprechen."

Jeki blinzelte und versuchte, sich wieder auf das Hier und Jetzt zu konzentrieren, Salia für einige Sekunden aus seinem Kopf zu drängen.

„Was?"

„Hast du mir etwa nicht zugehört?"

Seine Mutter bekam diese bedrohliche Stirnfalte, die er schon aus seiner Kindheit kannte, deswegen schüttelte er hastig den Kopf. „Ich hab dir zugehört, die Treppen haben nur so laut geknarzt."

„Jeki Tujan, flunkerst du gerade deine Mutter an?"

Sie traten in den Flur und er seufzte. „Tut mir leid. Es ging um Janon? Worüber soll ich mit ihm sprechen?"

Seine Mutter seufzte. „Ich glaube, dass er Liebeskummer hat. Irgendwas stimmt auf jeden Fall nicht mit ihm. Die letzte Woche hatte er furchtbare Laune."

Liebeskummer?

Den hatte er auch. Warum wurde sich nur um den kleinen, armen Janon gesorgt? Warum sorgte nie jemand für ihn?

Aber richtig: das war immer Salias Aufgabe gewesen. Sie hatte sich um ihn gesorgt, sie war die Einzige gewesen, die auch nur ansatzweise eine Ahnung davon hatte, was für ein Druck auf ihm lastete. Sie hatte gewusst, wie oft er sich einfach nur wünschte, alles wäre anders. Aber sie war nicht da. Und sie …

Moment. Liebeskummer? Wegen … Vea?

Na, da hatten die Kerwin-Frauen ja ganze Arbeit geleistet.

„Mama." Jeki lehnte sich an die Wand hinter ihm neben ein Gemälde seines Vaters. „Janon ist erwachsen. Wenn er Frauenprobleme hat, dann ist das sein Problem. Er wird es überleben. Er braucht meine Schulter nicht, um sich auszuweinen."

Seine Mutter verschränkte die Arme, und in dem Moment machte sie überhaupt nicht den Anschein, als wäre sie zwei Köpfe kleiner als er. „Jeki. Er isst nicht mehr vernünftig. Er ist traurig. Es würde ihm bestimmt helfen, wenn sein großer Bruder –"

„Er ist alt genug, sich selbst zu helfen. Hör auf, ihn wie ein Kleinkind zu behandeln."

Bei den Göttern, als hätte er nicht genug eigene Probleme! Er hatte die vergangenen Nächte nicht richtig geschlafen, und Arcal hatte ihn andauernd mit Fragen genervt. Fragen zu seiner Laune, Fragen dazu, wo Salia war, die schon lange niemand mehr gesehen hatte, und Fragen zu den Sicherheitsmaßnahmen am Tag der Götter. Dem größten Fest des Jahres. Sicherheitsmaßnahmen, die er hoffentlich nicht brauchen würde, sollten sie die Rebellen, die Asavez und die Flüchtigen rechtzeitig festnehmen.

Sollten.

Es gab so viele Häuser in der Vierten Mauer. So viele Keller, so viele doppelte Wände, Geheimverstecke … scheiße!

Zu allem Überfluss hatte es diesen Morgen auch noch zwei weitere Morde gegeben. In der Fünften Mauer und in der Vierten. Es musste was mit den Asavez zu tun haben, anders konnte er sich das nicht erklären.

Aber warum sollten all diese namenlosen Menschen umgebracht werden? Was brachte es der asavezischen Garde? Und woher hatten sie einen Göttlichen Dolch? Salia hatte sich ihren erst am Tag zuvor zurückgeholt.

Er schnaubte. An den Dolch hatte sie sich natürlich erinnert!

„Jeki!"

Oh, verdammt. Seine Mutter sprach offensichtlich immer noch.

„Was?"

Jetzt hatte sie ihre Arme in die Seiten gestemmt. „Ich rede mit dir!"

Das war ihm bewusst, er hatte aber kein Interesse daran, zu antworten. „Janon ist erwachsen. Ich bleibe dabei. Ich bin nicht für ihn verantwortlich. Wenn er nicht mit dir reden will, wird das einen Grund haben."

„Jeki, deinem Bruder geht es schlecht. Wieso willst du ihm nicht helfen? Euer Vater würde sich wünschen, dass ..."

„Unser Vater ist tot!" Jeki riss der Geduldsfaden. Er war es so leid! Sein ganzes Leben war er leid – ohne Salia machte das alles keinen Sinn mehr. Er wusste nicht, wann genau er zu schreien angefangen hatte, aber es war ihm auch egal. „Er ist *tot*! Schon lange. Ich habe genug damit zu tun, mich um die *lebenden* Menschen zu kümmern, die mir wichtig sind – da kann ich mich nicht auch noch um meinen toten Vater scheren. Und Janon muss sein Leben endlich alleine auf die Reihe bekommen. Es ist weder meine noch deine Aufgabe, sich um ihn zu kümmern. Bei den Göttern, er ist erwachsen!"

Er war erwachsen – und er stand auf der Treppe. „Wow. Endlich wird bei unseren Familientreffen auch mal gestritten."

Jeki blickte auf, sah in das verblüffte und schockierte Gesicht seiner Mutter, zu Janons gehobenen Augenbrauen – und dann war es ihm einfach zu viel.

Er stieß sich von der Wand ab, rannte Janon fast um, lief die Treppe hinunter und schlug die Haustür hinter sich zu.

Er hätte es besser wissen müssen. Seine Mutter war die letzte Person, die Schuld an dem ganzen Schlamassel trug, aber dennoch. Es war zu viel. Er war vertraut mit seinen Emotionen – solange sie tief und versteckt irgendwo in ihm schlummerten. Doch in den letzten Tagen, nein, Wochen, hatten ihn zu viele Emotionen, zu viele Sorgen, zu viel von allem verfolgt. Er war es leid, derjenige mit dem kühlen Kopf zu sein.

Er hatte keinen kühlen Kopf. Sein Kopf stand entweder in Flammen oder irgendwer schlug sehr präzise und wiederholt mit einem Hammer darauf. Beides war beschissen.

Er hatte noch nicht einmal die Straße überquert, als jemand ihn an seiner Schulter fasste. „Jeki!“

Er riss sich los und drehte sich ruckartig um.

Janon sah mit gehobenen Brauen zu ihm auf. „Du siehst aus, als wolltest du mich schlagen.“

„Ich überlege noch.“

„Immer auf die Schwächeren.“

„Du bist nicht schwach.“

„Nein, aber ein Ikano bin ich auch nicht.“

Jekis Kiefer knackte und seine Finger taten ihm weh, weil er sie so fest zu Fäusten presste. „Was ist mit Mama?“

„Sie sagt, sie hat sich offenbar um den falschen Sohn Sorgen gemacht.“

Er schnaubte. Schön. Jetzt hatte er, was er wollte. Jemand sorgte sich um ihn. Er fuhr sich mit der Hand in die Haare, starrte zur Haustür und fluchte. „Ich bin echt ein Idiot.“

„Einsicht ist der erste Schritt zur Besserung.“

Jeki reagierte nicht. Er ließ seine Hand über die Augen sinken und versuchte sich zu beruhigen. Einen Tag. Einen Tag noch.

„Scheiße, Jeki. Was ist mit dir los?“

Toll. Jetzt hörte Janon sich auch noch besorgt an.

„Jeki, komm schon! Das alles passt nicht zu dir. Du bist der verlässliche Bruder. Der standhafte. Ich bin der emotional Instabile der Familie. Wenn du mir das jetzt wegnimmst, dann weiß ich gar nicht mehr, welche Rolle ich einnehmen soll!"

Jeki konnte darüber noch nicht einmal lachen. Er musste sich auf seinen Atem konzentrieren. Darauf, seinen Kopf nicht zu verlieren. Darauf, seinen kleinen Bruder nicht zu schlagen, nur weil er gerade da war. „Ich brauch einfach etwas Zeit für mich, ich ..."

„Wo ist Salia, Jeki?"

Augenblicklich nahm er die Hand von den Augen. „Was?"

„Salia. Sie ist die Einzige, die dich in so einen Zustand versetzen kann. Wo ist sie?"

Sein Bruder war zu intelligent für sein eigenes Wohl. „Salia geht's gut."

„Schwachsinn. Was ist mir ihr? Ich hab sie seit Ewigkeiten nicht mehr gesehen."

Jeki antwortete nicht. Was hätte er sagen sollen?

„Habt ihr euch gestritten? Hat sie ... Alter, hat sie dich verlassen?"

Jeki schnaubte, wollte anfangen zu lachen – und unterbrach sich dann. Vor einem Monat wäre dieser Satz undenkbar gewesen. Aber da hatte sie ja auch noch gewusst, wer er war, wer *sie* war. Da hatte sie sich noch nicht mit einem Ikano der Luft angefreundet.

Scheiße, scheiße, scheiße.

Er war eifersüchtig auf denjenigen, den Salia eigentlich hatte umbringen sollen.

Wann war sein Leben so ... scheiße geworden?

Janons Blick war ernst geworden. „Jeki, hat sie dich wirklich –"

„Es ist nichts dergleichen!", unterbrach er seinen Bruder. „Wir sind zusammen, wir haben uns nicht gestritten, sie ist im Moment nur in einem Auftrag unterwegs, das ist alles. Ich ... vermisse sie."

„So sehr, dass du unsere arme Mutter anschreist?"

Jeki ließ seine Hand sinken und starrte seinen Bruder an. „Ja. So sehr."

Janon senkte seinen Blick. „Verdammt. Ich versteh, was du meinst."

Vea gefiel es nicht.

Ihr gefiel es überhaupt nicht.

Das alles. Weder, wie lieb und vorsichtig Salia mit der kleinen Wahrheitsleserin umging, noch, wie Ro mit ihr Witze riss und der Ikano der Luft ihr immer wieder Blicke zuwarf.

Nichts davon passte.

Das alles hier ... es war falsch. Es war nicht so, wie sie es sich vorgestellt hatte. Die Flucht. Die Asavez. Sie waren so ... normal. Nicht so heldenhaft, wie sie geglaubt hatte. Und so wie es aussah, würde Salia mitkommen. Vea hatte fliehen wollen, um ihrer ganzen Welt hier zu entkommen. Wie sollte sie das tun, wenn ein bedeutender Teil, den sie hatte hinter sich lassen wollen, mitkam?

Nein, es gefiel ihr nicht. Levi wollte nicht sagen, was der Brief zu bedeuten hatte, Salia wurde von allen mit

Nym angesprochen und keiner der Rebellen oder Flüchtigen, die sie bis jetzt vernommen hatten, hatte gelogen. Niemand hatte sich als der Verräter herausgestellt, der ihre Flucht ernsthaft gefährden würde, und Vea glaubte auch nicht daran, dass sie ihn morgen finden würden.

All das gefiel ihr nicht. Und am allerwenigsten gefiel ihr, dass sie Janon nicht mehr hatte, mit dem sie darüber hätte reden können.

Nym gefiel es nicht.

Wie die Leute sie anstarrten, wie Vea ihr immer wieder entgeisterte Blicke über die Schulter zuwarf, jedes Mal, wenn sie mit Liri sprach, über Ros Witze lachte oder grinsen musste, weil sie an Levis Kuss dachte.

Ihre kleine Schwester sah sie an, als sei all das Böse dieser Welt in ihrer Person zusammengefasst, und sie fragte sich, wie gemein und herzlos sie gewesen sein musste, um solche Blicke zu verdienen. Eines Tages würde sie ihre Antworten bekommen. Sie würde …

„… und zuhause baden sie in den Knochen ihrer Opfer!

Die Göttliche Garde ist bösartig! Wenn wir erwischt werden, werden sie in unseren Knochen baden."

Die Tür fiel hinter Liri ins Schloss, sie standen jetzt wieder in Veas Wohnzimmer – nein, ihrem Wohnzimmer –, und mit offenem Mund starrte Nym das blonde Mädchen an.

„Sag das nochmal."

Liri blinzelte verwundert. „In unseren Knochen. Sie werden in unseren Knochen baden."

Nym starrte sie an. Eine Sekunde, zwei Sekunden, drei Sekunden … dann brach sie in Gelächter aus. „Ich fasse es nicht." Sie lachte immer lauter und musste sich schließlich auf das Sofa setzen, um vor Lachen nicht zusammenzubrechen. Aus irgendeinem Grund kamen ihr die braunen Augen des Soldaten wieder in den Sinn. Der Soldat, der ihren Dolch mit sich geführt hatte, und sie musste noch heftiger lachen.

Alle starrten sie an. Auch Jaan, der von seinem Ausflug offenbar wieder zurück war. Sein Gesicht war wie immer ausdruckslos – nicht aber das der anderen. Fassungslosigkeit war die vorrangige Emotion.

„Was hat sie?", fragte Liri, während Nym sich die Lachtränen aus den Augenwinkeln wischte.

„Entschuldigt", japste sie. „Es ist nur … *ich* habe dieses Gerücht erfunden. Ich habe es in die Welt gesetzt! Ich hab es irgendwelchen Leuten auf dem Markt erzählt."

„Wann? Jetzt gerade?", wollte Ro verdattert wissen.

Nym prustete immer noch und schüttelte den Kopf. „Nein, nein. Vor Jahren. Ich weiß nicht mehr genau, ich habe mit irgendwem gewettet – und jetzt gerade habe ich die Wette gewonnen." Die anderen mussten nicht verstehen, wie viel es ihr bedeutete, diese Erinnerung zu haben. Es reichte, dass sie es wusste. Es war eine gute Erinnerung. Keine grausame, traurige, erschwerende Erinnerung. Es war ein positiver Gedankenfetzen – sie war glücklich gewesen. In dem Moment, in dem sie diese Wette eingegangen war, war sie glücklich gewesen, und das bedeutete, dass ihr altes Leben keine Verschwendung gewesen sein konnte.

Immer noch starrten alle sie an – dann ging Vea die Treppe hoch. Offenbar hatte Nyms Ausbruch sie auf ein Neues verärgert.

Hastig stand Nym auf. „Du brauchst also keine Angst haben, Liri“, murmelte sie dem Mädchen ins Ohr, dann folgte sie Vea die Treppen hinauf. Die anderen würden einige Minuten ohne sie zurechtkommen müssen. Sie hatte eine Schwester zurückzugewinnen.

Sie fand Vea in ihrem Zimmer, und als sie die Tür aufstieß, fuhr Veas Kopf so schnell herum, dass ihr Nacken knackte.

„Was willst du?“ Sie sah Nym an, als hätte sie das oberste Gebot ihrer Privatsphäre gebrochen, indem sie uneingeladen ihr Zimmer betreten hatte.

Sofort fühlte Nym sich unwohl. Vea gab ihr das Gefühl, die Unterhand zu haben, und das gefiel ihr nicht. Vielleicht, weil sie es nicht gewöhnt war, vielleicht, weil sie Vea nicht einfach so niederringen und dazu zwingen konnte, ihr zu verzeihen.

„Reden. Ich dachte, wir könnten reden.“

„Tatsächlich? Reden? Ich wüsste nicht, worüber wir reden sollten.“

Das hätte Nym beinahe zum Lachen gebracht. „Für mich wirkt es so, als gäbe es da eine Menge, über das wir uns unterhalten müssen.“ Sie machte einen weiteren Schritt in den Raum hinein und ließ die Tür ins Schloss fallen. „Mir würde es möglicherweise helfen, wenn wir damit anfangen könnten, warum du mich so hasst.“

Vea ließ sich nach hinten auf das Bett sinken, ihre Augen zu Schlitzen verengt. So als dachte sie, dass Nym sich gerade über sie lustig mache.

„Manche Dinge muss man selbst herausfinden“, presste sie schließlich hervor. „Ich fürchte, da kann ich dir nicht helfen.“

„Du willst mir nicht helfen."

„Ja, auch das nicht.“

Nym starrte sie an, lehnte sich gegen den Schrank zu ihrer Rechten. „Warum nicht?“

„Ich werde das nicht beantworten.“ Vea sah ruhig aus, ihr Blick kühl, doch Nym konnte erkennen, wie ihr Fuß neben der Bettkante zu zucken anfing.

„Würde es dir helfen, wenn ich sage, dass es mir leidtut?“

„Du entschuldigst dich, obwohl du keine Ahnung hast wofür? Das ist so typisch, Salia! Das ist so unglaublich typisch für dich, das Problem einfach zu ignorieren und einen leichten Weg zu suchen.“

Nym zuckte zusammen. „Ich …“ Sie wusste nicht, was sie dazu sagen sollte. Es gab keine Erinnerung, mit deren Hilfe sie sich hätte verteidigen können. Alles, was ihr einfiel, war: „Ich fühle mich im Moment nicht wie … Salia. Ich fühle mich eher wie Nym und –“

Vea sprang vom Bett auf und deutete mit einem Zeigefinger auf ihre Schwester. „Aber du bist nicht Nym! Du bist Salia! Es ist egal, was du sagst. Nur, weil du etwas vergisst, macht es das nicht ungeschehen! Du hast keine Persönlichkeitsstörung, Salia! Du hast einen Schlag auf den Kopf bekommen und das soll dich jetzt vor jeder Schuld schützen? Das soll etwas daran ändern, dass du mich alleine gelassen hast? Denn das hast du! Du hast mich einfach so alleine gelassen, obwohl du versprochen hattest, immer für mich da zu sein. Stattdessen hast du dein neues Leben angefangen, in dem ich keinen Platz hatte. Du hättest mich gar nicht schneller vergessen können.“

Nym wich automatisch gegen den Schrank zurück, als wäre der Zeigefinger ihrer Schwester bedrohlicher als jedes Schwert.

Sie hatte sie alleine gelassen. Nach dem Tod ihrer Mutter. Etwas Schweres, Hartes drängte ihr Herz nach unten, und ihr fehlten die Worte, denn sie konnte nichts dagegen sagen.

Sie wusste, dass Vea die Wahrheit sprach. Spürte die Schuld auf sich lasten wie einen Stein, der sie an den Boden des Klaverkis zu drängen versuchte.

„Ich kann nichts rückgängig machen“, flüsterte sie schließlich. „Du hast recht. Es ändert nichts an der Vergangenheit. Aber ... ich kann dich darum bitten, mich neu anfangen zu lassen. Es hilft dir nicht, wenn ich sage, dass es mir leidtut. Nichts, was ich sage, kann dir irgendwie dabei helfen, die letzten Jahre besser zu verarbeiten – aber ich möchte, dass du weißt, dass ich dich nie vergessen habe.“

Ihre Augen brannten, und jetzt drangen Bilder in ihren Kopf. Vea, der sie die Haare flocht, Vea, die sie an ihrer kleinen Hand über den Marktplatz zog – Vea, die sie anschrie, dass sie nichts mehr mit ihr zu tun haben wollte. Es waren Bruchstücke, kleine Fetzen, die nicht zusammengehörten und kein klares Bild ergeben wollten ... doch was am Ende blieb, war die Schuld. Und das Wissen, sich diese Schuld verdient zu haben.

„Ich hab versucht, auf dich aufzupassen, das musst du mir glauben. Und ich habe dich nicht vergessen. Du bist die erste Person, die ich seit meinem Gedächtnisverlust wiedererkannt habe.“

Vea lachte freudlos auf, ihre Hände zu Fäusten geballt. „Wow, was für eine Ehre. Soll ich dafür jetzt dankbar sein? Dass du die Güte hattest, mich nicht zu vergessen?"

„Nein, natürlich nicht, nur ... ich kann mir nicht vorstellen, dass ich ohne Grund gegangen bin. Dass ich ..." Nym dachte nach, ließ ihren Geist wandern, versuchte sich fieberhaft daran zu erinnern, was passiert war, sah in Veas Augen und ... Veas Augen. Die Augen ihrer Mutter. Nym verstummte.

Ihre Mutter.

Deswegen war sie gegangen.

„Sie hat sich umgebracht." Nym sprach mehr mit sich selbst, als mit Vea. „Sie ist nicht gestorben, sie ... hat sich umgebracht." Sie brauchte ihre Schwester nicht anzusehen, um zu wissen, dass es die Wahrheit war.

„Bei den Göttern ..." Nyms Hand zitterte und sie führte sie an ihren Mund, den Blick jetzt starr auf den Boden gerichtet. „Es war meine Schuld."

Nyms Hand fuhr zu ihrer Stirn, und jetzt dachte sie an die einzige Erinnerung, die sie von ihrer Mutter hatte. Das letzte Gespräch, bevor sie sich das Leben genommen hatte. „Das muss der Grund gewesen sein, warum ich nicht wiedergekommen bin. Dieses Haus – es hat mich daran erinnert, dass ihr Tod meine Schuld war. Es erinnert mich noch immer daran. Sie hat mir gesagt, dass sie nicht mit dem Wissen leben könne, dass ich ihre Fehler wiederhole. Sie konnte nicht mit meiner Entscheidung leben – deswegen hat sie sich umgebracht." Die Last auf ihren Schultern wurde schwerer. Sie hatte recht behalten. Es wäre leichter gewesen, ohne diese Erinnerung zu leben.

„Warum erzählst du mir das?" Veas Stimmte war gepresst, und als Nym aufsah, konnte sie auch in ihren Augen Tränen glitzern sehen. Doch sie fürchtete, dass es Tränen der Wut waren.

„Ich dachte, es hilft dir vielleicht, zu verstehen."

Vea war weiß geworden. „Das tut es nicht. Das ... ändert nichts! Es ist nichts als eine Ausrede für dein feiges Verhalten. Dafür, dass du den leichten Weg gewählt hast."

Nein, es war nicht der leichte Weg gewesen.

Nyms Herz zog sich schmerzhaft zusammen, doch sie ließ keine Tränen zu. Sie wollte, dass Vea ihr verzieh, weil sie an sie glaubte – nicht, weil sie Mitleid hatte.

„Das ist also dein letztes Wort?" Nyms Augen brannten, doch sie kämpfte dagegen an. „Du willst es nicht einmal versuchen? Mich neu kennenzulernen?"

„Menschen ändern sich nicht, Salia. Das ist das, was du mir beigebracht hast." Vea lachte trocken. „Erinnerst du dich nicht? Ein Dieb bleibt ein Dieb. Ein Trinker bleibt ein Trinker. Deine Worte."

Doch, sie erinnerte sich. Der Tag nach der Beerdigung ihrer Mutter. Dieb bleibt Dieb. Trinker bleibt Trinker. Soldat bleibt Soldat ... „Schwester bleibt Schwester", flüsterte sie.

„Ja, auch das hast du gesagt. Und das wird sich ja wohl auch nicht ändern lassen, was? Seine Familie kann man sich nicht aussuchen – seine Entscheidungen schon."

Nym sah Vea an und fühlte sich, als hätten tausend Fausthiebe sie auf die Brust getroffen. Sie hatte sie verletzt.

In jedem Gesichtsmuskel, in jeder Bewegung, jedem Augenaufschlag ihrer Schwester konnte sie es sehen. Sie hatte sie so tief verletzt, dass Vea ihre Wut und Enttäuschung nicht loslassen wollte – sie nicht loslassen konnte. Und Nym wusste nicht, ob sie nicht genauso gehandelt hätte, wäre sie an ihrer Stelle gewesen.

Sie öffnete den Mund, suchte nach Worten, die irgendwie noch helfen konnten – doch sie kam nicht dazu, sie auszusprechen, denn unten brach plötzlich lautes Stimmengewirr aus und jemand schrie ihre Namen.

„Vea, Nym! Wir könnten euch kurz gebrauchen, um ein Missverständnis aufzuklären!"

Es dauerte zwei Sekunden, da war Vea bereits an der Tür. Aber bevor sie hindurch ging, blieb sie noch einmal stehen, den Blick zu Boden gerichtet.

„Mamas Tod war nicht deine Schuld", murmelte sie. „Der Rest schon." Im nächsten Moment war sie verschwunden.

Nym starrte ihr nach, atmete tief ein und aus, erinnerte sich daran, dass sie stark war – und versuchte zu vergessen, dass das nicht wahr war. Sie mochte stark sein, wenn es darum ging, Gegner zu bekämpfen, aber Vea hatte ihren Schwachpunkt gefunden. Vielleicht war auch Vea selbst ihr Schwachpunkt.

Doch es gab Dringenderes.

Sie öffnete die Tür, atmete ein letztes Mal tief durch und lief dann die Treppe hinunter. Ihre Gruppe hatte neuen Zuwachs bekommen, der wild mit den Armen herumfuchtelte, auf Levi, Liri, Ro und Jaan deutete und dann auf Vea.

Nym nahm die letzte Stufe und sah in das Gesicht des Mannes. Er hatte ihre Augen.

„Papa?"

Sie riet nicht, aber ebenso wenig war sie sich sicher.

Doch als der Mann innehielt und sie mit aufgerissenen Augen ansah, wusste sie, dass sie richtiggelegen hatte. Im nächsten Moment stand er vor ihr und zog sie in eine feste Umarmung.

Er roch nach Wein, schalem Bier und nach noch etwas anderem. Vielleicht war es Verzweiflung. Seine Augen waren blutunterlaufen, und erneut tränten Nyms Augen – diesmal jedoch wegen des scharfen Geruchs.

Dann hörte sie Vea schnauben. „Natürlich freut er sich, sie zu sehen. Er hat sich seinen Verstand weggesoffen."

Vea eilte die Treppen hoch und hasste sich selbst dafür, dass die Emotionen ihr zu Kopf stiegen. Wie schaffte es Salia, die schlechteste Seite in ihr hervorzurufen? Wie schaffte es ihre ältere Schwester innerhalb von anderthalb Tagen, alles zum Schlechten zu wenden, und Vea als diejenige darzustellen, die alles falsch gemacht hatte?

Als sei es ihre Schuld! Als würde sie sich grundlos aufregen. Das war so ungerecht, dass ihr erneut Tränen in die Augen stiegen.

Sie hastete in ihr Zimmer und schloss die Tür hinter sich, die Hände zu Fäusten geballt. Sie lag im Recht! Sie durfte wütend sein. Wütend auf Salia, auf ihren Vater und all die letzten Jahre, die sie sich hatte allein durchkämpfen müssen. All die Jahre. in denen sie darauf geachtet hatte, dass ihr Vater nicht an seiner eigenen Kotze erstickte. In denen sie versucht hatte, das Bild ihrer toten Mutter aus dem Kopf zu bekommen. Salia mochte sich schuldig dafür fühlen, dass ihre Mutter mit Salias Leben und ihrer Arbeit bei der Göttlichen Garde nicht zurechtgekommen war – aber sie war es nicht gewesen, die ihre Mutter gefunden hatte. Sie war es nicht gewesen, die das ganze Blut an den Fingern gehabt hatte, bei dem Versuch, die Halsschlagader ihrer Mutter zuzupressen. Salia war nicht in den Palast der Götter gezerrt worden, wo sie allen Göttern vorgeführt worden war und ihnen genau erzählen musste, was passiert war. Was ihre Mutter ihr erzählt hatte, bevor sie sich das Leben genommen hatte.

Vea hatte keine Ahnung, warum den Göttern das so wichtig gewesen war, doch sie wusste, dass sie in ihrem ganzen Leben noch nie so viel Angst gehabt hatte. An den Rest erinnerte sie sich kaum.

Und Salia? Sie hatte sich aus der Affäre gezogen. War in die Dritte Mauer abgehauen, hatte sich ihren Verlobten gesucht und den Göttern gedient.

Nein. Salia hatte nicht das Recht, sich als diejenige darzustellen, die gelitten hatte. Es war kein Wettstreit, aber wäre es einer, Vea hätte gewonnen.

Wütend presste Vea sich beide Fäuste auf die Augen, und sie wusste nicht, wie lange sie dasaß und einfach nur ihrem Atem lauschte. Irgendwann hörte sie die Treppenstufen knarren, und dann waren da Stimmen, die durch die Wand drangen. Liri und Salias Zimmer lag dahinter und sie konnte das junge Mädchen kichern hören. Die Wände waren dünn und Vea konnte deutlich Salias Stimme vernehmen.

„Wieso fragst du nicht deinen Bruder? Er würde bestimmt –"

„Ich will es aber von dir hören!"

„Liri ..."

„Du sagtest, du kennst es. Bitte, bitte? Du singst bestimmt sowieso viel schöner als er."

„Das ist nicht besonders schwer."

„Also, singst du es?"

Salia stieß einen lauten Seufzer aus, und dann war es für einige Momente still – bevor sie anfing, zu singen:

„Wenn der Mond sich mit der Sonne trifft
und das Licht sich am Horizont bricht,
dann sieh du nur ganz genau hin
und du weißt, wo ich bin.
Wenn die Sterne um die Wette strahlen
und den Nachthimmel mit Gold bemalen,
so erinnere dich, Jahr für Jahr:
Egal was passiert, ich bin für dich da."

Vea ließ ihre Hände sinken, lauschte Salias Stimme. Lauschte den Tönen, die am Ende der Strophen immer etwas wackelig waren. Den Tönen, die zu tief für Salia waren. Lauschte der Melodie, die sie in der zweiten Strophe immer etwas anders sang, so wie es das Lied eigentlich nicht vorgab. Vea lauschte den schrägen Tönen – und den Gefühlen, die trotz allem mitschwangen.

Die Tränen fingen an, an Veas Wangen hinabzuströmen, auf ihre Beine zu tropfen, in die Rillen des Holzbodens zu laufen. Sie brannten heiß auf ihrer Haut, während alle Gefühle auf einmal aus ihr hinauszuströmen schienen, die sich über die Jahre in ihr angesammelt hatten. Salia sang weiter, und es tat so weh, dass Vea auf die Knöchel ihrer Faust biss, um nicht laut zu schluchzen anzufangen.

Sie hatte es vergessen.

Sie hatte vergessen, was *davor* gewesen war. Die guten Zeiten. Die Zeiten, in denen Salia ihr die Haare geflochten hatte. In denen Salia ihre Schrammen verarztet, die unzähligen blauen Flecke und Schnittwunden versorgt hatte, die Vea sich zugezogen hatte, weil sie andauernd hingefallen und gegen Möbelstücke gerannt war. Sie hatte vergessen, dass Salia ihr abends vorgesungen hatte. Dass sie jeden Abend, an dem ihre Mutter für die Göttliche Garde gearbeitet hatte, nachts in Salias Bett gekrochen war und sie ihr genau dieses Lied vorgesungen hatte. Auf ihre Mutter hatte man sich nicht verlassen können – aber auf Salia schon. Sie hatte ihr lächelnde Gesichter in den Apfel geschnitzt, bevor sie ihn ihr zu essen gab. Sie hatte ihr einen geheimen Handschlag beigebracht, den nur sie beide kannten. Sie war ihr Vorbild gewesen. Ihre Freundin. Ihre Schwester. Ihre Familie.

Sie hatte sie vergessen. Die guten Zeiten.

Die Tränen liefen weiter, sanken in Veas Laken, und sie presste die Augen so fest zusammen, dass es wehtat.

Wo war Janon? Warum war Janon nicht hier?

Kapitel 16

Die Appokalypse – Der Krieg der Zwei (16)

Eine weitere Schlacht ist ausgebrochen. Siebentausend Tote in nur einer Nacht. Die Leute denken, wir wären Feiglinge, weil wir nicht kämpfen. Weil wir den Soldaten nicht helfen.
Sie sind dumm. Sie haben nur keine Ahnung, welche Waffen die richtigen sind.

Sein Vater lebte.

Levi schlug mit der Faust auf sein Kissen, um es in eine gemütlichere Form zu zwingen.

Der Bastard lebte und hatte den Schneid, ihm einen Brief zu hinterlassen! Was zum Teufel sollte das bedeuten? Was *erwartete* er von ihm? Dass Levi sich freute? Dass er Liri nahm, um ihm in der Zweiten Mauer einen Besuch abzustatten? Levi hatte eine Menge dafür getan, damit niemand ihn mit dem Mann in Verbindung brachte, der sein Vater war. Er hatte seinen Namen nicht aus einer Laune heraus geändert. Er hatte nicht umsonst erzählt, er käme aus der Sechsten Mauer. Die Leute wurden von ihren Vorurteilen beeinflusst – die Asavez waren da keine Ausnahme. Wie hätte jemand ihn ernstnehmen können, wenn herausgekommen wäre, dass er gar kein hartes Leben geführt hatte? Dass er im Reichtum eines Ratsvorsitzenden groß geworden war? Dass er bis zu seinem zwölften Lebensjahr noch fest davon überzeugt gewesen war, er würde irgendwann selbst einmal den Göttern dienen?

Nein. Niemand hatte das wissen sollen – erst recht nicht Nym. Aber natürlich hatte sie es herausgefunden. Selbstverständlich war es ihr aufgefallen. Ihr und ihrem beschissenen Gehirn, das sich alle Einzelheiten einprägte, die sie nicht selbst betrafen.

Er seufzte, ließ seinen Kopf ins Kissen sinken und malträtierte mit der Faust seine Stirn. Er war nicht wütend auf sie. Es war nicht ihr Fehler, und er wusste, dass sie recht hatte. Dass er Liri die Wahrheit schuldete.

Es ist deine Entscheidung und du wirst die richtige treffen. Ihm war egal, was Nym als die richtige Entscheidung ansah. Er würde Liri nichts erzählen. Kein Sterbenswörtchen würde über seine Lippen kommen. Er hatte sie einmal vor seinem Vater beschützt und er hatte nicht vor, jetzt damit aufzuhören.

Die Treppen knarrten, und augenblicklich wandte er seinen Kopf in Richtung der Geräuschquelle. Seine Mundwinkel verzogen sich automatisch nach oben.

Nym stand da, die Hände unschlüssig vor dem Körper verschränkt, ihre dunkelblauen Augen fast schwarz in der Dunkelheit.

Levi sagte nichts, sondern hob einfach die Decke für sie an. Sie gab einen kleinen Seufzer von sich und schlüpfte darunter. Ihre Nähe war ihm so willkommen, dass er das Gefühl hatte, zum ersten Mal seit Stunden wieder richtig ausatmen zu können.

Sie bettete ihren Kopf wie selbstverständlich auf seinen Arm, ihre Stirn an seinem Kinn, die Hand an seiner Brust – so als hätte sie dies bereits die vergangenen Jahre jeden Abend genau so getan.

Er spürte ihren Atem warm an seinem Hals, und ihre Finger zogen Kreise über seine Haut.

„Wir beide haben echt verkorkste Familien“, flüsterte sie, während Levi seinen Arm über ihre Mitte drapierte.

„Ich kann dir da nicht widersprechen.“

Nym seufzte. „Toll. Nicht einmal darauf kann ich mich noch verlassen.“

Levi musste lachen. „Hast du mit Vea gesprochen?“

Sie nickte.

„Und?“

„Sie hasst mich.“

„Ich glaube nicht, dass –“

„Sie hasst mich, Levi – und das mit gutem Recht. Ich bin ... eine furchtbare Person.“

Ihre Stimme stockte bei den letzten Worten, und Levi hoffte, dass sie nicht anfing, zu weinen. Man hatte ihm in seiner Ausbildung zum Soldaten nie erklärt, wie man mit heulenden Frauen umging, und er fühlte sich noch nicht bereit, es zu lernen. „Du bist keine furchtbare Person.“

„Aber ich war eine.“

Levi schwieg. Die Wahrheit war, dass er es nicht wusste, deswegen schloss er sie einfach nur fester in den Arm, atmete ihren Geruch ein und ließ seine Lippen über ihre Schläfe streichen.

„Dein Vater denkt nicht, dass du ein furchtbarer Mensch bist.“

Nym legte ihre Stirn an sein Schlüsselbein, und er spürte, wie sie ihren Kopf schüttelte. „Er … er hat mich angeschaut, als hätte er mich seit Jahren nicht gesehen. Ich erinnere mich nicht wirklich an ihn. Ich sehe ihn und weiß, dass er mein Vater ist, aber sonst … ich weiß nicht, was für eine Person er ist.“

Levi dachte an den Gesichtsausdruck des angetrunkenen Mannes, der sich an Nym geklammert hatte, als sei sie sein letzter Strohhalm. Er ähnelte Nym nicht. Weder in seinem Äußeren, noch in ihrer Stärke. Levi hatte das Gefühl gehabt, in die Augen einer gebrochenen Persönlichkeit zu blicken – und das war, bevor er den Alkohol gerochen hatte. Aber der alte Kerwin schien noch ein wenig Anstand zu besitzen. Zumindest hatte er sie nicht rausgeworfen oder die Garde gerufen.

„Du erinnerst dich mittlerweile an eine Menge“, murmelte er, auch wenn er nicht wusste, ob ihm das gefiel. „Vielleicht kommen die Erinnerungen an deinen Vater noch zurück.“

„Kann sein.“ Sie hörte sich nicht überzeugt an. „Was ist mit deinem Vater?“

Das war ein Thema, über das Levi wirklich nicht sprechen wollte. Er neigte ohnehin schon dazu, Nym ohne Grund anzuschreien, da musste er seinen Vater nicht auch noch aufs Tablett legen.

Ihre Haare kitzelten sein Kinn, und anstatt zu antworten, flüsterte er: „Du hast dich wieder nicht verabschiedet.“

„Du weichst meiner Frage aus.“

„Und du hast dich nicht verabschiedet.“

„Ich habe mich verabschiedet!“

„Hast du?“

Sie nickte, und er konnte ihre Lippen an seinem Schlüsselbein spüren. „Habe ich.“

Bei den Göttern, konnte sie bitte aufpassen, was ihr Mund tat, wenn sie sprach?

„Ich habe dir sogar einen Abschiedskuss gegeben. Was kann ich dafür, wenn du ihn verschläfst?“

Oh Mann … „Was bringt mir ein Kuss, während ich schlafe?“

Sie zuckte eine Schulter. „Genugtuung, zu wissen, dass es ihn gab?“

„Das reicht mir nicht.“ Er seufzte gespielt schwer und ließ seine Hand über ihren Rippenbogen bis zu ihrem Kinn wandern. „Ich fürchte, du schuldest mir noch einen richtigen Kuss.“

„Tue ich das? Was ist mit dem Kuss heute Mittag?“

„Der zählt nicht. Ich konnte mich nicht darauf vorbereiten.“

Sie lachte leise. „Du musst dich auf einen Kuss von mir vorbereiten?“

„Natürlich muss ich das! Mental und körperlich.“

„Also soll ich dich am besten vierundzwanzig Stunden vorher vorwarnen, bevor ich …“

Levi verlor dir Geduld und ließ sie den Satz nicht beenden. Er hob ihr Kinn an und küsste sie, schlang seine Arme fester um sie, zog sie an sich, bis er an nichts anderes mehr denken konnte, als an ihren Mund, ihre Hände, ihren Körper …

„Levi.“ Sie atmete schwer.

„Ja?“

„Weißt du noch, was ich gestern gesagt habe? Dass ich nur Nähe will, nichts Sexuelles?“

Er nickte. „Ja.“

Sie blinzelte, und er war sich sicher, dass er in seinem Leben noch nie so schöne Augen gesehen ... und noch nie einen so kitschigen Gedanken gehabt hatte.

„Levi. Ich glaube, heute Nacht ist auch andere Nähe okay."

„Andere Nähe?"

Sie lächelte und biss sich auf die Unterlippe. „Ja. *Andere* Nähe."

Seine Mundwinkel verzogen sich zu einem breiten Lächeln, bevor er ihr jede Art von Nähe gab, die ihm einfiel. Er war der verdammt glücklichste Ikano der Welt.

Jeki war der verdammt unglücklichste Ikano der Welt.

Sein Fuß traf zum dritten Mal die harte Steinmauer und erneut sah er hoch zur Sonne. Wieso verschwand sie nicht endlich hinterm Horizont?

„Jeki, was ist los mit dir? So nervös habe ich dich nur vor dem Abend gesehen, an dem du Salia einen Antrag machen wolltest, obwohl jeder wusste, dass sie Ja sagen würde."

Jeki mochte seinen Freund – aber wenn Arcal noch ein Wort über Salia verlor, würde er ihm jeden Zahn einzeln aus dem Mund schlagen. „Ich will anfangen."

„Es macht keinen Unterschied, ob wir jetzt oder in einer Stunde beginnen."

Es machte keinen Unterschied? „Jede Sekunde, die wir warten, könnten Flüchtige versteckt werden." Salia könnte versteckt werden.

„Wieso sollte sie jemand verstecken? Niemand weiß, dass wir die Häuser durchsuchen werden."

Jeki war sich da nicht so sicher. Er hatte sich daran gewöhnt, dass in den inneren Mauern immer irgendwer etwas wusste. Informationen schienen durch Ritzen und Sand zu sickern, ohne dass jemand etwas bemerkte.

„Warten die Soldaten?"

„Ja."

„Du hast ihnen nicht erzählt, warum?"

„Natürlich nicht. Du hast gesagt, ich solle es nicht tun."

Er nickte steif. „Gut."

Der letzte Tag war die Hölle gewesen. Er hatte sich nicht bei seiner Mutter entschuldigt, weil er gewusst hatte, dass sie ihn solange befragen würde, bis er ihr erzählte, was genau los war. Janon hatte ihm heute Morgen mitgeteilt, dass sie ernsthaft verletzt war, während Arcal und Esya ihn den ganzen Tag über mit irgendwelchen Fragen bezüglich der Sicherheitsmaßnahmen am Tag der Götter belästigt hatten. Er hatte mit beiden seine Geduld verloren und wunderte sich, dass Esya ihm keinen Feuerball ins Gesicht gedrückt hatte, denn den hätte er verdient gehabt. Aber all das war ihm egal.

Erneut warf er einen Blick an den Himmel. Die Sonne berührte die obersten Dächer der Dritten Mauer und die Umgebung wurde in helles, orangenes Licht getaucht. Das reichte Jeki – wenn Api etwas daran auszusetzen hatte, dass er jetzt anfing, sollte der Gott sich persönlich bei ihm beschweren.

„Gehen wir", sagte er grimmig und lief strammen Schrittes an Arcal vorbei. Sein Freund folgte ihm.

„Die Sonne ist –"

„Die Sonne ist dabei, unterzugehen! Es wird Zeit."

Arcal sagte nichts mehr, vielleicht weil er ahnte, dass er Jekis Meinung nicht ändern konnte.

Die goldenen Ornamente seiner Rüstung klirrten aufeinander, und Jeki lief noch schneller, bis er endlich das Tor zur Vierten Mauer erreicht hatte, an dem sich an die vier Dutzend Soldaten aufgereiht hatten und ihn neugierig betrachteten.

Vier Dutzend Soldaten. War das genug?

„Sind das alle?"

Arcal nickte. „Alle, die erübrigt werden konnten."

Das musste reichen.

„Schön." Jeki erhob seine Stimme. „Morgen ist der Tag der Götter", rief er, alle Blicke nun auf ihn gerichtet. „Und es liegt die Vermutung nahe, dass eine Reihe von Rebellen, Flüchtigen und Asavez das Fest nutzen werden, um sich durch die Mauern zu stehlen und zu fliehen! Das werden wir zu verhindern wissen. Wir werden heute Abend jedes Haus nach ihnen durchsuchen – und ich möchte, dass keine Fehler gemacht werden. Ich *erwarte,* dass keine Fehler gemacht werden! Ihr werdet in jeden Schrank sehen, unter jedes lose Dielenbrett, hinter jede Tür, in jeden Keller und in jede Truhe. Es ist mir egal, wie lange es dauert, oder wie wütend die Anwohner sind – ihr werdet sie *alle* finden! Jeden Einzelnen – aber niemand wird getötet!" Der letzte Satz war der, den er am lautesten brüllte – und es war der Satz, bei dem ihn Arcal plötzlich verwundert ansah. „Ich wiederhole: Niemand wird getötet! Habt ihr verstanden?"

Alle schwiegen.

„Ich möchte wissen, ob ihr verstanden habt?"

Zustimmend wurde Ja gerufen – doch das reichte Jeki nicht. Er musste jede Möglichkeit, dass Salia aus Versehen getötet wurde, ausmerzen. Er kniff seine Augen zusammen. „Lasst es mich so ausdrücken: Wenn ich auch nur von einem Unfall, einem blutigen Kampf oder einem aus Versehen gebrochenem Genick höre, werde ich euch persönlich vor Thakas Tribunal schleppen! Und wenn Thaka euch unschuldig sprechen sollte, werde ich warten, bis ihr nach Hause zurückkehrt und euch dann eigenhändig töten!"

Entgeistert blickte Arcal ihn an. „Was redest du da?", zischte er. „Warum ist es dir so wichtig, dass niemand von den Flüchtenden stirbt? Es sind Rebellen und Asavez. Niemandem würde es schaden, wenn –"

„Es würde *mir* schaden!", fuhr er ihn an. „Niemand stirbt! So lautet mein Befehl, Arcal, und jeder hier tut besser daran, ihm Folge zu leisten." Er hatte keine Zeit, sich um Arcals Verwirrung zu kümmern, stattdessen sprach er wieder laut zu allen anderen. „Ihr werdet euch zu zweit zusammenfinden, Esya wird euch in die Areale einteilen, die ihr zu durchkämmen habt." Er deutete auf die Ikano des Feuers, die ein großes Stück Pergament auf dem Boden ausgerollt hatte, auf dem die Vierte Mauer abgebildet worden war. „Ihr werden effizient und gründlich vorgehen, und zu jeder vollen Stunde bei Esya vermerken, welche Häuser ihr abgehakt habt und was ihr gefunden habt. Ist das klar?"

Wieder bejahten die Soldaten.

„Dann fangt an!"

Ein Durcheinander entstand, während sich die Soldaten allesamt um Esya scharten, die anfing, Namen in die Karte einzutragen.

Jeki konnte Arcals intensiven Blick auf sich spüren und wusste, dass sein Freund mehr als nur verwirrt war. Doch er schwieg darüber. Wie es sich für einen guten, loyalen Soldaten gehörte.

„Was ist meine Aufgabe?", fragte er.

„Du kommst mit mir", knurrte Jeki und lief in Richtung des Tors. Er würde nicht tatenlos zusehen. Auch er würde Häuser durchkämmen – und er wusste auch schon genau, wo er anfing.

„Es gibt keinen Verräter."

„Aber es muss einen geben."

„Dann ist er nicht in euren Reihen."

Nym sah von Levi zu Vea und ließ sich neben Liri auf das Sofa fallen. Dieser Tag war eine Verschwendung gewesen. Jeden Rebellen hatten sie aufgesucht und befragt – und niemand hatte gelogen. Liri saß erschöpft neben ihr. Wahrheitslesen verbrauchte anscheinend einiges an Energie.

„Wo ist euer Vater?" Ro sah sich um, als erwarte er, dass Lit Kerwin unterm Teppich lag. Es war dunkel im Raum. Die Sonne ging gerade unter, und sie hatten zur Vorsicht die Fensterläden geschlossen.

„Wahrscheinlich im Keller", murmelte Vea und sah auf besagte Tür. „Dort ist der Alkohol."

„Gut, dann können wir ja vielleicht noch einmal über morgen sprechen."

Augenblicklich richteten sich alle auf. Alle außer Liri, die eingenickt war, ihren Kopf auf die Lehne des Sofas gebettet. Jaan war immer noch irgendwo unterwegs, deswegen waren sie nur zu fünft. Nyms und Veas Vater hatten sie nicht näher erläutert, wer sie waren. Für ihn waren sie Freunde aus Amrie und Nym hatte Urlaub von der Garde genommen. Es mussten nur alle penibel genau darauf achten, sie Salia zu nennen, wenn er im Raum war.

„Wir haben die Gruppen zwar aufgeteilt und jede hat einen Anführer, der weiß, wohin er gehen soll und was zu tun ist, aber ich finde, wir sollten dennoch mindestens zwei Leuten pro Einheit erklären, wo sie Leena und Filia antreffen können und welches Schiff wir benutzen werden."

„Das habe ich bereits getan."

Verblüfft starrten alle nun Vea an, die trotzig ihr Kinn reckte.

„Ich hielt es für richtig. Und ihr stimmt dem ja offensichtlich zu."

Nym musste lächeln und eine seltsame Art von Stolz erfüllte sie. Sie mochte Vea zurückgelassen haben – aber auch ohne ihre Hilfe war sie zu einer starken Frau herangewachsen, die für sich selbst sorgen konnte. Vielleicht gerade deshalb. Nicht, dass Nym sich dadurch besser fühlte.

Levi sah unzufrieden darüber aus, dass Vea über ihre Köpfe hinweg agiert hatte, doch Ro zuckte nur die

Schultern. „Eine Aufgabe weniger auf unserer Liste. Was Nika angeht, so wird sie alleine dem Zug beiwohnen und irgendwo in der Menge verschwinden. Entweder trifft sie erst in Amrie auf uns oder schon früher. Außerdem sollten die Mitglieder der einzelnen Gruppen nicht allzu nah beieinander gehen. Wir dürfen nicht auffallen.“

Es war eine Schande, dass der Tag der Götter kein Kostümfestzug war – das hätte das Ganze für sie um einiges erleichtert. Levis, Jaans und ihr Gesicht waren der Göttlichen Garde bekannt, und das könnte zu Problemen führen. Das Fest der Götter mochte unübersichtlich sein, aber wenn jemand gezielt nach ihnen Ausschau hielt ...

„Vea, hast du die Mäntel oben bei dir?“

Sie nickte, öffnete den Mund und wurde von der aufschwingenden Kellertür unterbrochen. Lit Kerwin trat heraus und war offensichtlich von den vielen Blicken überfordert, die auf ihm lagen.

„Ihr seid zurück“, stellte er fest.

Vea nickte. „Ja.“

„Wo wart ihr?“

„Unterwegs.“

Lit Kerwin sah zu Nym. Nym wartete auf irgendeine Emotion oder ein Bild, das ihr in den Kopf springen würde – aber da war nichts. Da war ... Moment. Doch. Da war was. Aber es war kein Bild, kein Gefühl – es war ein Geräusch, das ihren Puls in die Höhe trieb.

„Die Garde kommt“, sagte sie atemlos und sprang auf.

Verwirrt sahen sie alle an. „Was?“

„Hört ihr es nicht?“ Panik stieg in ihr auf. „Die Uniformen! Man hört sie. Das Metall!“ Nym hätte das

Geräusch unter hunderten erkannt. Das gleichmäßige, leise Klirren, die kleinen Ornamente, die die Rüstung bildeten und im Rhythmus des Windes aufeinanderschlugen. Die schweren Fußschritte im Einklang miteinander. Den Soldaten mochte es gar nicht mehr bewusst sein, aber sie gingen alle im Gleichschritt.

Alle lauschten angestrengt und Vea war die erste, die weiß wurde, ihren Vater anstarrte, Nym anstarrte und dann aufsprang. „Worauf wartet ihr noch? Versteckt euch – im Keller! Aber lasst die Tür auf."

„Die Tür offen lassen?"

„Die Räume, die hinter verschlossenen Türen liegen, sind die, die zuerst durchsucht werden!"

Nym blickte zu Levi, der bereits Liri auf den Arm genommen hatte. „Der Spruch hätte auch von dir kommen können."

Er zog eine Grimasse und sie liefen zur Kellertür.

„Was ist hier eigentlich los?" Lit Kerwin sah zwischen seinen Töchtern hin und her.

Ro und Levi, mit Liri im Arm, eilten bereits die Treppe hinunter, und Nym war die einzige, die noch dastand.

„Was immer passiert, Vater", zischte sie. „Lass Vea reden! Sag kein Wort."

Dann verschwand sie im Keller und sobald ihr Fuß die letzte Treppenstufe berührt hatte, hörte sie das Klopfen an der Tür.

Jekis Faust traf erneut auf das Holz und Arcal sah ihn durch den Sehschlitz seines Helms fragend an. „Ist das nicht Salias Haus?"

Er nickte, gab ihm jedoch keine weitere Erklärung. Erneut klopfte er und diesmal wurde ihm geöffnet.

Vea blickte ihm entgegen, ihre Augen genauso feindselig wie das letzte Mal, als er sie gesehen hatte. Mit Janon. Er fragte sich, was zwischen den beiden vorgefallen war.

„Hallo", sagte er schroff. „Wir müssen das Haus durchsuchen." Eine lange Einleitung würde niemandem etwas bringen.

Vea zwängte ihre Augen zusammen, stemmte die Arme in die Seiten, und Jeki konnte sehen, wie ihr Vater, der am Tisch hinter ihr saß, überrascht aufblickte.

„Dir auch einen schönen Tag, Jeki."

Er war nicht einmal überrascht, dass sie wusste, wer er war. Vea erkannte ihn immer, selbst in seiner Rüstung.

„Vea, ich scherze nicht, wir durchsuchen die ganze Vierte Mauer nach Rebellen."

Arcal zur seiner Rechten machte einen Schritt zur Seite und sah neugierig durch die Tür. Jeki hatte keinen Nerv, mit Vea zu diskutieren. Er wollte ins Haus und nach Salia suchen und zwar *jetzt*. Nur konnte er Vea nicht einfach so beiseite wischen. Sie war Salias Schwester, und sollte Salia je ihr Gedächtnis zurückbekommen, so würde sie sehr wütend auf ihn sein, wenn sie erfuhr, dass er sich gewaltsam Zugang zu ihrem Haus verschafft und ihre Schwester dabei aus dem Weg geschoben hatte.

„Geh beiseite, Vea. Es wird nicht lange dauern."

Vea bewegte sich nicht, stattdessen sah sie zu ihm hoch und schnaubte laut. „Hast du deinen Verstand verloren?“

Ja, höchstwahrscheinlich schon. „Vea ...“

„Ihr sucht nach Rebellen und dann klopft ihr zuerst an die Tür von Salia Kerwins Familie? Was stimmt mit diesem Bild nicht, Jeki?“ Sie tat gespielt nachdenklich. „Ich glaube, Salia wüsste, wenn wir hier jemanden verstecken würden. Sie hätte die Rebellen längst eigenhändig getötet – aber das müsstest du doch am besten wissen, nicht wahr?“

Ja, er wusste das am besten. Nur Salia war im Moment nicht Salia und das alles ... er verschränkte die Arme vor der Brust. Man konnte sich einfach auf nichts mehr verlassen.

„Das alles ändert nichts“, sagte er ruhig. „Jedes Haus wird durchsucht, dieses auch.“

Arcal räusperte sich und zog nun endlich wieder den Kopf zurück, den er beinahe durch die Tür gesteckt hatte. „Das wird nicht nötig sein, Jeki.“

„Was?“

Arcal legte ihm eine Hand auf die Schulter, als wisse er, dass Jeki schon wieder kurz davor war, an die Decke zu gehen. „Das wird nicht nötig sein“, wiederholte er.

„Warum nicht?“ Jekis Kiefer tat weh, weil er seine Zähne so fest aufeinanderpresste, und sein Blick schweifte durch das Wohnzimmer und zu der offenen Kellertür, so als verstecke sich die Antwort auf seine Frage dort.

„Weil er es war, der uns die Hinweise gegeben hat.“

Jeki verstand kein Wort, folgte aber Arcals Blick. Er sah zu Lit Kerwin, Salias Vater. „Hinweise?“

„Zu den Rebellen. Er hat uns auf das Treffen aufmerksam gemacht und auf Nik–“ Er verstummte abrupt. „Nun ja, er ist auf jeden Fall unser Informant. Er würde wohl kaum Rebellen verstecken.“

Jeki runzelte die Stirn und bekam kaum mit, dass Vea ganz blass geworden war und mit offenem Mund zu ihrem Vater sah. Er war selbst zu verblüfft. Ausgerechnet Lit Kerwin war ihr Informant? Woher hatte er die Informationen? Das war eine Frage, die er stellen musste. „Woher wussten Sie von der Rebellengruppierung und ihren Plänen?“, fragte er scharf. Ihm war egal, dass Vea alles mit anhörte. Sie dürften die Rebellen ja herzlich wenig interessieren.

Lit Kerwin war tiefrot angelaufen, und aus den Augenwinkeln bemerkte er, wie Vea ihrem Vater einen Blick zuwarf. Doch er achtete nicht weiter auf sie. Er war zu wütend und zu ungeduldig, um aufmerksamer hinzusehen.

„Marktplatz“, hustete der alte Kerwin. „Hab Leute belauscht.“

Jeki betrachtete ihn, den Mann, der so wenig mit Salia gemein zu haben schien. Nur seine Augen waren dieselben. „Heißt das jetzt, dass die Durchsuchung abgeblasen ist, oder was?“ Veas Finger prasselten ungeduldig auf ihren Gürtel, während sie genervt zu ihm hochsah. Allerhand Emotionen glitten über ihr Gesicht, doch seine Gedanken rasten zu schnell, als dass er sich die Mühe gemacht hätte, sie zu deuten. Er runzelte die Stirn, unsicher, was er Vea antworten sollte. Er hatte sich in den Kopf gesetzt, dass hier Salias wahrscheinlichster Aufenthaltsort war, aber jetzt, wo er darüber nachdachte, verhielt es sich eher andersherum. Es wäre doch sehr dumm von ihr, bei ihrer Familie unterzukommen – vorausgesetzt, sie erinnerte sich an sie. Und wenn sie sich nicht erinnerte, war die Wahrscheinlichkeit, sie hier anzutreffen, noch geringer. Vea hatte recht. Die Vermutung, dass sich in ihrem Haus Flüchtige verstecken könnten, war lächerlich, denn das würde sie zur Rebellin machen – und Salias Schwester, die Schwester der Ersten Offizierin eine Rebellin? Nein, das war unmöglich. Sie wusste ja nicht mal, dass Salia im Moment nicht in der Dritten Mauer lebte. Sie musste in dem Glauben sein, dass Salia jeden Tag spontan auf einen Besuch vorbeikommen könnte. „Nun gut", fing er an. „Ich –"

„Tujan! Komm her! Wir haben jemanden gefunden."

Sein Kopf fuhr in die Höhe und ein Soldat reckte in etwa fünfzig Metern Entfernung den Kopf aus einer Tür. Er sah zu Arcal, der entschlossen nickte, und machte einen Schritt zurück. „Tut mir leid, Vea. Du hast recht."

Sie verdrehte die Augen. „Vielen Dank fürs Vertrauen! Salia wird entzückt sein." Dann schloss sie die Tür vor seiner Nase.

Nym fiel es schwer, zu atmen.
Die Stimme.
Diese Stimme.
Bei den Göttern, diese Stimme! Es war, als wäre sie ihr unter die Haut gekrochen und hätte sich um ihr Herz gelegt. Sie war so vertraut. So weich. So ... warm.

Aber wenn sie Vea richtig verstanden hatte, dann war das Jeki Tujan gewesen. Jeki Tujan.

Sie kannte ihn. Das hatte sie gewusst. Aber ... sie war verwirrt. Tujan war kein guter Mensch, richtig? Vea hatte doch erzählt, dass sie seine Stelle gewollt hatte, oder nicht?

Sie presste sich enger an die kalte Kellerwand, und die Stille, die sich oben ausgebreitet hatte, war ihr unheimlich. Die Stimme des Soldaten hallte noch immer in ihrem Kopf wider, als die Bedeutung der wie nebenbei gefallenen Worte in ihren Geist sickerte.

Die Hinweise. Ihr Vater.

Ruckartig richtete sie sich auf. Über die Stimme und ihre Bedeutung würde sie später nachdenken müssen.

Der Verräter war ihr eigener Vater. Wie konnte er nur? Wie hatte das passieren können? Sie stieß sich von der Wand ab, und bevor Levi nach ihrer Hand greifen konnte, war sie auf die unterste Stufe gesprungen.

„Nym! Du weißt nicht, ob es sicher ist!"

Sie ignorierte ihn und hastete die Stufen hoch ins Wohnzimmer.

Vea stand da, vor der verschlossenen Tür, und starrte zu ihrem Vater. Sie war weiß, ihre Hände zu Fäusten geballt und sie zitterte, als wäre sie kurz davor, über den Tisch zu langen, und ihren Vater zu erwürgen. Oder in Tränen auszubrechen.

Ihr Vater war in seinem Stuhl zusammengesunken, die Hände krampfhaft um die Tischplatte geklammert, sein Blick bittend auf seine Tochter gerichtet.

„Vea", sagte Nym ruhig. „Geh nach oben."

Veas Kopf fuhr herum. „Er hat –"

„Ich weiß, geh nach oben."

„Du kannst mir nicht –"

„Bitte, Vea. Geh nach oben. Lass mich mit ihm sprechen."

Ihre Schwester hatte die Augen weit aufgerissen, ihre
Fingerknöchel traten weiß hervor, und Nym konnte sehen, wie sie fest in die Innenseiten ihrer Wangen
biss – doch sie ging. Nym wusste nicht, warum sie ihr
gehorchte. Vielleicht, weil ihr nur allzu bewusst war,
dass sie sich im Moment nicht unter Kontrolle hatte.

Nym sah ihr nach und schritt dann zur Kellertür.
„Könntet ihr kurz unten bleiben?", fragte sie in die Dunkelheit und schloss dann, ohne auf eine Antwort zu
warten, die Tür. Ein zäher Schmerz hatte sich an ihrer
rechten Schläfe gebildet und sie massierte die Stelle mit
zwei Fingern, bevor sie ihren Blick wieder auf ihren Vater richtete.

Levi hatte recht behalten. Die Bilder kamen, alle nacheinander. Erinnerungen aus ihrer Kindheit, über ihren
Vater. Lit Kerwin, wie er ihr versicherte, sie müssten
nur Geduld mit ihrer Mutter haben, sie sei nicht ganz
sie selbst. Lit Kerwin, wie er sie darum bat, die Göttliche
Garde nicht mehr vor ihrer Mutter zu erwähnen. Lit
Kerwin, der ihr versprach, er würde mit dem Trinken
aufhören, sobald sich ihre Mutter besser fühlte. Nym
hatte ihm nicht geglaubt. Hatte ihm nie geglaubt. Denn
sie hatte gewusst, dass sich ihre Mutter nie besser fühlen würde. Und er nicht aufhören würde, zu trinken.
Sie war so feige gewesen. Es wäre ihre Aufgabe gewesen, mit ihm zu reden. Lit Kerwin schwieg. Er sah sie
fragend an, als verstünde er nicht, warum es wichtig
sei, dass niemand zuhörte. Vielleicht konnte sie auch

leichte Züge der Angst in seinem Gesicht erkennen. Nym setzte sich ihm gegenüber.

„Wann haben wir uns das letzte Mal unterhalten?", fragte sie, die Hände auf dem Tisch faltend.

„Vor etwa elf Monaten."

Elf Monate. Nym ließ die Finger von ihrer Schläfe gleiten. „Und du weißt von den Rebellen? Dass Vea Teil von ihnen ist? Du weißt, dass sie gehen will?"

Lit Kerwin verzog den Mund und sah auf die geschlossenen Fensterläden hinter ihrem Kopf. „Natürlich weiß ich es! Wie könnte ich das nicht wissen? Sie ist meine Tochter."

„Eine Tochter, die du an die Göttliche Garde verraten hast?", fragte Nym leise, auf seltsame Art und Weise erleichtert, dass sie die Schuld nicht alleine trug.

„Ich habe nicht *sie* verraten!", fuhr ihr Vater sie an, seinen Finger auf sie gerichtet. Er zitterte in der Luft. „Sie war nie in Gefahr!"

Jetzt wusste Nym auch, woher sie die Fähigkeit hatte, Dinge zu verdrängen. „Du hast sie verraten", widersprach Nym. „Vielleicht nicht direkt, aber du hast ihre beste Freundin und den Rest ihrer Gruppe angeschwärzt, und sie alle kennen ihr Gesicht. Ihren Namen. *Natürlich* ist sie in Gefahr."

Wieder sah sie in die Augen ihres Vaters – ihre Augen – und sie konnte darin sehen, dass er sich diesen Zusammenhängen bewusst gewesen war. Er war nicht dumm. Langsam sank er in seinem Stuhl zusammen, bevor er schließlich aufblickte. In seinen Augen standen Tränen.

„Ich konnte sie nicht auch noch verlieren", flüsterte er, seine Stimme war fast nicht zu verstehen. „Ich habe sie reden gehört, und alles, was ich dachte, war, dass ich nicht noch eine Tochter verlieren konnte."

Jetzt war Nym es, die seinen Blick nicht ertrug. Sie hätte ihm gerne gesagt, dass er sie nicht verloren hatte – doch das wäre eine Lüge gewesen. Er war ihr Vater und sie liebte ihn, glaubte sie, aber sie war auch nicht mehr wirklich seine Tochter. Schon lange nicht mehr. Seit dem Tod ihrer Mutter nicht mehr.

„Das ist keine Entschuldigung", murmelte sie.

„Ist es nicht", bestätigte er. „Aber ein Grund."

„Du wolltest die Rebellen auffliegen lassen, damit Vea nicht mit ihnen hätte fliehen können?"

Er nickte.

„Warum hast du Vea nicht gefragt, ob du mitkommen darfst?"

Wieder verzog er das Gesicht. „Sie hätte mich nicht mitgenommen – und ich wollte dich nicht alleine zurücklassen."

„Nun, jetzt würdest du mich nicht mehr zurücklassen. Würdest du jetzt gerne mitkommen?"

Nyms Vater sah sie an, als würde sie eine andere Sprache sprechen. Er war so verblüfft, dass er vollkommen vergaß, ihrem Blick auszuweichen. „Du würdest mich mitnehmen?"

Wie konnten Vater und Tochter nur so distanziert sein? Wie konnte ihr Vater immer noch nicht für sich selbst einstehen? Wie damals, als er sich der Meinung ihrer Mutter unterworfen hatte. Nichts hatte sich geändert und die neue Erinnerungswelle trieb Nym die Luft aus den Lungen.

Sie schluckte, hob eine Schulter. „Vielleicht. Wenn du mich darum bitten würdest."

Eine Träne lief über die Wange ihres Vaters, und Nym konnte sich daran erinnern, dass sie ihn schon einmal hatte weinen sehen. Es war ihre Mutter gewesen, die nie eine Träne verloren hatte.

„Ich bitte dich darum", sagte er.

„In Ordnung. Unter einer Bedingung."

„Welche?"

Und dann sagte sie es. Das, was sie schon vor Jahren hätte sagen soll. Was sie hätte sagen sollen, als sie die Beerdigung ihrer Mutter verlassen hatte. Es war alles da. Der Moment, in dem sie die Worte hätte benutzen müssen. Sie erinnerte sich. „Du wirst aufhören zu trinken", sagte sie leise. „Du rührst keinen Tropfen mehr an. Die erste Sekunde, in der ich ein Bierglas an deinen Lippen sehe, werde ich dich persönlich zur Jeferabrücke begleiten und nach Bistaye zurückschicken. Vea hat etwas Besseres verdient. Etwas Besseres als mich und etwas Besseres als dich – aber wir sind nun einmal alles, was sie hat. Also werden wir zu den besten Personen, die wir sein können. Sie war immer diejenige mit dem guten Herzen und sie hat es verdient, dass wir zumindest versuchen, ebenfalls gut zu sein."

Ihr Vater starrte sie an. „Du hast auch ein gutes Herz, Salia."

Nym schwieg, schließlich murmelte sie: „Ich mag ein gutes Herz haben, aber ich fürchte, ich war meist zu schwach, seinen Anweisungen zu folgen."

Zu feige, ihnen zu folgen. Tief in ihrem Inneren hatte sie immer gewusst, was richtig war. Damals, nach dem Tod ihrer Mutter. Sie hatte gewusst, dass sie Vea hätte besuchen müssen. Gewusst, dass sie sich mehr Mühe hätte geben müssen, dass ihre Schwester Angst hatte und dass sie die einzige Person war, die ihr diese hätte nehmen können.

Doch sie hatte es nicht getan. Weil sie selbst zu große Angst gehabt hatte. Weil sie sich schuldig gefühlt und zu sehr in Selbstmitleid gebadet hatte, als dass sie diese Angst hätte überwinden können. Sie hatte ein gutes Herz, aber sie nutzte es nicht so wie Vea. Zumindest hatte sie das bisher nicht. Aber das würde sich ändern.

„Meinst du, Vea verzeiht mir?" Die Frage ihres Vaters war leise, vielleicht, weil er die Antwort nicht hören wollte.

Nym stand auf und lief zur Kellertür. „Ich weiß es nicht", murmelte sie und drückte die Klinke nach unten. „Aber selbst mir fällt es schwer, dir zu verzeihen. Und ich bin es nicht, die du verraten hast."

KAPITEL 17

DIE APPOKALYPSE – DER KRIEG DER ZWEI (17)

Wir haben den Konditionen der Götter zugestimmt. Der Krieg pausiert, und wir werden erst gehen, wenn die Götter ihren Teil der Abmachung eingehalten haben. Wenn auch der letzte Anhänger der Gottlosen auf die andere Seite des Appos gelangt ist. Es wird den Göttern verboten sein, Asavez anzugreifen – so wie es uns verboten sein wird, ihre Geheimnisse preiszugeben.
Es war die richtige Entscheidung, wenn auch eine sinnlose.

„Ihr habt sie nicht gefunden?"
Es waren die gleichen Worte, die Jeki selbst noch vor einer halben Stunde geschrien hatte, doch aus dem Mund des Gottes, ganz leise, beinahe vorsichtig, wirkten sie wie ein direkter Schlag ins Gesicht.

„Wir haben drei Flüchtige und zwei Rebellen gefasst, doch sie weigern sich zu reden." Es fiel Jeki schwer, die Worte auszusprechen und die innere Wut und Verzweiflung dabei zurückzuhalten.

„Lass mich sehen, ob ich das richtig verstanden habe ..." Api kam langsam auf ihn zu, seine Augen zu

Schlitzen verengt, die Stimme kaum ein Flüstern. Es war das erste Mal, dass Jeki ernsthafte Angst vor ihm hatte. „Vier Dutzend Soldaten wurden losgeschickt und sie waren nicht dazu imstande, mehr als drei Flüchtige und zwei Rebellen zu fassen? Und *du* warst nicht dazu imstande, Salia zu finden?"

Jeki schluckte. „Nein, war ich nicht."

Er hatte versagt. Er, Jeki Tujan, hatte versagt.

Das konnte er nicht zulassen. Versagen war keine Option! Wenn die Asavez flohen … sein Magen verkrampfte sich bei der Vorstellung. Er würde Salia verlieren. „*Wie* ist das möglich, Jeki? Erkläre es mir!" Apis Stimme war eine Hand aus Eis, die sich um seinen Hals zu legen schien. „Erkläre mir, wie vier Dutzend Soldaten einer kleinen Gruppe aus Asavez nicht ebenbürtig sein kann. Erkläre mir, wie du das Versagen deiner Männer zulassen konntest, obwohl *dir* bewusst ist, dass die Arbeit der letzten Wochen davon abhängt, Salia wiederzufinden."

Jeki konnte es nicht erklären. Er wusste es nicht. Sie hatten jedes Haus durchsucht, jede Wand abgetastet, unter jedes Bett geschaut und nichts gefunden.

„Jeki, ich habe dir eine Frage gestellt!"

„Ich weiß es nicht", sagte er steif, den Blick auf Api gerichtet. Er würde keinen Zentimeter vor ihm zurückweichen. „Ich kann es mir nicht erklären, außer damit, dass Salia eine exzellente Soldatin ist. Sie weiß sich zu verstecken. Und ich habe keine Macht über jeden einzelnen meiner Männer. Die Flüchtigen müssen zwischendurch die Häuser gewechselt haben, und die Rebellen sind nicht von anderen Mitbürgern zu unterscheiden. Sie müssen ein System entwickelt haben, wie –"

„Mir sind die Rebellen egal!", fuhr der Gott ihn an und Jeki zuckte zusammen. „Mir geht es um *sie*. Um Salia! Wenn wir sie finden, haben wir den Schlüssel für unseren Sieg. Ich dachte, dir ist das bewusst!"

Jeki presste die Zähne fest aufeinander, damit er nicht anfing zu schreien. Was glaubte der Gott eigentlich, mit wem er sprach? Wie konnte er ihm vorwerfen, dass er nicht alles in seiner Macht stehende tat, um Salia zu finden? Wie konnte Api vergessen, dass er so viel mehr zu verlieren hatte als der Gott?

„Wir werden sie finden", sagte er fest. „Morgen. Wenn sie fliehen."

„Das hoffe ich für dich!" Funken sprühten aus Apis violetten Augen. „Wenn du nicht in der Lage bist, deine eigene Verlobte zu finden, dann muss ich mich fragen, ob du dem Rest deiner Aufgaben noch gewachsen bist!"

Jeki antwortete nicht. Er atmete ein. Und aus. Ein. Und aus. „Ich brauche Eure Erlaubnis, den Soldaten sagen zu dürfen, dass sie nach ihr Ausschau halten sollen. Die meisten kennen ihr Gesicht."

Api machte eine fahrige Handbewegung. „Es ist mir egal, wie du es tust, nur – *finde sie!"*

Jeki nickte steif. Er würde sie finden. Und wenn er ihr bis nach Asavez folgen musste.

Api verlor selten seine Beherrschung. In den letzten tausend Jahren hatte es nur zwei Momente gegeben, in denen er seine Geduld verloren hatte. Doch als Valera in die Bibliothek trat, ein stummes Lächeln auf ihren Lippen, wäre es beinahe zu einem dritten Vorfall gekommen.

„Du dachtest, sie kommt einfach zurück, oder? Sobald sie in der Vierten Mauer ist?"

Api sagte nichts, und Valera fing leise an zu lachen.

„Was ist so witzig?!", fuhr er sie an.

Die Mitgöttin lächelte süßlich. „Gar nichts. Es ist nur amüsant, dabei zuzusehen, wie dein Plan fehlschlägt. Erneut."

„Er schlägt nicht fehl!", knurrte er. „Wir werden sie finden, und dann wird sie uns all das sagen, was wir wissen müssen."

„Bestimmt", sagte die Göttin gelassen. „Sie wird alles wissen – aber wird sie es dir auch sagen?"

Vea hat was Besseres verdient. Etwas Besseres als mich und etwas Besseres als dich – aber wir sind nun einmal alles, was sie hat. Also werden wir zu den besten Personen, die wir sein können. Sie war immer diejenige mit dem guten Herz und sie hat es verdient, dass wir zumindest versuchen, ebenfalls gut zu sein.

Vea schloss die Augen und versuchte die Worte zu vergessen – doch immer wieder drängten sie sich zurück in ihren Kopf.

Sie hatte alles gehört. Jedes einzelne Wort, das Salia über die Lippen gekommen war. Aber hatte sie es ernst gemeint? Glaubte sie wirklich, dass Vea etwas Besseres verdient hatte? Es passte nicht zu dem Bild, das sie sich die letzten Jahre so schön von ihr zurechtgelegt hatte. Es passte nicht zu der kalten, bösen Salia, als die sie ihre Schwester betrachtet hatte, damit ihre Zurückweisung nicht so wehtat.

Sie schloss die Augen, spürte die leichte Brise, die durch das Fenster über ihr Gesicht strich. Es war warm heute Nacht und sie hatte einen der Läden offengelassen. Ihr Kopf sank tiefer in das Kissen. Sie sollte schlafen. Morgen würden sie fliehen. Mit ihrem Vater. Sie konnte es noch immer nicht fassen, dass er hatte mitkommen wollen. Nicht eine Sekunde hatte sie über diese Möglichkeit nachgedacht.

Doch auch über ihren Vater wollte sie nicht nachdenken. Nicht jetzt. Sie würde in Asavez noch genug Zeit haben, sich darüber Gedanken zu machen, was für eine Art von Familie sie eigentlich hatte.

Veas Kopf wurde schwer, ihr Atem leise – dann schloss sich eine Hand um ihren Hals und drückte zu.

Nym war in einem Zimmer. Es war klein und eng und die Wände waren weiß. Zwei Bilder hingen ihr gegenüber an der Wand. Das eine zeigte ein Laubblatt, das andere ... das andere zeigte Veas Gesicht. Sie wandte sich um ihre eigene Achse und sah die Fenster. Schwarz. In die Unendlichkeit und ins Nichts gerichtet. Doch noch während sie ihren Blick von einem zum anderen Rahmen wandern ließ, veränderte sich etwas in ihnen. In dem rechten konnte sie ein Gesicht erkennen, das sich bewegte, sie ansah, den Kopf schüttelte, bitter lachte. Es war das Gesicht ihrer Mutter. Sie wandte sich dem anderen Fenster zu. Braune Augen blickten ihr durch einen goldenen Helm entgegen. Weit geöffnet, erschrocken – vertraut. Sie blinzelten. Gefangen in der Zeit, nur eine flüchtige Erinnerung.

Wie automatisch legte Nym den Kopf in den Nacken. Die Lichter waren da, so wie immer, aber der Raum war heller als sonst. Es schienen nun mehr von ihnen zu leuchten, und noch während Nym nach oben blickte, flackerte ein neues auf und fing an zu strahlen. Es gab immer noch eine Vielzahl an verdunkelten gläsernen Kugeln, aber dennoch – der Raum war heller.

Langsam ließ Nym den Kopf sinken und ihr Blick kam auf der Tür zum Stehen. Sie wartete. Auf das Klopfen, das mit Sicherheit kommen würde. Doch diesmal würde sie die Tür nicht öffnen. Sie lauschte, doch da war nichts. Kein Klopfen, nur – sie riss ihre Augen auf und saß kerzengerade im Bett.

War das ein Schrei gewesen?

Sie blickte zu Liri, doch sie schlief und schien nichts gehört zu haben. Nym runzelte die Stirn und sah zur angelehnten Tür. Bildete sie sich jetzt schon Dinge ein?

Sie sah zu der Wand, an der ihr Bett stand. Die Wand, die direkt an Veas Zimmer angrenzte. Vielleicht hatte sie es sich nur eingebildet ... Ein dumpfes Geräusch ertönte, so als wäre etwas umgeworfen worden.

Nym war auf ihren Füßen, bevor sie den nächsten Atemzug nehmen konnte. Sie stieß die Tür auf, rannte über den Flur und donnerte in Veas Zimmer. Die Tür krachte gegen die dahinterliegende Wand, und noch bevor sie einen richtigen Blick auf die dunkle Gestalt erhaschen konnte, die sich über das Bett ihrer Schwester beugte, die Hände nach deren Hals ausgestreckt, hatte sie sich schon vom Boden abgestoßen und sich auf sie gestürzt.

Sie traf den Angreifer hart mit der Schulter, und augenblicklich taumelte er zurück. Ihr Kopf war bei dem Sprung nach vorne gerissen worden und ein stechender Schmerz durchfuhr ihre Schläfen, als er gegen den harten, goldenen Helm krachte, den der Angreifer trug.

Einen Helm der Göttlichen Garde.

Die Wand schien zu erzittern, als sie und der Angreifer dagegen schlugen, und jetzt schrie Vea wirklich. Das Blut rauschte in Nyms Kopf, während kochend heiße Wut durch ihre Adern strömte – doch bevor ihre Hände in Flammen ausbrechen konnten, riss der Soldat einen Ellenbogen nach oben. Er traf sie hart am Kinn, und augenblicklich taumelte Nym zwei Schritte zurück, der sich hinter ihr befindende Bettpfosten bohrte sich schmerzhaft in ihren Rücken und es fiel ihr schwer, zu atmen. Der Angreifer hatte nun einen Dolch gezückt und ging wieder auf Vea los, die wie in Schockstarre auf ihrem Bett saß. Die Bettdecke an ihre Brust gedrückt, die Augen aufgerissen und auf den gezackten Dolch gerichtet, in dessen silbernen Schaft das Zeichen der Götter eingraviert war.

Es war egal, dass Nym nicht atmen konnte. Es war egal, dass ihr schwindelig von dem Schmerz in ihren Schläfen war und ihre Sicht durch das in ihrem Kopf pochende Blut verschleiert wurde – solange sie lebte, würde Vea nichts passieren.

Ihre Hände gingen in dem Moment in Flammen auf, in dem ihr Fuß nach oben stieß und auf den Kopf des

Mannes zielte. Doch der Soldat hatte ihre ruckartige Bewegung gemerkt und duckte sich unter ihrem Bein hinweg. Vea schrie, das Feuer in Nyms Händen zischte, laute Stimmen drangen durchs Treppenhaus, Fußgetrappel – und dann zerbarst das Holz des ungeöffneten Fensterladens, als sich der Angreifer kopfüber aus dem Fenster warf.

Nym hielt sich das Kinn, rannte zum Fenster und starrte nach unten. Sie konnte gerade noch sehen, wie der Angreifer sich scheinbar in der Luft um seine eigene Achse drehte und sich dann über eine Schulter auf dem sandigen Boden abrollte. So als läge das Fenster nur einen und keine drei Meter über dem Boden.

„Was zum Teufel ist hier los? Alles in Ordnung?"

Nym ließ sich auf den Boden sinken und hielt sich den Kopf. Kleine weiße Punkte tanzten vor ihren Augen. Ihr Kinn schmerzte und ihr Hirn schien sich von innen gegen ihren Schädel zu drücken.

„Ich ... ich ... jemand war hier!" Veas Stimme war ein Rauschen in Nyms Kopf und sie presste ihr Gesicht zwischen die Beine, um gegen die plötzliche Übelkeit anzukämpfen, die sie in diesem Moment überkam.

„Wer war hier?" Das war Levis Stimme, direkt neben ihr, und jetzt konnte sie eine warme Hand in ihrem Nacken spüren.

„Ein Soldat", murmelte sie, atmete tief durch und öffnete die Augen. Blut pochte immer noch hart gegen ihre Schläfe, und sie konnte spüren, wie eine Beule an der Seite ihres Kopfes anschwoll, doch sie würde es überleben. Sie hatte schon schlimmere Verletzungen davongetragen als eine kleine Beule und einen blauen Fleck am Kinn. „Zumindest trug er einen Helm."

Sie richtete sich auf, oder Levi zog sie hoch, so genau konnte sie das nicht unterscheiden, und sah Vea an, die so weiß wie die Wand hinter ihr war. Vea starrte zurück, während ihre Hände ihren Hals betasteten.

„Er hat versucht, mich umzubringen", flüsterte sie.

„Dich?"

Augenblicklich hob Nym ihren Blick zu Ro, der, eine Hand auf Liris Schulter, ebenfalls im Türrahmen stand.

Er räusperte sich und lief dezent rot an. „Entschuldige, es ist nur ... warum sollte dich jemand umbringen wollen?"

Vea antwortete nicht. Wahrscheinlich, weil sie keine Antwort hatte.

„Vielleicht hat er sie verwechselt", murmelte Levi und machte einen Schritt zum Fenster, an dem eine Lade aus den Angeln hing, um einen Blick nach draußen zu werfen.

„Das glaube ich nicht." Nym schüttelte den Kopf und hielt sich mit einer Hand an dem Bettpfosten fest. Blöder, zerbrechlicher Kopf. Jetzt wusste sie zumindest, warum die Soldaten der Garde Helme trugen. Damit ihnen nicht von jedem kleinsten Aufprall übel wurde und der Boden sich unter ihren Füßen bewegte. „Ich habe ihn überrascht und er hat mich angesehen. Aber dann ist er trotzdem wieder auf Vea losgegangen." Er hatte genau gewusst, wen er hatte tot sehen wollen.

„Warum sollte jemand Vea umbringen wollen?"

Erst jetzt bemerkte Nym, dass auch ihr Vater in der Tür stand. Er war so weiß wie seine jüngste Tochter.

Nyms Blick wanderte zu Vea zurück. Alle starrten sie an.

„Keine Ahnung!", stieß sie hervor, ihre zitternden Hände immer noch in die Bettdecke verkrampft. „Ich bin ein Niemand!"

„Hast du jemanden bestohlen, der es persönlich nehmen könnte?", fragte Nym leise.

„Was? Nein! Außerdem ... es weiß niemand davon."

„Vielleicht jemand, der gegen die Rebellen arbeitet?" Ro warf einen fragenden Blick zu Levi, der immer noch grimmig dreinblickte – und Nym fragte sich, ob seine Hand noch absichtlich in ihrem Nacken lag oder ob er sie einfach dort vergessen hatte. „Wenn es wirklich ein Soldat war ..."

„Aber das macht keinen Sinn", unterbrach Vea ihn. „Wenn es ein Soldat war und er weiß, dass ich zu den Rebellen gehöre ... dann hätten sie das Haus gestürmt und wären nicht nachts heimlich durchs Fenster geklettert."

Auch das war wahr.

Nym schloss kurz die Augen und versuchte, sich wieder zu sammeln. Sie konnte nicht klar denken. Ihr Kopf schwirrte und das Adrenalin und die Panik, die Momente zuvor durch ihre Adern pulsiert waren, hatten ihr System noch nicht ganz verlassen. Das machte alles keinen Sinn. So diskriminierend es auch gegenüber Veas Existenz war, sie hatte recht: Sie war ein Niemand. Ein kleines, unbedeutendes Rädchen in einem großen Komplex der Gegenbewegung zu den Göttern. Wer sollte sie töten wollen? Wer würde von ihrem Tod profitieren?

Levi seufzte lautstark und ließ die Hand sinken, offenbar jetzt sicher, dass es Nym gut ging. „Es ist egal. Wir müssen morgen früh aufstehen, und wenn wir erst mal in Asavez sind, wird der Angreifer kein Problem mehr sein. Wir sollten noch ein paar Stunden schlafen, er wird wohl kaum zurückkommen." Alle machten sich daran, das Zimmer wieder zu verlassen, da richtete Vea sich panisch höher in ihrem Bett auf.

„Ihr wollt mich alleine lassen?"

„Ich bleibe", sagte Nym, ohne nachzudenken. „Es ist unwahrscheinlich, dass er es noch einmal versucht, aber ... sicher ist sicher."

Die Tatsache, dass Vea nicht widersprach, sprach Bände darüber, wie groß ihre Angst wirklich sein musste.

Levi und Veas Vater nickten und sie alle gingen.

„Ich will nach Hause", hörte Nym Liri auf dem Gang murmeln.

„Wir sind bald zuhause", antwortete Levi leise und dann fiel die Tür ins Schloss.

Es war surreal. Dass gerade jemand versucht hatte, Vea umzubringen, und sie jetzt einfach zu Bett gingen. Aber was sollten sie tun? Den Angreifer würden sie heute Nacht nicht finden. Und Levi hatte recht: Morgen wäre es sowieso egal. Morgen wären sie auf dem Weg nach Asavez.

Nym stand am Bett ihrer Schwester, deren Gesicht immer noch nicht an Farbe gewonnen hatte, und war unschlüssig, was sie jetzt tun sollte. Vea sagte nichts, dann rückte sie etwas nach links. Das war Nym Einladung genug. Sie legte sich flach neben Vea über die Decke, während Streifen von Mondlicht über ihre Beine krochen.

„Er kommt nicht zurück“, murmelte sie, als Vea keine Anstalten machte, sich wieder richtig hinzulegen. „Es ist alles gut. Ich passe auf. Ich höre alles.“

Sie mochte nicht daran denken, was passiert wäre, wenn Veas erstickter Schrei sie nicht geweckt hätte.

Sie schluckte und ballte die Hände zu Fäusten. „Dir passiert nichts“, flüsterte sie.

Vea nickte, rutschte langsam die Wand hinab und ließ den Kopf in ihr Kissen sinken.

Es war still. Sie atmeten im Einklang. Ein. Aus. Ein. Aus. „Danke.“

„Was?“

„Danke. Dafür, dass du mein Leben gerettet hast.“

Nyms Herz zog sich schmerzlich-süß zusammen. „Jederzeit.“ Sie hoffte nur sehr, dass es bei diesem einen Vorfall bleiben würde. Eine erneute Attacke auf Vea könnte ihr Herz womöglich nicht ertragen.

Kapitel 18

Die Appokalypse – Der Krieg der Zwei (18)

Ich bin überrascht, wie viele Menschen bleiben wollen. Sie wollen den Schutz der Götter nicht verlieren. Sie glauben nicht daran, dass die Götter einfach so aufgeben.
Nun. Wir glauben auch nicht daran.

„Was soll das heißen, wir suchen Salia?"
Jeki schüttelte nur den Kopf, während Esya breit grinste. Sie war die Einzige, die wusste, wen Jeki da vor ein paar Wochen über die Jeferabrücke geschleppt hatte. Ihm war nicht klar, ob sie von den Göttern eingeweiht worden war oder ob sie ihn einfach nur zu einem ungünstigen Zeitpunkt beobachtet hatte. Alles, was er wusste, war, dass sie den Plan kannte und noch lebte – Api musste ihr also vertrauen.

„Jeki, kannst du mir bitte erklären, was los ist?" Arcal sah ihn so perplex an, dass er Jeki leidgetan hätte, hätte er Zeit für eine solche Art von Emotion gehabt. Doch die Sonne ging gerade auf und der Umzug würde in ein paar Stunden beginnen. Die Zeit lief ihnen davon. Sie mussten die Botschaft an alle Soldaten weiterleiten und zwar so schnell wie möglich. Jeki war sich sicher, dass die Rebellen den Umzug nutzen würden, um sich davonzustehlen. Bei den Göttern, er hätte es genauso gemacht! Es war die perfekte Möglichkeit. Es gab zwei Festumzüge. Einer, der direkt nach Amrie, und ein anderer, der den längeren Weg entlang durch das Osttor führte. Jeki hätte gewettet, dass die Rebellen den kurzen Weg nach Amrie nutzen würden – doch er konnte es nicht wissen und er würde nicht das Risiko eingehen, sie zu verpassen, falls sie den anderen nahmen. Er würde Salia finden und wenn er jedem Menschen einzeln die Kapuze vom Kopf riss.

„Später, Arcal", murmelte er. „Wir haben keine Zeit. Ich will, dass du den Umzug durch den Ostausgang beaufsichtigst. Sag allen Soldaten Bescheid. Sie sollen nach Salia Ausschau halten. Sie ist höchstwahrscheinlich mit einem kleinen Mädchen und ..." Er biss die Zähne aufeinander, bis es wehtat, „... und dem Ikano der Luft unterwegs."

Arcal fielen fast die Augen aus dem Kopf. „*Was?*"

Ja, genauso fühlte Jeki sich auch gerade. „Keine Zeit", wiederholte er und wandte den Blick ab. „Sag allen Bescheid. Sie zu finden hat oberste Priorität! Aber niemand rührt sie oder irgendwen anderen an, ist das klar? Außer den Ikano der Luft. Den könnt ihr gerne beseitigen." Auch wenn es sehr schade wäre, wenn er das nicht persönlich übernehmen konnte. „Und verliert Nikana Halks nicht aus den Augen." Sie war eine Rebellin, er konnte es spüren. „Wenn sie am Umzug teilnimmt, folgt ihr. Sobald sie die Sechste Mauer verlassen will, nehmt sie fest!" Es war ihm egal, dass er keinen konkreten Grund dafür hatte. Sie wusste etwas. „Nehmt sie fest und jeden, der versucht, euch daran zu hindern. Esya, du kommst mit mir." Und dann ließ er seinen Freund einfach stehen. Er wusste, dass er sich auf ihn verlassen konnte. Arcal mochte in diesem Moment verwirrt sein, aber das würde ihn nicht daran hindern, Jekis Befehlen zu folgen. Bei Esya konnte er sich nicht so sicher sein, deshalb hatte er beschlossen, dass sie mit ihm kam. Sie hasste Salia. Hatte es schon immer getan. Einfach nur, weil sie eine so viel bessere Ikano des Feuers war als sie – und Jeki wusste, dass E-sya eine Chance, in der sie sie aus dem Weg räumen konnte, nicht einfach an sich vorbeiziehen lassen würde.

„Esya, ich will, dass du an jede Tür in der Dritten Mauer klopfst und die Soldaten weckst. Jeder, dessen Frau nicht gerade in den Wehen oder dessen Mutter nicht gerade im Sterben liegt, ist heute im Einsatz. Du weißt, was davon abhängt, sie zu finden – und wir werden jede Ressource nutzen, die wir haben."

Ausnahmsweise folgte sie seinen Anweisungen, ohne sich zu beschweren. Sie nickte und bog in der nächsten Sekunde rechts ab. Jeki ließ seine Schritte länger werden. Er kannte Salia besser als jeden anderen Menschen. Er wusste, wie sie dachte. Er wusste, wie sie operierte, kämpfte, plante ... Bei den Göttern, das meiste davon hatte er ihr selbst beigebracht. Wenn es jemanden gab, der sie finden konnte, dann war er es. Darauf musste er sich konzentrieren. Was würde Salia tun? In welchem Teil des Umzugs würde sie sich aufhalten? Wie würde sie ihr Gesicht verbergen? Was war ihr Ziel?

Er dachte an das junge Mädchen, das Teil der Gruppe der Asavez sein sollte, und zweifelte nicht eine Sekunde daran, dass Salia für den Schutz des kleinen Mädchens zuständig sein würde. Salia beschützte diejenigen, die sich nicht selbst verteidigen konnten. Das hatte sie für Vea getan und sie würde es für jedes andere hilflose Mädchen tun, das ihr über den Weg lief.

„Jeki", sagte plötzlich jemand, und als er aus seinen Gedanken schreckte, bemerkte er Janon, der an seine Seite getreten war. Wieder einmal befand er sich widerrechtlich in der Dritten Mauer.

Jeki schüttelte den Kopf und beschleunigte seinen Schritt. „Janon, ich hab jetzt wirklich keine Zeit."

Sein Bruder folgte ihm auf dem Fuß, und Jeki bemerkte, dass er nervös mit den Händen rang. „Warum nicht?"

„Arbeit."

„Die Rebellen?"

Jeki hob seinen Blick, die Augenbrauen gesenkt. „Wie kommst du darauf?"

„Nun, du bist für die Ergreifung der Rebellen in der Vierten Mauer zuständig. Ich habe eins und eins zusammengezählt."

Jeki nickte und lief weiter. „Ja, die Rebellen."

„Werden sie heute fliehen?"

„Ich denke schon."

„Was werdet ihr mit ihnen machen?"

Jeki blieb stehen und verschränkte langsam die Arme vor seiner Brust. „Warum fragst du?" Es war untypisch für Janon, plötzlich so viele Fragen über seine Arbeit zu stellen. Eigentlich gab sich sein Bruder immer größte Mühe damit, möglichst wenig darüber zu wissen, was Jeki tat.

Er hob eine Schulter, wich jedoch seinem Blick aus. „Nur so. Wollte wissen, ob man entspannt auf den

Umzug gehen kann oder mit einem Blutbad rechnen muss.“

Ein Blutbad war das letzte, was Jeki wollte. Dennoch zögerte er eine Sekunde zu lang, bevor er antwortete.

„Bei den Göttern.“ Mit aufgerissenem Mund sah Janon ihn an. „Ihr wollt sie umbringen?“

„Wollen wir nicht“, sagte Jeki tonlos, dann atmete er langsam und in die Länge gezogen aus. „Janon, du brauchst dir keine Sorgen zu machen. Dir wird schon nichts passieren, solange du ...“

Doch Jeki brauchte nicht weiterzureden, denn Janon hörte ihm längst nicht mehr zu. Er hatte bereits seine Schritte beschleunigt und verschwand in Richtung der Vierten Mauer. Jeki sah ihm nach und versuchte einige Minuten lang nachzuvollziehen, warum es Janon so aufregte, dass Jeki seine Arbeit tat. Doch dann schüttelte er den Kopf und folgte dem Weg, den sein Bruder eingeschlagen hatte.

Er hatte keine Zeit, sich um Janon zu sorgen.

Keine Zeit für Emotionen.

„Liri, ich möchte, dass du meine Hand nicht loslässt.“

„Hier sind so viele Menschen“, flüsterte sie.

Nym nickte. „Ich weiß. Und das ist gut so. Dann kann man uns nicht erkennen.“

„Die bunten Kutschen sind schön.“

„Das stimmt.“

„Vielleicht gibt es auch eine mit Schmetterlingen darauf.“

Nym war zu angespannt, um zu lächeln. „Mit Sicherheit." Sie warf einen Blick zu Levi, der neben ihr herging, seine Kapuze ins Gesicht gezogen – und zum ersten Mal ärgerte sie sich, dass er so groß war. So präsent. Levi fiel auf, und jeder zweite Göttliche Soldat kannte sein Gesicht.

Er nickte ihr aufmunternd zu, so als wisse er genau, was sie dachte, dann richtete er den Blick wieder nach vorne. Sie waren für eine Gruppe von vier Flüchtigen und zehn Rebellen zuständig. Um die Rebellen mussten sie sich keine Gedanken machen, sie waren für jeden der Soldaten, die sich in der Menge umsahen, uninteressant. Es waren einfache Bewohner in ganz normaler Kleidung – nichts, was sie verriet. Die Flüchtigen dagegen waren Menschen, die Gesetze gebrochen hatten und nur knapp dem Galgen entkommen waren. Auch ihre eigenen Gesichter waren bekannt, und Nym befürchtete, dass eine Kapuze nicht ganz ausreichte, um ihre Identität ausreichend zu verbergen.

Sie senkte den Kopf und hielt Liris Hand noch fester umschlossen. Sie hatten den Flüchtigen und Rebellen klare Anweisungen gegeben: Egal, was passierte, nicht zurücksehen, nicht panisch werden, nicht rennen.

Musik spielte und Leute rempelten sie an, um eine bessere Sicht auf die großen Umzugswagen zu erhaschen, die mit abstrakten Bildern der Götter verziert waren.

Der Tag der Götter war eine fast tausendjährige Tradition. Einmal im Jahr wurden die Götter wegen ihrer großen Taten für das Wohlergehen Bistayes gefeiert. Von den vielen Wagen aus, auf denen die Abbilder dieser Taten oder auch nur Umrisse der Götter zu sehen waren, wurde Wein gereicht, Musik gespielt und Geschichten erzählt. Die Umzüge fanden in jeder Mauer statt, verbanden diese, als Erinnerung daran, dass sie ein Land waren, egal wie groß die Unterschiede zwischen arm und reich waren. Sie waren eins und sie alle unterstanden den Göttern. Für die inneren Mauern war es ein Fest, für die äußeren eine Erinnerung daran, wer die Macht besaß.

Die bunten Farben der Wagen leuchteten grell, und Girlanden waren zwischen den einzelnen Häusern aufgespannt worden. Auf dem Marktplatz Amries, das Ziel dieser Karawane, würde ein Zirkus auf alle warten. Spielleute, Musik und noch mehr Alkohol – alles kostenlos. Es war also kein Wunder, dass die ganze Vierte Mauer mit marschierte und sich nun auch zunehmend Leute aus der Fünften, durch die sie gerade hindurchliefen, zu ihnen gesellten.

Aus den Augenwinkeln bemerkte Nym die Reflexion einer goldenen Rüstung und ihre Handflächen wurden feucht. Kein Grund zu Sorge. Es wimmelte heute nur so von Soldaten. Sie machte sich keine falschen Hoffnungen darüber, warum das so war. Sie suchten sie.

Sie und die Rebellen. Sie musste ruhig bleiben.

„Wenn wir zuhause sind, brauche ich eine Pause“, murmelte Levi neben ihr und Nym musste lächeln.

„Du machst Pausen?“

„Ab und zu. Wie sieht's mit dir aus?“

Eine Pause. Von ihrem Leben. Von ihren Gedanken. Von ihren Erinnerungen. „Das wäre schön“, murmelte sie.

„Wir könnten ja ..." Levi zögerte und Nym warf ihm einen Seitenblick zu. „... nun ja, gemeinsam eine Pause machen."

Nym wäre vor Überraschung beinahe stehen geblieben. „Was?"

„Du hast mich schon verstanden."

Hatte sie. Ihre Verwunderung jedoch blieb. „Wie sähe so eine gemeinsame Pause aus?"

Er zuckte mit einer Schulter. „Ich weiß nicht ... vielleicht ein Essen oder so?"

Keine Anspannung der Welt konnte Nym davon abhalten, jetzt zu lächeln. „Fragst du mich gerade, ob ich mit dir ausgehe, Levi?"

Er sah stur geradeaus, den Blick auf die Flüchtigen gerichtet, die ebenfalls Kapuzen trugen. „Kann sein", stellte er schließlich leise fest, sodass Liri ihn nicht hören konnte. Sie war ohnehin damit beschäftigt, die Gegend zu betrachten.

„Kann sein? Hast du noch nie eine Frau um ein Treffen gebeten?"

Levi dachte verdächtig lange über diese Frage nach. „Nicht direkt."

Ein warmes Gefühl breitete sich in Nyms Bauch aus. „In Ordnung."

„Was?"

„Du hast mich schon gehört."

Levi grinste sie von der Seite her an und ließ keinen Zweifel daran, dass er sie tatsächlich gehört hatte. „Gut", murmelte er – und das war genau der Moment, in der Liris Hand aus ihrer glitt.

Jemand rempelte Nym hart von hinten an, sie stolperte nach vorne, während ein Mann aus der entgegengesetzten Richtung Liri beinahe umrannte.

Liri wurde mitgezerrt und ihre kleine Statur verschwand in der Menschenmenge, die auf die Wagen zusteuerte.

„Liri!"

Panisch riss Nym ihren Kopf herum, folgte ihr in die Masse gegen den Strom, als ein heftiger Windstoß ihr die Kapuze vom Kopf drückte.

„Nym!" Doch Levis Stimme wurde von der Musik erstickt, von den Fußschritten und den Schultern, die gegen Nyms eigene schlugen, während sie panisch in der Menge nach einer kleinen Gestalt Ausschau hielt. Sie kümmerte sich nicht um ihre Kapuze, sie hätte ohnehin nur ihre Sicht behindert.

„Liri!", rief sie, alle Vorsicht beiseite werfend. Was, wenn sie auf dem Boden lag? Was, wenn die Menschenmenge sie zertrampelte? Sie hätte ihre Hand fester halten müssen, hätte besser achtgeben müssen ...

Menschen strömten um sie herum auf die Wagen zu, die während der Fahrt Wein ausschenkten, und Panik sammelte sich als schwarzer Kloß in ihrer Magengrube.

„Liri!"

„Nym!"

Sie hörte Liris Stimme und erneut riss sie ihren Kopf herum, in die Richtung, aus der die Stimme gekommen war – und starrte auf eine Gestalt in goldener Rüstung, keine zwei Meter von ihr entfernt. Liri stand genau zwischen ihnen, die Arme in die Luft gereckt, damit Nym sie sehen konnte.

„Hier ist sie!“, schrie der Soldat über seine Schulter, und zu ihrem Entsetzen deutete er im nächsten Moment mit dem Finger auf sie. „Hier ist sie! Und das kleine Mädchen auch, sie ...“

Kälte fuhr durch Nyms Adern und sie stürzte nach vorne, schloss ihre Arme um Liri und zog sie nach oben. Der Soldat drängte vor, immer noch schreiend und griff nun nach ihr. Die Leute um sie herum starrten sie an, gafften, als Nym sich unter dem Arm des Soldaten hinwegduckte, gegen seinen Knöchel trat, um ihn aus der Balance zu bringen, und sich mit dem Kopf voran durch die Menge schob.

„Nym!“ Liris ängstliche Stimme drang an ihr Ohr, während sie sich weiter vorkämpfte. Doch Liri war zu schwer. Sie war zwölf und kein Leichtgewicht mehr und Nym musste sie absetzen. Es waren zu viele Menschen hier, sie kamen nur schleppend voran und sie konnte Levi nicht sehen. Stattdessen wurden nun andere Schreie laut, Licht reflektierte sich in den goldenen Rüstungen, die durch die Menge auf sie zu drängten.

„Da ist sie! Mit dem kleinen Mädchen! Fasst das Mädchen, dann werden wir auch sie kriegen“, brüllte eine Frauenstimme, doch Nym nahm sich keine Zeit, sich nach ihr umzusehen. Sie umklammerte Liris Hand, schob sich durch die Menge, warf Leute um – und dann wusste sie sich nicht mehr anders zu helfen. Ihr freier Arm ging in Flammen auf, die an ihren Kleidern leckten, und augenblicklich wichen die Menschen um sie herum zurück.

„Wir müssen rennen, Liri“, stieß sie atemlos hervor und tat genau das. Sie lief los, während sie ihren brennenden Arm vor sich hielt, damit die Leute ihr den Weg freimachten.

Doch das Feuer brachte nicht nur Vorteile mit sich. Es bedeutete auch, dass die Soldaten sie nun mehr als deutlich erkennen konnten.

„Schneller, Liri, schneller." Sie mussten weg. In eine Seitengasse, irgendwohin.

Nym hörte Schritte hinter sich, das Klirren einer Rüstung. Mit ihrer brennenden Faust zog sie den Göttlichen Dolch von ihrem Gürtel, schubste Liri weiter in Richtung der kleinen Gassen, weg von der Hauptstraße, sprang in die Luft und drehte sich im Sprung um ihre eigene Achse. Der Göttliche Dolch lag trotz der Flammen kühl in ihrer Hand und noch in ihrem Sprung ließ sie ihn zwischen Helm und Kragen der Rüstung ihres Verfolgers sinken. Der Soldat ging augenblicklich zu Boden, doch Nym achtete nicht darauf. Sie steckte den Dolch ein, landete auf ihren Füßen und stieß sich wieder in Richtung Liri ab, die weiter vorgelaufen war. Erneut packte sie ihre Hand und zerrte sie in die nächste Gasse, während ihr Arm erlosch.

„In die Gasse! Sie ist dort rein."

Sie rannten, liefen an Seiteneingängen von Häusern vorbei.

„Nym ..." Liris Stimme war panisch, und mittlerweile zog Nym sie mehr, als dass sie lief. „Da vorne ..."

Doch Liri musste nichts sagen. Sie sah, was da vorne war. Ein goldener Schimmer, der ihr entgegenrannte.

Sie waren eingekesselt.

Rückartig blieb Nym stehen, sah sich um und trat die erste Tür ein, die sie sah. Holz splitterte und der Geruch von Wein schlug ihr entgegen. Ein Lagerraum tat sich vor ihnen auf, mit einer Menge Fässern und Regalen, doch keiner zweiten Tür. „Versteck dich", stieß sie hervor. Mehr konnte sie nicht sagen, bevor der erste Soldat sie erreichte.

„Ro. Woher wusstest du, dass Nika die Richtige ist?"

Vea schob sich seitlich durch die Menge. Sie würden bald am Tor zur Siebten Mauer ankommen. Sie waren die erste Gruppe, hatten vier Flüchtige, auf die sie achtgeben mussten, und mehrere Rebellen, die etwa zweihundert Meter vor ihnen herliefen. Sie wussten, wo sie hinmussten. Levi, Salia und die kleine Wahrheitsleserin mussten eine Mauer hinter ihnen sein, gefolgt von dem merkwürdig stillen Mann, dessen Augen so blass waren. Er beaufsichtigte die restlichen Flüchtigen. Er war alleine, doch Ro hatte ihr versichert, dass das kein Problem sei. Gefährlich würde es für sie alle erst am Hafen werden, da sie damit rechneten, dass dieser streng durch die Garde bewacht werden würde.

Vea war es einerlei, welche Stelle am gefährlichsten war. Seit dem gestrigen Angriff auf sie hatte ihr Herz ohnehin nicht mehr aufgehört, panisch gegen ihre Brust zu klopfen. Es gab so viel, das schiefgehen konnte, und es machte sie nervös, dass sie Nika immer noch nicht gesichtet hatten. Und dann war da ja noch Janon.

Janon, an den sie nicht aufhören konnte, zu denken. Dessen Gesicht ihr überall zu begegnen schien. Den sie nie wiedersehen würde, sobald sie das Boot nach Asavez betrat.

Vea bemerkte Ros Blick und sah absichtlich in die andere Richtung.

„Woher ich es wusste?", wiederholte er ihre Worte. Über die laute Musik und die Trommeln hinweg war er nur schwer zu verstehen.

„Ja. Woher."

Er schien über seine Antwort nachzudenken. Dann seufzte er, zuckte die Schultern und fing schließlich leise an zu lachen. „Ich wusste es einfach", meinte er. „Ich hab sie gesehen und es fühlte sich einfach richtig an."

Das half Vea nicht ein bisschen. Sie wusste nicht, ob ihr Gefühl für Janon sich richtig anfühlte. Alles, was sie wusste, war, dass es sich falsch anfühlen würde, wenn sie Janon nicht wenigstens noch ein letztes Mal sah. Nur war es jetzt zu spät. Sie schluckte. Sie ließ ihren Blick weiterwandern und blieb an einem rötlichen Haarschopf hängen. Nika. Keine zwanzig Meter vor ihnen. Erleichterung mischte sich zu dem Gefühl der Schwere in ihrem Bauch. Sie waren nicht mehr weit von Amrie entfernt. Sie würden es schaffen.

Vea konnte nun das Tor zur Siebten Mauer erkennen, an dem nicht die üblichen zwei, sondern fünf Wachen positioniert waren. Ein Gefühl der Unruhe erfasste sie, und Ro legte ihr beruhigend eine Hand auf die Schultern. „Alles wird gut. Sie können nicht jeden kontrollieren und sie kennen unsere Gesichter nicht."

Sie nickte, merkte jedoch, wie Ro weiter zu den Flüchtigen aufschloss, die vor ihnen herliefen. Denn ihre Gesichter kannte man. Nach ihnen wurde gesucht.

Doch sie machten sich um die falschen Personen Sorgen. Auf die Flüchtigen achtete niemand, stattdessen wurde, bereits bevor sie das Tor erreichten, jemand anderes aus der Reihe gezogen.

„Scheiße“, fluchte Ro neben ihr, seine Augen ebenso wie Veas auf Nika gerichtet, die jetzt überrascht die Hand auf die Brust legte, als zwei Soldaten sie grob an den Armen packten und zur Seite zogen. Er beschleunigte seinen Schritt, flüsterte den Flüchtigen vor ihnen etwas zu und ließ sich dann wieder zurückfallen. Seine Hand legte sich um Veas Arm und sie wurden langsamer, während die Flüchtigen ihren Schritt beschleunigten und das Tor passierten. Vea und Ro blieben zurück.

Vielleicht war es nur eine Routineuntersuchung, hoffte Vea. Vielleicht eine Art Stichprobe ... doch die Soldaten sahen so aus, als wüssten sie genau, wen sie da festhielten.

„Was machen wir jetzt?“, wisperte Vea, während Leute hinter ihnen anfingen, sie anzumotzen, dass sie schneller laufen sollten.

Sie blickte in Ros Gesicht. Seine Augenbrauen hatten sich besorgt zusammengezogen, während er die Beschwerderufe hinter ihnen vollkommen ignorierte.

„Scheiße. Scheiße. Scheiße.“ Sein Blick flog umher und blieb schließlich an einem großen Tonkrug hängen, der direkt neben den zwei Soldaten stand, die nun eindringlich auf Nika einredeten.

„Geh hin“, murmelte er dann. „Tu so, als wäre sie eine alte Freundin. Lenk die Wachen ab. Und wenn ich dir das Zeichen gebe, nimmst du ihre Hand und rennst.“

„Welches Zeichen?“ Neue Panik erfasste Vea. Sie hatte keine Ahnung vom Kämpfen und konnte auch nicht sonderlich schnell rennen. Und die Soldaten waren bewaffnet. Sie ...

„Du wirst wissen, was ich meine."

„Ich ..."

„Geh, Vea! Bevor sie sie mitnehmen!"

Mit einem letzten Blick auf ihn, die Hände zu Fäusten geballt, beschleunigte sie ihren Schritt, ließ sich in der äußeren Menge treiben, bis sie das Tor erreichte und sich seitlich aus der Masse hinausschob.

„Nika? Bist du das?" Ihre Stimme hörte sich hölzern an. Sie versuchte sich zusammenzureißen und ihr Herz zu kontrollieren, das ihr schmerzhaft gegen die Brust schlug. „Was machst du hier?", fuhr sie fort, tat so, als sei sie sich der Wachen überhaupt nicht bewusst und fiel ihrer Freundin überschwänglich in die Arme.

„Beim Zeichen, renn!", hauchte sie so leise, dass sie nicht sicher war, ob Nika sie gehört hatte.

„Mädchen!", knurrte einer der Soldaten und versuchte sie von Nika wegzuzerren. „Geh weiter, das –" Der Tonkrug neben ihm explodierte in tausend Stücke. Wasser stob daraus hervor und klatschte den Soldaten ins Gesicht. Sie taumelten überrascht zurück, und Vea folgte Ros Auftrag. Sie packte Nikas Hand und rannte los.

Sie drängten sich zeitgleich in die Menge, stolperten über fremder Leute Füße, vielleicht auch über ihre eigenen, und rannten so schnell es ihre Beine und die Masse an Menschen zuließen. Nika stieß ihre Ellenbogen zu beiden Seiten, schubste Menschen aus dem Weg, grub sich tiefer in die Menge, auf die Wagen zu. Doch Vea konnte sie hören. Die Rüstungen. Die goldenen Pailletten, die aufeinanderschlugen. Die Stimmen, die durcheinanderschrien und immer näher kamen.

Sie wusste nicht, wie weit sie von ihnen entfernt waren, warf einen Blick über die Schulter – als ein Fuß sich vor ihren stellte und sie der Länge nach hinwarf. Nika bemerkte nichts, sie rannte weiter, während Vea Staub einatmete, hustete und sich auf die Knie stütze. Sie wollte sich wieder aufrichten, doch sie kam nicht dazu. Zwei Hände schlossen sich schmerzhaft fest um ihre Oberarme und zerrten sie auf die Beine gegen eine stählerne Brust. „Na, wenn das mal keine Rebellin ist! Du ... ahhh.“

Aus dem Nichts war ein Schatten aufgetaucht und hatte sich auf den Soldaten geworfen. Der Griff um Veas Oberarme lockerte sich, er ließ Vea los, doch sie konnte ihre Füße nicht schnell genug positionieren und schlug erneut hart auf dem Boden auf, diesmal auf den Rücken. Die Menge hatte aufgehört, sich zu bewegen. Sie starrte erst den Soldaten an, der zu Boden gerissen worden war, und dann den blonden Mann auf seiner Brust.

Janon.

Es war Janon, der für eine Sekunde den Kopf hob und sich dann aufrappelte.

„Lauf!“, brüllte er sie an, als der Soldat sich wieder erhob und Anstalten machte, sein Schwert zu ziehen.

„Janon ...“

„Lauf!“

Doch sie konnte nicht. Sie saß da, auf dem dreckigen Boden, während die Menschenmasse sich teilte und den zwei kämpfenden Männern zusah. Dem Soldaten, der mit seinem Schwert rang und Janon, der versuchte, gegen dessen Hand zu treten, damit er das Schwert nicht ziehen konnte. „Vea! Lauf!“ Die Verzweiflung in seiner Stimme drang unter ihre Haut, vermischte sich mit ihrer eigenen. Die Luft war staubig und verschleierte ihr die Sicht. Sie öffnete den Mund, unfähig, sich zu bewegen, als sich erneut eine Hand um ihren Arm schlang, sie auf die Beine zog und mitschleifte.

Ro.

„Lauf, Vea! Wir müssen weg."

„Janon", flüsterte sie, sich gegen Ros Arme wehrend. „Janon!"

Sie konnte ihn nicht alleine lassen. Da waren weitere Soldaten, die jetzt auf die kämpfenden Männer zurannten. „Janon!"

Doch Ro war unerbittlich, zog, schleifte, trug sie weiter, während goldenen Schliere, die weitere Männer darstellten, Janon und den anderen Soldaten erreichten. Veas Füße schleiften über den Boden, Ellenbogen trafen ihr Gesicht, während sie sah, wie Janon erneut mit dem Arm ausholte ... und dann mit dem Knauf des Schwertes eines weiteren Soldaten zu Boden geschlagen wurde.

„Nein!", brüllte sie, ihre Stimme ein merkwürdiges Echo in ihrem eigenen Kopf. „Nein!"

„Vea! Du kannst ihm nicht helfen. Du kannst nur noch dir selbst helfen. Lass es nicht umsonst gewesen sein. Lauf, verdammt! *Lauf!*"

Levis Inneres war Stein. Heißer Stein, der sich durch seine Eingeweide fraß, während er gegen den Strom anlief. Er konnte nichts sehen. Es waren zu viele

Menschen und beide, Nym und Liri, waren so verdammt klein. Eine Masse aus Farben und goldenen Schlieren lag vor ihm, als er plötzlich jemanden über den Lärm der Füße, der Musik und der Festschreie rufen hören konnte.

„Da ist sie! Mit dem kleinen Mädchen! Fasst das Mädchen, dann werden wir auch sie kriegen."

Nein.

Nein!

Er stieß seine Schulter fester gegen die ihm entgegenkommenden Menschen, folgte der Stimme ... und dann wurde er plötzlich nach hinten gepresst, als neue Schreie laut wurden und die Menschenmasse gewaltsam auseinanderstob. Flammen schossen in die Luft.

Nym.

Das musste Nym sein. Die Menschen schrien und gerieten in Panik, machten es ihm fast unmöglich, gegen sie anzulaufen. Doch er konnte auch keine Luft zu Hilfe nehmen. Wenn auch er jetzt noch Aufmerksamkeit auf sich zog, dann waren sie alle verloren. Er musste sie überraschen. Er stieß sich mit seiner Schulter voran durch die Menschenmasse, die panisch vor dem Feuer zurückwich, und presste sich Zentimeter für Zentimeter nach vorne, als sich eine Hand auf seine Schulter legte.

„Levi, was ist los?" Jaan. „Ich habe Flammen gesehen, was –"

„Liri und Nym!", stieß er aus und sah über Jaans Schulter nach den Flammen, die plötzlich erstickten. „Sie ... Soldaten, sie ..." Er bekam nicht genug Luft zum Atmen. Wo war das Feuer? Wieso gab es kein Feuer mehr?

„Levi." Jaan umfasste seine Schulter nun fester. „Wir können die Flüchtigen nicht sich selbst überlassen. Wo sind deine?"

Er hatte keine Ahnung – und es war ihm auch egal. Wen interessierten die Flüchtigen? Er musste los, Nym und Liri helfen.

„Sie sind weitergelaufen", keuchte er, den Blick auf die Soldaten geheftet, die sich immer weiter von ihm entfernten. Kein Feuer. Nym musste es gelöscht haben ... oder ein anderer hatte es getan. Sein Inneres verkrampfte sich. „Kümmer du dich um die Flüchtigen. Ich muss Liri und Nym helfen", presste er hervor und versuchte Jaans Hand abzuschütteln. „Wir kommen nach." Er wollte losrennen, doch Jaan ließ ihn nicht.

„Levi. Was, wenn ihr es nicht rechtzeitig zum Boot schafft?"

„Dann lasst uns hier", sagte er ohne Umschweife. Denn so stand es im Protokoll.

Jaan nickte, ließ Levi los und verschwand in der Menge. Levi wusste, dass er das Richtige tun würde. Jaan behielt immer einen kühlen Kopf, man konnte sich darauf verlassen, dass er das tat, was das Beste für alle war. Wenn er, Liri und Nym es nicht rechtzeitig schafften, würden sie einen anderen Weg nach Asavez finden. Solange es Liri und Nym gut ging, würde alles gut werden. Alles würde gut werden.

Levi warf keinen Blick zurück, sondern stürzte sich wieder in das Getümmel, immer den goldenen Rüstungen nach.

Nym stieß ihren Fuß vor und katapultierte den Soldaten, der in den Raum gestürzt war, gegen die steinerne Wand der Gasse. Das Schwert fiel ihm aus der Hand und er rührte sich nicht mehr. Nym hatte keine Zeit gehabt, darauf zu achten, wo Liri sich versteckte. Sie betete, dass es ein gutes Versteck war, wollte jedoch kein Risiko eingehen und trat deswegen vor die Tür. Niemand würde diesen Raum betreten.

Zwei Soldaten kamen aus entgegengesetzten Richtungen auf sie zugerannt und hoben ihre Schwerter in genau dem Moment, als Nym in Flammen aufging. Sie gab sich nicht die Mühe, das Feuer nur auf ihre Arme zu beschränken, sondern ließ die Flammen ihren gesamten Oberkörper hinauf und ihre Beine hinablecken. Sie hatte keine Geduld für Finesse. Keinen Nerv, sich einen Soldaten nach dem anderen vorzuknöpfen. Keine Zeit, auf den Moment zu warten, in dem sie ihnen die Halsschlagadern durchbrennen konnte. Überrascht wichen die Soldaten vor ihr zurück. Schweiß stand auf ihren Gesichtern. Vielleicht aus Angst, vielleicht aufgrund der plötzlichen Hitze. Der eine holte erneut mit dem Schwert aus – doch es war zu eng hier. Seine Klinge verfing sich in der Wand, als Nyms brennende Hände vorschossen und sich auf seine Rüstung legten. Sie ließ der Hitze freien Lauf und schreiend stürzte der Mann zurück, rannte vor ihr davon. Der zweite Soldat wartete nicht darauf, bis sie sich seiner annehmen konnte, er suchte das Weite und riss bei seiner Flucht beinahe eine weitere Gestalt in goldener Rüstung um. Nym atmete schwer, obwohl sie sich kaum bewegt hatte, während der dritte Soldat gemächlich weiter auf sie zukam. Die Gestalt war klein, zierlich und als sie sprach, erkannte Nym die Stimme einer Frau.

„Eine Schande, diese Soldaten", murmelte sie. „Wer hat schon Angst vor ein wenig Feuer?" Die Stimme war ihr vertraut, sie wollte Erinnerungen in Nyms Kopf lostreten, doch sie kämpfte dagegen an. Sie musste wachsam bleiben. Im Hier und Jetzt.

„Wie willst du es spielen, Salia?", fragte die Frau, keine vier Schritte mehr von ihr entfernt.

Nym zuckte bei der Nennung ihres Namens zusammen, doch sie sagte nichts, ließ das Feuer um ihren Körper nicht erlöschen.

„Du hast keine Ahnung, oder?", fragte die Frau und lachte gehässig. „Überhaupt keinen Schimmer. Vielleicht ist es besser, wenn du einfach mitkommst. Du wirst vermisst, Salia. Sehnlichst. Und es wäre doch schade, wenn du mich dazu zwingen würdest, dir wehzutun. Nur, weil du nicht weißt, wer du wirklich bist." Keines ihrer Worte hörte sich aufrichtig an, und wieder antwortete Nym nur damit, dass sie die Flammen um ihren Körper noch heißer werden ließ.

Die Soldatin lachte und ihre braunen Iriden blitzten durch den Sehschlitz des Helms schadenfroh auf. „Du versuchst die falsche Person zu beeindrucken", feixte sie und im nächsten Moment loderten auch aus ihrer Haut Flammen auf.

Esya.

Sofort war der Name in Nyms Kopf.

Esya. Die andere Ikano des Feuers. Die *einzig* andere Ikano des Feuers. Der Erinnerung an ihren Namen folgte ein Gefühl von Abneigung, das ihre Sinne durchflutete. Kein Hass – nur starke, Haut verätzende Abneigung. Und Nym wusste, dass dieses Gefühl auf Gegenseitigkeit beruhte.

„Siehst du? Mir kannst du nichts anhaben. Erinnerst du dich? Warum machst du es mir nicht leichter und kommst einfach mit? Sonst muss ich dir noch wehtun und das wird dein *Schatz* überhaupt nicht lustig finden. Er ist sehr sensibel, was dich angeht."

Ihr … was? *Schatz?* Von wem sprach Esya? Adrenalin mischte sich mit Angst, und nur mit Mühe und Not schaffte Nym es, einen klaren Kopf zu bewahren. Keine Panik zuzulassen. Es war nur … die Panik war da. Immer, wenn jemand mehr über sie zu wissen schien, als sie selbst.

Und Esya wusste offenbar genau, wer sie war. Sie musste auch wissen, dass Nym aus der Göttlichen Garde verstoßen worden war. Sie schien alles zu wissen. Und die Tatsache, dass sie nicht gegen Nym kämpfen, sondern sie nur mitnehmen wollte … Warum? Warum kämpfte sie nicht?

Doch dann beschloss Nym, dass es egal war. Sie würde Liri nehmen und gehen. Und niemand, nicht einmal eine Ikano des Feuers, würde sie aufhalten. Sie ließ die Flammen um sich herum erlöschen – die würden ihr nicht helfen – und ihre Hand zuckte automatisch zu dem Göttlichen Dolch an ihrem Gürtel. Nur … sie wollte Esya nicht töten. Sie mochte sie nicht, aber irgendetwas sagte ihr, dass sie den Tod nicht verdient hatte.

Esya ließ ihre Flammen ebenfalls ersticken. Sie schien enttäuscht. „Heißt das, du gibst auf? Das finde ich eigentlich schade, denn –"

Nym ließ ihr keine Zeit, weiterzusprechen. Sie presste ihre Arme zu beiden Seiten gegen die Mauer, hob sich hoch und ließ ihre freischwingenden Füße seitlich gegen Esyas Kopf krachen. Die Soldatin taumelte überrascht zur Seite und ihr Kopf schlug hart gegen die Mauer. Kein Helm der Welt konnte sie vor einem solch harten, unerwarteten Aufprall schützen. Nym hörte, wie Esyas Schädel gegen die Innenseite des Helms prallte, dann glitt die Soldatin bewusstlos zu Boden, direkt neben ihren Kameraden. Nym ließ sich wieder auf die Erde sinken und dann hörte sie erneut Schritte. Sie riss ihren Kopf herum, zückte den Dolch – und verlor den Boden unter den Füßen. Die Erde wellte sich, und vor Überraschung ließ sie ihre Waffe fallen, um den Sturz mit den Händen abfangen zu können. Ein Schatten fiel über sie.

„Salia", hörte sie eine Stimme hinter sich, genau in dem Moment, in dem sie mit ihrem Fuß nach hinten austrat.

Sie stieß auf etwas Hartes – ein Schienbein? – und jemand fluchte laut, während sie erneut auf die Beine sprang. Sie konnte keinen genauen Blick auf den Soldaten erhaschen, machte sich aber auch nicht die Mühe. Es schien, als würde hier in der Vierten Mauer einfach jeder ihren Namen kennen. Sie wunderte sich fast nicht mehr. Sie holte mit ihrem Bein aus und zog es, so gut wie es in dem engen Raum der Gasse möglich war, hinter ihrem Körper her, um es gegen die Brust des Angreifers zu treten. Doch der Soldat hatte offenbar damit gerechnet, denn ohne sich wirklich zu bewegen, streckte er einfach eine Hand aus und fing ihren Fuß ab.

„Salia." Seine Stimme war ruhig und eindringlich, während das Adrenalin weiter durch ihren Körper pumpte. Sie ließ sich nach hinten fallen, bog ihren Rücken in ein Hohlkreuz, bis sie nur noch auf den Händen stand und trat dann mit dem anderen Fuß gegen die Hand des Soldaten. Wieder fluchte er und ließ sie los. Sie stieß sich mit den Händen vom Boden ab, sodass sie wieder auf den Beinen stand und fragte sich plötzlich, warum der Soldat nichts tat – wo er doch offensichtlich ein Ikano der Erde war! Warum griff er sie nicht an? *Wieso wollte sie keiner angreifen?* Das machte ihr fast noch mehr Angst, als jedes gezückte Schwert es gekonnt hätte.

„Salia, beruhige dich. Ich will dir nichts tun."

Nym blinzelte, ihr Atem ging schwer. Diese Stimme.

Sie hatte sich nicht die Mühe gemacht, richtig zuzuhören, aber diese Stimme erinnerte sie an etwas. Es war dieselbe Stimme. Die, die mit Vea geredet hatte, als sie sich im Keller versteckt hatten.

Jeki Tujan?

Wieder holte sie aus, diesmal mit der Faust – sie wusste selbst nicht, warum sie kein Feuer benutzte, warum sie ihren Dolch nicht zog. Sie wusste nur, dass sie wütend war. Vielleicht auf sich selbst. Weil sie keine Ahnung hatte, wie sie ihr Gegenüber einschätzen sollte. Vielleicht auf ihn, weil er ihr irgendetwas angetan hatte, bevor sie ihre Erinnerung verloren hatte.

„Das reicht!", knurrte ihr Gegenüber, und ohne Probleme, als hätte er gewusst, in welcher Art von Bewegung sie ihren Arm vorschnellen lassen würde, fing er ihre Faust ab und fixierte sie im nächsten Moment mit der Hand an der Wand hinter ihr. „Salia. Ich werde nicht mit dir kämpfen. Hör auf damit!"

Der Soldat hob einen Arm und riss sich den Helm vom Kopf – und die Zeit stand für einen Moment still.

Dunkelbraune Augen in der Mitte eines kantigen Gesichtes. Dunkelblonde, kurze Haare ... aber es waren die Augen, zu denen ihr Blick wieder zurückfuhr.

Dunkelbraune Augen. Dieselben Augen wie vor ein paar Tagen. Dieselben Augen wie in ihrer Erinnerung. Sie kannte ihn. Er war ihr vertraut. Er würde ihr nichts tun.

Und dennoch hatte er ihren Dolch besessen. Er musste es gewesen sein, der sie nach Asavez gebracht hatte.

Sie war verwirrt.

Jeki Tujan.

Die Stimme. Die Augen. Der Dolch.

Als hätte er gemerkt, dass sie wieder anfangen wollte, ihn zu schlagen, schlossen seine Finger sich jetzt auch um ihre andere Hand und hielten sie an ihrem Körper fest. Augenblicklich brachte sie ihr Blut zum Kochen. Sie ließ ihre Haut heiß werden, aber nicht in Flammen ausbrechen. Sie konnte sich nicht erklären, warum. Genauso, wie sie es sich nicht hatte erklären können, warum sie ihn nicht bereits das letzte Mal, als sie ihn gesehen hatte, umgebracht hatte.

Ihre Poren mussten nun eine unnatürliche Hitze ausstrahlen, doch ihr Gegner wich nicht zurück. Er starrte sie an, ließ seinen Blick über ihr Gesicht wandern, schien jede Einzelheit davon in sich aufzusaugen.

Warum tat er das?

„Deine Haare sind kurz", murmelte er.

Nym sagte nichts. Sie sah ihn lediglich verwirrt an und blinzelte. Sie verstand es nicht. Nichts an seinen Worten, seiner Reaktion oder Handlung ergab einen Sinn. Und das machte sie ungeduldig, verletzlich.

Ihre Haut wurde noch heißer, sie konnte sie selbst zischen hören.

Die braunen Augen starrten sie an. „Weißt du, wie oft du schon versucht hast, mich zu verbrennen? Wie dick die Hornhaut an meinen Händen mit der Zeit geworden ist, weil du nie fair kämpfst?“

Nein. Sie wusste es nicht, und eine neue Art von Panik machte sich in ihr breit. Eine ihr unbekannte Angst, dass sie irgendetwas sehr Wichtiges übersah. Dass ihr Gegenüber eine unsichtbare Macht über sie hatte. Sie hatte keine Angst vor ihm und dennoch … Sie ließ ihre Haut noch heißer werden, ließ anfängliche Flammen über sie tanzen, so als wolle sie testen, wie lange der Soldat ihr gegenüber durchhielt – bevor sie ihn überwältigen, Liri nehmen und fliehen würde. Die Augen ihres Gegenübers verdunkelten sich und schienen ihr jede Regung vom Gesicht ablesen zu können. „Du willst immer noch abhauen, oder?“

Es hörte sich an wie ein Vorwurf. Sie antwortete nicht. Ihr Atem ging flach, während ihre Gedanken rasten und ihr Kopf sich drehte. Nach Informationen und weiteren Erinnerungen suchte. Nach irgendetwas, das das alles hier erklären würde.

Ihre Haut wurde immer heißer und Schweiß bildete sich auf dem kantigen Gesicht des Mannes. Sie wusste, dass er mittlerweile Schmerzen erleiden musste. Doch er ließ sie noch immer nicht los.

Dann schüttelte er den Kopf. „Verdammte Scheiße, ich fasse es nicht, dass ich meiner eigenen Verlobten das Bewusstsein nehmen muss!", fluchte er und bevor Nym seine Worte begriff, bevor sie realisierte, was er da gerade gesagt hatte, spürte sie, wie seine freie Hand ihren Hals hinunterwanderte, über ihr Schlüsselbein fuhr – die Hitze ihrer Haut vollkommen ignorierend – und dann einen Punkt genau darunter drückte. Ihr wurde sofort schwarz vor Augen.

KAPITEL 19

DIE APPOKALYPSE – DER KRIEG DER ZWEI (19)

Wir sind bereit, zu gehen. Die Einwohner Bistayes denken, es gäbe nur zwei Lager. Es ist wie zu Anfang. Niemand hinterfragt die Entscheidungen der Götter, niemand denkt über die Hintergründe nach.
Wann werden die Unwissenden anfangen, dazu zu lernen?

Vea konnte nicht mehr laufen und doch trugen ihre Beine sie weiter. Ro hielt sie immer noch fest, als rechnete er jede Sekunde damit, dass sie wieder anfing, sich gegen ihn zu wehren, um umzukehren. Aber sie wusste, dass sie nicht mehr zurückkonnte. Es war zu spät. Viel zu spät.

Die Menschenmasse schloss sich um sie und raubte ihr die Luft zum Atmen. Die laute Musik und der Schlag der Trommeln dröhnten in ihren Ohren und ließen sie taub für das Lachen der Menge und die Rufe der Spielleute werden.

Janon hatte sie gerettet – und dafür würde er sein Leben lassen müssen. Er würde verhaftet, vor Thakas Tribunal geschleift und verurteilt werden. Nicht einmal sein Bruder konnte rechtfertigen, warum er einer Rebellin zur Flucht verholfen hatte.

„Vea, atme. Sie sind weg. Atme.“

Aber sie konnte nicht. Es war ihre Schuld. Es war alles ihre Schuld. Wäre sie nicht mit Janon ausgegangen, hätte sie seine Hilfe nicht angenommen ... dann wäre nichts von alledem passiert!

„Was hat sie? Vea? Alles in Ordnung?“

Nikas Gesicht erschien vor ihrem, und Vea wusste, dass dies nicht der richtige Moment war, um zusammenzubrechen. Sie hatten andere Sorgen. Sie mussten fliehen. Aber sie konnte die Tränen nicht zurückhalten. Alles war falsch. Alles schien auseinanderzufallen.

„Sie haben Janon niedergeschlagen und sie werden ihn festnehmen und töten ...“

Nika blinzelte und brauchte offenbar ein paar Momente, um zu verstehen, wovon Vea sprach die Arme um sie legte. „Nein, sie werden ihn nicht töten. Sein Bruder ist Jeki Tujan.“

„Aber was wenn doch?“ Und das Schlimmste war: Sie würde es nie erfahren. Würde nie herausfinden, was mit ihm passiert war.

„Nika, wir müssen weiter“, murmelte Ro. „Leena und Filia warten auf uns. Sie machen sich sicherlich Sorgen. Und dann müssen wir noch auf das Boot kommen.“

Langsam streckte Nika die Arme aus und umfasste Veas Schultern. „Vea. Darauf hast du doch all die Jahre gewartet. Wir sind so nah dran. Jeki wird dafür sorgen, dass Janon nichts passiert.“ Sie schob sie mit den Händen vor, und Vea folgte ihrer stummen Aufforderung. „Du musst dich jetzt auf wichtigere Dinge konzentrieren – zum Beispiel darauf, wie wir alle hier rauskommen."

Vea hörte sie, doch in ihrem Kopf widersprach eine kleine Stimme Nikas Worten.

Auf *wichtigere* Dinge konzentrieren. Wichtigere Dinge als Janon?

Doch sie konnte ihren Gedankengang nicht weiter verfolgen, denn eine neue Stimme ließ ihren Kopf hochfahren. „Da seid ihr ja!" Sie standen am Rande des sonnigen Marktplatzes. Die bunten Tücher, die sonst die Stände bedeckten, waren entfernt worden, und so bildete der Platz eine einzige große Fläche gefüllt mit einer Unzahl an Menschen. Der Tag der Götter. Der einzige Tag, an dem jedem die Grenzen der Mauern egal waren. Gesprochen hatte ein brünettes Mädchen in gelber Tunika, das Vea auf Anfang zwanzig schätzte. Neben ihr stand eine Frau im ähnlichen Alter, die ihre blonden Haare zu einem schweren seitlichen Zopf, geflochten hatte. Sie beide blickten nervös in alle Richtungen. Hinter ihnen, zwischen den Fassaden der Häuser, konnte Vea das Wasser glitzern sehen. Nika hatte recht. Sie waren so nah dran.

„Wo wart ihr?", fragte das brünette Mädchen. „Die Flüchtigen sind ohne euch angekommen. Sogar Jaan ist schon da."

„Entschuldige, Leena. Wir mussten einen kleinen Umweg machen, um die Garde loszuwerden", murmelte Ro und verließ den Marktplatz.

Sie folgten ihm und das brünette Mädchen nickte. „Ja, wir hatten selbst einige Probleme. Die Göttliche Garde hatte heute Hochaufgebot. Fast als wüssten sie, dass wir heute fliehen würden. Aber den Flüchtigen ist nichts passiert. Die Rebellen müssten gleich kommen. Es könnte nur schwierig werden, ungesehen ins Boot zu gelangen. Die Stege werden allesamt bewacht. Jeder, der ein Boot betreten will, muss sich ausweisen."

Sie liefen in eine im Schatten gelegene Gasse Richtung Fluss und Ro nickte, während er sich noch einmal rechts und links umsah. Wahrscheinlich hielt er Ausschau nach weiteren Soldaten. „Das mit den Wachen dürfte kein Problem sein. Jemand muss den Anker lichten, bevor wir uns um die Wachen kümmern, für den nötigen Schwung des Bootes sorge ich dann schon. Gut. Sind wir sonst komplett? Wo ist Levi? Es wundert mich, dass er mir noch nicht die Hölle heißmacht, weil ich zu spät komme."

Niemand sagte etwas, und Vea konnte sehen, wie die Blondine und Leena einen Blick wechselten. Der Blick gefiel ihr nicht und Ro ging es da offenbar genauso. Er blieb stehen, die Augen leicht verengt. „Leena. Ich rede mit dir. Wo ist Levi?"

Es war relativ dunkel in der breiten Gasse, durch die nur vereinzelt Leute stolperten, doch Vea konnte sehen, wie Leena ihre Hände ineinander rang.

„Er ... er ist noch nicht da", sagte sie schließlich leise. „Nym und Liri auch nicht."

Salia? Salia war auch noch nicht da?

„Was?" Verwirrt schüttelte Ro den Kopf. „Wo sind sie? Jaan war hinter ihnen! Wie können sie nicht da sein? Sie hätten noch vor ihm hier sein müssen."

Leena nickte. „Ihre Flüchtigen und die Rebellen, die zu ihrer Gruppe gehörten, sind bereits angekommen, nur ... es gab wohl einen Zwischenfall."

„Einen Zwischenfall? Was für einen Zwischenfall?"

Vea gab sich Mühe, den besorgten Tonfall in Ros Stimme zu ignorieren, versagte jedoch.

„Nym wurde wohl erkannt und ... keine Ahnung. Levi hat Jaan getroffen und ihn gebeten, auf seine Flüchtigen aufzupassen. Jaan weiß auch nicht genau, was passiert ist, nur ...“

Als hätte sein Name ihn heraufbeschworen, sah Vea den blassen Mann in ihre Gasse biegen. Innerhalb weniger Momente stand Jaan an ihrer Seite, sein Blick fand gezielt den von Ro. „Die Anzahl der Soldaten wird immer größer. Wir sollten so schnell wie möglich aufbrechen. Die Flüchtigen und Rebellen verstecken sich in den Parallelgassen. Sie warten auf unser Zeichen. Wir müssen handeln, bevor die Soldaten auf die Idee kommen, die Gassen zu durchkämmen.“

Ro nickte. „Natürlich, aber Levi ist noch nicht hier.“

Jaan sah Ro mit klarem Blick an. „Es ist bereits eine Stunde nach der vereinbarten Zeit.“

„Ich weiß, nur –“

„Die Soldaten werden immer mehr, die Garde schließt auf und sie wird innerhalb der nächsten halben Stunde anfangen, uns in die Enge zu treiben. Wahrscheinlich sucht sie längst nach uns.“

Wieder nickte Ro. „Ich weiß, nur –“

„Du kennst das Protokoll, Ro.“

Ros Mund wurde zu einer dünnen Linie. „Du willst sie zurücklassen.“

Zurücklassen? Das Wort hallte in Veas Kopf wider und neue Panik mischte sich zu ihrer alten. Sie konnten ihre Schwester nicht zurücklassen! Vea hatte doch gerade erst begonnen, anzuzweifeln, dass Salia ein schlechter Mensch war. Wie sollte sie rausfinden, ob sie ihre Schwester möglicherweise doch mögen könnte, wenn sie in Bistaye zurückblieb?

Ja, sie hatte vor ihrem alten Leben fliehen wollen, aber das galt jetzt nicht mehr. Alles war anders. Sie hätte den Gedanken nie für möglich gehalten, aber: Sie wollte Salia dabei haben! In Asavez. So wie sie auch Janon dabei haben wollte. Das fühlte sich nicht richtig an. Das war ... es war falsch!

Jaan nickte kaum merklich. „Levi selbst hat die Anweisung gegeben."

„Natürlich hat er das!", fuhr Ro ihn an. „Er ist ja auch ein verdammter Held!"

„Ro", sagte Jaan gelassen. Vea fragte sich, wie dieser Kerl immer noch so ruhig sein konnte. Hatte er keine *Gefühle?* Vea verspürte den Drang, ihm ins Gesicht zu schlagen. Nur, damit er irgendeine Regung zeigte! „Levi ist Leiter dieser Mission und es waren seine Anweisungen. Wir werden ihnen Folge leisten."

„Nein!", schrie Vea plötzlich. „Werden wir nicht! Wir können sie nicht zurücklassen." Veas Gedanken überschlugen sich. Sie sah nach rechts, wo sie den Appo glitzern sehen konnte. Den Appo, auf dem ein Boot wartete, das ihr ihren Traum erfüllen würde. Den Traum, Bistaye endlich hinter sich zu lassen. Und dann sah sie Janon vor sich. Niedergeschlagen von der Göttlichen Garde. Sie sah Salia vor sich. Wie sie neben ihr im Bett lag. Wie sie Tränen in den Augen hatte, weil Vea ihr nicht verzeihen wollte.

„Wir können sie nicht zurücklassen."

Jaan sah sie nicht einmal richtig an. „Wir haben keine Wahl. Sie könnten noch Stunden brauchen. Sie könnten festgenommen worden sein. Wir müssen los. Und das weißt du, Ro."

Vea sah zu Ro auf, suchte nach Hinweisen in seinem verschlossenen Gesicht, die Jaans Worten widersprachen. Doch da war nichts. Nichts außer die quälende Gewissheit, dass er Jaan recht gab.

Sie würden gehen. Janon zurücklassen. Salia zurücklassen, weil es das Protokoll so verlangte.

„Ich bleibe", flüsterte sie.

„Was?" Nika starrte sie an, als habe sie ihren Verstand verloren. „Was redest du da?"

Vea atmete noch einmal tief durch. „Ich bleibe", wiederholte sie dann, diesmal mit festerer Stimme. „Sie könnten in Schwierigkeiten sein und ich werde nicht ohne sie gehen."

„Vea! Du kannst nicht klar denken. Ich verstehe, dass du wegen Janon durch den Wind bist, aber ... du kannst ihn nicht retten!"

„Aber ich kann es versuchen. Und wenn ich Salia finde, dann kann sie mir helfen." Und das würde sie tun. Da war sie sich sicher.

„Wer ist Janon und wer ist Salia?", fragte Leena verwirrt.

„Veas Freund und Nym", meinte Ro.

„Was?"

„Janon ist Veas Freund und Salia ist Nym."

Ungläubig starrte sie ihn an. „Die Identitätslose hat einen Namen? Filia, ich hab dir gesagt, dass wir was verpassen!"

„Vea!" Nika sah sie mit aufgerissenen Augen an. „Du kannst das nicht ernst meinen. Denk darüber nach, was das bedeuten würde!"

Vea schluckte. „Ich habe darüber nachgedacht. Ich weiß, was es bedeutet. Und ich will bleiben. Nicht für immer, aber für jetzt, bis das alles ... geregelt ist."

„Aber du wolltest immer nur weg, Vea. *Wir* wollten immer nur weg. Bist du sicher, dass du diese Chance jetzt aufgeben willst?"

Sie nickte. Sie war sich sicher. „Die Dinge haben sich geändert. Es wäre falsch, jetzt zu gehen." Sie ließ ihren Blick wandern und blieb an Ros Gesicht hängen. „Oder, Ro?"

Ro blinzelte, fuhr sich mit einer Hand in die kurzen, rötlichen Haare und schüttelte dann den Kopf. „Zur Hölle damit, ich bleibe auch. Levi weiß nicht, was am besten für ihn ist. Er wird Hilfe brauchen."

Nika seufzte schwer und legte einen Arm um Vea. „Okay, dann ist die Entscheidung wohl gefallen: wir bleiben."

„Nika, du musst nicht ..." Ro hielt im Satz inne, denn er hatte Nikas Gesichtsausdruck gesehen. Er räusperte sich und nickte, denn er war ein kluger Mann. „Okay, wir drei bleiben."

Die Blondine, deren Namen Vea wieder vergessen hatte, und Leena sahen sie mit offenen Mündern an. Dann stieß Leena Jaan mit dem Ellenbogen in die Seite und griff nach seinem Arm. „Jaan! Wieso sagst du nichts dazu? Sie können nicht einfach hierbleiben. Sie werden von der Garde gesucht!"

Jaan blickte irritiert auf Leenas Hand, die immer noch auf seinem Körper lag – er sah aus, als wäre er noch nie in seinem Leben auf eine solche Art und Weise berührt worden.

„Es ist ihre Entscheidung", sagte er ruhig. „Sie können auf sich selbst aufpassen." Kaum merklich verengte er die Augen. „Ich denke, dass auch ich noch einmal zurückkommen werde, sobald wir die Flüchtigen nach Oyitis gebracht haben."

„Jaan!"

Jaan ignorierte Leena. „Wir sollten jetzt gehen. Die Wachen werden nicht weniger. Filia, Leena, geht ihr zu den anderen Flüchtigen und sagt ihnen Bescheid. Ro, wir werden deine Hilfe brauchen. Lenkst du sie ab? Nur ablenken, nicht kämpfen. Bleibt wo ihr seid, wenn es geht."

Der Ikano des Wassers nickte, und Leena, deutlich unzufrieden mit der gesamten Situation, fluchte leise und ließ sie zurück. Die Blondine machte ebenfalls Anstalten, zu gehen, wandte sich jedoch noch einmal um und sah Vea an. „Grüß Nym von mir und sorg dafür, dass ich sie wiedersehe! Sie schuldet mir noch eine Kampfstunde." Das Mädchen lächelte und lief dann in Richtung Appo davon.

Vea blinzelte. Alle schienen Salia zu mögen.

Was war innerhalb der letzten Wochen nur passiert?

Auch Jaan ging die Gasse hinab und verschwand. Sie folgten ihm, und Ro streckte seinen Arm aus, um ihnen beiden zu bedeuten, hinter ihm zu bleiben.

Keine von ihnen hielt sich daran. Nika zog lediglich zwei Messer aus ihrem Gürtel, bevor sie sich neben ihn stellte. Er seufzte, sagte aber nichts. Sie standen jetzt Schulter an Schulter in der Gasse und blickten auf den Hafen hinaus. Der Pier war vergleichsweise leer, viele Menschen befanden sich auf dem Marktplatz, aber vereinzelte Kaufmänner und Fischer waren anzutreffen.

Die Promenade zog sich endlos lang in die Ferne. Vor jedem der in Vierergruppen angeordneten Stege waren zwei Wachen platziert. Sie befragten jeden, der ihn betreten wollte – so wie Jaan es gesagt hatte.

„Welches ist das Schiff, das die Flüchtigen benutzen werden?" Seit ihrer Entscheidung, zu bleiben, konnte Vea wieder atmen. Zwei Wochen und alles hatte sich geändert.

„Das mit der Jungfrau am Bug."

„Sie haben alle Jungfrauen vorne dran."

„Das mit der nackten Jungfrau."

„Oh."

Es war das Schiff direkt zu ihrer Linken. Vielleicht zwanzig Meter von ihnen entfernt.

„Worauf warten die anderen noch?"

„Auf uns. Wir geben das Zeichen, denn wir sind die Ablenkung", murmelte Ro, während seine Augen die Promenade entlangwanderten. Es gab vier Bootsstege in direkter Nähe. Das machte acht Soldaten.

Acht Soldaten mehr als Vea sich zutraute, zu bewältigen. Und das waren nur die, die sie gerade sehen konnten. Es würden sicherlich noch weitere folgen, sobald deutlich wurde, was sie vorhatten.

Den Göttern sei Dank empfand Ro die Anzahl der Soldaten offenbar nicht als Problem. „Es würde helfen, wenn wir sie alle nach rechts bewegen könnten. Alle auf einen Fleck. Die Flüchtigen verstecken sich in den Parallelgassen zu unserer Linken und könnten dann geradeauslaufen, ohne mit einem von ihnen zusammenzustoßen. Ich könnte das Wasser benutzen, aber das würde den Appo unruhig machen und das Besteigen des Bootes erschweren. Ich könnte auch –"

„Ro." Nika legte ihm eine Hand in den Nacken und lächelte zu ihm auf. „Lass mich mal machen."

Sie trat nach vorne, wog das Messer in ihrer Hand, zielte und warf. Es flog in gerader Linie durch die Luft und landete, genau zwischen Oberteil und Hose der goldenen Rüstung, in der Hüfte des äußersten Soldaten. Der Mann schrie auf und sackte zu Boden.

„Mann, ich liebe dich!", sagte Ro seufzend, küsste sie fest auf den Mund und zog sich in die Schatten zurück, während die anderen Soldaten, aufgescheucht von dem Schrei, zu dem getroffenen Kameraden liefen. Irgendwer fuchtelte vage in Richtung der Gassen, doch niemand schien genau zu wissen, wo der Dolch hergekommen war.

Und dann brachen die Rebellen und Flüchtigen hervor, flankiert von Leena, Filia und Jaan. Vea fiel auf, dass Jaan der einzige war, der ein Schwert trug. Leena hatte zwei Dolche gezückt und auch Filia schien mit Messern zu arbeiten – gleichwohl Vea nicht umhin konnte, die Unsicherheit in ihrem Gesicht abzulesen. Die Soldaten sprangen von ihrem verwundeten Kameraden zurück und rannten jetzt auf die Gruppe zu, die über den Steg drang.

„Mann, hier hätten wir Levi wirklich gebrauchen können", murmelte Ro, während sie das Geschehen beobachteten.

Augenblicklich wurde Vea klar, warum alle so einen Respekt vor Jaan hatten, obwohl er kälter als ein Eisklotz war. Er schwang sein Schwert so schnell, dass es nur eine silberne Schliere in der Luft zu sein schien. Filia trieb die Flüchtigen und Rebellen voran, während Leena direkt an Jaans Seite war. Auch in ihren Stiefeln mussten sich Klingen befinden, denn bei jedem ihrer Tritte schrien ihre Gegner laut auf.

Vea zog sich noch etwas weiter in die Gasse zurück und verengte die Augen, sodass das Bild unscharf wurde. Sie war nicht der größte Fan von Gewalt und sobald sie Blut sah, wurde ihr meistens etwas schwindelig.

„Sie sind jetzt auf dem Boot", murmelte Nikana neben ihr, die genau wusste, wie Vea zu Waffen, Blut und Kämpfen stand. „Sieh hin, jetzt kommt der beste Part – jetzt kommt Ro."

Ro lachte leise und drückte sie an sich, bevor er wieder nach vorne ging, seine Fußspitzen badeten jetzt in der Sonne. „Ich hoffe, ihr habt den Anker gelichtet", murmelte er, bevor er langsam die Arme hob und dann beide Hände gleichzeitig nach vorne stieß.

Vea hatte schon eine Menge verrückter Dinge gesehen – ihre Schwester, die plötzlich Annäherungsversuche machte, miteingeschlossen – aber das Bild, das sich ihr jetzt bot, toppte alles. Der Appo – der verdammte *gesamte* Fluss – schien sich unter das Schiff zu schieben, Wasser von allen Seiten her aufzusaugen und es dann in einer einzigen Welle vom Ufer wegzutragen.

Die Soldaten schrien durcheinander, rannten auf den hölzernen Steg hinaus und fuchtelten mit den Armen. Doch es gab nichts, was sie hätten tun können. Das Schiff nahm an Fahrt auf, immer schneller flog es auf den Horizont zu, bis es nur noch ein schwarzer Punkt in der Ferne war. Ro ließ die Arme sinken. „Den Rest werden sie alleine schaffen."

Vea nickte und langsam dämmerte es ihr: Die Flucht war geglückt. Nur war sie kein Teil davon.

„Bereust du es?", fragte Nika leise, ihr Blick auf ihr.

Vea lächelte. „Nein." Sie war froh. Sie würde Janon wiedersehen. Aber zuerst mussten sie die anderen finden. Hoffentlich war ihnen nichts passiert. „Wir finden sie", sagte Ro bestimmt, als hätte er ihre Gedanken gelesen. „Es hat noch nie jemand geschafft, Levi zu fassen. Außerdem weiß ich, wo er hingehen wird. Und deine Schwester ist die verdammt beste Ikano des Feuers, die ich kenne."

„Es gibt nur noch zwei Ikanos des Feuers, Ro. Und du kennst nur die Eine."

Er grinste sie an und trat zurück in den Schatten. „Das macht es nicht weniger wahr."

Levi wurde nicht panisch.

Das lag nicht in seinen Genen. Er war rational, gefasst, er war ein Kopfmensch.

Er wusste das über sich selbst, aber mit jeder leeren Gasse, in die er hineinsah, mit jeder verstreichenden Sekunde, vergaß er diesen Umstand ein Stückchen mehr.

Nym konnte auf sich aufpassen, aber was war mit Liri?

Und was war, wenn ... wenn Nym eben eine Sekunde nicht auf sich aufpassen konnte?

Er biss die Zähne zusammen, atmete, rempelte Leute an, suchte nach der goldenen Reflexion einer Rüstung. Doch wo zuvor noch hunderte gewesen zu sein schienen, dort fand er jetzt keine einzige mehr.

Warum hatte Nym das Feuer gelöscht? So hätte er ihr wenigstens folgen können, aber jetzt?

Etwas schlug stark und heftig gegen die Innenseite seiner Lungen, floss in sein Herz und schien gleichzeitig gegen seine Schläfe zu pochen. Das war keine Panik, redete er sich ein. Nein. Alles war in Ordnung. Nym war stark, sie würde Liris Leben mit ihrem eigenen beschützen. Er musste sich keine Sorgen machen. Er musste keine Angst um das Leben seiner Schwester haben. Keine Angst um Nyms Leben haben.

Scheiße.

Er glaubte sich kein Wort.

Er rannte weiter, sah immer wieder in Gassen hinein, schaute über die Menge, in Hauseingänge, und dann, endlich, bemerkte er einen goldenen Schimmer in der Dunkelheit. Vielleicht war es ja doch Panik, die er verspürte, denn ohne sich umzusehen oder darauf zu achten, ob ihm jemand folgte, stürzte er in den Gang hinein. „*Liri? Nym? Liri?*" Seine Stimme hallte von den Wänden wider, und es war ihm egal, dass es unvorsichtig von ihm war, so laut zu sein. Egal, dass er damit andere Wachen auf den Plan rufen könnte. „Liri? Nym?"

Die zwei goldenen Schemen kamen näher, und jetzt erkannte er zwei Soldaten, die auf dem Boden lagen. Sie schienen beide noch zu leben und nur bewusstlos zu sein. Zumindest sah Levi kein Blut, doch da waren auch keine Brandspuren und ...

„Levi?"

„Liri!" Sein Herz stand still, dann zog er seine Schwester so fest an sich, dass er hörte, wie ihr die Luft aus den Lungen gepresst wurde. Ihr ging es gut. Sie lebte. Er drückte ihren Kopf an seine Schulter, küsste ihren

Scheitel und konnte zum ersten Mal, seitdem er angefangen hatte zu rennen, wieder vernünftig atmen.

Liri begann zu weinen. „Ich konnte nichts machen! Nym hat gesagt, ich solle mich verstecken, und das habe ich getan, aber ich habe sie gesehen und ... ich konnte ihr nicht helfen."

Dieses Gefühl war wieder da. Dieses dumpfe Gefühl, das sich über seine Lungen ausbreitete und auf sein Herz zusteuerte. Er war so glücklich darüber gewesen, Liri zu sehen, dass er für ein paar Sekunden nicht daran gedacht hatte, dass Nym nicht bei ihr war. „Sie hat gekämpft und dann, dann ... wurde sie ... einfach mitgenommen!"

„Mitgenommen?" Levi zog Liris Kopf von seiner Schulter und sah sie an. Mitgenommen war besser als tot – aber nicht sehr viel.

Liri nickte und hickste. „Er hat irgendetwas gemacht und sie ist ohnmächtig geworden und dann ... hat er sie einfach weggetragen."

„Wer?"

„Ich weiß es nicht", schluchzte sie. „Aber er hatte eine Rüstung an. Er hat mit ihr geredet, gar nicht wirklich gekämpft. Aber ich konnte ihn nicht hören."

Geredet? Seit wann redeten Soldaten?

Liri zog seine Schwester auf die Beine, gab ihr noch einen Kuss auf die Schläfe und ließ dann die zwei immer noch bewegungslosen Körper der beiden Soldaten am Boden zurück. Der Mann, der Nym mitgenommen hatte, hatte sie offenbar nicht töten wollen. An diese Information musste sich Levi klammern. Scheiße. Wie hatte das alles innerhalb weniger Momente so schiefgehen können?

Levi zog an Liris Hand, um sie dazu anzuspornen, schneller zu gehen. „Wir müssen uns beeilen“, murmelte er.

„Um Nym einzuholen?“

Er schüttelte den Kopf. Er würde ganz sicher nicht zusammen mit Liri der Göttlichen Garde hinterherjagen. „Nein. Lauf schneller, Liri.“

„Warum?“

„Weil du heute noch nach Asavez fährst, und ich nicht will, dass du deine Mitfahrgelegenheit verpasst.“

„Levi, nein! Was ist mit Nym?“

„Ich kümmere mich um Nym.“ Das beklemmende Gefühl in seiner Brust war wieder da. „Ich werde sie finden und dann wird alles gut.“ Aber er würde Hilfe brauchen.

Er war gut; der Beste in dem, was er tat. Doch selbst Levi war nicht arrogant genug, zu glauben, dass er alleine gegen die gesamte Göttliche Garde antreten konnte. Nein. Er benötigte Unterstützung. Wieder beschleunigte er seinen Schritt, zog sich die Kapuze übers Gesicht und trat auf die immer noch überfüllte Hauptstraße.

Er konnte nur hoffen, dass das Schiff noch nicht abgelegt hatte.

KAPITEL 20

DIE APPOKALYPSE – DER KRIEG DER ZWEI (20)

Ich habe geglaubt, mir würde es schwerer fallen, meine Heimat zu verlassen, doch am Ende bin ich nur froh, all diesen Lügen zu entkommen. Es ist anstrengend, mit Menschen zu leben, die zu kurzsichtig und zu ignorant für die Wahrheit sind. Für die Menschen, die sich nicht einmal unserer Existenz bewusst sind. Es wird sich nichts ändern – und jedem von uns ist das bewusst. Die Wahrheit hat keinen Platz in dieser Welt.

„Versprichst du mir, dass du vorsichtig bist?“
„Ich bin immer vorsichtig.“

„Versprichst du mir dann, dass du noch vorsichtiger bist als sonst?“

Sie lachte. „Es wird schon alles gut! Ich bin keine Anfängerin.“

„Aber ich bin ein verliebter Idiot, deshalb versprich es mir.“

„Ich verspreche es, aber ... du denkst mir zu viel.“
„Was soll ich sonst tun?“
„Ich hätte küssen vorgeschlagen.“
Er lächelte. „Das kann ich.“

Nym schlug die Augen auf und das lächelnde Gesicht wurde von einer weißen Zimmerdecke ersetzt. Sie richtete sich auf. Sie saß auf einem breiten, mit weißen Laken bespannten Bett, das von zwei Nachttischen flankiert wurde. Gegenüber war eine Tür, zur ihrer Rechten ein großes Fenster, dessen Fensterläden weit offenstanden und das Licht der Nachmittagssonne hindurchließen.

Das Bett war aus dunklem Holz und über seinem Kopf hing ein gelber Teller, der zerbrochen und wieder zusammengeflickt worden war.

Das alles hier ... kam ihr bekannt vor.

Das massive Bett. Die Sicht aus dem Fenster. Der Teller.

Der Teller.

Vor allem der Teller. Sie kannte jeden einzelnen Riss in ihm. konnte aber nicht sagen, was mit ihm passiert war. Wieder waren ihre Erinnerungen willkürliche Fetzen, die sie nicht zusammenfügen konnte. Sie stützte die Hände neben ihren Körper und blickte aus dem Fenster, direkt auf den Göttlichen Dom. Sie war in der Dritten Mauer, und es irritierte sie, dass sie nicht das Verlangen hatte, wegzulaufen.

Sie hatte keine Angst.

Wenn die Garde sie hätte töten wollen, dann wäre sie jetzt bereits tot.

Ihre Gedanken flogen einmal kurz zu Liri, doch die Furcht um sie hielt sich in Grenzen. Die Soldaten schienen vor allem hinter ihr her gewesen zu sein und hatten sie nicht gesehen. Levi würde sie finden – wenn sie sich einer Sache sicher sein konnte, dann dieser.

Sie betastete ihren Körper, um sicherzugehen, dass sie unverletzt war, und ihre Finger kamen auf der Stelle kurz unter ihrem Schlüsselbein zum Stehen.

Er kannte den Akupressurpunkt. Anscheinend sogar besser als sie selbst, denn sonst wäre sie bereits nach wenigen Minuten wieder aufgewacht – und man brauchte länger als ein paar Minuten, um aus der Fünften Mauer bis in die Dritte zu gelangen.

Sie schluckte. Was wollte er von ihr? Warum hatte er sie nicht einfach getötet? Sie war kein Teil der Garde mehr. Offensichtlich! Doch er hatte ihr nur das Bewusstsein genommen, anstatt ihr Leben. Er hatte gesagt, er wolle nicht mit ihr kämpfen. Er hatte gesagt, sie sei … sie sei …

„… gefunden?“

„… Gasse bei der Fünften Mauer … keine gute Idee, sie …“

Sie hielt in ihren Gedanken inne und versuchte den Stimmen zu lauschen. Doch sie waren zu leise, zu weit weg, als dass sie ganze Sätze hätte verstehen können. Vorsichtig stand sie vom Bett auf und lief zur Tür. Jemand hatte ihr die Schuhe ausgezogen und sie vor das Bett gestellt. Sie drückte die Klinke und war überrascht, als sie nachgab. Sie war nicht eingesperrt. Der Soldat hatte nicht einmal die Tür abgeschlossen! Wie konnte er so unvorsichtig sein?

Sie öffnete die Tür einen Spalt breit und erhaschte einen Blick auf einen schmalen Flur, bevor sie die Augen schloss, um den Stimmen besser lauschen zu können.

„… mit ihr reden, Jeki.“

„Ich kann mich nur wiederholen: Mit allem Respekt vor Euch – ich halte das für keine gute Idee.“

„Und warum nicht?"

„Weil ich sie kenne. Sie wird im Moment nichts von alledem verstehen. Wenn sie mein Gesicht schon nicht erkennt, wie wird das dann mit Eurem sein?"

„Es ist nicht wichtig, ob sie mich erkennt. Ich kann meine Fragen auch stellen, ohne dass sie weiß, wer ich bin."

„Aber sie wird sie Euch nicht beantworten." Es herrschte für einige Momente Stille. Dann fuhr die Stimme fort: „Api, ich habe nicht die Autorität, Euch einen Wunsch zu verwehren. Ich kann Euch nur darum bitten. Ich gab Euch zwei Tage. Gebt mir einen Abend."

„In Ordnung. Einen Abend. Aber morgen früh möchte ich sie sehen."

„Natürlich."

Schritte entfernten sich, eine Tür schlug zu und dann knarrten die Treppen.

Hastig zog Nym sich in das Zimmer zurück, drückte die Tür wieder ins Schloss und setzte sich zurück auf das Bett.

Api.

Der Gott der Vergeltung.

Der Gott der Vergeltung wollte sie sehen?

Ihre Gedanken rasten, während sie Erinnerung um Erinnerung durch ihr Gedächtnis jagte, auf der Suche nach Informationen über Api – doch da war nichts.

Sie verstand nichts von alledem.

Weder warum sie hier war, noch warum sie noch lebte, noch, warum in den letzten Wochen dutzende Soldaten der Göttlichen Garde versucht hatten, sie umzubringen, und dann, als sie die Chance dazu gehabt hatten, nicht einmal mit ihr hatten kämpfen wollen.

Weder Esya noch Jeki. Beide hatten sie nur mitnehmen wollen. Aber warum? Wussten sie denn nicht, auf welcher Seite sie stand? Wussten sie denn nicht, dass sie etwas getan haben musste, um die Götter so sehr zu verärgern, dass sie aus der Garde gestoßen worden war?

Nur ... warum hatte sie keine Angst?

Sie hatte die letzten Wochen gegen die Götter und Bistaye angekämpft, hatte Soldaten der Göttlichen Garde getötet, sie dafür verurteilt, den Anweisungen der Götter blind Folge zu leisten, und jetzt saß sie hier auf diesem Bett, den Göttern auf einem Silbertablett serviert, und fühlte alles, nur keine Angst.

Die Tür ging auf und ihr Kopf fuhr nach oben.

Jeki stand im Türrahmen.

Jeki. Den Namen, den sie so gut kannte. Die Augen, die sie so gut kannte. Den Charakter ... an den sie keine Erinnerung hatte.

Was war hier los? Was würde mit ihr passieren?

Keine Angst. Nur Neugierde.

Jeki lehnte im Türrahmen, die Arme vor dem Körper verschränkt, immer noch in seiner Rüstung. Er starrte sie an, wartete ab, bewegte sich nicht.

Sein Blick huschte über ihr Gesicht, über ihren Körper, und er schien jedes einzelne Detail ihrer Erscheinung in sich aufzusaugen. Nym blickte stumm zurück.

Versprichst du mir, dass du vorsichtig bist?

Sie blinzelte. War das ihre Erinnerung gewesen?

„Ich sollte wohl dankbar sein, dass du nicht wieder direkt versuchst, mich umzubringen, oder?"

Emotionen durchfluteten Nym. Sie leckten an ihr wie die Wellen des Appos am Pier in Amrie und riefen neue

Bilder wach. Fetzen, Stücke, Worte. Doch es waren zu viele auf einmal. Sie konnte sie nicht auseinanderhalten. Gefühle vermischten sich mit Erinnerungen, mit dem, was Vea ihr erzählt hatte, mit dem, was sie über Jeki Tujan gehört hatte, mit dem, was er gesagt hatte. Sie wusste nicht mehr, was zu ihr gehörte, was sie aufgeschnappt hatte und was aus den Erinnerungen anderer stammte.

Verlobte.

Seine Worte kamen sofort wieder zu ihr zurück. Er hatte nicht gegen sie kämpfen wollen und er ... er ...

„Du weißt immer noch nicht, wer ich bin, was?" Sein Gesicht verzog sich bei den Worten und ein kurzer Ausbruch von Schmerz huschte über seine Züge, der jedoch augenblicklich von Gelassenheit ersetzt wurde. Einer tiefgehenden Gelassenheit, die Nym eine Gänsehaut bereitete, denn sie erkannte diesen Ausdruck. „Ich weiß auch nicht, was ich mir genau erhofft habe, aber ..." Er seufzte und fuhr sich mit der flachen Hand über das kantige Gesicht. „Es ist wohl auch egal. Es tut einfach nur verdammt gut, dich zu sehen." Er zog freudlos die Mundwinkel nach oben. „Wo soll ich anfangen ... Vielleicht damit, dass ich Jeki bin?"

„Jeki Tujan", stellte sie fest, die Hände in ihrem Schoß. Die ersten Worte, die sie an ihn gerichtet hatte.

Er seufzte wieder, nickte und stieß sich dann von dem Türrahmen ab. Er ging auf sie zu und ließ sich auf das Bett nieder. Ein gutes Stück von ihr entfernt, so als wisse er, dass sie ihm immer noch nicht traute.

Und das tat sie auch nicht, nur ... diese Augen. Diese Stimme. Es war ihr alles so vertraut. Und dann war da etwas in ihrem Kopf. Etwas, dass penetrant von innen gegen ihre Stirn schlug, aber nicht zu passen schien. Etwas, das alles unendlich kompliziert, falsch und verwirrend machte.

Verlobter.

„Du kannst nicht mein Verlobter sein", sagte sie ruhig. Es war eine logische Schlussfolgerung, und Logik war das Einzige, auf das sie sich zurzeit verlassen konnte.

Amüsiert hob er eine Augenbraue. „Ist das so?"

„Ja. Meine Schwester, Vea, sie hat keinen Verlobten erwähnt. Sie sagte, wir würden einander hassen."

Er sah sie an, blinzelte und fing dann laut an zu lachen. „Das sieht ihr ähnlich, dass sie dir das erzählt! Vielleicht erinnerst du dich nicht, aber deine Schwester mag dich nicht besonders, sie –" Abrupt hielt er inne. „Moment. Du hast Vea gesehen?"

Nyms Hals wurde trocken. Sie hatte nicht nachgedacht. Sie hatte Vea verraten, sie ... aber das spielte keine Rolle mehr. Die Nachmittagssonne stand hoch am Himmel. Vea war nicht mehr hier. Sie war auf dem Boot nach Asavez. Deshalb nickte sie. „Ich habe Vea gesehen. Und sie hat mir alles erzählt. Alles über meine Vergangenheit."

Jeki kniff die Augen zusammen. „Und was genau ist das?"

Nym betrachtete die Hände in ihrem Schoß und hob dann wieder den Blick. „Ich bin Salia Kerwin. War Erste Offizierin der Göttlichen Garde. Ziemlich mächtig, deshalb hatten alle Angst vor mir. Du bist Apis Vertrauter und ich wollte deine Stelle haben. Deswegen hassen wir uns. Und ... ich bin anscheinend äußerst unbeliebt und allein."

Jeki blinzelte, kratzte sich am Kopf und schnaubte dann. „Deine Schwester hat wirklich ein Talent dafür, Geschichten zu erfinden. Und du hast ihr das einfach geglaubt? Hat sich nichts in der Erinnerung, die du noch hast, dagegen gesträubt?"

Nym öffnete den Mund und dachte nach, schließlich sagte sie: „Nun ja, schon, aber ... sie ist doch meine Schwester. Sie würde nicht ..."

Würde sie?

Vea hasste sie.

„Oh."

Jekis Blick verließ ihr Gesicht nicht für einen Moment. „Ich weiß nicht, was ich sagen kann, damit du mir vertraust, aber: Du bist nicht unbeliebt und ganz sicher nicht allein. Das Einzige, was stimmt, ist, dass du sehr mächtig bist und es sicherlich eine große Anzahl an Personen gibt, die eine Heidenangst vor dir haben. Aber das ist in deiner Position nichts Schlechtes."

Nyms Kopf drehte sich. Das alles war zu viel. Zu viel Neues und zu viel altes Wissen, das offensichtlich überholt werden musste. Sie kniff die Augen zusammen und atmete einmal kurz durch, dann sah sie wieder zu Jeki. „Ich will deine Stelle nicht?"

Das brachte ihn doch tatsächlich zum Lachen. „Nein! Warum solltest du? Du bist Thakas persönliche Erste Offizierin – und er hat einen viel größeren Einfluss auf die Garde als Api. Wenn überhaupt, dann sollte ich deine Stelle haben wollen."

„Und das tust du nicht?"

„Nein."

Sie nickte und rieb sich mit den flachen Händen über die Schläfen. Sie glaubte ihm. Sie vertraute ihm. Wenn sie ihn ansah, wusste sie, wie sich seine Lippen auf ihren anfühlten. Und wenn sie richtig lag, dann ... „Ich liebe dich, nicht wahr?" Ihre Worte waren leise. Fast ein Flüstern. Vielleicht, weil sie es selbst noch nicht ganz glauben wollte. Aber ... diese Augen. Diese Stimme.

Er lachte trocken und humorlos auf. „Das ist die Frage, die ein Mann von seiner Verlobten hören will."

Nym wandte den Blick ab. Ihr gingen diverse andere Fragen durch den Kopf, die er noch weniger würde hören wollen. War es Fremdgehen, wenn man sich nicht erinnerte, vergeben zu sein? Konnte man sich daran erinnern, dass man jemanden liebt, aber sich gleichzeitig nicht sicher sein, ob man es wirklich tat?

„Ich bin also wirklich deine Verlobte?" Sie wusste, dass es die Wahrheit war, sie brauchte sein Nicken nicht. „Und ... du liebst mich?"

Jeki presste die Lippen aufeinander. Er sah aus, als hätte ihn diese Frage verletzt. „Sehr."

Nyms Hände hörten auf, über ihre Schläfen zu streichen, und jetzt fiel ihr wieder ein, was ihr grundlegendes Problem bei der Sache war. „Wenn du sagst, dass du mich liebst, warum hast du dann versucht, mich umzubringen?"

Überrascht hob Jeki die Augenbrauen. „Das habe ich nicht."

„Aber du warst es doch, der mich zum Altar getragen hat, oder nicht? Du hattest meinen Dolch."

Er nickte. „Das stimmt, aber ich habe nicht versucht, dich umzubringen."

„Was hast du dann getan?"

„Es ... ist kompliziert. Ich sollte dir das nicht erklären. Api wird das tun wollen."

Nym hatte geglaubt, dass sie eine Menge wusste. Doch so langsam wurde ihr klar, dass sie rein gar nichts wusste.

Weder über ihr jetziges, noch ihr vergangenes Ich.

Sie wusste nicht, was sie fühlte, und sie wusste nicht, ob es richtig war, Jeki anzusehen, von dem sie zwar wusste, dass sie ihn liebte, gleichzeitig aber an Levi denken zu müssen. Sie wusste nicht, welches Leben sie gehabt hatte; alles sprach dafür, dass das Leben, das sie die letzten zwei Wochen übergeführt hatte, nicht ihr eigenes war, und sie hatte keine Ahnung, was vor ihr lag.

Sie musste sich korrigieren.

Sie hatte doch Angst.

Sehr große sogar. Denn sie glaubte zu wissen, was der Gott von ihr erwartete. Und ebenso wusste sie, dass sie ihn womöglich enttäuschen musste.

„Was hast du dann getan, Jeki?", wiederholte sie leise und streckte ihren Arm aus. Ihr Finger strichen über seinen Unterarm, suchten, fanden nackte Haut ... und die Bilder kamen wie von selbst.

„Ich kann nicht mehr, Levi!"

„Es ist nicht mehr weit."

„Aber ich ... ich ..." Liri japste nach Luft und gezwungenermaßen blieb Levi stehen.

Er wollte weiter. Sie hatten keine Zeit. Die Rebellen hatten keine Zeit. Nym hatte keine Zeit.

„Glaubst du, sie warten?", fragte Liri immer noch atemlos, und Levi wünschte sich die Zeit zurück, zu der sie so klein und leicht gewesen war, dass er sie einfach unter den Arm hatte klemmen können.

Er sah in den Himmel. Die Sonne stand viel zu hoch, und wenn er ehrlich war ... „Nein, ich glaube nicht, dass sie warten." Vor allem, weil er ihnen befohlen hatte, es nicht zu tun. Manchmal war er zu pflichtbewusst für sein eigenes Wohl.

Blinzelnd starrte Liri zu ihm auf. „Warum rennen wir dann?"

„Weil ich sichergehen muss. Kannst du noch?"

Sie hatten die letzte Mauer passiert und waren am Stadtrand Amries angekommen. Überraschend wenige Soldaten waren ihnen entgegengekommen, und er fragte sich, ob das womöglich daran lag, dass sie alle zum Pier des Appos gerufen worden waren. Bitte kein neues Blutbad! Die Mission lag in Verantwortung und es wäre seine Aufgabe gewesen, die Flüchtigen und Rebellen zu schützen. Wenn wieder Menschen gestorben waren ... Nyms Entführung war Drama genug.

„Komm Liri, weiter. Du willst erwachsen sein? Erwachsene laufen schneller und gehen bis an ihre Grenzen."

„Das ist nicht die Definition von Erwachsensein."

„Wollen wir wetten?"

Sie verdrehte die Augen, setzte sich dann aber tatsächlich wieder in Bewegung. Sie liefen nicht mitten durch Amrie hindurch, Levi hatte nicht den Nerv, noch einmal zu riskieren, Liri zu verlieren, sondern nach Süden, in Richtung der Herberge, in der sie vor einer Woche noch gewohnt hatten. Sie hasteten den sandigen Weg entlang, doch schon nach wenigen Minuten, noch bevor sie den Appo sahen, wusste Levi, dass es unnötig war, bis zu den Stegen zu laufen.

Mehrere Soldaten passierten sie, so in Eile, dass sie sich nicht die Mühe machten, in ihre Gesichter zu sehen, und die Wortfetzen, die Levi aufschnappte, genügten.

„... bringt uns alle um, wenn er das erfährt!"

„... aus der Vierten Mauer und dann mit einem Boot! Soll sich das mal einer vorstellen!"

„... Wachen wie die letzten Deppen da. Verstehe auch nicht, wieso wir noch hin sollen, wo doch alle schon weg ..."

Als die Soldaten außer Sichtweite waren, atmete Levi langsam aus und zog an Liris Hand. „Wir können langsamer gehen. Das Boot ... es ist weg."

„Oh." Liri tat so, als würde sie traurig darüber sein, doch Levi wusste es besser. Sie wollte bleiben und Nym helfen. Sie war eben durch und durch seine Schwester. „Und jetzt?"

Levi ließ seinen Blick über den Horizont schweifen und blieb schließlich am Leuchtturm hängen. „Jetzt schauen wir nach, ob irgendjemand idiotisch und lebensmüde genug war, um entgegen meiner Anweisungen zu handeln und zu bleiben."

„Ro bestimmt. Ro ist idiotisch."

Ro war idiotisch, aber nicht lebensmüde. Außerdem hatte er jetzt Nika, um die er sich sorgen musste. Wenn es Nika nicht gegeben hätte, dann hätte Levi nicht eine Sekunde daran gezweifelt, dass Ro auf ihn wartete, aber so? Er würde es ihm nicht einmal übelnehmen, wenn er tatsächlich gefahren war. Es wäre das Vernünftige gewesen.

Doch als sie sich dem Leuchtturm näherten und er unverhofft drei Gestalten im Schatten des Turms lungern sah, war er noch nie so froh darüber gewesen, dass die Unvernunft manchmal siegte.

Er hatte keine Ahnung, was er getan hätte, wenn er mit Liri alleine in Bistaye zurückgeblieben wäre. Alleine hätte er nie versuchen können, Nym zu holen, aber mit Ro und ... *Nika und Vea?*

Er hatte irgendwie auf Jaan oder auch Leena gehofft. Aber zur Hölle damit, er war nicht in der Position, sich zu beschweren.

Liri, die neue Kraft getankt zu haben schien, sprintete los und fiel Ro in die Arme. Er zog sie fest an sich und schloss für einige Sekunden die Augen, vielleicht um den Göttern, an die er nicht glaubte, zu danken.

„Du hast gewartet! Ich hab Levi gesagt, dass du warten würdest, weil du idiotisch bist."

Nika neben Ro lachte, aber Veas Blick suchte seinen, bevor er sich auf den Weg hinter ihn richtete, so als erwarte sie, dass Nym sich nur versteckt hielt, um gleich aus dem Boden hervorzubrechen.

„Ah, Liri. Dir musste doch klar sein, dass ich den Anweisungen deines Bruders nicht folge. Er hat keine Ahnung, welche Entscheidungen die richtigen sind."

Ro tat gelassen und zerzauste Liri das Haar, aber er blickte Levi mit einer solch tiefen Erleichterung an, dass er sich nicht für eine Sekunde dem Gedanken hingab, dass sein bester Freund sich nicht ernsthaft Sorgen um sein Leben gemacht hatte. Ikano hin oder her – sie waren immer noch sterblich, und eigentlich hatten sie das Schicksal schon viel zu oft herausgefordert. Levis Gedanken wurden bestätigt, als Ro ihn ebenfalls zu sich heranzog und ihm in einer festen Umarmung auf den Rücken klopfte.

„Machst die Dinge immer interessant, was?“, murmelte er und atmete noch einmal tief durch.

Levi nickte und wandte sich dann Vea zu. Dem Mädchen, das so scharf darauf gewesen war, endlich den bistayischen Mauern zu entfliehen. „Was sagt dein Vater dazu, dass du hiergeblieben bist? Er war derjenige, der nicht weg wollte, und jetzt ist er alleine unterwegs?“

Vea blinzelte ihn überrascht an – und in diesem Moment war so deutlich, dass sie und Nym Schwestern waren, dass Levi den spontanen Drang hatte, sie zu umarmen.

„Er wird nicht glücklich darüber sein, dass wir beide nicht da sind.“

„Er weiß es also nicht?“

„Wir hatten keine Zeit, es ihm zu erklären. Apropos alleine: Wo ist Nym?“ Unterschwellige Panik drang in ihrer Stimme mit, und Levi wünschte sich, Nym könnte das hören. Was auch immer Vea gesagt haben mochte, ihre Schwester war ihr ganz offensichtlich nicht egal.

Bei dem Gedanken an Nym traten Liri sofort Tränen in die Augen, und Vea wurde bleich, als sie das bemerkte.

„Sie ist nicht tot!“, beeilte sich Levi zu sagen, auch wenn eine kleine Stimme in seinem Kopf flüsterte, dass er das nicht wissen konnte. Er schluckte und ignorierte sie. „Sie wurde mitgenommen.“

„Mitgenommen? Wie das? Sie ist eine Ikano des Feuers!“ Nervös trat Ro von einem Bein auf das andere, und Levi konnte seine Unruhe nur allzu gut nachvollziehen.

„Der Soldat, der sie mitgenommen hat, kannte den Punkt“, schniefte Liri, und es war offensichtlich, dass sie sich noch immer die Schuld dafür gab, dass Nym mitgenommen worden war. „Er kannte den Punkt, den Nym benutzt hat, um Levi ohnmächtig zu machen. Er hat sie einfach weggetragen. Und jetzt ... jetzt ... werden sie sie umbringen!“

„Werden sie nicht.“

Alle sahen auf. Es war Vea, die gesprochen hatte, und deren Wangen jetzt leicht rosa anliefen.

Sie räusperte sich und beugte sich leicht zu Liri hinunter. „Sie werden Salia nicht umbringen, Liri.“

Liri wischte sich die Tränen mit ihrem Handrücken aus dem Gesicht. „Wieso bist du dir da so sicher?“

Vea sah kurz auf, und sie und Nika wechselten einen Blick.

Was für ein Blick war das?

Levi hasste es, wenn Frauen das taten. Blicke austauschten und auf diese Weise eine ganze Unterhaltung führten.

„Solange Jeki Tujan Erster Offizier ist, wird ihr nichts passieren“, erklärte sie schließlich langsam.

Levi starrte sie an und ... was redete sie da? Hatte sie nicht noch vor ein paar Tagen gesagt, dass Tujan und Nym einander nicht ausstehen konnten? Er erinnerte sich sehr spezifisch daran, denn das hatte Nym in seinen Augen gleich noch ein wenig liebenswerter gemacht. Levi sagte Vea genau das. Ihr Kopf war nun dunkelrot.

„Nun ja. Es könnte sein, dass ich da ein wenig übertrieben habe.“

Nika schnaubte laut und schlug ihr fest gegen den Arm. Vea zuckte zusammen und sah sie schuldbewusst an, dann seufzte sie tief. „Okay, ich habe nicht übertrieben ... ich habe gelogen. Ziemlich viel sogar."

Levi verlor so langsam die Geduld. „Würdest du bitte endlich sagen, wieso du glaubst, Jeki Tujan, dieses Arschloch von einem Ikano, sei Nyms Rettung?"

„Na ja, er ... es ist so, dass ... Jeki wird dafür sorgen, dass ihr nichts zustößt, weil ... weil ... erihrverlobterist."

Levi blinzelte. „Was?"

Vea mied seinen Blick und starrte jetzt angestrengt auf den Appo. Schließlich bemerkte sie kleinlaut aus den Mundwinkeln: „Weil er ihr Verlobter ist."

Levi starrte sie mit offenem Mund an, und in seinem Kopf wurde ein immer lauter werdendes Scheppern deutlich. Eine Synapse in seinem Gehirn musste geplatzt sein. Anders konnte er sich ihre Worte nicht erklären. Denn sie ergaben keinen Sinn. Sie hatte gerade behauptet, dass Nym einen Verlobten hatte. Und das konnte nicht stimmen. Sie hätte doch nicht ihren Verlobten vergessen! Sie hätte doch nicht mit ihm ...

Andererseits hatte sie auch vergessen, dass sie nicht schwimmen konnte. Sie hatte vergessen, dass sie eine Schwester hatte. Sie hatte vergessen, dass sie der verfluchten Göttlichen Garde angehörte.

Scheiße.

Scheiße!

Verdammte, beschissene ... das konnte nicht wahr sein! Sie konnte keinen Verlobten haben. Sie konnte nicht ... jemand anderen lieben.

Jetzt schien etwas vollkommen anderes in seinem Kopf zu platzen, und seine Hand fuhr an seine Stirn, so als wolle sie sich vergewissern, dass sein Kopf noch an seinem angestammten Platz saß.

„Aber die Götter wollten sie tot sehen!", rief er, sich an den letzten Strohhalm klammernd. „Wenn sie verstoßen wurde, dann kann ein einziger Offizier unmöglich dafür sorgen, dass sie überlebt. Sonst hätte er doch auch verhindern müssen, dass die Götter sie der Garde verstoßen, oder nicht? Auch er muss sie hintergangen haben. Oder sie aufgegeben haben. Oder ..."

„Ja, darüber habe ich auch schon nachgedacht." Veas Stimme war so leise, dass Levi sich zu ihr hinunterbeugen musste, um sie zu verstehen. „Nach allem, was ihr erzählt habt, dachte ich auch, dass Salia irgendetwas getan haben muss, um die Götter zu verärgern, nur ... ihr kanntet sie nicht, bevor sie ihr Gedächtnis verloren hat. Es wäre untypisch für sie gewesen, den Göttern auch nur auf einen kleinen Zeh zu treten! Sie war Thakas Liebling. Sie hat ein unglaublich hohes Ansehen genossen und ... es passt nicht, dass die Götter sie plötzlich töten wollen. Und ich meine ... es sind die Götter, oder?"

„Was soll das heißen?" Konnte sie endlich Klartext reden? Bemerkte sie nicht, dass Levi nur einen kleinen Fingerbreit davon entfernt war, ernsthaft und wahrhaftig seine sonst so standfeste Fassung zu verlieren?

Vea atmete tief durch. „Nun, was ich sagen will ist: Wenn die Götter sie töten wollten, dann wäre sie bereits tot. Sie beherrschen die vier Elemente, selbst Salia hätte nicht erfolgreich gegen sie kämpfen und fliehen können. Außerdem ist Salia eine mächtige Ikano. Die Götter hätten doch niemals riskiert, dass sie überlebt und womöglich noch auf die andere Seite überläuft.

Das wäre unvorsichtig – und die Götter sind vieles, aber nicht unvorsichtig. Und dann ist da auch noch Jeki. Sie sind seit fast sieben Jahren zusammen, und es erscheint absurd, dass er sie einfach so aufgegeben hätte oder sich nicht mit ihr zusammen hätte töten lassen."

Sieben Jahre? Sieben beschissene Jahre? Levi war sich sicher, dass er, wenn er eine Frau gewesen wäre, jetzt ohnmächtig am Boden gelegen hätte. „Also, wie gesagt, zuerst dachte ich auch, dass sie irgendetwas getan haben muss, um sich ihren Zorn zu verdienen", sprach Vea weiter, „aber ... was, wenn nicht?"

Levis Hände ballten sich zu Fäusten. Ihm gefiel kein einziges Wort von dem, was aus Veas Mund kam. Keine einzige Andeutung, die sie machte. Keine Schlussfolgerung, die sein Gehirn aufgrund ihrer Worte zog.

Doch am allerwenigsten gefiel ihm, dass es sich so verdammt logisch anhörte. Dass es Sinn ergab. Dass er sich schon die gleichen Fragen gestellt hatte. Dass er selbst daran gedacht hatte, wie dumm es von den Göttern gewesen war, eine solch gute Kriegerin einfach laufen zu lassen. Was für ein Anfängerfehler es war, nicht doppelt und dreifach zu prüfen, ob die beschissen mächtigste Ikano des Feuers tatsächlich tot war.

„Was willst du damit sagen?", knurrte er, vielleicht, weil er nichts von alledem wahrhaben wollte. Weil es alles ändern würde. Weil es *sie* ändern würde. Weil es bedeuten würde, dass Nym ... „Dass sie die ganze Zeit auf ihrer Seite war? Dass sie immer noch eine Soldatin der Göttlichen Garde ist? Dass sie eine verdammte *Spionin* ist?" Levi hatte sich unbewusst vor Vea aufgebaut, sein Blick so voller Wut und Bitterkeit, dass sie erschrocken ein paar Schritte zurückwich.

„Nein“, beeilte sie sich zu sagen. „Nein, ich … nun ja. Zumindest wusste sie es nicht. Offensichtlich. Ihr Gedächtnisverlust ist echt, aber was, wenn es die Götter waren, die ihr das Gedächtnis genommen haben? Ich weiß nicht, ob sie das können, aber wenn es jemanden mit dieser Fähigkeit gibt, dann die Götter, oder? Was, wenn sie sie zu der perfekten Spionin machen wollten? Einer Spionin, die sich nicht einmal mehr daran erinnert, eine zu sein.“

Levis Gedanken rasten, und plötzlich erinnerte er sich daran, was Nym zu ihm gesagt hatte. Dass sie das Gefühl gehabt hätte, jemand versuche, in ihren Kopf einzudringen. Dass Jaan gemeint hatte, dass Api das möglicherweise konnte.

Ihm wurde schlecht.

„Aber ich glaube, es hat nicht funktioniert.“ Vea sah ihn ernst an, als versuche sie, ihm Hoffnung zu machen. „Sie ist … anders. Sie hat sich nicht wie jemand verhalten, der immer noch den Göttern untersteht. Ich glaube, sie haben einen Fehler gemacht. Sie haben nicht daran gedacht, was so ein Erinnerungsverlust mit jemandem anstellen kann. Vielleicht dachten sie auch einfach nicht, dass der Gedächtnisverlust so lange anhält, auf jeden Fall … ich kenne Salia so nicht. Wenn sie eine Spionin sein sollte, dann hatte sie keine Ahnung davon. Ich glaube, ohne ihre Erinnerung ist sie genauso ein Rebell wie ich einer bin.“

„Wieso bist du dir da so sicher?“, fragte Ro, der Veas Theorie stumm mit angehört hatte.

Vea lächelte schwach. „Nun, fürs Erste: Ich hasse sie nicht mehr.“

Ro lachte. „Na, das ist doch –“

„Was, wenn ihre Erinnerung wiederkommt?“, unterbrach Levi sie. „Was, wenn sie sich plötzlich wieder an jede Einzelheit ihres alten Lebens erinnert?“

Hilflos hob Vea die Achseln. „Ich habe keine Ahnung. Ich habe viel mehr Angst davor, was passiert, wenn sie es nicht tut.“

„Warum?“ Im Moment betete Levi fast, dass es so war! Denn wenn sie wüsste, dass sie *sieben Jahre* lang mit dem Arschloch Tujan zusammen gewesen war, dann ...

„Wenn Salia ihre Erinnerung nicht mehr zurückbekommt, wenn sie sich weigert, den Göttern etwas zu erzählen – was sollen die Götter dann noch mit ihr? Dann werden sie sichergehen, dass sie dieses Mal wirklich tot ist.“

Levi erstarrte. Daran hatte er nicht gedacht. Vea hatte recht. Für Nym war es im Moment gefährlicher, sich *nicht* mehr zu erinnern. Für die Götter wäre Nym dann ein Rebell.

Und es gab nur eines, was die Götter mit Rebellen taten.

„Wir müssen zurück in die Vierte Mauer“, stieß er hervor. „Und dann planen wir unseren Einbruch in die Dritte. Wir holen Nym da raus.“

Ro hob eine Augenbraue. „Levi ... in die Dritte Mauer einbrechen? Ich dachte, *ich* sei idiotisch.“

Levi presste die Zähne aufeinander und sein Kiefer knackte. „Hast du eine bessere Idee?“

Ro antwortete nicht, sondern sah einfach nur sehr unglücklich aus.

Eine Hand legte sich auf Levis Arm und drückte ihn. „Ich bin dabei", sagte Vea entschlossen. „Aber nur unter einer Bedingung."

„Welche?"

Sie räusperte sich. „Nun, wenn wir schon mal in der Dritten Mauer sind, dann können wir doch auch gleich Janon retten, oder?"

„Wer zum Teufel ist Janon?"

„Jekis Bruder, mein Freund und derzeit Gefangener der Göttlichen Garde, weil er mir mein Leben gerettet und uns zur Flucht verholfen hat."

Na klasse. Noch ein Tujan.

„Schön", antwortete er grimmig. „Warum nicht auch gleich ins Gefängnis einbrechen? Wir haben schon lebensmüdere Dinge getan."

„Haben wir nicht", widersprach Ro sofort.

Nein, hatten sie nicht.

„Wir schaffen das schon", sagte jetzt auch Nika und tätschelte Ro den Nacken. „Aber wir sollten los. So leicht kommen wir nie wieder zurück in die Vierte Mauer. Sobald das Fest vorbei ist, gelten die alten Sicherheitsregeln – und ich fürchte, bald wird der gesamten Göttlichen Garde bekannt sein, dass Vea Kerwin und Nikana Halks zu den Rebellen gehören. Wir sollten uns besser ein paar gute Verstecke überlegen."

Sie seufzte schwer, sah aber sonst nicht im Mindesten traurig oder wütend aus. Obwohl Levi der Grund war, dass sie allen zur Flucht nach Asavez verholfen hatte, sie selbst aber immer noch hier feststeckte. Die Mädchen liefen voran. Liri ging neben Vea her und stellte ihr Fragen über Nyms Vergangenheit und Bistayes Schmetterlingsarten.

Ro und er blieben zurück, und eine feste Hand auf seiner Schulter zwang Levi dazu, noch ein wenig langsamer zu gehen.

„Bist du dir sicher, Levi?“, murmelte Ro und seine Stimme war so ernst, wie Levi sie nur selten von seinem besten Freund gehört hatte.

„Womit soll ich mir sicher sein?“

„Dass sie es wert ist.“

Levi warf ihm einen wütenden Blick zu. „Was ist das für eine Frage?“

„Eine gerechtfertigte. Sie ist mit großer Wahrscheinlichkeit eine Spionin, und du hast keine Ahnung, was passiert, falls sie ihr Gedächtnis wiedererlangt. Sie ist ein Risiko.“

„Sprich nicht so über sie“, knurrte er. „Sie ist kein Risiko. Sie ist ... Nym.“

Ro nickte. „Ja, sie ist Nym. Das identitätslose Mädchen. Das Mädchen, das uns möglicherweise umbringen möchte, sobald sie sich wieder daran erinnert, wem ihre Loyalität gilt. Also, ich frage dich noch einmal: Bist du dir sicher, Levi? Dass du dein Leben, unser Leben, für sie riskieren willst?“

„Sie würde uns nicht töten!“, zischte er.

„Das kannst du unmöglich wissen.“

Und wieder hatte Ro recht. Er wusste es nicht. Er hatte keine Beweise, keine Sicherheit, nur ... „Ich werde sie nicht zurücklassen, Ro.“

Ro blieb stehen. Starrte ihn an. Und plötzlich fiel sein Gesicht in sich zusammen. „Du liebst sie. Scheiße.“

Levi öffnete den Mund. „Ich ...“

„Du bist in sie verliebt, Levi! Muss ich erst Liri holen, um es dir zu beweisen?“

Nein. Musste er nicht. Levi wusste auch so, dass Ros Worte wahr waren. Levi blickte ihn stur an. „Was wirst du jetzt tun?"

Ro seufzte schwer, grub sich eine Hand in das kurzgeschorene Haar und schüttelte dann den Kopf. „Na, was wohl? Was hast du getan, als ich mich in die falsche Person verliebt habe?" Er sah zu Nika. „Mann, Mann, Mann, du suchst dir auch genau den richtigen Zeitpunkt aus, um dich zu verlieben, was? Wieso musst du immer alles kompliziert machen?"

Zugegebenermaßen hatte Levi sich diese Frage auch schon öfter gestellt.

„Schön. Wir retten sie. Oder was auch immer", meinte Ro und ließ seine Hand fallen. „Und ich hoffe für dich, dass sie sich nicht plötzlich daran erinnert, dass sie ihren Verlobten liebt."

Ja, das hoffte Levi auch – und er hatte keine Ahnung, was er tun würde, wenn sie es doch tat.

Epilog

Der Anfang und das Ende

Es ist ein ewiger Kreislauf. Der Krieg ist vorbei, Asavez und Bistaye sind getrennt. Doch das wird nicht für immer so bleiben. Es wird neuen Krieg geben, die Länder werden vereint werden – bis zum nächsten Krieg, in dem sie wieder getrennt werden. Es ist ein niemals endender Kreislauf. Doch wir werden nichts damit zu tun haben. Wir werden gehen, wir durchbrechen den Lauf – wir sind das Kreisvolk.

„Du wirkst nervös, Api." Valera gab sich nicht einmal Mühe, ihr Lächeln zu verbergen.

„Ich bin nicht nervös."

„Dann muss es Unsicherheit sein, die ich in deinen Augen lese."

Api sah sie nicht an. „Ich habe keinen Grund, unsicher zu sein."

„Oh, ich denke doch. Denn es wirkt fast so, als wäre dein Plan nicht ganz geglückt, Api. Du hast deine eigenen Kräfte wohl falsch eingeschätzt. Aber das passiert den Besten. Thaka ärgert sich zweifelsohne sehr. Sie schien perfekt für die Aufgabe, und ich muss zugeben, dass selbst ich nicht daran gezweifelt habe, dass sie ihre Loyalität je ablegen würde. Überraschend, was so ein

Gedächtnisverlust bewirken kann. Du hast wohl einige Variablen bei deinen Überlegungen übersehen."

„Sie wird ihr Gedächtnis wiedererlangen", knurrte er. Er wusste, dass Valera ihn köderte, ihn absichtlich herausforderte, doch auch tausend Jahre änderten nichts daran, dass er immer noch darauf ansprang. „Sie wird sich erinnern und dann wird sie mir Zutritt in ihren Geist gewähren, und das wiederum wird Thaka einen ungeheuren Vorteil verschaffen. Keine deiner Manipulationen könnte daran etwas ändern, Valera."

Sie zuckte die Achseln. „Wir werden sehen. Ich frage mich nur ... falls sich nichts an der Situation ändern sollte, wie willst du dann vorgehen?"

„Valera, du weißt sehr genau, was mit Waffen passiert, die uns nicht mehr von Nutzen sind."

„Aber dann wirst du nicht nur eine, sondern gleich zwei Waffen verlieren. Das ist dir bewusst?"

„Ich habe genug andere."

„Jaja", murmelte die Göttin. „Andere vielleicht – aber nicht so starke."